야생 속으로

야생 속으로

홀로 그 땅을 걸어

존 크라카우어 지음 • 이순영 옮김

RiRi

일러두기

1. 인명, 지명은 외래어표기법을 따랐다.
2. 본문에 나오는 주는 모두 옮긴이 주이며, 본문과 구별되는 고딕 서체로 표기했다.
3. 단행본은 《 》으로, 잡지·신문·논문·단편은 〈 〉으로, 노래는 「 」으로 표기했다.

사랑하는 아내
린다에게 이 책을 바칩니다.

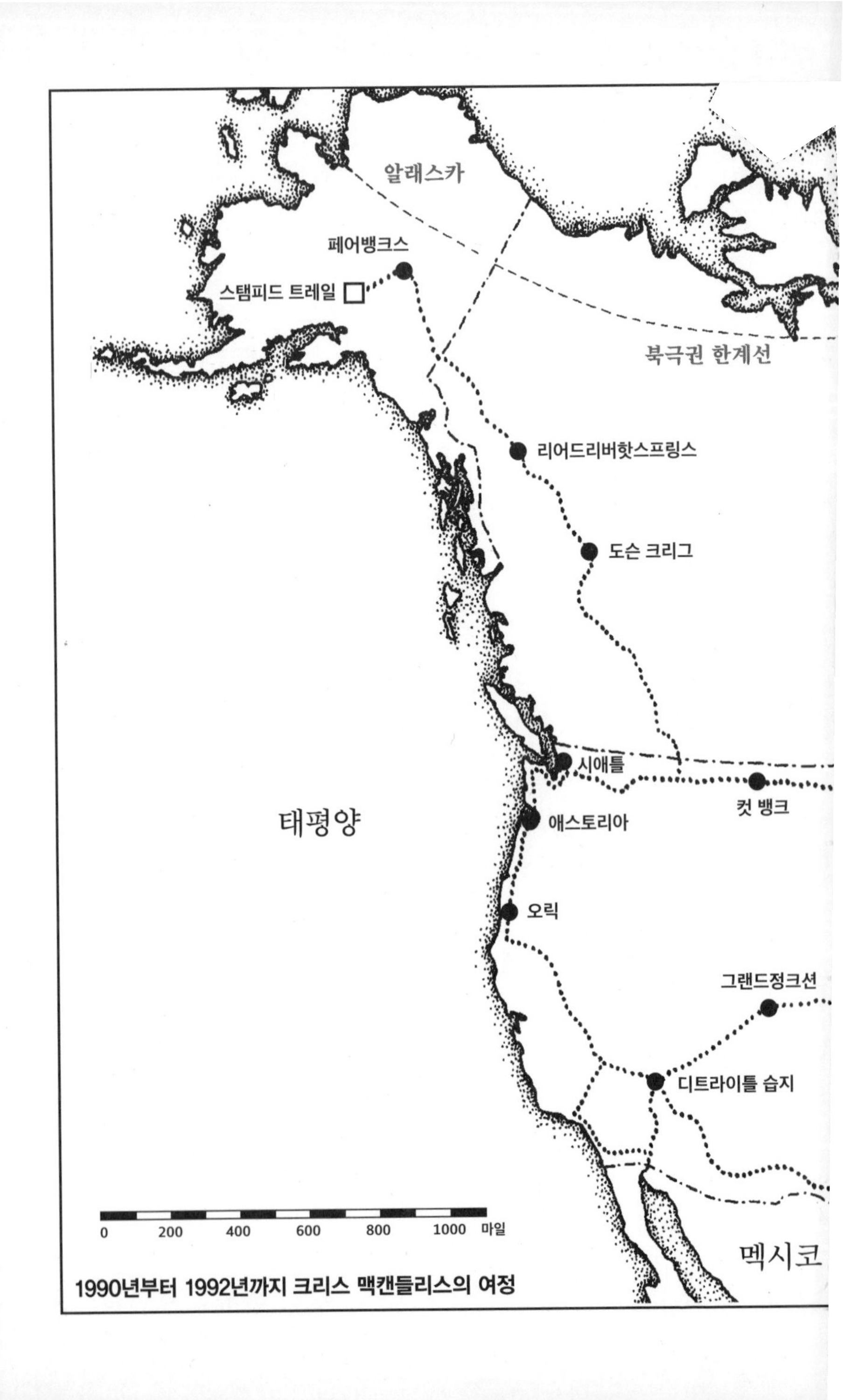

1990년부터 1992년까지 크리스 맥캔들리스의 여정

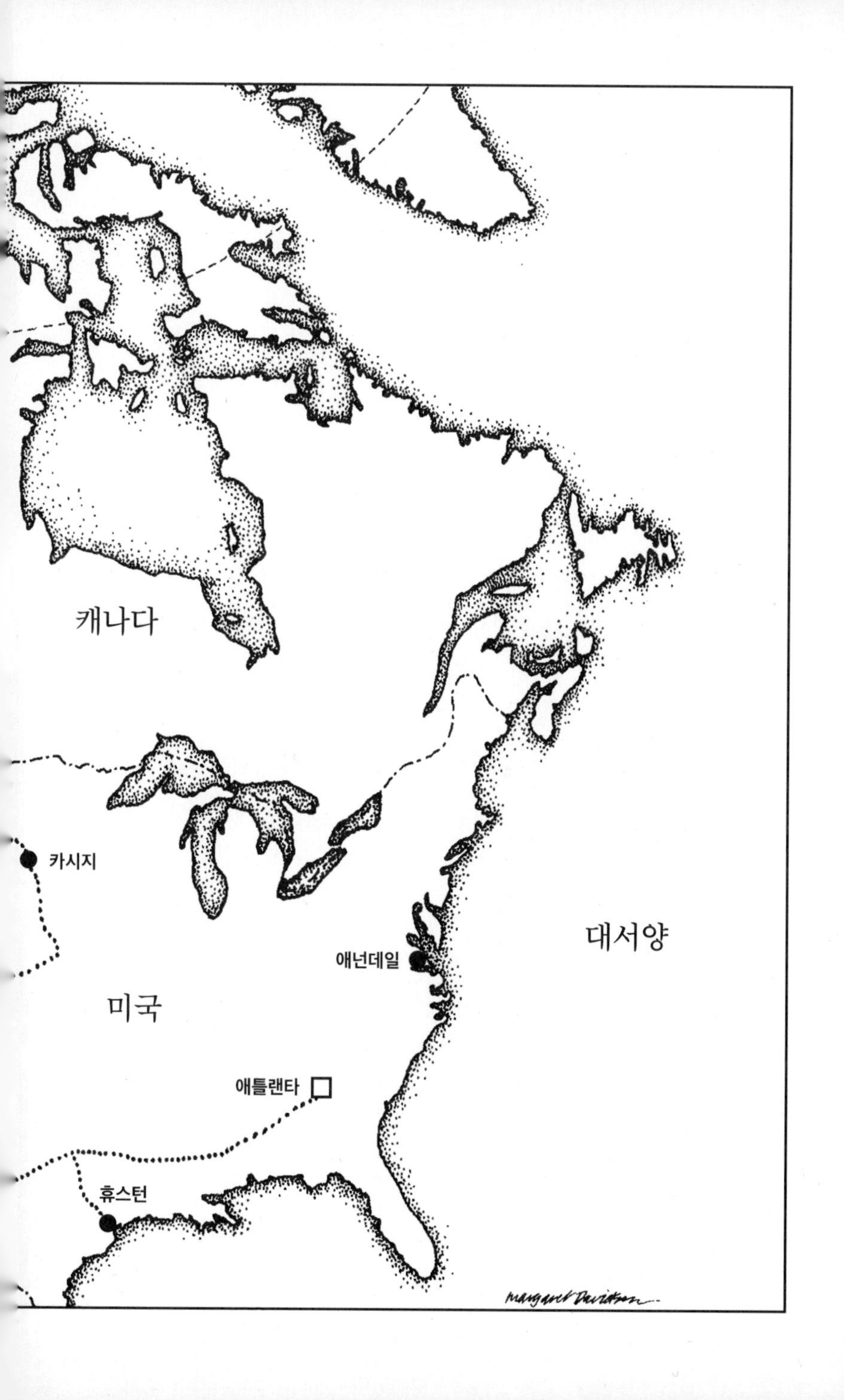
캐나다
카시지
대서양
애넌데일
미국
애틀랜타
휴스턴
Margaret Davidson

들어가는 글

1992년 4월, 대서양 연안의 유복한 가정에서 자란 한 청년이 지나가는 차를 얻어 타고 알래스카까지 간 다음 매킨리산 북쪽에 있는 야생 속으로 혼자 들어갔다. 그리고 넉 달 후에 그의 부패된 시신이 무스 사냥꾼들에게 발견되었다.

시신이 발견된 직후, 나는 〈아웃사이드Outside〉지 편집장에게서 그 죽음을 둘러싼 수수께끼 같은 상황에 관해 기사를 써 달라는 요청을 받았다. 청년의 이름은 크리스토퍼 존슨 맥캔들리스로 밝혀졌다. 내가 알아낸 바로, 그는 워싱턴 D.C. 근교의 윤택한 가정에서 자랐으며 학업과 운동에도 뛰어났다고 한다.

크리스 맥캔들리스는 1990년 여름 에모리 대학을 좋은 성적으로 졸업한 뒤 자취를 감췄다. 사라지기 전에 이름을 바꿨고, 예금액 2만 4,000달러를 전부 자선단체에 기부했으며, 차를 비롯해 가지고 있던 물건을 대부분 버렸고, 지갑에 있던 현금은 전부 태워버렸다. 그런 다음 우리 사회의 가장 야생적인 경계로 가서 새로운 삶을 살기로 계획했다. 북아메리카를 누비며 지금까지 생각하지 못했던 원초적이고도 특별한 경험을 하리라 마음먹었다. 시신이 알래스카에서 발견될 때까지 그의 가족은 그가 어디에 있으며 무슨 일이 있었는지 전혀 알지 못했다.

나는 빠듯한 마감일에 맞춰 9,000 단어 분량의 기사를 완성했고, 이 기사는 〈아웃사이드〉 1993년 1월호에 실렸다. 하지만 1월호 잡지가 가판대에서 사라지고 그 자리를 다음 호가 채우고 나서도 한참이 지나도록 나는 크리스 맥캔들리스에게 끌리는 마음을 지울 수가 없었다. 그 청년이 어떻게 굶어 죽었는지 자세하게 알아보고 싶었으며, 그의 삶과 나의 삶에서 일어난 사건들이, 뭐라고 딱 꼬집어 말할 수는 없지만 뭔가 비슷하다는 느낌에 사로잡혔다. 크리스 맥캔들리스에게 강박에 가까울 정도로 관심을 품고 있던 나는 그를 그대로 놓아줄 수가 없었다. 그래서 알래스카 침엽수림대에서 죽음에 이른 그 뒤엉킨 경로를 되짚어가고, 그의 여정에 얽힌 상세한 사건들을 추적하면서 1년 넘는 세월을 보냈다. 크리스 맥캔들리스를 이해하기 위해서는 불가피하게 더 광범위한 문제들도 함께 고려해야 했다. 미국인들의 상상력에서 야생이 차지하는 힘, 일부 젊은이들이 아주 위험한 활동에 느끼는 매력, 아버지와 아들 사이에 존재하는 복잡하면서도 몹시 강렬한 유대감이 그것이다. 이런 두서없는 조사의 결과가 지금 여러분 앞에 있는 이 책이다.

내가 크리스 맥캔들리스의 이야기를 공정하게 썼다고 주장하고 싶은 마음은 없다. 이 기묘한 이야기는 사람의 마음을 울려서 비극적인 사건을 공정하게 표현하기란 불가능했다. 이 책에서 나는 작가인 내 존재를 가능하면 드러내지 않으려 노력했고 대체로 성공했다고 생각한다. 하지만 이 말은 해두어야겠다. 크리스 맥캔들리스의 이야기 속에 내 젊은 시절의 이야기들을 짤막짤막하게 끼워 넣었다. 내 경험이 그를 둘러싼 수수께끼를 간접적으로나마 풀 실마리를 던져줄지 모른다고 기대했기 때문이다.

크리스 맥캔들리스는 굉장한 열정을 품은 젊은이였으며 현대의 생존 방식과 쉽사리 맞물리지 못하는 고집스러운 이상주의 성향을 지녔다. 오래전부터 레프 톨스토이의 작품에 심취했으며, 그 위대한 소설가가 부와 특권의 삶을 버리고 가난한 사람들 속으로 들어갔다는 사실에 특히 열광했다. 대학에 들어간 후 맥캔들리스는 톨스토이의 금욕주의와 도덕적 엄격함에 따라 살았고, 주변 사람들은 이런 모습을 보면서 처음에는 놀라다가 차츰 걱정하기 시작했다. 알래스카 오지로 떠나면서 이 청년은 젖과 꿀이 흐르는 땅으로 가고 있다는 환상 같은 건 아예 품지 않았다. 그가 찾고 싶어 한 것은 위험과 역경, 그리고 톨스토이의 삶과 같은 금욕적인 삶이었다. 그리고 야생에서 지내는 동안 맥캔들리스가 넘치도록 발견한 것은 바로 이런 것들이었다.

시련으로 점철된 16주의 대부분을 크리스 맥캔들리스는 흔들림 없이 강하게 견뎌냈다. 사실, 사소해 보일 수도 있는 한두 가지 실수만 하지 않았더라면 4월에 들어갔을 때처럼 원래 이름을 감춘 채 1992년 8월 그 숲을 걸어 나왔을 것이다. 하지만 사소한 실수는 돌이킬 수 없는 엄청난 결과를 낳았고, 그의 이름이 타블로이드판 신문의 헤드라인에 실렸다. 충격에 빠진 가족은 잔인하고 고통스러운 사랑의 조각들을 끌어안아야 했다.

엄청나게 많은 사람이 크리스 맥캔들리스의 삶과 죽음의 이야기에 관심을 보였다. 〈아웃사이드〉에 기사가 실리고 나서 몇 주에서 몇 달 동안, 그 잡지가 생긴 이래 가장 많은 편지가 왔다. 당연한 얘기겠지만, 수많은 편지의 내용은 뚜렷하게 둘로 구분되었다. 어떤 독자들은 크리스 맥캔들리스의 용기와 그가 품었던 고귀한 이상을 열렬하게 칭송했고, 다른 독자들은 그를 오만과 우둔함 때문에 죽은 무모한 멍청이, 괴짜, 자기도취증 환자라고 혹평하면서 그처럼 과도한 미디어의 관심을 받을 자격이 없다고 비난했다. 얼마 지나지 않아 나의 의견이 명확히 드러나겠지만, 그때까지는 크리스 맥캔들리스에 대한 판단을 온전히 여러분의 몫으로 남기려 한다.

1995년 4월

시애틀에서

존 크라카우어

142

차례

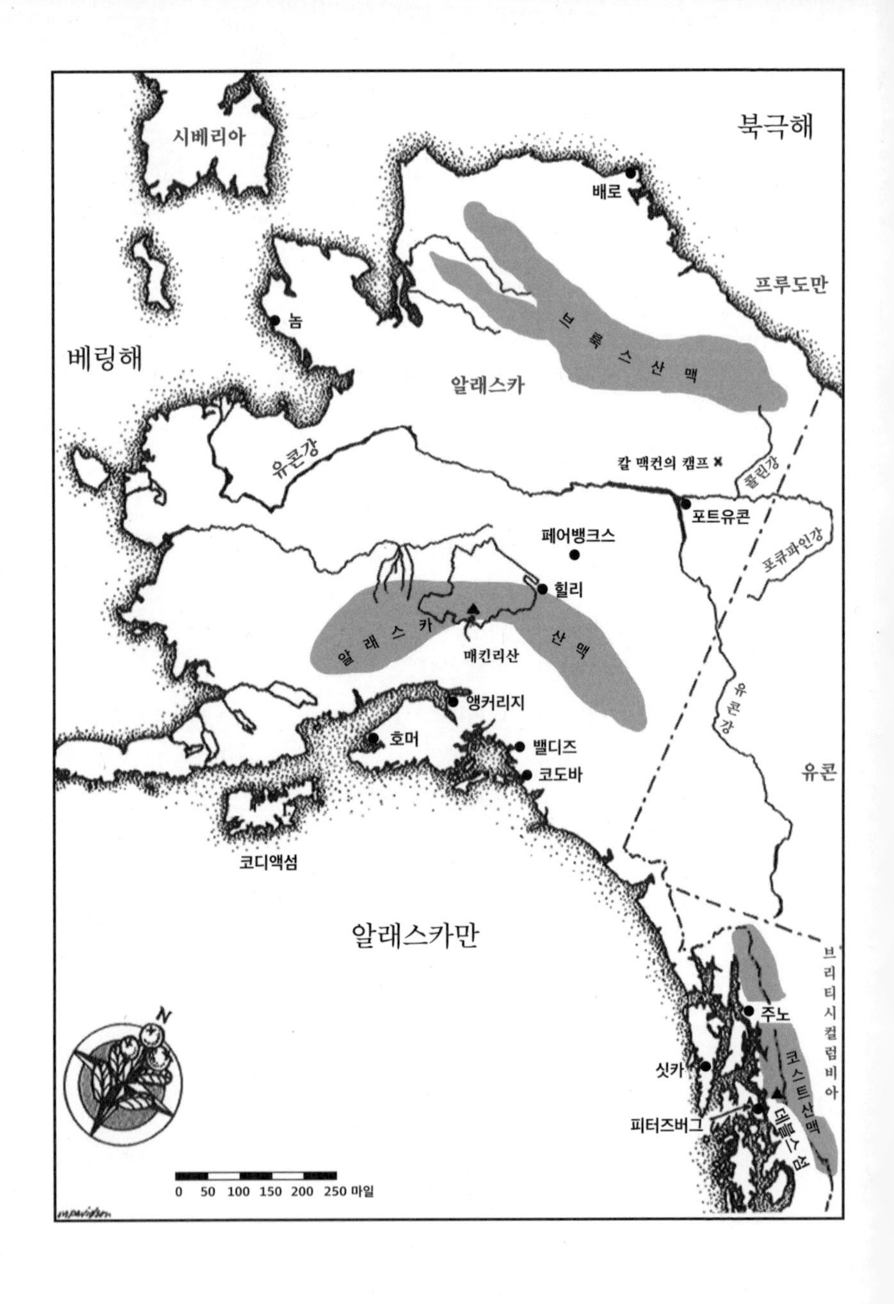

시베리아
북극해
배로
프루도만
놈
베링해
브룩스 산맥
알래스카
유콘강
칼 맥컨의 캠프
콜린강
포트유콘
페어뱅크스
포큐파인강
힐리
알래스카 산맥
매킨리산
유콘강
앵커리지
호머
밸디즈
코도바
유콘
코디액섬
알래스카만
브리티시컬럼비아
주노
싯카
코스트산맥
피터즈버그
데블스섬
0 50 100 150 200 250 마일
N

CHAPTER 1

알래스카로 가다

1992년 4월 27일

페어뱅크스에서 안부 전합니다! 아마도 제가 보내는 마지막 편지일 거예요. 이곳에는 이틀 전에 도착했어요. 유콘 준주(準州)에서 차를 잡느라 꽤 애를 먹었죠. 그래도 결국에는 여기에 왔습니다.

내 앞으로 오는 우편물은 보낸 사람에게 다시 보내주세요. 남부에 돌아가려면 한참 있어야 할 테니까요. 혹시라도 이 여행이 내 마지막 여행이 되어 다시는 소식을 전하지 못하게 된다면, 당신이 좋은 사람이라는 말을 꼭 해주고 싶어요. 이제 나는 야생 속으로 갑니다. 알렉스

❖ 웨인 웨스터버그가 사우스다코타주 카시지에서 받은 엽서

짐 갤리언은 페어뱅크스 외곽 6킬로미터 지점을 달리다 길 옆 눈 속에 서서 엄지손가락을 추켜올리는 한 젊은이를 보았다. 청년은 알래스카의 흐릿한 여명 속에서 몸을 덜덜 떨고 있었다. 나이가 그렇게 많아 보이지는 않았다. 열여덟 살, 많아 봐야 열아홉 살 정도. 배낭 밖으로 소총이 삐져나와 있긴 했지만 인상은 굉장히 서글서글했다. 알래스카에서 반자동 장전식 레밍턴 소총을 가진 청년 앞에 차를 세울 운전자는 거의 없겠지만, 짐 갤리언은 트럭을 갓길에 세우고 그를 태웠다.

청년은 가방을 트럭 뒷자리에 휙 던지고는 알렉스라고 자신을 소개했다.

"알렉스?"

갤리언이 성까지 말해보라는 뜻으로 미끼를 슬쩍 던졌다.

"그냥 알렉스라고 불러주세요."

청년은 갤리언이 던진 미끼를 가볍게 물리쳤다. 170센티미터 정도 되는 키에 마른 체격의 청년은 사우스다코타에서 왔으며 나이는 스물네 살이라고 했다. 그러면서 데날리 국립공원 근처까지만 태워주면 거기서 숲 깊숙이까지 걸어가 "몇 달 동안 자급자족해 살아갈 것"이라고 설명했다.

전기기술자인 갤리언은 조지 파크스 고속도로를 타고 데날리에서 약 380킬로미터 떨어진 앵커리지로 가는 길이었다. 그는 알렉스에게 원하는 곳에 내려주겠다고 했다. 알렉스의 배낭은 기껏해야 12~13킬로그램 정도 되어 보였다. 노련한 사냥꾼이자 숲속 사정에 밝은 갤리언이 보기에는 오지에서 그것도 이른 봄에 몇 달 동안 머물기에 말도 안 되게 가벼운 무게였다. 갤리언은 그때의 일을 이렇게 전했다.

"그 정도의 식량과 장비를 가지고 오지에 가겠다고 하니 어처구니가 없었죠."

태양이 떠올랐다. 두 사람이 탄 차가 타나나강 위쪽의 숲으로 뒤덮인 산마루를 내려왔다. 알렉스는 남쪽으로 뻗어 있는, 바람에 휩쓸린 광활한 늪지대를 바라보았다. 갤리언은 자기가 태운 이 청년이 혹시 소설가 잭 런던이 그린 판타지에 푹 빠져 무작정 북부로 온 정신 나간 남부 사람은 아닐까 생각했다. 오래전부터 알래스카에는 몽상가와 사회 부적응자, 말하자면 '마지막 변방'의 광활함과 때 묻지 않은 순수함이 자기 삶의 빈 곳을 메워줄 거라고 착각하는 사람들이 끊임없이 모여들었다. 하지만 알래스카는 희망이나 동경을 여지없이 무너뜨리는 냉혹한 곳이다. 갤리언이 쩌렁쩌렁한 목소리로 느릿느릿 이야기했다.

"타지 사람들은 〈알래스카Alaska〉라는 잡지 한 권을 대충 읽어보고는 생각합니다. '그래, 그곳으로 가 자급자족하면서 멋들어지게 한번 살아보는 거야.' 하지만 실제로 숲 안으로 들어가 보면, 글쎄요, 잡지와는 전혀 다를걸요. 강은 거대하고 물살은 빠르죠.

모기들이 사람을 산 채로 뜯어먹어요. 어디를 가도 사냥할 짐승들이 별로 많지 않습니다. 숲에서 사는 걸 어디 소풍 가는 것쯤으로 생각했다간 큰코다쳐요."

페어뱅크스에서 데날리 공원 근처까지는 차로 두 시간이 걸렸다. 처음에 갤리언은 알렉스가 괴상한 인간이라고 생각했지만, 이야기를 나누다 보니 그런 마음이 차츰 사라졌다. 말도 잘 통하고 교육도 잘 받은 청년 같았다. 알렉스는 숲속에서 손쉽게 사냥할 수 있는 짐승은 뭐가 있는지, 먹을 수 있는 열매는 뭐가 있는지 꽤나 진지하게 질문을 해댔다.

짐 갤리언은 슬슬 걱정이 되었다. 알렉스는 배낭에 든 식량이라고는 쌀 4.5킬로그램이 전부라고 털어놓았다. 장비 역시 오지의 거친 환경에서 지내기에는 터무니없이 허술했다. 4월의 오지에는 아직 겨울의 눈덩이가 그대로 있었다. 알렉스의 값싼 가죽 하이킹 부츠는 방수나 보온이 되지 않았다. 소총은 겨우 22구경이었다. 오지에서 한참을 지내려면 무스나 순록 같은 커다란 짐승을 사냥해야 할 텐데, 그런 총으로는 어림도 없었다. 알렉스에게는 도끼도, 방충제도, 눈신도, 나침반도 없었다. 그의 소지품 중 방향을 파악하는 데 도움이 될 만한 거라곤 주유소에서 집어온 너덜너덜한 지도가 전부였다.

페어뱅크스를 지나 150여 킬로미터를 달리니 알래스카산맥의 언덕으로 이어지는 길이 나왔다. 트럭이 네나나강의 다리를 지나는데 알렉스가 빠른 물살을 내려다보더니 물을 무서워한다는 말을 했다.

"1년 전에 멕시코에서 카누를 타고 바다에 나갔다가 폭풍우가 몰아치는 바람에 죽을 뻔했거든요."

잠시 후에 알렉스는 부실하기 짝이 없는 지도를 꺼내더니 탄광 도시 힐리 근처 도로를 가로질러 대충 그어놓은 빨간 선을 가리켰다. 선은 스탬피드 트레일을 나타냈다. 사람들이 거의 찾지 않는 길이라 대부분의 알래스카 도로 지도에 표시조차 되지 않는 곳이었다. 하지만 알렉스가 가진 지도에서 그 선은 파크스 고속도로에서 서쪽으로 65킬로미터 정도 구불구불하고 띄엄띄엄 이어지다가 매킨리산 북쪽, 길도 없는 황야 중간에서 사라졌다. 알렉스는 바로 거기가 자신의 목적지라고 했다.

짐 갤리언은 알렉스가 세운 계획이 아무래도 무모해 보여 몇 번이나 말렸다.

"그가 가겠다는 곳에서는 사냥이 만만치 않아요. 며칠이 가도 짐승 한 마리 잡지 못할 거라고 얘기해줬죠. 그런데도 소용없더군요. 그래서 좀 더 겁을 주려고 곰 얘기를 했어요. 그가 가진 장비로는 회색 곰을 자극해 날뛰게 만들 뿐이라고 말해줬어요. 알렉스는 별로 걱정하는 것 같지 않더군요. '나무에 올라가면 되죠'라고 대답하고는 끝이었어요. 그래서 그런 곳에서 자라는 검은 가문비나무는 가늘고 작아서 곰이 한 손으로도 쓰러뜨릴 수 있다고 설명해줬죠. 하지만 꿈쩍도 하지 않았어요. 내가 무슨 말을 하든 그 청년은 대수롭지 않게 받아넘겼어요."

짐 갤리언은 알렉스에게 앵커리지까지 데려다줄 테니 거기서 적당한 장비를 사라고 했다. 그런 다음 원하는 곳까지 데려다주겠다고.

"아뇨. 어쨌든 감사합니다. 지금 가지고 있는 것만으로 충분할 겁니다."

갤리언은 알렉스에게 사냥 허가증이 있느냐고 물었다. 알렉스가 피식 웃더니 대답했다.

"아니요. 내가 어떻게 먹고 살든 정부가 관여할 일이 아니죠. 그런 멍청한 법 따위는 엿이나 먹으라고 하세요."

갤리언이 알렉스에게 부모님이나 친구들이 그가 뭘 하려는지 아느냐고, 그에게 문제가 생겨서 제 날짜에 돌아가지 못할 경우 신고를 해줄 사람이 있느냐고 물었다. 알렉스는 덤덤한 말투로 아무도 자신의 계획을 모르며 최근 2년 동안 가족과 연락을 끊고 살았다고 대답했다.

"정말로 자신 있습니다. 내 힘으로 감당 못할 일 같은 건 없을 거예요."

알렉스는 갤리언을 안심시켰다. 갤리언이 이렇게 말했다.

"그 젊은이를 설득할 방법이 없었어요. 그는 단호했습니다. 열정 그 자체였어요. 이마에 '흥분하다'라는 말이 딱 붙어 있는 것 같았다니까요. 그는 얼른 오지로 들어가 뭔가를 시작하고 싶어 안달했습니다."

갤리언은 페어뱅크스에서 세 시간을 달리다가 고속도로를 빠져나왔다. 이제 낡은 사륜구동 트럭은 눈 덮인 스탬피드 트레일을 달렸다. 몇 킬로미터쯤 가니 가문비나무와 사시나무가 자라고 잡초가 우거진 지역이 나왔다. 드문드문 통나무집이 자리 잡고 있었다. 거기까지만 해도 경사가 완만했지만 마지막 통나무집을 지나면서부터는 길이 급격히 험해졌다. 일부가 물에 쓸려 나가고 오리나무가 무성하게 자라 길 여기저기가 움푹 패고 사람들의 발길도 끊어졌다.

그 길은 여름에는 그럭저럭 다닐 만했다. 하지만 그즈음에는 50센티미터 가까이 쌓인 질퍽질퍽한 눈 때문에 통행이 불가능했다. 고속도로에서 벗어나 15킬로미터쯤 가니 더 들어갔다가는 아무래도 돌아 나올 수 없을 것 같았다. 갤리언은 낮은 언덕 꼭대기에 차를 세웠다. 북아메리카에서 가장 높은 산맥의 꼭대기가 얼음에 뒤덮인 채 서남쪽 지평선에서 희미하게 빛났다.

알렉스는 갤리언에게 자신의 시계와 빗, 그리고 동전 85센트를 꼭 주고 싶어 했다. 가진 돈의 전부라고 했다. 갤리언은 한사코 마다했다.

"아니, 돈은 필요 없네. 그리고 시계는 나도 있어."

알렉스가 장난스럽게 말했다.

"만약 받지 않으시면, 그냥 버릴 겁니다. 시간 같은 건 알고 싶지 않아요. 오늘이 며칠인지, 내가 있는 곳이 어디인지도 알고 싶지 않고요. 그런 건 하나도 중요하지 않습니다."

알렉스가 차에서 내리기 전, 갤리언은 뒷자리로 손을 뻗어 오래된 고무 작업화를 꺼내 알렉스에게 가져가라고 했다. 갤리언이 그때 일을 이렇게 전했다.

“신발은 청년에게 너무 컸어요. 그래서 내가 말했죠. ‘양말을 두 개 신게. 그러면 발이 젖지 않고 따뜻할 테니까.’”

“이 신세를 어떻게 갚죠?”

“그런 걱정은 하지 말고.”

갤리언은 이렇게 대답하고는 자기 전화번호를 적은 종이 한 장을 알렉스에게 주었다. 알렉스는 종이를 조심스럽게 접더니 나일론 지갑에 넣었다.

“살아서 나오면 내게 전화하게. 그러면 그 신발을 어떻게 돌려줘야 하는지 말해주지.”

갤리언은 아내가 점심으로 싸준 치즈 참치 샌드위치 두 개와 콘칩 한 봉지도 알렉스 손에 쥐어주었다. 젊은이는 배낭에서 카메라를 꺼내 갤리언에게 건네며 사진 한 장만 찍어 달라고 부탁하고는 소총을 어깨에 멘 채 길 입구에 섰다. 그러고는 활짝 미소를 지어보이더니 눈 덮인 길을 따라 사라졌다. 1992년 4월 28일 화요일이었다.

갤리언은 차를 돌려 파크스 고속도로로 다시 진입한 다음 앵커리지로 향했다. 그리고 몇 킬로미터쯤 달려 힐리라는 작은 마을에 도착했다. 그곳에는 알래스카 주경찰관들이 상주하고 있었다. 갤리언은 거기에 들러 알렉스 이야기를 해야 할지 잠깐 고민했다. 하지만 그만두기로 했다.

"괜찮을 거라고 생각했어요. 얼마 안 가 배가 고파지면 제 발로 걸어 나올 거라고요. 다들 그러거든요."

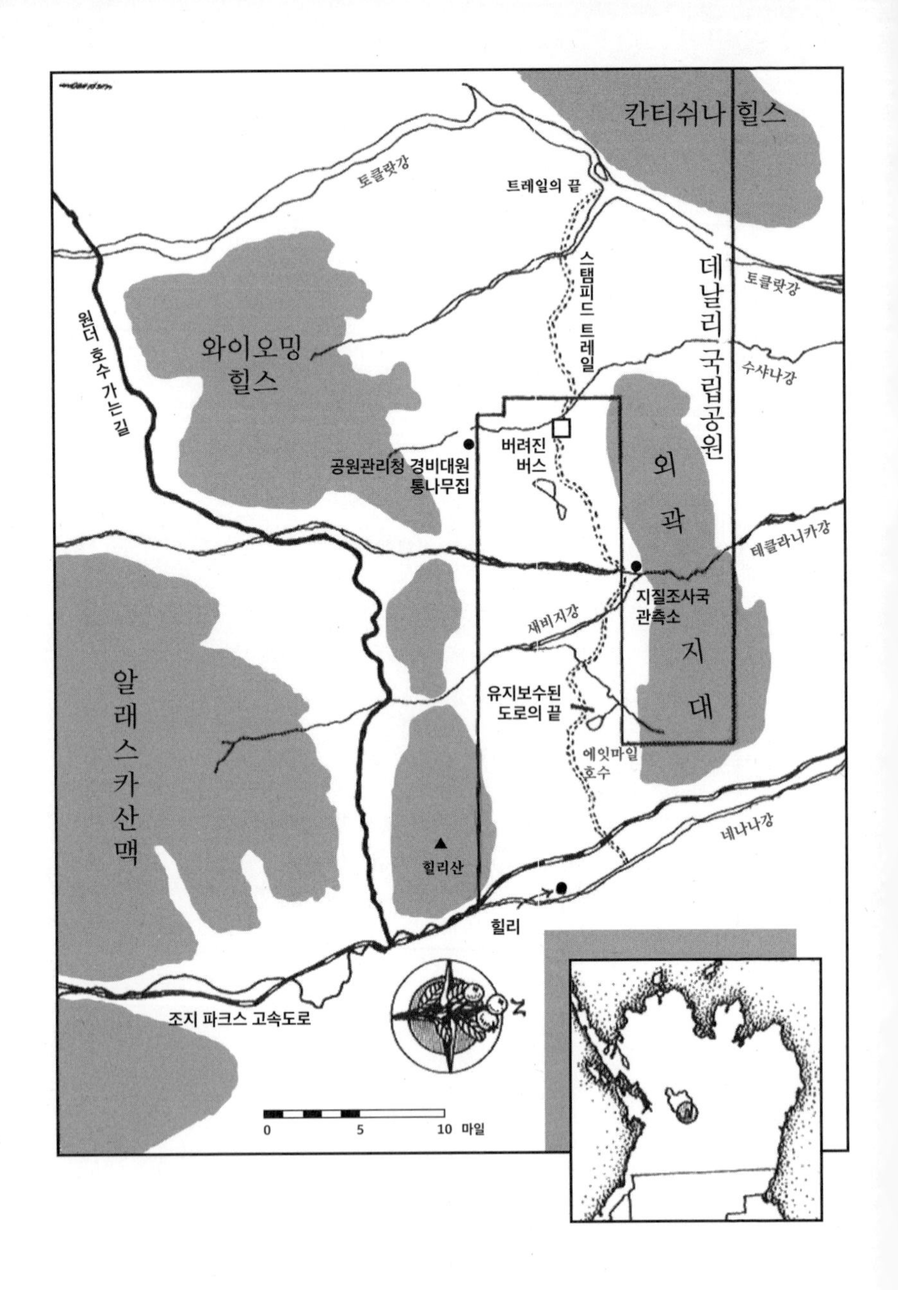

칸티쉬나 힐스
토클랏강
트레일의 끝
스탬피드 트레일
데날리 국립공원
토클랏강
와이오밍
힐스
원더 호수 가는 길
수샤나강
버려진
버스
공원관리청 경비대원
통나무집
외
곽
지
대
테클라니카강
지질조사국
관측소
새비지강
알래스카산맥
유지보수된
도로의 끝
에잇마일
호수
네나나강
힐리산
힐리
조지 파크스 고속도로
0
5
10 마일

CHAPTER 2

스탬피드 트레일 I

잭 런던은 **왕**이다.

알렉산더 슈퍼트램프, 1992년 5월

❖ 크리스 맥캔들리스가 죽은 자리에서 발견된 나무 조각에 새겨진 글

얼어붙은 강물 양쪽에 시커먼 가문비나무 숲이 얼굴을 찌푸린 채 서 있었다. 방금 불어온 바람에 하얗게 덮여 있던 서리가 벗겨진 나무들은 희미해지는 빛 속에서 음울하고 불길한 모습으로 서로에게 몸을 기대는 듯했다. 거대한 침묵이 대지에 내려앉았다. 생기도 움직임도 없는 대지는 황량하며 너무도 적막하고 추워서 그 땅의 영혼은 슬픔조차 드러내지 못했다. 그곳에도 웃음이라 할 만한 것이 있었지만, 그것은 슬픔보다 더 고통스러운 웃음이었다. 스핑크스의 미소만큼이나 서글픈 웃음, 서리처럼 차갑고 한 치의 오차도 허용하지 않는 엄격한 웃음이었다. 그것은 삶의 덧없음과 삶을 이어가려는 노력을 비웃는 오만하며 공유할 수 없는 영원의 지혜였다. 그것은 황야, 야만스럽고 냉혹한 심장을 가진 북극의 황야였다.

잭 런던, 《늑대개》

알래스카산맥의 북쪽 기슭, 거대한 성벽과도 같은 매킨리산과 그 산맥들이 아래쪽 칸티쉬나 평원으로 이어지기 직전에, 외곽 지대라 불리는 낮은 산등성이들이 정돈되지 않은 침대 위의 구겨진 담요처럼 평원을 따라 뻗어 있다. 외곽 지대의 가장 바깥쪽에 깎아지른 듯 서 있는 두 절벽 사이에 폭이 8킬로미터 정도 되는 골짜기가 물이끼와 오리나무 숲과 앙상한 가문비나무들이 뒤섞인 습지에 싸인 채 동서로 뻗어 있다. 그처럼 이끼와 다양한 수종이 뒤얽힌 저지대를 가로지르는 길이 스탬피드 트레일, 바로 크리스 맥캔들리스가 야생으로 들어갈 때 지나간 길이다.

스탬피드 트레일은 1930년대 얼 필그림이라는 전설적인 알래스카 광부가 처음 개척한 길이다. 얼 필그림은 토클랏강의 클리어워터 포크 위쪽의 스탬피드 크리크에서 안티몬합금을 만드는 데 흔히 쓰이는 금속원소에 대한 소유권을 주장했는데, 스탬피드 트레일은 이곳과 연결되어 있었다. 1961년에 페어뱅크스 회사인 유탄 건설이 불과 2년 전에 새로 주로 승격된 알래스카를 상대로 그 길을 개선하기로 계약을 맺고는 광산에서 생산되는 광석을 트럭으로 1년 내내 실어 나를 수 있게 했다. 회사에서는 공사 기간에 인부들이 머물 수 있도록 고물 버스 세 대를 구입해 버스마다 침대와 드럼통 난로를 비치한 다음 D-9 캐터필러 트랙터를 이용해 황무지로 끌고 갔다.

공사는 1963년에 중단되었다. 약 80킬로미터에 이르는 도로가 건설되긴 했지만, 도로가 지나는 수많은 강에 다리가 하나도 세워지지 않은 데다 영구동토층이 녹고 철마다 홍수가 발생하다 보니 얼마 안 가 길은 통행이 불가능해졌다. 유탄 건설은 세 대의 버스 중 두 대를 다시 고속도로로 끌어오고 나머지 한 대는 오지로 오는 사냥꾼이나 덫사냥꾼 들이 들어가 쉬어 갈 수 있도록 그 자리에 그대로 두었다. 공사가 중단되고 30년이 지나면서, 노면이 대부분 유실되고 덤불이나 비버 연못비버가 강을 막아서 만들어진 작은 연못 때문에 사라지기도 했지만 버스는 아직 그곳에 있다.

1940년대에 중장비 제조사 인터내셔널 하베스터에서 생산한 그 버스는 힐리에서 서쪽으로 약 40킬로미터 지점, 갈까마귀가 날아다니는 곳, 데날리 국립공원 경계에서 약간 벗어난 스탬피드 트레일 옆에 버려진 채 무성한 잡초와 어울리지 않는 모습으로 녹슬어가고 있다. 시동은 걸리지도 않는다. 창문 몇 개는 깨졌거나 완전히 없어졌고, 바닥에는 깨진 위스키 병이 흩어져 있다. 녹색과 흰색으로 칠해진 차체는 보기 흉하게 녹이 슬었다. 비바람을 맞아 희미해진 글자는 그 낡은 기계가 한때 페어뱅크스 시 운송망에 속했던 142번 버스였다고 말해준다. 요즘은 예닐곱 달 동안 그곳에 사람 하나 오지 않는 일이 흔하지만, 1992년 9월 초에는 같은 날 오후에 세 무리, 여섯 사람이 그 외진 곳의 버스를 찾아왔다.

1980년에 데날리 국립공원의 경계가 확장되어 칸티쉬나 힐스와 외곽 지대 최북단 산맥까지 포함되었지만, 새롭게 형성된 공원 부지 내의 저지대 한 구획은 제외되었다. 스탬피드 트레일의 앞쪽 절반을 에워싸는 길쭉한 땅으로 울프 타운십스라는 곳이다. 가로 11킬로미터 세로 32킬로미터 크기의 이 땅은 삼면이 국립공원 보호구역으로 둘러싸여 있어 늑대, 곰, 순록, 무스를 비롯해 다양한 종류의 사냥감이 여느 곳보다 풍부한데, 이런 사실을 아는 사냥꾼들과 덫을 놓는 사람들은 행여 밖으로 새나가지 않게 자기들끼리 비밀로 하고 있다. 가을에 무스 사냥철이 시작되면, 몇몇 사냥꾼이 공원 경계선 안쪽으로 3킬로미터쯤에 있지만 공원에 속하지는 않는 길의 서쪽 끝 수샤나강 옆에 있는 이 낡은 버스를 찾곤 한다.

1992년 9월 6일, 앵커리지의 자동차 정비소 주인인 켄 톰슨과 직원 고든 사멜, 두 사람의 친구이며 공사현장 인부인 페르디 스완슨은 무스 사냥을 하러 버스가 있는 곳으로 갔다. 버스까지 가는 길은 수월치 않다. 스탬피드 트레일의 포장도로가 끝나는 지점에서 15킬로미터 정도를 더 가면 테클라니카강이 나오는데, 빙하토가 섞여 있는 강물은 차갑고 물살도 빠르다. 상류 쪽 강기슭 바로 아래에 좁은 협곡이 있는데, 이 협곡을 지나면서 강은 허연 거품을 내며 끓어오른다. 대부분의 사람이 이 뿌연 급류를 건너야 한다는 생각에 앞으로 나갈 엄두를 내지 못한다.

하지만 톰슨, 사멜, 스완슨은 자동차가 도저히 지날 수 없다고 생각되는 곳으로 차를 몰고 가는 걸 아주 좋아하는 모험심 강한 알래스카 사람들이다. 세 사람은 강둑을 왔다 갔다 하며 살피다가 비교적 얕은 물길들이 얽혀 넓게 퍼져 있는 부분을 발견하고는 주저 없이 물속으로 차를 몰았다. 톰슨이 이렇게 말했다.

"내가 맨 앞에 갔죠. 강폭이 20미터가 좀 넘었고 물살도 정말 셌어요. 내 차는 1미터 정도 크기의 타이어가 달린 잭업 방식의 4도어 사륜구동 82년형 닷지인데도 물이 보닛까지 올라오더군요. 어느 정도 가니 더는 건널 수 없겠다는 생각이 들었어요. 사멜의 차 앞에는 3,600킬로그램짜리 윈치가 달려 있었죠. 그래서 나는 사멜더러 내 뒤에서 바짝 따라오다가 내가 시야에서 사라지면 끌어내라고 했습니다."

톰슨은 별 사고 없이 멀리 떨어진 둑까지 갔고, 그 뒤로 사멜과 스완슨이 각자 트럭을 타고 따라갔다. 두 대의 트럭 짐칸에는 삼륜구동과 사륜구동 경량 ATV가 실려 있었다. 세 사람은 자갈이 길게 뻗어 있는 곳에 대형 트럭을 세우고 ATV를 내린 다음, 작고 기동성 좋은 그 ATV를 타고 버스를 향해 움직였다.

강을 지나 몇백 미터를 가니 길은 사라지고 가슴 깊이의 비버 연못이 여러 개 이어졌다. 절대 물러서는 법이 없는 세 명의 알래스카 사람은 앞을 가로막는 장애물을 다이너마이트로 폭파하고 연못의 물을 빼냈다. 그런 다음 계속 차를 몰아 돌투성이 강바닥과 울창한 오리나무 숲을 지났다. 이들은 늦은 오후가 되어서야 버스에 도착했다. 그곳에 도착하니 "15미터 정도 떨어진 곳에 앵커리지에서 온 남녀가 겁먹은 얼굴로 서 있는 모습이 보였다"고 톰슨은 말했다.

셋 다 버스에 들어가 보지 않았지만 '버스에서 나는 꽤 지독한 냄새'를 맡을 정도로는 가까이 다가갔다. 무용수들이 신는 것 같은 빨간색 털실 레그 워머로 대충 만든 깃발이 버스 뒷문 옆 오리나무 가지 끝에 묶여 있었다. 열린 문에는 불길한 분위기를 풍기는 메모가 붙어 있었다. 니콜라이 고골의 소설책에서 찢어낸 페이지에 단정한 블록체로 이렇게 적혀 있었다.

S.O.S. 도와주세요. 부상을 당했고 곧 죽을 것 같습니다. 몸이 너무 약해져서 여기를 빠져나갈 수도 없어요. 여긴 나 혼자입니다. **농담이 아니에요.** 제발, 이곳에서 기다렸다가 나를 구해주세요. 근처에 열매를 따러 나갑니다. 오늘 저녁에 돌아올 겁니다. 감사합니다. 크리스 맥캔들리스. 지금이 8월 맞나요?

앵커리지에서 온 남녀는 메모의 내용과 뭔가가 썩는 듯한 지독한 냄새에 잔뜩 겁을 먹은 탓에 버스 안을 확인할 생각도 하지 못했다. 그래서 사멜이 살펴보기로 했다. 창문으로 들여다보니 레밍턴 소총, 탄환이 담긴 플라스틱 상자, 페이퍼백 책 여덟 권 또는 아홉 권, 찢어진 청바지 몇 벌, 조리도구 몇 개, 값비싼 배낭이 보였다. 버스 맨 뒤쪽, 아무렇게나 만들어놓은 침대 위에 파란색 침낭이 있었는데 그 안에 뭔가 혹은 누군가 있는 듯했다. 사멜은 이렇게 말했다.

"뭔지 확실히 알 수는 없었어요. 나무 그루터기에 올라서서 뒤쪽 창문 안으로 손을 넣어 침낭을 흔들어보았죠. 분명 안에 뭔가가 있었는데, 뭔지는 몰라도 그렇게 무겁지는 않았어요. 반대편으로 돌아가서 삐져나온 머리를 보고서야 그게 뭔지 정확히 알 수 있었죠."

크리스 맥캔들리스는 죽은 지 20일 가까이 지나 있었다.

매사에 의견이 분명한 사멜은 시신을 즉시 이송해야 한다고 판단했다. 하지만 사멜과 톰슨의 작은 차도 그렇고 앵커리지 커플의 ATV에도 그럴 만한 공간이 없었다. 잠시 후 여섯 번째 사람이 등장했는데, 힐리에서 온 부치 킬리언이라는 사냥꾼이었다. 킬리언이 아르고라는 커다란 수륙양용 팔륜구동 ATV를 몰고 온 것을 보고 사멜이 시신을 이송하자고 제안했다. 하지만 킬리언은 그건 알래스카 주경찰국이 할 일이라며 거절했다.

광부인 킬리언은 밤이면 힐리 의용소방대의 응급구조사로도 일하고 있어서 아르고에 송수신 겸용 무전기를 갖고 있었다. 그가 있는 곳에서는 전혀 교신이 안 되었기 때문에 킬리언은 고속도로 쪽으로 차를 몰았다. 길을 따라 8킬로미터쯤 가서야 날이 어두워지기 직전에 힐리 발전소의 무선 교환원과 간신히 연결되었다.

"위급 상황, 여기는 부치 킬리언. 경찰국에 연락해주세요. 수샤나 근처의 버스 뒷자리에 사람이 있습니다. 죽은 지 한참 된 것 같아요."

다음 날 아침 8시 30분에 경찰 헬리콥터가 먼지바람과 사시나무 잎으로 소용돌이를 일으키며 버스 옆에 요란하게 착륙했다. 경찰은 타살 흔적을 찾아 버스 안과 주변을 대충 살피고 떠났다. 그들은 크리스 맥캔들리스의 시신과 함께 카메라, 사진을 찍은 필름 다섯 통, SOS 쪽지, 113개의 짤막하고 난해한 글로 그 젊은이의 마지막 몇 주가 기록되어 있는 일기장(야생 식용식물 안내서의 마지막 두 페이지에 적힌 일기였다)도 함께 가지고 갔다.

시신은 앵커리지로 이송되었고 그곳 범죄 연구소에서 부검되었다. 부패가 심해서 정확한 사망 시점을 알아낼 수 없었지만, 검시관은 심각한 내상이나 골절의 흔적은 발견하지 못했다. 몸에는 피하지방이 전혀 없었고, 근육은 사망 며칠 전 혹은 몇 주 전에 상당히 약해진 상태였다. 부검 당시 몸무게는 30킬로그램 정도였다. 굶주림이 사망의 주원인으로 추정되었다.

SOS 쪽지 맨 아래 크리스 맥캔들리스의 서명이 있었고, 사진들을 현상해보니 주로 자신을 찍은 것이었다. 하지만 신분증이 없었기 때문에 당국에서도 그가 누구인지, 어디에서 왔는지, 왜 그곳에 있었는지 확인할 수 없었다.

CHAPTER 3

카시지 I

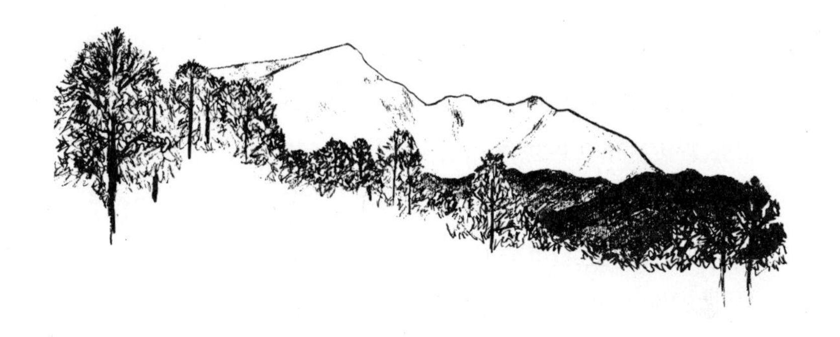

나는 움직이고 싶었다. 조용히 살다가 사라지는 삶은 원치 않았다. 흥분과 위험을 원했으며 사랑을 위해 나 자신을 희생할 수 있기를 바랐다. 조용한 삶에서는 분출할 수 없는 엄청난 에너지가 내 안에 있다는 걸 느꼈다.

레프 톨스토이, 《행복》

❖ 크리스 맥캔들리스의 시신과 함께 발견된 책에 강조되어 있는 구절

구속받지 않는 삶이 언제나 우리를 들뜨게 했음을 (……) 부정해서는 안 된다. 그것은 역사와 억압과 법과 진저리 나는 의무에서 벗어나 완전한 자유를 얻으려는 마음에서 비롯되며, 그래서 길은 항상 서부로 이어졌다.

월리스 스테그너, 《삶의 터전으로서의 미국 서부》

사우스다코타주 카시지, 참나무 판잣집과 말끔한 마당, 비바람에 풍화된 벽돌 건물 상점들 사이로 인구 274명이 모여 사는 이 작고 조용한 마을은 시간 속을 떠돌듯 광활한 북부 평원에 소박하게 서 있다. 장엄한 모습으로 줄지어 서 있는 양버들이 거리에 그림자를 드리운다. 바둑판 모양의 거리에는 좀처럼 차들이 지나가지 않는다. 마을에는 식료품점 하나와 은행 하나, 주유소 하나, 그리고 카바레라는 술집 하나가 있다. 그 술집에서 웨인 웨스터버그는 칵테일을 홀짝이고 달달한 시가를 씹으면서 이름이 알렉스라고 했던 묘한 젊은이를 떠올렸다.

술집 합판 벽에는 사슴뿔, 올드 밀워키 맥주 광고 사진, 막 날아오르려 하는 엽조가 그려진 보기 흉한 그림이 매달려 있다. 작업복 차림에 지저분한 작업모를 쓴 농부들, 광부만큼이나 더러운 그들의 피곤에 전 얼굴 위로 담배 연기가 뭉실뭉실 피어올랐다. 농부들은 짤막하고 무미건조한 말투로 변덕스러운 날씨와 아직 푹 젖어 있어 벨 수 없는 해바라기에 대해 큰 소리로 걱정을 늘어놓았다. 그들의 머리 위, 소리를 죽여놓은 텔레비전 화면에서 로스 페로의 냉소적인 얼굴이 깜빡거렸다. 빌 클린턴이 대통령 당선자가 되기 여드레 전이다. 그리고 크리스 맥캔들리스의 시신이 알래스카에서 발견된 지 두 달쯤 지났을 때다.

"알렉스는 이걸 즐겨 마셨죠."

웨인 웨스터버그는 씁쓸한 얼굴로 얼음이 든 화이트 러시안 잔을 빙빙 돌리면서 말했다.

"바로 저쪽 구석에 앉아서 여행 중 겪었던 흥미진진한 이야기를 들려주었어요. 몇 시간이고 계속 얘기했죠. 마을 사람들 대부분이 알렉스를 굉장히 좋아했어요. 그 친구에게 그런 일이 일어나다니 기분이 이상하군요."

어깨가 탄탄하고 검은 수염을 기른 웨스터버그는 에너지가 넘치는 사람이다. 그는 탈곡기를 카시지에 한 대, 마을에서 몇 킬로미터 떨어진 곳에 한 대 가지고 있지만 매년 여름이면 콤바인 기술자들을 임시로 고용해 텍사스 북부에서 캐나다 국경까지 다니며 수확을 한다. 1990년 가을, 웨스터버그는 중북부 몬태나에서 맥주 회사인 쿠어스와 앤하이저부시에 판매할 보리를 추수하면서 한 해 수확을 마무리하고 있었다. 9월 10일 오후, 고장 난 콤바인에 쓸 부품을 사러 차를 몰고 컷 뱅크에 다녀오는 길에 그는 히치하이커를 한 명 태웠다. 붙임성 좋은 그 청년은 자기 이름이 알렉스 맥캔들리스라고 했다.

맥캔들리스는 체격이 자그마했지만 일용직 노동자처럼 건강하고 다부졌다. 두 눈에는 사람의 마음을 끄는 뭔가가 있었다. 감성적이고 짙은 눈동자는 이국 사람(그리스 사람 또는 어쩌면 치페와 인디언)의 혈통을 이어받았을 것 같은 분위기를 풍겼다. 그러면서 또 연약해 보이기도 해 웨스터버그는 청년을 보호해주고 싶다는 마음이 들었다. 여자들을 애태우게 할 만큼 섬세하고 잘생긴 용모를 지녔다고 웨스터버그는 생각했다. 청년의 얼굴은 신기하리만치 변화무쌍했다. 한순간 나른하고 무표정하게 있다가 갑자기 얼굴을 일그러뜨리면서 입을 떡 벌리고 치아를 다 드러내 보이며 활짝 웃었다. 그는 근시여서 철테 안경을 썼다. 그리고 배가 고파 보였다.

맥캔들리스를 태우고 10분쯤 달리다가, 웨스터버그는 친구에게 물건을 전하기 위해 이스리지 시내에서 차를 멈췄다.

"친구가 우리 두 사람에게 맥주를 주고는 알렉스에게 식사한 지 얼마나 되었느냐고 물었죠. 알렉스는 며칠 되었다고 털어놓았어요. 돈도 다 떨어졌다고 하더군요."

우연히 이 말을 들은 친구의 아내가 알렉스에게 푸짐한 저녁 식사를 차려주겠다고 고집했다. 알렉스는 음식을 정신없이 먹어 치우고는 식탁에 앉은 채로 곯아떨어졌다.

맥캔들리스는 2번 고속도로를 따라 동쪽으로 390킬로미터쯤에 있는 사코 온천에 가려 한다고 웨스터버그에게 말했다. 어떤 '고무 방랑자'(자동차를 운전해 다니는 사람을 말하며, 차가 없어서 히치하이킹을 하거나 걸어서 다녀야 하는 사람은 '가죽 방랑자'라고 한다)에게서 그곳 얘기를 들었다고 했다. 웨스터버그는 그 길을 따라 15킬로미터 지점까지만 데려다줄 수 있으며 거기서부터는 북쪽으로 방향을 돌려 선버스트에 가야 한다고 대답했다. 거기에서 추수 중인 들판 근처에 트레일러를 보관해두었다고도 했다. 웨스터버그가 맥캔들리스를 내려주려고 갓길에 차를 세웠을 때는 밤 10시 30분이었고 비가 억수같이 쏟아지고 있었다. 웨스터버그는 맥캔들리스에게 이렇게 말했다.

"어쩌지, 이렇게 비가 오는데 자네를 두고 가려니 맘이 편치가 않구먼. 자네에게 침낭이 있으니까 나하고 같이 선버스트로 간 다음 트레일러에서 하룻밤 지내는 게 어떻겠나?"

맥캔들리스는 사흘 동안 웨스터버그와 지내면서, 매일 아침 일꾼들이 황금빛 들판을 가로지르며 덜컥거리는 콤바인을 몰 때 그들과 함께 나갔다. 맥캔들리스와 헤어지면서 웨스터버그는 그 젊은이에게 일자리가 필요하면 카시지로 자기를 찾아오라고 말했다.

"알렉스가 마을에 나타난 것은 불과 2~3주 지나서였어요."

웨인 웨스터버그는 이렇게 기억한다. 그는 맥캔들리스에게 곡물 창고 일자리를 마련해주었고 그가 소유한 두 채의 집 중 하나에 딸린 방을 싸게 빌려주었다.

"오랫동안 많은 히치하이커에게 일자리를 줬어요. 대부분 별로 모범적이지 않았어요. 진짜로 일을 하고 싶어 하는 게 아니었죠. 그런데 알렉스는 달랐어요. 내가 본 사람들 중 가장 열심히 일하는 사람이었어요. 어떤 일이든 가리지 않았어요. 고된 육체노동도, 구멍 바닥에서 썩은 곡물과 죽은 쥐를 꺼내는 일도 마다하지 않았죠. 하루 일이 끝나면 더러워져서 누군지 알아보지 못할 정도였다니까요. 알렉스는 일을 하다 중간에 그만두는 법이 절대 없었어요. 일단 시작하면 끝장을 봤죠. 그에게는 말하자면 도의적인 문제였어요. 아주 윤리적이었죠. 스스로 굉장히 높은 기준을 세워놓았어요."

웨인 웨스터버그가 세 번째 잔을 비우며 말했다.

"알렉스는 한눈에 봐도 똑똑한 청년이었어요. 책을 많이 읽었더군요. 어려운 단어도 많이 썼죠. 내가 볼 때 그가 힘들게 사는 건 생각이 너무 많아서이기도 한 것 같아요. 이따금씩 세상을 이해하려고, 사람들이 툭하면 서로 티격태격하는 이유를 알아내려고 무진 애를 썼어요. 그런 생각에 너무 깊이 빠지는 건 안 좋다는 걸 몇 번 일러주려 했지만, 알렉스는 그런 문제에 한번 빠지면 좀처럼 헤어나질 못했어요. 정답을 알아내야만 다음 문제로 넘어갔죠."

그러던 어느 날, 웨스터버그는 세금계산서를 보고 알렉스의 진짜 이름이 크리스 맥캔들리스라는 걸 알았다.

"왜 이름을 바꿨는지는 절대 얘기해주지 않더군요. 그의 말로 짐작건대 식구들과 무슨 문제가 있는 것 같았지만, 나는 다른 사람의 사생활을 꼬치꼬치 캐는 걸 좋아하지 않아서 더는 묻지 않았어요."

크리스 맥캔들리스는 부모 형제와 멀어졌다고 느껴질 때면 웨스터버그와 일꾼들을 가족 대신으로 생각했다. 그들 대부분이 웨스터버그의 카시지 집에서 살았다. 시내 중심가에서 몇 블록 떨어진 곳에 있는 그 집은 앤 여왕 시대 양식으로 지어진 단순한 이 층짜리 빅토리아풍 건물이며 앞마당에 커다란 미루나무가 서 있다. 집안 분위기는 자유롭고 유쾌했다. 네댓 명이 돌아가면서 식사 준비를 했고 함께 술을 마시러 나갔다. 다 함께 여자들을 쫓아다니기도 했지만 결과는 번번이 실패였다.

맥캔들리스는 금세 카시지에 매료되었다. 그곳 사람들의 정적인 분위기, 소박하고 겸손한 태도가 좋았다. 주류에 섞이지 못하는 부랑자들의 집단, 말하자면 비주류들이 모여 사는 곳이었다. 그런 특징이 그에게 딱 맞았다. 그해 가을, 맥캔들리스는 카시지 그리고 웨인 웨스터버그와 끈끈한 인연을 맺었다.

삼십 대 중반인 웨스터버그는 어릴 적 양부모에게 입양되어 카시지에 왔다. 평원의 르네상스형 인간이라고 할 수 있는 그는 농부이고 용접공이며 사업가이고 기계 수리공이고 최고의 정비사이며 장사꾼이고 자격증이 있는 비행기 조종사이며 컴퓨터 프로그래머이고 전자기기 수리공이고 비디오 게임 수리공이다. 그런데 맥캔들리스를 만나기 직전에 그는 이런 재주 중 하나 때문에 곤란을 겪었다.

웨인 웨스터버그는 위성방송 암호를 불법으로 해독해서 요금을 내지 않고도 암호화된 케이블 프로그램을 볼 수 있는 '블랙박스'를 만들어 판매할 계획을 세웠다. FBI가 이 낌새를 알아채고 함정수사를 한 결과 웨스터버그는 체포되었다. 그는 잘못을 뉘우치고 사실대로 자백해 단독 중죄 선고를 받았으며, 맥캔들리스가 카시지에 온 지 2주 정도 지난 1990년 10월 10일부터 수폴스에서 4개월간의 복역을 시작했다. 웨스터버그가 감옥에 있는 동안 크리스 맥캔들리스는 곡물 창고에서 할 일이 없었다. 이처럼 상황이 달라진 탓에 맥캔들리스는 애초 계획보다 이른 10월 23일에 그곳을 떠나 다시 방랑 생활을 시작했다.

하지만 크리스 맥캔들리스가 카시지에 느꼈던 애착은 여전히 강렬했다. 떠나기 전에 그는 웨스터버그에게 자기가 소중히 여기던 톨스토이의 《전쟁과 평화War and Peace》 1942년판을 주었다. 첫 장에는 이렇게 적었다. "**알렉산더**가 웨인 웨스터버그에게. 1990년 10월. **피에르**의 말을 들어보세요."(톨스토이 작품의 주인공이자 톨스토이의 분신인 피에르 베주호프를 말한다. 이타적이고 호기심이 강한 사생아다.) 맥캔들리스는 서부 지역을 돌아다니면서도 한두 달에 한 번씩 카시지에 전화를 하거나 편지를 보내 웨스터버그와 연락을 주고받았다. 그는 자신의 우편물을 모두 웨스터버그의 주소로 가게 했으며, 그 이후에 만나는 거의 모든 사람에게 사우스다코타가 고향이라고 말했다.

사실 맥캔들리스는 버지니아주 애넌데일의 유복한 중산층 가정에서 자랐다. 아버지 월트는 1960년대와 1970년대에 나사와 휴즈 에어크래프트에 근무하면서 우주왕복선에 사용되는 첨단 레이더 시스템과 여러 주요 프로젝트를 설계한 저명한 우주항공 공학자다. 1978년 월트는 독자적으로 유저 시스템즈라는 작은 컨설팅 회사를 세워 큰 성공을 거뒀다. 사업 파트너는 아내 빌리였다. 크리스 맥캔들리스의 집은 자녀가 여덟이나 되는 대가족으로, 맥캔들리스는 여동생 카린과 특히 가깝게 지냈다. 나머지 여섯 명은 아버지 월트가 첫 번째 부인과의 사이에서 낳은 이복 형제자매였다.

1990년 5월, 크리스 맥캔들리스는 애틀랜타의 에모리 대학교를 졸업했다. 대학 시절 그는 학생신문 〈에모리 휠The Emory Wheel〉의 칼럼니스트이자 편집자로 활동했고, 전공인 역사와 인류학에서 평균 3.72라는 학점을 받아 화제가 되기도 했다. 또한 파이 베타 카파미국 대학 우등생들의 친목 단체의 가입 제안을 받았지만 직함과 명예는 의미 없는 것이라며 거절했다.

대학 3~4학년의 학비는 가족들의 친구가 남겨준 4만 달러의 유산으로 충당했다. 크리스 맥캔들리스가 졸업할 즈음에는 2만 4,000달러가 넘는 돈이 남았는데, 부모는 아들이 그 돈을 로스쿨 학비로 쓸 거라고 생각했다.

"우리 생각이 틀렸어요."

아버지 월트가 털어놓았다. 크리스의 졸업식에 참석하기 위해 애틀랜타에 간 부모와 여동생 카린은 그가 학비 전액을 기아와 싸우는 자선단체인 옥스팜옥스퍼드를 본부로 하여 1942년에 발족한 극빈자 구제 기관에 곧 기부할 거라는 사실을 알지 못했다(가족뿐 아니라 그 누구도 알지 못했다).

졸업식은 5월 12일, 토요일에 있었다. 크리스의 가족은 노동부 장관 엘리자베스 돌의 장황한 졸업식 연설이 다 끝날 때까지 자리를 지키고 있었고, 빌리는 졸업장을 받기 위해 웃는 얼굴로 단상을 걸어가는 아들의 사진을 찍었다.

다음 날은 어머니날이었다. 크리스 맥캔들리스는 어머니에게 캔디와 꽃, 낭만적인 카드를 선물했다. 빌리는 놀라면서도 또 한편으로 큰 감동을 받았다. 아들이 이제 더는 선물을 주거나 받지 않겠노라고 부모에게 정식으로 선언한 이후 근 2년 만에 처음으로 한 선물이었다. 사실, 크리스는 얼마 전 부모님이 졸업선물로 새 자동차를 사줄 생각이며 로스쿨 등록금이 모자라면 보태주겠다고 하자 매섭게 쏘아붙이기도 했다.

크리스는 지금 있는 차도 더할 나위 없이 훌륭하다고 고집했다. 그가 아끼는 1982년식 닷선 B-210은 조금 팬 자국이 있긴 했지만 성능에는 아무 문제가 없었고, 주행거리는 20만 5,000킬로미터였다. 크리스는 나중에 카린에게 보낸 편지에서 이렇게 불평했다.

> 차를 사주려고 하다니 이해할 수가 없어. 그리고 내가 로스쿨 학비를 부모님에게 내 달라고 할 거라 생각하다니. (……) 나는 세상에서 가장 좋은 차를 가지고 있다고 수도 없이 말했는데 말이야. 마이애미에서 알래스카까지 대륙을 누비고 다닌 차, 수천 킬로미터를 다녀도 말썽 한 번 일으키지 않은 차, 내가 절대 팔지 않을 차, 내가 아주 강한 애착을 느끼는 차라고 백만 번은 얘기했건만 부모님은 내 말을 무시하고 결국은 내가 새 차를 받을 거라고 믿고 있는 거야! 선물을 받으면 당신들을 존경하는 거라고 착각할 테니 앞

으로는 어떤 선물도 받지 않도록 정말 조심해야겠어.

크리스 맥캔들리스는 고등학교 3학년 때 노란색 닷선 중고를 샀다. 그 후로 학기 중이 아닐 때면 혼자서 닛산의 이 세단을 몰고 장기 여행을 하곤 했다. 졸업식이 있던 주에 그는 다가오는 여름에도 길에서 보낼 거라고 부모님에게 무심하게 말했다. 그가 한 말은 정확히 이랬다.

"한동안 자취를 감출 생각이에요."

월트가 "얘야, 그래도 떠나기 전에 한 번은 꼭 왔다 가라"고 부드럽게 당부했을 뿐, 아들의 선언에 부모는 둘 다 별말 하지 않았다. 크리스는 미소를 지으며 가볍게 고개를 끄덕였고, 그 행동을 두 사람은 여름이 끝나기 전에 애넌데일에 들르겠다는 확답으로 받아들이고는 아들과 작별인사를 했다.

6월이 끝나갈 즈음, 크리스는 여전히 애틀랜타에 있으면서 부모에게 마지막 성적표 사본을 보냈다. 인종차별 정책과 남아프리카 사회와 인류학적 사고의 역사에서 A를 받았고, 현대 아프리카 정치와 아프리카의 식량 위기에서 A마이너스를 받았다. 성적표에는 짧은 메모가 첨부되어 있었다.

마지막 성적표를 보냅니다. 성적이 꽤 잘 나왔고 평균 점수도 높아요. 사진과 면도기, 그리고 파리에서 보내신 엽서 감사했어요. 여행이 정말로 재미있었나 봐요. 굉장히 즐거우신 것 같았어요.

로이드(에모리 대학 시절 크리스의 가장 친한 친구)에게 사진을 주었더니 무척 고마워했어요. 그 친구는 졸업장 받는 사진이 없었거든요. 별다른 일은 없어요. 여기는 정말 덥고 눅눅해지기 시작해요. 모두에게 저 대신 안부 전해주세요.

이것이 가족이 크리스에게서 마지막으로 받은 소식이었다.

애틀랜타에서 보낸 마지막 해 동안 크리스는 학교 밖 수도자 방 같은 곳에서 제대로 된 가구 하나 없이 우유 상자와 탁자 하나 정도만 들여놓고 바닥에는 얇은 매트리스를 깔고 살았다. 방을 군대 생활관처럼 반듯하고 깨끗하게 정돈해두었다. 그리고 전화도 없이 살았으므로 월트와 빌리는 아들에게 연락할 방법이 없었다.

1990년 8월이 시작되었지만 크리스의 부모는 우편으로 성적표를 받은 이후 아들에게서 아무 소식도 듣지 못했다. 그래서 애틀랜타로 아들을 만나러 가보기로 했다. 하지만 두 사람이 갔을 때 아들의 방은 비어 있었고 창문에는 '빈 방 있음'이라는 종이가 붙어 있었다. 관리인은 크리스가 6월 말에 이사를 나갔다고 말했다. 월트와 빌리가 집에 돌아와 보니 그 해 여름 아들에게 보낸 편지들이 모두 반송되어 있었다. 빌리는 이렇게 말했다.

"크리스가 우체국에 부탁해 편지를 8월 1일까지 보관해놓도록 한 거예요. 무슨 일이 있는지 우리가 모르게 하려고 한 게 분명했어요. 우리는 정말, 정말 많이 걱정되었죠."

그때는 이미 크리스 맥캔들리스가 떠난 지 한참 지난 후였다. 5주 전에 그는 작은 차에 짐을 모두 싣고 아무 계획도 없이 서부로 향했다. 그 여행은 말 그대로 오디세이, 모든 것을 바꿔놓을 거대한 여정이 될 터였다. 크리스는 우스꽝스럽고 성가신 의무, 그러니까 대학 졸업이라는 의무를 수행하기 위해 지난 4년을 보냈다. 마침내 부모님과 친구들에게 둘러싸인 숨 막히는 세상, 비현실적 관념과 보호와 물질이 넘치는 세상, 존재 그 자체의 울림에서 단절되었다고 느끼며 슬픔을 맛봐야 하는 세상에서 해방된 것이다.

애틀랜타의 서쪽으로 차를 몰면서 크리스 맥캔들리스는 자신을 위해 전혀 새로운 삶, 여과되지 않은 경험을 마음껏 누릴 수 있는 삶을 만들어가기로 했다. 이전의 삶과 완전히 단절되었음을 상징하기 위해 이름도 새로 지었다. 이제 더는 크리스 맥캔들리스라는 이름에 대답하지 않기로 했다. 이제부터는 알렉산더 슈퍼트램프, 자신의 운명을 거머쥔 주인이었다.

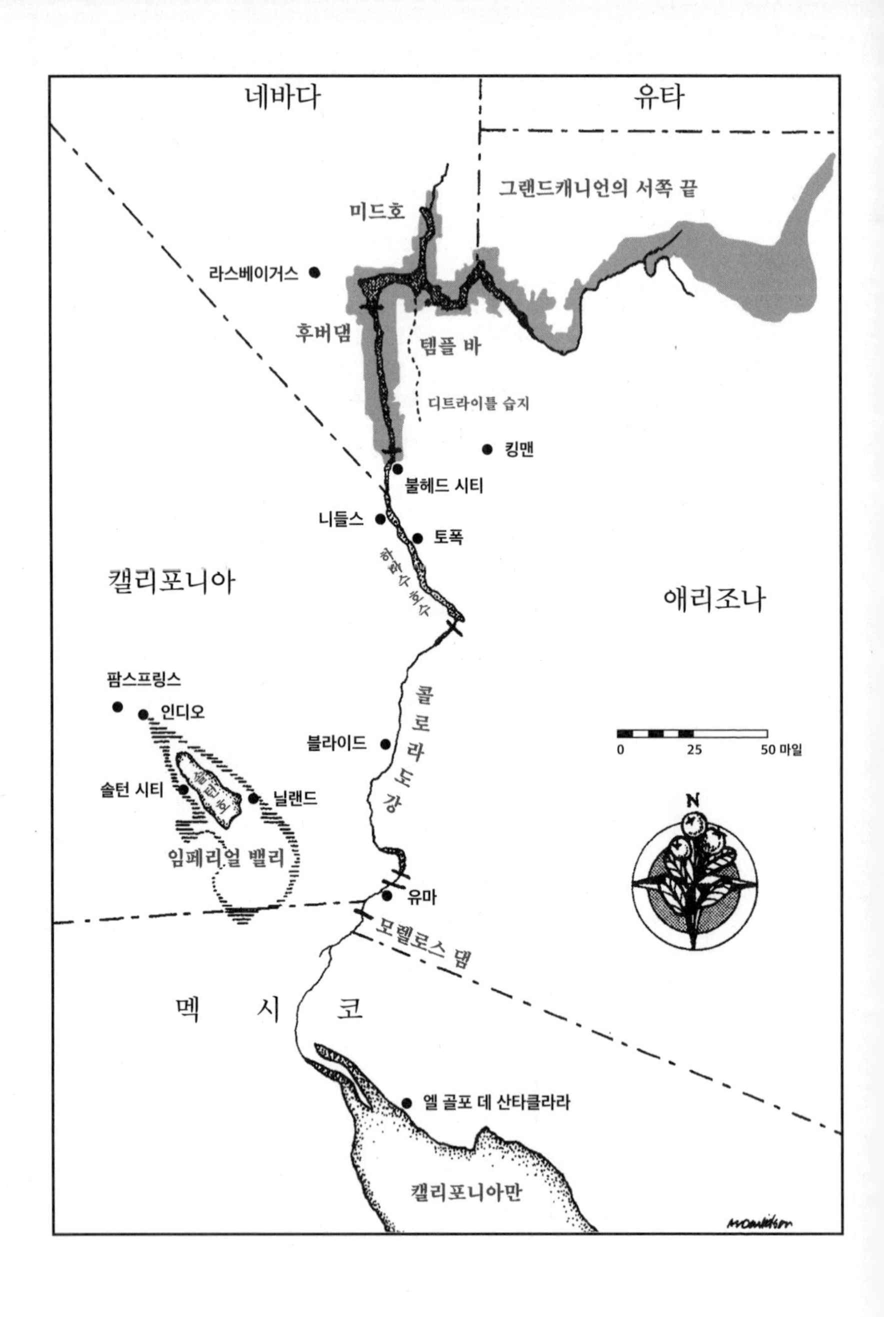

네바다
유타
그랜드캐니언의 서쪽 끝
미드호
라스베이거스
후버댐
템플 바
디트라이틀 습지
킹맨
불헤드 시티
니들스
토폭
캘리포니아
애리조나
팜스프링스
인디오
블라이드
콜로라도강
0
25
50 마일
N
솔턴 시티
닐랜드
임페리얼 밸리
유마
모렐로스 댐
멕시코
엘 골포 데 산타클라라
캘리포니아만

CHAPTER 4

디트라이틀 습지

사막은 새로운 세상이다. 유전적으로나 생리학적으로 독특하며, 감각적으로 억제되고, 미학적으로 추상적이며, 역사적으로 위험한 곳이다. (……) 사막의 모습은 강렬하면서도 많은 것을 생각하게 한다. 사막의 정신은 빛과 공간, 건조한 곳에서 움직이는 신비한 느낌, 높은 기온, 그리고 바람에 둘러싸여 있다. 사막의 하늘은 모든 것을 감싸 안으며, 장엄하고, 무시무시하다. 다른 곳에서는 지평선과 하늘이 만나는 곳이 울퉁불퉁하거나 희미하다. 하지만 여기 이 사막에서, 땅과 하늘의 경계 그리고 그 위쪽 하늘은 기복이 완만한 시골 마을과 삼림지보다 훨씬 광대하다. (……) 막힌 곳 없는 하늘에서 구름은 더 거대해 보이며, 때때로 그 오목한 아래쪽에 볼록한 땅이 비치기도 한다. 사막의 모난 지형은 땅뿐만 아니라 구름에게도 불후의 건축 양식을 선사한다. (……) 예언자와 은둔자들이 사막으로 간다. 순례자와 망명자들이 사막을 지난다. 위대한 종교 지도자들은 이 사막에서 도피처가 아닌 진실을 발견하는 수행의 치료 가치와 영적 가치를 찾았다.

폴 셰퍼드, 《풍경 속의 남자: 자연의 미학에 대한 역사적 시각》

곰발톱양귀비, 즉 아르크토메콘 캘리포니카*Arctomecon californica*는 모하비 사막 외진 곳에 피는 야생화로 이 세상 다른 어디에서도 볼 수 없다. 늦봄에 잠깐 고운 황금색 꽃을 피울 때를 빼고는 대개는 말라붙은 땅에 눈에 띄지 않는 수수한 모습으로 모여 있다. 1990년 10월, 크리스 맥캔들리스가 애틀랜타를 떠난 지 석 달쯤 되었을 무렵, 국립공원관리청 경비대원 버드 월시는 굉장히 희귀해서 멸종 위기종으로 분류되어 있는 캘리포니카의 정확한 숫자를 기록해서 그 희귀 정도를 연방정부에 보고하기 위해 미드호 국립휴양지의 오지로 갔다.

캘리포니카는 미드호 남쪽 기슭을 따라 풍부하게 있는 석고토양에서만 자라기 때문에, 월시는 경비대를 이끌고 그곳으로 가서 식물학 조사를 했다. 그들은 템플 바 로드를 벗어나 좁은 비포장도로를 3킬로미터쯤 달려 디트라이이틀 습지의 바닥에 이르렀다. 호수 부근에 차를 세워놓고 습지의 가파른 동쪽 둑, 바스라지기 쉬운 흰색 석고 언덕을 기어오르기 시작했다. 몇 분 후 강둑 꼭대기 근처에 이르렀을 때, 경비대원 하나가 잠시 걸음을 멈추고 숨을 고르다가 우연히 습지 쪽을 내려다보더니 소리쳤다.

"저기요! 저 밑을 봐요! 저게 뭐죠?"

메마른 강바닥의 한 귀퉁이, 그들이 차를 세워놓은 곳에서 그리 멀지 않은 가는갯능쟁이 덤불 안에, 커다란 물체가 암갈색 방수포로 덮여 있었다. 경비대원들이 방수포를 끌어내니 번호판이 없는 노란색 낡은 닷선 자동차가 있었다. 유리창에 붙은 메모에는 이렇게 적혀 있었다.

"버린 차. 누구든 가져가세요."

문은 잠겨 있지 않았다. 자동차 바닥에는 진흙이 덕지덕지 붙어 있었는데, 얼마 전 있었던 돌발 홍수 때문인 듯했다. 월시가 자동차 안을 들여다보니 지아니니 기타, 동전으로 4달러 93센트나 들어 있는 냄비, 축구공, 오래된 옷가지가 가득한 쓰레기 봉투, 낚싯대와 낚시도구, 새 전기면도기, 하모니카, 자동차 배터리 충전용 케이블, 쌀 10킬로그램이 있었고 사물함에는 자동차 열쇠가 있었다.

경비대원들은 '뭔가 의심스러운 게 있는지' 주변 지역을 수색해본 다음 그곳을 떠났다고 월시는 말했다. 닷새 후에 또 다른 경비대원이 와서는 그 차에 별 어려움 없이 시동을 걸고 템플 바에 있는 국립공원관리청 정비소로 차를 몰고 갔다. 월시는 이렇게 말했다.

"그는 차를 거의 시속 100킬로미터로 몰고 왔어요. 쌩쌩 잘 달린다고 하더군요."

차 주인을 찾기 위해 경비대는 해당 기관에 텔레타이프로 공문을 보내는 한편 닷선의 자동차 등록번호가 범죄와 연관되어 있는지 남서부 지역의 컴퓨터 기록을 꼼꼼히 조사했다. 하지만 아무런 정보도 얻을 수 없었다. 얼마 후 경비대는 자동차 일련번호를 추적해 차의 원 소유주가 허츠라는 렌터카 회사라는 사실을 알아냈다. 하지만 허츠에서는 오래전에 그 중고 렌터카를 팔았으며 반환을 요구할 생각이 전혀 없다고 말했다. 그때 월시는 이런 생각이 들었다고 한다.

"오호! 아주 잘됐군! 거리의 신들이 공짜로 준 거야. 마약 단속할 때 위장용 차로 쓰면 딱 좋겠어."

그리고 정말 그렇게 되었다. 이후 3년 동안 공원관리청에서는 그 차를 이용해 비밀 마약 거래를 하는 척하면서 불헤드 시티 근처 트레일러 주차장에서 다량의 필로폰 거래 현장을 덮친 것을 비롯해 범죄가 우글거리는 휴양지에서 수많은 마약 거래자를 체포할 수 있었다.

"지금도 그 낡은 차 덕을 톡톡히 보고 있죠."

닷선을 발견한 지 2년 반이 지난 지금 월시가 자랑스럽게 말한다.

"기름 몇 달러어치만 넣으면 하루 종일 달리거든요. 정말 믿음직스럽죠. 왜 차 주인이라고 나서는 사람이 없었는지 모르겠어요."

물론 그 닷선은 크리스 맥캔들리스의 차였다. 애틀랜타를 벗어나 서쪽으로 향한 맥캔들리스는 자연으로 돌아간다는 기쁨에 들떠 7월 6일 미드호 국립휴양지에 도착했다. 닷선을 몰고는 오프로드 운전이 엄격히 금지된다는 표지판도 무시한 채 넓은 모래 습지를 가로지르는 포장도로를 벗어났다. 강바닥을 따라 3킬로미터쯤 달려 강의 남쪽 기슭에 이르렀다. 기온은 섭씨 48도가 넘었다. 멀리까지 뻗은 텅 빈 사막은 열기로 아른거렸다. 선인장, 돼지풀, 뒤뚱거리며 돌아다니는 도마뱀들이 있는 그곳에서 그는 능수버들의 조그마한 그늘에 텐트를 세우고 비로소 얻은 자유를 만끽했다.

디트라이틀 습지는 미드호에서 킹맨의 북쪽 산맥에 이르기까지 80여 킬로미터 뻗어 있다. 습지에는 물이 거의 없다. 연중 대부분 분필처럼 바싹 말라 있다. 하지만 여름 몇 달 동안은 끓는 주전자 바닥에서 나오는 거품처럼 과열된 공기가 그을린 땅에서 올라와 격렬한 대류를 일으키며 하늘로 올라간다. 그 상승기류 때문에 모하비 사막 위로 윗부분이 모루처럼 생긴 적란운이 9킬로미터 이상 뻗어 올라갈 때가 종종 있다. 맥캔들리스가 미드호 옆에 텐트를 치고 이틀이 지났을 때, 평소와 달리 뇌적운이 오후의 하늘 높이 올라가더니 디트라이틀 계곡 전체에 억수같은 비가 쏟아지기 시작했다.

다행히도 주 수로보다 1미터쯤 높은 곳의 습지 가장자리에 텐트를 친 덕에 맥캔들리스는 누런 흙탕물이 높은 지대에서 쏟아질 때 텐트와 소지품들을 꾸려 물에 휩쓸려가는 걸 막을 수 있었다. 하지만 강물이 거품을 일으키며 유일한 출구로 넘쳐 흘러들었기 때문에 차를 어디로도 옮겨놓을 수가 없었다. 나중에 보니, 물이 갑자기 불어나긴 했어도 차가 휩쓸려가거나 아주 망가질 정도로 물살이 세지는 않았다. 하지만 자동차 엔진이 물에 흠

뻑 젖은 탓에 맥캔들리스가 얼른 시동을 걸어보았지만 시동이 걸리지 않았다. 결국 초조해하다 배터리를 방전시키고 말았다.

배터리까지 방전되니 차를 몰고 나갈 도리가 없었다. 차를 포장도로까지 다시 몰고 가려면 우선 관공서가 있는 곳까지 걸어가 난감한 상황에 대해 설명해야 했다. 그렇게 하면 온갖 번거로운 질문을 받을 게 뻔했다. 왜 애초에 경고 표시를 무시하고 습지로 차를 몰고 갔는가? 자동차 등록이 2년 전에 만료되었고 아직 갱신되지 않았다는 걸 알고 있었는가? 운전면허 역시 만료되어서 자동차 보험 처리를 받을 수 없다는 걸 알고 있었는가?

이런 질문들에 솔직하게 대답한들 경비대가 곧이곧대로 받아들일 리도 없었다. 맥캔들리스는 자신이 헨리 데이비드 소로의 현대판 추종자로서 더 높은 차원의 법칙을 따랐으며, 《시민 불복종On the Duty of Civil Disobedience》을 복음처럼 받아들였기 때문에 주의 법을 무시하는 것을 자신의 도덕적 책임으로 여겼노라고 열심히 설명할 수도 있었다. 하지만 연방정부의 공무원들이 그런 얘기를 들어줄 것 같지는 않았다. 그저 탁상공론이나 잔뜩 늘어놓고 벌금 고지서나 내밀 것이었다. 그리고 보나마나 부모님에게 연락할 것이었다. 그런 고약한 상황을 피하는 방법은 한 가지였다. 닷선을 포기하고 걸어서 방랑을 다시 시작하는 것. 크리스 맥캔들리스는 그렇게 하기로 했다.

그런데 맥캔들리스는 이처럼 달라진 상황이 곤혹스럽기는커녕 오히려 신이 났다. 갑작스럽게 물이 불어난 것을 불필요한 짐을 벗어던질 기회로 여겼다. 그는 갈색 방수포로 차를 최대한 가리고는 버지니아 번호판을 떼어서 감췄다. 언젠가 필요할 수도 있을 거란 생각에 윈체스터 사슴 사냥총과 소지품 몇 가지는 땅에 묻었다. 그런 다음, 소로와 톨스토이가 봤으면 흡족해 했을 만한 행동을 했다. 가지고 있던 지폐를 모두 모래 위에 쌓아놓고 (1달러와 5달러와 20달러짜리 지폐들이 측은한 모양새로 쌓여 있었다) 성냥불을 댔다. 법정 화폐인 123달러가 순식간에 재와 연기로 변했다.

이 모든 일을 우리가 지금 알 수 있는 것은, 맥캔들리스가 알래스카로 떠나기 전 웨인 웨스터버그에게 보관해 달라고 맡긴 일기와 스냅 사진이 있는 앨범에 돈을 태운 일을 비롯해 그 이후에 일어난 사건 대부분을 기록해놓았기 때문이다. 일기(부자연스럽고 자의식 가득한 3인칭 시점으로 기록했다)가 전반적으로 멜로드라마 분위기를 띠긴 하지만, 우리가 얻을 수 있는 이 기록에서 맥캔들리스는 사실을 있는 그대로 전하고 있다. 그는 진실을 말하는 것을 하나의 신조로 엄숙하게 받아들였다.

몇 안 되는 소지품을 배낭에 넣은 다음 크리스 맥캔들리스는 7월 10일에 미드호를 걸어서 떠났다. 그는 일기에서 "이것은 엄청난 실수였다. (……) 7월의 무지막지한 기온에 정신이 혼미해졌다"라고 고백한다. 열사병에 시달리던 맥캔들리스는 배를 타고 가는 사람들을 간신히 세웠다. 그들은 호수의 서쪽 끝 근처에 있는 칼빌만 계선장까지 그를 태워주었고, 그곳에서 맥캔들리스는 지나가는 차를 얻어 타고 여행을 시작했다.

그다음 두 달 동안은 서부 지역을 방랑하면서 눈앞에 펼쳐지는 풍경의 규모와 강렬함에 매료되었고, 소소하게 법을 어기면서 짜릿해 했고, 이따금 길을 걷다가 만나는 다른 방랑자들과 어울리기도 했다. 형편에 따라 생활을 맞춰가면서 히치하이크를 해서 타호 호수로 갔고, 걸어서 시에라네바다산맥으로 갔으며, 북쪽의 퍼시픽 크레스트 트레일을 걸으면서 일주일을 보낸 다음 산길을 벗어나 포장도로로 돌아왔다.

7월 말에는 크레이지 어니라는 남자의 차를 얻어 탔는데, 남자는 맥캔들리스에게 캘리포니아 북부에 있는 농장에서 일해보라고 권했다(그 농장의 사진을 보면 페인트칠도 되지 않은 다 쓰러져가는 집 한 채가 있고 주변에는 염소와 닭, 침대 스프링, 깨진 텔레비전, 쇼핑 카트, 오래된 가전제품, 잔뜩 쌓인 쓰레기 더미가 있다). 크리스 맥캔들리스는 그곳에서 여섯 명의 다른 방랑자와 11일 동안 일했지만, 나중에 보니 어니는 애초부터 돈을 줄 생각이 없었다. 그래서 맥캔들리스는 마당에 다른 잡동사니들과 섞여 있던 빨간색 10단 변속 자전거를 훔쳐 치코까지 타고 간 다음 어느 상점 주차장에 버렸다. 끊임없이 움직이는 삶을 다시 시작한 맥캔들리스는 지나가는 차를 얻어 타고 북쪽과 서쪽으로 가면서 레드 블러프, 위버빌, 윌로우 크리크를 지났다.

맥캔들리스는 101번 고속도로를 타고 달리다 캘리포니아주 알카타, 태평양 해안의 울창한 삼나무 숲에서 오른쪽으로 방향을 잡고 해안 쪽으로 갔다. 오리건 경계선 남쪽으로 95킬로미터 떨어진 곳인 오릭 근처에서 낡은 밴을 타고 가던 두 명의 방랑자가 차를 길 한쪽에 대고 지도를 살펴보다가 길가 덤불에 웅크린 한 남자를 발견했다. 남자친구 밥과 함께 차를 타고 서부 지역을 돌아다니며 벼룩시장과 중고품 시장에서 장신구를 파는 마흔한 살 된 잰 버리스가 당시를 이렇게 이야기했다.

“그는 긴 반바지를 입고 있었고 정말로 우스꽝스러운 모자를 쓰고 있었어요. 식물도감 같은 책 한 권을 갖고 있었는데, 그 책을 보면서 나무 열매를 따서는 윗부분이 잘린 3.8리터짜리 우유 통에 담고 있었어요. 굉장히 불쌍해 보여서 내가 소리 질렀죠. ‘이봐요, 태워줄까요?’ 우리가 그 사람에게 먹을 거라도 좀 줄 수 있을 거라고 생각했어요.

얘기를 나눠보니 좋은 사람이더군요. 이름이 알렉스라고 했어요. 배가 많이 고프다고 하더군요. 배고파요, 배고파. 배고파요. 하지만 정말 행복해 했어요. 책에서 확인한 식용식물을 먹으면서 지냈다고 하더라고요. 그 사실을 꽤나 자랑스러워하는 것 같았죠. 이곳저곳을 걸어 돌아다니면서 오랫동안 굉장한 모험을 하고 있다고도 했어요. 차를 버린 이야기며 갖고 있던 돈 전부를 태운 이야기도 했어요. 내가 물었죠. ‘왜 그러고 싶었던 건데요?’ 돈이 필요 없다고 하더군요. 내게는 알렉스 또래의 아들이 하나 있는데, 몇 년 전부터 떨어져 지냈어요. 그래서 내가 밥에게 말했어요. ‘저기, 우리 이 사람을 데리고 다녀요. 당신이 이 사람에게 이것저것 가르쳐줘야겠어요.' 우리는 알렉스를 태우고 오릭 해변까지 갔고 거기에서 머물렀어요. 알렉스도 우리와 함께 일주일 동안 지냈죠. 참 좋은 사람이었어요. 우리는 그가 정말 좋은 사람이라고 생각했어요. 그가 떠나고 나서 다시 소식을 듣게 될 거라고는 전혀 기대하지 않았는데, 계속 연락을 하더군요. 그 후로 2년 동안 알렉스는 우리에게 한두 달에 한 번씩은 꼭 엽서를 보냈어요."

크리스 맥캔들리스는 오릭에서 계속 북쪽으로 가다 해안에 이르렀다. 그는 피스톨 리버, 코어스 베이, 실 록, 만자니타, 애스토리아, 호퀴엄, 험프튤립스, 퀴츠, 포크스, 포트앤젤레스, 포트타운센드, 시애틀을 지났다. 맥캔들리스는 제임스 조이스의 소설《젊은 예술가의 초상Portrait of the Artist as a Young Man》에 나오는 주인공 스티븐 디덜러스와 같았다. 제임스 조이스는 스티븐 디덜러스를 이렇게 묘사한다.

"그는 혼자였다. 누구의 관심도 받지 못했지만 행복했고 삶의 야성적 핵심에 가까이 있었다. 그는 혼자였고 젊었으며 고집스러웠고 야성의 마음을 지니고 있었다. 그는 거친 대기의 황야와 짭짤한 바닷물과 바다가 얻은 조개껍데기와 해초와 흐린 햇빛 사이에서 혼자였다."

8월 10일, 잰 버리스와 밥을 만나기 직전에 크리스 맥캔들리스는 유레카 동쪽의 금광 도시인 윌로우 크리크 근처에서 히치하이킹 위반 딱지를 받았다. 그런데 평소답지 않게 경찰이 정식 주소를 대라고 했을 때 부모님이 사는 애넌데일 집 주소를 말하는 실수를 했다. 그해 8월 말에 맥캔들리스의 부모님 집 우편함에는 미납 청구서가 들어 있었다.

크리스가 사라지고 아들 걱정에 안절부절못하던 월트와 빌리는 청구서가 오기 전에 이미 애넌데일 경찰에 연락을 해놓은 상태였는데, 경찰은 아무 도움이 안 되었다. 미납 청구서가 캘리포니아에서 온 것을 보고 두 사람은 어찌할 바를 몰랐다. 이웃 중에 미 국방정보국(DIA) 책임자가 있었는데, 월트는 육군 대장인 그 사람에게 가서 조언을 구했다. 육군 대장은 월트에게 DIA와 CIA의 일을 맡아 하던 피터 칼릿카라는 사설탐정을 소개해주었다. 육군 대장은 칼릿카가 능력이 뛰어난 탐정이라며 월트에게 큰소리쳤다. 크리스 맥캔들리스가 어디엔가 있기만 하다면, 칼릿카가 그를 찾아낼 거라고.

피터 칼릿카는 윌로우 크리크의 위반 딱지를 출발점으로 삼아 아주 철저하게 조사를 시작했고 유럽과 남아프리카까지 추적해 나갔다. 하지만 그 노력은 아무 결실도 거두지 못했다. 12월까지 얻은 성과라고는 세금 기록을 조사해보고서 크리스 맥캔들리스가 대학 자금 전부를 옥스팜에 보냈다는 걸 알아낸 게 다였다.

월트는 이렇게 말했다.

"그 얘기를 듣고 우리는 정말 두려웠어요. 그때까지는 크리스가 무엇을 하려고 했는지 전혀 몰랐어요. 히치하이킹 위반 딱지는 이해할 수 없었어요. 크리스는 닷선을 굉장히 좋아했기 때문에 그 아이가 차를 버리고 걸어서 여행을 했다는 것이 믿어지지 않았어요. 하지만 지금 와서 생각해보면 놀랄 일이 아니었던 것도 같아요. 크리스는 전력 질주할 때 들고 다닐 수 있을 정도의 짐만 빼고 어떤 것도 소유하지 않는다는 주의에 가까웠거든요."

피터 칼릿카가 캘리포니아에서 크리스 맥캔들리스의 흔적을 찾으려 애쓰던 그때, 그는 이미 멀리 떠난 뒤였다. 히치하이크를 해서 동쪽으로 출발해 캐스케이드산맥을 지나고, 컬럼비아강 유역의 용암층과 산쑥 고지대를 지나고, 아이다호 지역을 지나 몬태나까지 갔다. 컷 뱅크 외곽에서 웨인 웨스터버그를 만났고 9월 말 즈음에는 카시지에서 웨인 웨스터버그를 도와 일했다. 웨스터버그가 수감되는 바람에 일이 중단되고 겨울도 다가오자 맥캔들리스는 좀 더 따뜻한 곳을 향해 떠났다.

10월 28일, 크리스 맥캔들리스는 캘리포니아주 니들스로 가는 장거리 트럭 운전기사의 차를 얻어 탔다. "콜로라도강에 간다고 생각하니 뛸 듯이 기뻤다"라고 맥캔들리스는 일기에 적었다. 고속도로를 벗어난 다음에는 남쪽으로 걸어가 사막을 지났고 강둑을 따라 갔다. 20킬로미터 가까이 걸어가니 애리조나주 토폭에 이르렀는데, 캘리포니아 경계를 가로지르는 40번 고속도로를 따라 있는 먼지 자욱한 중간 기착지였다. 맥캔들리스는 도시에 있을 때 중고 알루미늄 카누를 파는 것을 보고는 충동적으로 구입했는데 그 카누를 타고 콜로라도강을 따라 남쪽으로 캘리포니아만까지 가기로 했다. 그러려면 멕시코 경계를 따라 남쪽으로

650킬로미터 가까이 가야 했다.

후버 댐에서 그 만에 이르는 강의 하류 지역은 토폭에서 약 400킬로미터 상류에 있는 그랜드캐니언을 지나 엄청난 힘으로 세차게 흐르는 급류와는 완전히 다르다. 여러 개의 댐과 수로를 지나며 점점 약해진 콜로라도강 하류는 그 대륙에서 가장 뜨겁고 황량한 지역을 통과하면서 저수지에서 저수지로 느릿느릿 부글거리며 흘러간다. 맥캔들리스는 이 소박한 풍경, 강물의 아름다움에 감동했다. 사막을 보고 있노라니 갈망이라는 달콤한 고통이 그의 내면에서 더 생생하게 자라났고, 메마른 지형과 깨끗한 한 줄기 비스듬한 빛 속에서 그 갈망은 훨씬 또렷해졌다.

토폭을 출발한 맥캔들리스는 하얗고 둥근 하늘, 거대하고 텅 빈 하늘 아래에서 하바수 호수를 따라 남쪽으로 카누를 저었다. 콜로라도강의 지류인 빌 윌리엄스강을 잠깐 구경하고는 콜로라도강 인디언보호구역, 시볼라 국립야생생물보호구역, 임페리얼 국립야생생물보호구역을 지나 계속 하류로 갔다. 선캄브리아기의 황량한 급경사 바위 아래 모여 있는 사와로 선인장*Carnegiea gigantea*들과 알칼리 평지도 지났다. 멀리에서 짙은 갈색의 뾰족한 산들이 기괴한 신기루 모습으로 둥둥 떠다녔다. 맥캔들리스는 강을 떠나 하루 동안 야생마 무리를 쫓다가 유마에 있는 미육군 전용 성능시험장 침입을 금하는 경고 표지를 발견했다. 하지만 아랑곳하지 않았다.

크리스 맥캔들리스는 11월 말에 유마를 지났는데, 그곳에서 꽤 오래 머물면서 식량도 보충하고 수폴스의 노동 석방 시설 글로리 하우스에 있는 웨인 웨스터버그에게 엽서도 보냈다. 내용은 이랬다.

웨인, 저예요!
어떻게 지내세요? 우리가 헤어졌을 때보다 당신의 상황이 나아졌기를 바랍니다. 나는 지금 거의 한 달째 애리조나를 걸어서 여행하고 있어요. 멋진 곳이에요! 경치가 변화무쌍한 것이 정말 환상적이고 날씨도 아주 좋아요. 이 엽서를 보내는 건 안부를 전하고 싶어서이기도 하지만, 그보다는 당신이 내게 베풀어준 친절에 다시 한 번 감사 인사를 하고 싶어서예요. 당신만큼 너그럽고 마음 좋은 사람을 만나기는 힘들 거예요. 하지만 당신을 만나지 않았더라면 좋았을 거라는 생각이 가끔씩 들기도 해요. 돈을 가지고 도보 여행을 하면 아주 편하죠. 하지만 무일푼이 되어서 다음 끼니를 찾아야 할 때 하루하루는 더 흥미로워졌어요. 그런데 지금은 돈이 없으면 끼니를 마련할 수가 없어요. 이맘때는 과실이 열리는 작물이 거의 없기 때문이죠.
케빈에게 옷을 줘서 고마웠다고 전해주세요. 그 옷이 없었더라면 얼어 죽었을 거예요. 케빈이 그 책을 당신에게 주었길 바라요. 웨인, 당신은 《전쟁과 평화》를 꼭 읽어야 해요. 당신이 내가 만난 어떤 사람보다 훌륭한 인격을 지니고 있다고 한 내 말은 진심이었어요. 그 책은 아주 감동적이고 상징적이에요. 당신이라면 그 내용을 이해할 거예요. 대부분의 사람은 이해하지 못하겠지만요. 내 얘길 하자면, 앞으로 얼마 동안은 이렇게 살아가자고 결심했어요. 자유와 단순한 아름다움이 정말 좋아서 그냥 놓아버릴 수가 없거든요. 언젠가는 당신에게 돌아가서 친절에 보답할 거예요. 잭 다니엘스 한 병은 어떨까요? 그때까지 한 사람의 친구로 당신을 늘 생각할게요. 신의 은총이 당신과 함께하기를. **알렉산더**

12월 2일, 크리스 맥캔들리스는 모렐로스 댐과 멕시코 국경에 이르렀다. 신분증이라고 할 만한 게 하나도 없어서 아무래도 입국을 거절당할 것 같았으므로 노를 저어 댐의 열린 수문을 지난 다음 아래쪽 방수로를 쏜살같이 통과하는 방법으로 몰래 멕시코로 들어갔다. 일기에는 이렇게 기록되어 있다.

"알렉스는 재빨리 주위를 둘러보며 무슨 문제가 있는지 살핀다. 하지만 아무도 못 봤는지 아니면 누군가 보고도 못 본 척해주었는지 알렉스는 무사히 멕시코로 들어간다. 알렉스는 환희에 넘친다!"

환희는 얼마 가지 못했다. 모렐로스 댐 아래쪽 강은 미로와도 같은 용수로와 습지대와 막다른 수로들로 이어졌고 그 속에서 그는 자꾸만 길을 잃었다.

운하는 수많은 방향으로 갈라진다. 알렉스는 정신을 차릴 수가 없다. 영어를 조금 할 줄 아는 운하 직원들을 만난다. 그들은 알렉스에게 지금 가는 방향은 남쪽이 아니라 서쪽이며 계속 가면 바하 반도 한가운데가 나올 거라고 말한다. 알렉스는 좌절한다. 캘리포니아만으로 가는 수로가 분명히 있을 거라고 그는 사정도 하고 우기기도 한다. 그들은 미친 사람 보듯 알렉스를 빤히 바라본다. 그러더니 갑자기 자기들끼리 열띤 토론을 시작하고 지도를 꺼내보고 펜으로 뭔가를 적는다. 그렇게 10분 정도 있더니 확실하게 바다로 향하는 노선을 알렉스에게 건네준다. 알렉스는 떨 듯이 기뻐한다. 희망이 다시 그의 가슴에서 솟구친다. 그는 지도에 나온 대로 방향을 바꾸어 운하를 따라 가다가 인디펜덴시아 운하에 이르고 거기부터는 동쪽으로 방향을 잡는다. 지도에 따르면 이 운하는 웰테코 운하를 양분해야 하며, 웰테코 운하는 남쪽으로 향해 바다로 가야 한다. 그런데 운하가 사막 한가운데서 끝나자 그의 희망은 순식간에 산산이 부서진다. 하지만 주위를 살펴보니 그가 도착한 곳은 이제는 말라붙은 콜로라도강 바닥이다. 그는 강바닥 반대편으로 약 1킬로미터 조금 안 되는 곳에 있는 또 다른 운하를 발견한다. 그는 이 운하로 이동하기로 한다.

크리스 맥캔들리스가 카누와 장비를 그 새로운 운하로 운반하는 데에는 사흘 가까이 걸렸다. 12월 5일의 일기에는 이렇게 적혀 있다.

드디어! 알렉스는 웰테코 운하라고 생각되는 곳을 발견하고는 남쪽으로 향한다. 그 운하가 점점 작아질수록 걱정과 두려움이 다시 생긴다. (……) 지역 주민들이 그가 장애물을 지나도록 도와준다. (……) 알렉스는 멕시코 사람들이 따뜻하고 다정한 사람들이라고 느낀다. 미국 사람들보다 훨씬 친절하다고…….

12월 6일. 작지만 위험한 폭포들이 운하를 어지른다.

12월 9일. 모든 희망이 무너지다! 운하는 바다에 이르지 않고 점점 가늘어지다 널따란 습지가 된다. 알렉스는 그저 혼란스럽기만 하다. 바다 쪽으로 가야 한다는 생각에 습지를 빠져나가 바다에 가기로 결정한다. 하지만 점점 엉뚱한 데로만 가더니 급기야 갈대를 헤치고 진흙에서 카누를 끌어야 하는 지점에까지 이른다. 모든 것이 절망적이다. 해가 질 즈음, 습지에서 야영할 수 있는 얼마간의 마른 땅을 발견한다. 다음 날, 그러니까 12월 10일에 알렉스는 바다로 이르는 출구를 다시 찾아보지만 계속 같은 곳을 맴돌며 더 혼란스러워할 뿐이다. 완전히 사기가 꺾이고 좌절한 그는 하루가 끝날 무렵 카누 안에 누워 운다. 그런데 바로 그때, 기가 막힌 우연으로, 영어를 할 줄 아는 멕시코 오리 사냥꾼들을 만난다. 그는 사냥꾼들에게 사정 얘기를 하고 바다를 찾고 있다는 얘기도 한다. 그들은 바다로 나가는 출구가 없다고 말한다. 하지만 그들 중 한 사람이 알렉스를 자신의 베이스캠프(작은 모터보트 뒤쪽)로 데려갔다가 알렉스와 그의 카누를 (픽업트럭의 짐칸에) 싣고 바다까지 태워다 주기로 한다. 이건 기적이다.

오리 사냥꾼들은 맥캔들리스를 캘리포니아만에 있는 어촌인 엘 골포 데 산타클라라에 내려주었다. 맥캔들리스는 그곳에서 바다 쪽으로 방향을 잡고는 남쪽으로 출발해 만의 동쪽 끝으로 갔다. 목적지에 도착해서는 속도를 늦추고 사색에 잠겼다. 그리고 독거미, 애잔한 일몰, 바람이 휩쓴 모래언덕, 길게 굽은 텅 빈 해안선의 사진을 찍기도 했다. 여기서부터 일기의 내용은 짧고 형식적이 된다. 이후로 한 달 넘게 그의 하루 일기 분량은 100글자가 채 되지 않는다.

12월 14일, 노 젓기에 지친 맥캔들리스는 해변 위로 카누를 끌고 가 사암 절벽으로 올라가서는 황량한 고원 한편에서 야영을 했다. 거기서 열흘을 머물다가 사나운 바람이 불어오자 가파른 언덕 중간쯤에 있는 동굴 속으로 피신해 또 열흘을 보냈다. 그는 보름달이 대사막 위로 떠오르는 모습을 보며 새해를 맞았다. 대사막은 약 4,400제곱킬로미터의 움직이는 모래언덕으로 북아메리카에서 가장 큰 순수 모래사막이다. 다음 날 맥캔들리스는 황량한 해안을 따라 다시 노를 젓기 시작했다.

1991년 1월 11일, 맥캔들리스의 일기는 "그야말로 운명적인 날이다"라는 문장으로 시작한다. 남쪽으로 어느 정도 간 다음에 그는 물가에서 멀찍이 떨어진 모래톱에 카누를 끌어올리고 강한 조수를 관찰했다. 한 시간쯤 지나자 세찬 돌풍이 사막 쪽에서 불어오기 시작했고, 그 바람과 물살이 합해진 힘에 밀려 맥캔들리스는 바다 쪽으로 나아갔다. 하지만 이맘때쯤 물살은 흰 거품을 어지럽게 일으키는 것이 그의 작은 배를 가라앉히든가 뒤집든가 할 기세였다. 바람이 점점 거세졌다. 파도의 흰 물결은 높이 올라갔다 부서졌다. 일기에는 이렇게 적혀 있다.

> 알렉스는 크게 절망해서 노로 카누를 두드리며 소리를 지른다. 노가 부러진다. 다행히 노가 하나 더 있다. 그는 마음을 가라앉힌다. 두 번째 노마저 잃으면 끝장이다. 온갖 욕지기를 하며 한참을 끙끙대면서 애쓴 끝에 해가 질 무렵 가까스로 카누를 방파제 위로 끌어올리고는 기진맥진해서 모래에 주저앉는다. 이 사건으로 알렉스는 카누를 포기하고 북쪽으로 돌아가기로 결심한다.

1월 16일, 크리스 맥캔들리스는 그 짤막한 금속 배를 엘 골포데 산타클라라 남동쪽의 풀이 난 모래언덕에 두고는 황량한 해변을 따라 북쪽으로 걷기 시작했다. 36일 동안 한 사람도 보지 못했고 말 한마디 나누지 못했다. 그 기간에는 쌀 2킬로그램과 바다에서 얻을 수 있는 해양 생물로만 살았는데, 이런 경험을 하다 보니 알래스카 숲에서도 그 정도의 식량만 있으면 살 수 있을 거라는 확신이 생겼다.

크리스 맥캔들리스는 1월 18일에 미국 국경으로 다시 왔다. 신분증 없이 몰래 국경을 통과하려다 출입국 관리소에 적발되는 바람에 그날 밤을 감금 상태에서 보내야 했다. 다음 날 그럴듯하게 얘기를 꾸며내 감옥에서 나올 수 있었지만 애지중지하던 38구경 권총인 '아름다운 콜트 파이톤'은 빼앗겨야 했다.

그다음 여섯 주 동안은 남서부를 지나 멀리 동쪽으로 휴스턴까지 그리고 서쪽으로 태평양 연안까지 여행했다. 거리와 고속도로 위 고가도로에서 잠을 자다가 이미 그곳을 차지하고 있는 고약한 인간들에게 혹시 도둑맞을지도 모르니 도시로 가기 전에 수중에 있는 돈을 전부 땅에 묻어놓고 나중에 나오는 길에 다시 찾기로 했다. 2월 3일의 일기 내용은 이렇다.

"신분증과 일자리를 얻으려고 로스앤젤레스로 갔지만 사람들과 어울리는 것이 굉장히 불편해 이내 거리로 돌아와야 했다."

6일 후에 맥캔들리스는 그를 태워주었던 젊은 독일인 커플, 토마스와 카린과 함께 그랜드캐니언 아래에서 야영을 했다. 그는 일기에 이렇게 썼다.

"이 사람이 1990년 7월에 길을 나섰던 그 알렉스와 정말 같은 사람일까? 제대로 먹지 못하고 거리에서 생활하다 보니 몸무게가 10킬로그램 넘게 빠졌다. 하지만 정신은 **하늘을 날고 있다**."

2월 24일, 닷선을 포기한 지 7개월 반이 지났을 무렵, 맥캔들리스는 디트라이틀 습지로 돌아왔다. 자동차는 공원관리청에서 오래전에 압수해갔지만, 그곳에 묻어둔 오래된 버지니아 번호판 SJF-421과 소지품 몇 가지는 찾을 수 있었다. 그런 다음에는 지나가는 차를 얻어 타고 라스베이거스로 간 다음 이탈리아 레스토랑에서 일자리를 얻었다. 일기에는 이렇게 적혀 있다.

알렉산더는 2월 27일에 자신의 가방을 사막에 묻고 돈도 신분증도 없이 라스베이거스로 갔다. 그는 몇 주 동안 부랑자와 떠돌이, 술꾼들과 섞여 거리에서 살았다. 하지만 라스베이거스는 이야기의 끝이 될 수 없었다. 5월 10일, 또 발이 근질근질해오자 알렉스는 라스베이거스에서 하던 일을 그만두고 가방을 찾아 다시 여행을 시작했다. 그런데 멍청하게도 카메라를 땅에 묻었다가 꺼내면 그 카메라로는 사진을 제대로 찍을 수 없다는 걸 나중에야 알았다. 그래서 1991년 5월 10일에서 1992년 1월 7일까지의 이야기에는 사진첩이 없다. 하지만 그런 건 중요하지 않다. 경험, 기억, 원하는 대로 살아가는 위대한 승리와도 같은 기쁨 안에 진짜 의미가 있다. **살아 있다**는 것은 위대한 일이다! 주여, 감사합니다. 감사합니다.

CHAPTER 5

불헤드 시티

벅의 몸속에서는 처음부터 야수성이 강하게 꿈틀댔고, 그 야수성은 거친 환경에서 썰매 개로 살아가는 동안 점점 더 강해졌다.

잭 런던, 《야성의 부름》

다 같이 야수성에 환호하라! 그리고 에이헵 선장에게도!

알렉산더 슈퍼트램프, 1992년 5월

❖ 스탬피드 트레일에 버려진 버스 안에서 발견된 낙서

크리스 맥캔들리스는 카메라가 망가져서 사진을 못 찍게 되자 일기 쓰는 것도 중단했다가 다음 해 알래스카에 가서야 다시 시작했다. 그래서 1991년 5월에 라스베이거스를 떠난 이후의 여정에 대해서는 별로 알려진 것이 없다.

크리스 맥캔들리스가 잰 버리스에게 보낸 편지를 보면, 그는 7월과 8월을 오리건 해안에서 보냈다. 아마도 애스토리아 부근이었던 것 같은데, "안개와 비가 지긋지긋하다"고 불평했다. 9월에는 차를 얻어 타고 101번 고속도로를 지나 캘리포니아로 갔고, 그다음에는 동쪽으로 향해 다시 사막으로 갔다. 그리고 10월 초순쯤, 애리조나주 불헤드 시티에 도착했다.

불헤드 시티는 20세기 후반의 모순된 모습을 지닌 도시다. 눈에 띄는 중심가가 없는 이 도시는 콜로라도 강둑을 따라 여러 구역과 스트립 몰번화가에 상점과 식당들이 일렬로 늘어서 있는 곳들이 13~15킬로미터 정도 아무렇게나 꼬불꼬불 이어져 있으며, 강 바로 건너에는 네바다주 로플린의 고층 호텔과 카지노들이 있다. 불헤드 시티 특유의 도시적 모습은 모하비 밸리 고속도로에서 보이는데, 4차선 아스팔트 도로에 주유소와 패스트푸드 프랜차이즈, 척추지압사 가게, 비디오 가게, 자동차 부품 매장 그리고 관광객들에게 바가지를 씌우는 상점들이 늘어서 있다.

얼핏 보기에 불헤드 시티는 소로와 톨스토이의 추종자이며 미국 주류의 속물근성이 배인 겉치레에 경멸만을 느끼는 관념론자의 마음을 끌 만한 곳 같지는 않다. 그런데도 맥캔들리스는 불헤드 시티가 굉장히 마음에 들었다. 아마도 트레일러하우스 주차지역과 야영지와 빨래방에서 터를 잡고 사는 부랑자들에게 친근함을 느꼈기 때문일 것이다. 아니면 도시를 둘러싸고 있는 황량한 사막 풍경에 푹 빠진 건지도 모른다.

이유가 무엇이든, 맥캔들리스는 불헤드 시티에서 두 달 넘게 머물렀다. 애틀랜타를 떠난 후부터 알래스카에 가서 스탬피드 트레일에 버려진 버스 안으로 들어가기 전까지 통틀어 한 장소에서 가장 오래 머문 때였을 것이다. 10월에 웨스터버그에게 보낸 엽서에서 그는 불헤드 시티에 대해 이렇게 말했다.

"여기는 겨울을 보내기에 좋은 곳이에요. 어쩌면 떠돌이 생활을 영원히 포기하고 이곳에 정착할지도 모르겠어요. 그래도 봄이 오면 어떻게 될지 한번 봐야죠. 봄만 되면 정말로 발바닥이 근질거리거든요."

이 무렵 맥캔들리스는 풀타임 일을 하고 있었다. 번화가에 있는 맥도날드에 자전거로 출퇴근하면서 햄버거 뒤집는 일을 했다. 지역 은행에서 통장까지 만들었으니 겉으로 보면 지극히 평범한 생활을 했던 셈이다.

이상하게도 맥도날드에 일자리를 얻을 때 고용주들에게 자신을 알렉스가 아닌 크리스 맥캔들리스라고 소개했고 진짜 사회보장번호를 알려주었다. 평소답지 않게 자칫하면 부모님에게 자신의 소재를 그대로 노출할 수 있는 실수를 한 거였다. 하지만 그의 부모가 고용한 사설탐정이 이를 알아채지 못했기 때문에 별다른 문제가 생기지는 않았다.

크리스 맥캔들리스가 불헤드 맥도날드의 그릴 앞에서 땀을 흘린 지 2년이 지난 지금, 그곳 동료들은 그에 대해 별로 많은 것을 기억하진 못한다. 뚱뚱하고 수다스러운 어시스턴트 매니저 조지 드리젠은 이렇게 말했다.

"양말에 관한 게 기억나요. 크리스는 늘 양말을 신지 않은 채 신발을 신었죠. 그냥 양말 신는 걸 '못 견뎌했어요'. 하지만 맥도날드 직원들은 규칙에 따라 반드시 정해진 양말 그리고 신발을 신어야 했거든요. 크리스도 규칙을 따르긴 했지만, 근무가 끝나는 순간 땡!!이었어요. 근무 시간이 끝나면 맨 먼저 양말부터 벗었죠. 그러니까 가장 먼저 한 일이 양말을 벗는 거였어요. 자기는 우리에게 고용된 사람이 아니라는 걸 알려주고 싶었던 게 아니었나 싶어요. 하지만 좋은 사람이었고 유능한 직원이었어요. 정말 믿음직했죠."

세컨드 어시스턴트 매니저인 로리 자르자는 맥캔들리스에게서 좀 다른 인상을 받았다.

"솔직히 말하면, 그가 채용된 건 뜻밖이었어요. 그가 매장 뒤쪽에서 조리를 하기는 했어요. 그런데 늘 속도가 느린 거예요. 사람들이 붐비는 점심시간에도 그랬죠. 아무리 다그쳐도 소용없었어요. 손님들이 카운터 앞을 꽉꽉 메우고 있었는데도, 왜 내가 자기를 재촉하는지 이해하지 못했어요. 그는 사람들과 소통을 하지 않았어요. 자신만의 우주에 있는 것 같았어요.

하지만 크리스는 믿을 만한 직원이었고 결근도 하지 않았어요. 그래서 회사에서도 그를 해고하지 못했죠. 우리 회사에서는 시간당 4달러 25센트를 줬는데 강 건너 카지노에서는 6달러 25센트에서 시작했거든요. 그러니 직원들을 붙들어두기가 어려웠죠.

크리스는 퇴근 후에 직원들과 잘 어울리지 않았던 것 같아요. 얘기를 해도 꼭 나무나 자연, 뭐 그런 이상한 것에 대해서만 얘기했죠. 모두들 그가 나사 몇 개는 빠졌다고 생각했어요."

자르자는 그러면서도 이렇게 인정한다.

"크리스가 일을 그만둔 건 아마 나 때문이었을 거예요. 이 일을 시작했을 때 그는 집이 없었어요. 고약한 냄새를 풍기면서 출근했죠. 그렇게 냄새를 풍기면서 출근하는 것은 맥도날드의 기준에 맞지 않았어요. 그래서 회사에서는 나더러 그에게 가서 목욕을 자주 하라는 말을 하라고 했어요. 내가 그 말을 하고 나서 우리 둘 사이는 껄끄러워졌어요. 그리고 다른 직원들이 그에게 비누나 뭐 그런 게 필요하냐고 물었어요. 직원들은 친절을 베풀려고 나름대로 애썼거든요. 그런데 그는 기분이 상한 것 같더군요. 하지만 그런 감정을 밖으로 드러내지는 않았어요. 3주쯤 후에 여길 그만두고 제 발로 걸어 나갔어요."

맥캔들리스는 자신이 떠돌면서 사는 부랑자라는 사실을 어떻게든 숨기려고 했다. 동료 직원들에게는 강 건너 로플린에 산다고 말했다. 그러면서 동료들이 퇴근 후에 태워다주겠다고 하면 늘 핑계를 대며 공손하게 거절했다. 사실 그는 불헤드에 와서 처음 몇 주 동안은 도시 끝에 있는 사막에서 야영을 했다. 그러다가 비어 있는 이동 주택에 불법으로 들어가서 살았다. 맥캔들리스는 잰 버리스에게 보낸 편지에서 이렇게 설명했다.

어떻게 해서 이동 주택에 들어가서 살게 되었는지 얘기할게요. 어느 날 아침 화장실에서 면도를 하는데 노인 한 분이 들어와서 나를 빤히 보더니 "밖에서 지내느냐"고 물었어요. 나는 그렇다고 대답했죠. 알고 보니 그 노인은 낡은 이동 주택을 가지고 있었는데, 나더러 거기에 공짜로 있게 해준다고 하더군요. 한 가지 문제가 있다면 그가 실소유주가 아니라는 거예요. 부재중인 소유주들을 대신해 땅과 이동 주택들을 관리하는 거였어요. 노인은 그중 작은 이동 주택에 살고 있고요. 그래서 나는 말도 조용하게 하고 눈에 띄지 않게 조심하면서 지내야 해요. 그 노인이 다른 사람을 여기에 들이면 안 되는 거니까요. 그래도 아주 좋은 조건이에요. 이동 주택 내부가 아주 훌륭하거든요. 작동이 되는 전기 콘센트가 있고 공간도 널찍해요. 딱 하나 결점이 있다면, 찰리라는 이 노인이 정신이 좀 이상해서 이따금은 상대하기 어렵다는 거예요.

찰리라는 그 노인은 지금도 그때와 같은 주소, 맥캔들리스가 지내던 파란색과 흰색이 섞인 널찍한 이동 주택 뒤쪽에 웅크리고 있는 눈물방울 모양의 작은 이동 주택에서 살고 있다. 겉면에 주석을 입힌 그 이동 주택은 여기저기 녹이 슬어 있고 수도나 전기 시설도 되어 있지 않다. 서로 연결된 두 이동 주택의 지붕 위 서쪽으로 우뚝 솟아 있는 벌거벗은 산들이 보인다. 연푸른색 포드 토리노 자동차가 손질되지 않은 마당에 놓여 있고, 차 엔진룸에서 잡초가 튀어나와 있다. 근처의 서양협죽도 울타리에서는 사람들의 소변 때문에 암모니아 악취가 풍겼다.

"크리스? 크리스 맥캔들리스? 아, 그래, 그 젊은이야. 그래, 맞아, 기억나."

찰리가 구멍이 숭숭 뚫린 기억장치를 훑으면서 소리쳤다. 헐거운 스웨터와 카키색 작업복 바지를 입은 찰리는 눈에서 연신 눈물이 흐르고 턱에는 까칠한 수염이 허옇게 자라고 있는 노쇠하고 불안해 보이는 노인이다. 그는 맥캔들리스가 한 달쯤 그 이동 주택에 머물렀다고 기억했다. 찰리는 이렇게 얘기했다.

"좋은 사람이었어. 아주 좋은 젊은이였지. 하지만 주변에 사람들이 많이 있는 걸 달가워하지 않았어. 까다로웠어. 좋은 사람이긴 한데, 내가 볼 때 콤플렉스가 많았어. 내 말이 무슨 뜻인지 알지? 그 알래스카 사람인 잭 런던의 책들을 즐겨 읽더군. 절대 말을 많이 하지 않았지. 기분 변화가 심했고 방해받는 걸 싫어했어. 뭔가를 찾는 아이 같아 보이기도 했어. 그게 뭔지도 모르면서 말이야. 나도 한때는 그랬는데, 그러다 내가 찾는 게 뭔지 깨달았지.

그건 바로 돈이었어! 하! 하하. 하아!

하지만 내가 알래스카 얘기하는 건 좋아했지. 그래, 그 젊은이는 알래스카에 갈 거라고 했어. 어쩌면 자기가 찾고 있던 걸 찾기 위해서일지도 모르지. 어쨌든 좋은 사람 같았어. 콤플렉스가 많기도 했지만 말이야. 콤플렉스가 심했어. 크리스마스 무렵에 떠나면서 여기에 있게 해준 보답이라면서 50달러와 담배 한 상자를 주더군. 아주 예의바른 청년이라고 생각했지."

11월 하순에 크리스 맥캔들리스는 캘리포니아주 임페리얼 밸리에 있는 작은 도시 닐랜드의 사서함으로 잰 버리스에게 엽서를 보냈다.

"닐랜드로 받은 그 편지는 그가 처음으로 발신인 주소를 적어 보낸 편지였어요. 그래서 나는 즉시 답장을 썼죠. 다음 주말에 불헤드로 그를 만나러 가겠다고요. 불헤드는 우리가 있던 곳에서 별로 멀지 않았거든요."

맥캔들리스는 잰 버리스에게서 소식을 받고 굉장히 기뻐했다. 1991년 12월 9일자 편지에서 잔뜩 신이 나서 이렇게 적었다.

두 분 다 건강하게 지내고 있어서 무척 기뻐요.
크리스마스카드 정말 고마워요. 한 해의 이맘때 누군가가 나를 기억해준다는 게 참 좋아요. (……) 두 분이 나를 보러 온다니 굉장히 흥분되는군요. **언제든** 환영이에요. 거의 1년 반 만에 다시 만난다고 생각하니 정말 기뻐요.

그는 지도를 그려놓고 불헤드 시티의 베이스라인 로드에 있는 이동 주택 위치를 자세히 설명하는 것으로 편지를 마쳤다.

하지만 이 편지를 받고 나흘 후에 잰이 남자친구 밥과 함께 맥캔들리스에게 갈 준비를 하고 있을 무렵, 어느 날 저녁 야영지에 돌아와 보니 커다란 배낭 하나가 밴에 기대 있었다.

"그건 알렉스의 가방이었어요. 우리의 귀여운 강아지, 수니가 나보다 앞서서 알렉스의 냄새를 맡았어요. 수니가 알렉스를 좋아하긴 했지만, 그 녀석이 알렉스를 기억하는 걸 보고 놀랐어요. 그를 보더니 좋아서 팔짝팔짝 뛰더군요."

크리스 맥캔들리스는 불헤드에 싫증이 났고, 출근 도장을 찍는 것에 싫증이 났으며, 함께 일하는 '가식적인 사람들'에 싫증이 나서 그 도시를 떠나기로 결심했다고 설명했다.

잰과 밥은 닐랜드 외곽으로 5킬로미터쯤 떨어진 곳, 마을 사람들이 "판자촌"이라고 부르는 곳, 버려지고 파괴된 옛 해군 항공기지, 널따란 사막 여기저기에 빈 콘크리트 바닥이 남아 있는 곳에서 지내고 있었다. 11월이 오면서 다른 지역의 날씨가 차가워지면 5,000여 명의 코카인 중독자와 부랑자와 온갖 방랑자들이 태양 아래에서 돈 안 들이고 살아가기 위해 이 별세계로 몰려든다. 말하자면 이 판자촌은 수많은 떠돌이에게 계절 수도가 되는 것이다. 차를 끌고 오기만 하면 퇴직자, 유랑자, 빈민, 영구 실업자 들을 다 받아들이는 너그러운 고무 타이어 문화의 고장이다. 이 문화의 구성원들은 남녀노소를 불문하고 미수금 처리 대행회사와 망가진 관계, 법, 미국 국세청, 오하이오의 겨울, 중산층에서 도망쳐 온 사람들이다.

크리스 맥캔들리스가 이곳에 도착했을 때, 사막에서는 중고품을 파는 대규모 벼룩시장이 한창 열리는 중이었다. 잰 버리스도 그곳에서 접이식 탁자 몇 개를 펼쳐놓고는 주로 중고품인 값싼 물건들을 늘어놓고 팔았는데, 맥캔들리스는 잰의 수많은 중고 페이퍼백 책들을 지키는 일을 자원했다. 잰 버리스는 이렇게 털어놓았다.

"알렉스가 나를 많이 도와주었어요. 내가 자리를 비워야 할 때면 탁자를 지켜주고, 책을 분류해주고, 많이 팔아줬죠. 그는 그 일을 진짜로 재미있어 하는 것 같았어요. 알렉스는 고전작품을 굉장히 좋아했어요. 디킨스, H. G. 웰스, 마크 트웨인, 잭 런던의 작품들 말이에요. 잭 런던은 그가 특히 좋아하는 작가였어요. 알렉스는 지나가는 코카인 중독자만 보면 《야성의 부름The Call of the Wild》을 꼭 읽어보라고 신신당부하곤 했지요."

맥캔들리스는 어린 시절부터 잭 런던에 빠져 있었다. 잭 런던의 자본주의 사회에 대한 맹렬한 비판, 원시 세계에 대한 찬사, 하층민에 대한 옹호, 이 모든 것에 열광했다. 알래스카와 유콘에서의 삶에 대한 잭 런던의 과장된 묘사에 매혹되어서 맥캔들리스는 《야성의 부름》, 《늑대개》, 〈불 피우기To Build a Fire〉, 〈북극의 오디세이An Odyssey of North〉, 〈포르포르툭의 재치The Wit of Porportuk〉를 읽고 또 읽었다. 이런 이야기들에 매료된 나머지 그

것이 소설이라는 것을, 아북극 지역 황야의 실제 삶이라기보다는 잭 런던의 낭만적인 정서가 가미된 상상력의 산물이라는 사실을 잊은 것 같았다. 잭 런던이 그 북쪽 지방에서 단 한 해 겨울을 보냈을 뿐이며, 책에서 자신이 옹호한 이상과는 좀 다른 정착 생활을 하면서 아무 생각 없이 술을 마시고 살이 찌고 처량하게 살다가 마흔 살의 나이에 캘리포니아의 집에서 자살했다는 사실은 가볍게 무시했다.

닐랜드 판자촌 거주민 중 트레이시라는 열일곱 살 된 여자아이가 있었는데, 맥캔들리스가 그곳에 머문 일주일 동안 그를 사랑하게 되었다. 잰 버리스는 이렇게 말했다.

"트레이시는 예쁜 아이였어요. 우리 아래쪽에 차를 대놓고 있던 방랑자 부부의 딸이었죠. 딱하게도 트레이시는 가망 없는 짝사랑을 했어요. 알렉스가 닐랜드에 있는 내내 추파를 던지기도 하고, 알렉스에게 자기와 사귀라고 말해 달라며 나를 조르기도 했어요. 알렉스가 그 애에게 다정하긴 했지만, 트레이시는 그에 비해 너무 어렸어요. 알렉스는 트레이시를 진지하게 생각할 수가 없었죠. 모르긴 몰라도 일주일 내내 트레이스를 절망에 빠지게 했을걸요."

크리스 맥캔들리스가 트레이시의 구애를 거절하긴 했지만, 잰 버리스는 그가 은둔자는 아니었다고 분명히 말한다.

"알렉스는 사람들과 어울리는 걸 좋아했어요. 아주 즐거워했죠. 중고품 시장에 있을 때는 물건을 보러 들르는 사람들 모두와 끝도 없이 얘기를 나눴어요. 닐랜드에 있는 동안 사람들을 70~80명은 만났을걸요. 모두에게 친절했어요. 가끔 혼자 있는 시간을 가지려 했지만 은둔자는 아니었어요. 오히려 굉장히 사교적이었어요. 나중에 혼자 있게 될 때를 대비해 사람들을 미리 만나두는 것 같았다는 생각을 가끔 해요."

맥캔들리스는 특별히 잰 버리스와 친하게 지내면서 기회만 있으면 장난을 걸고 농담을 했다.

"알렉스는 나를 놀리고 귀찮게 하는 걸 좋아했어요. 내가 이동 주택 뒤편에 있는 빨랫줄에 옷을 걸러 나갈라치면 그는 빨래집게를 내 온몸에 붙이곤 했죠. 꼭 어린아이처럼 장난을 쳤어요. 우리에게 강아지가 몇 마리 있었는데, 알렉스는 강아지들에게 세탁 바구니를 씌워놓고는 녀석들이 팔짝팔짝 뛰면서 시끄럽게 짖어대는 걸 지켜봤어요. 내가 화를 내면서 소리 지르면 그제야 그만두었죠. 사실 강아지들에게 정말 잘해줬어요. 강아지들은 알렉스를 졸졸 따라다니며 짖고 그의 곁에서 자고 싶어 했죠. 알렉스는 동물을 잘 다뤘어요."

어느 날 오후 맥캔들리스가 닐랜드 중고품 시장에서 책 판매대를 지키고 있는데, 어떤 사람이 휴대용 전자 오르간을 대신 팔아 달라고 잰 버리스에게 맡겼다.

"알렉스가 그 오르간을 받더니 하루 종일 연주를 하면서 사람들을 즐겁게 해주었어요. 목소리가 아주 근사했어요. 많은 관중을 끌어모았죠. 그때까지 나는 그가 음악에 재능이 있는 줄 전혀 몰랐어요.”

맥캔들리스는 그곳 사람들에게 알래스카로 가려는 계획을 자주 말했다. 그는 오지의 혹독한 환경에 대비해 아침마다 체조를 하면서 몸 관리를 했고, 자칭 생존주의자인 밥과 함께 오지에서의 생존 전략을 세세하게 토론했다.

“알렉스는 그의 표현대로 ‘위대한 알래스카 여행’에 대해 얘기할 때면 이성을 잃는 것 같았어요. 정말로 흥분했어요. 여행 이야기를 지치지도 않고 계속 했죠.”

하지만 잰이 채근해도 크리스 맥캔들리스는 가족 얘기는 일절 하지 않았다.

“내가 알렉스에게 몇 번이나 물었어요. ‘당신이 뭘 하려고 하는지 가족에게 얘기했어요? 어머니는 당신이 알래스카에 가려고 하는 걸 알아요? 아버지는 아세요?’ 하지만 알렉스는 절대 대답하지 않았어요. 그냥 나를 향해 눈을 이리저리 굴리고 짜증을 내면서 엄마처럼 굴지 말라고 했죠. 밥도 내게 ‘알렉스를 그냥 좀 놔둬! 그는 성인이야!’라고 말했어요. 하지만 나는 알렉스가 화제를 바꿀 때까지 계속 그 이야기를 했어요. 그렇게 한 건 내 아들 때문이었어요. 난 아들아이가 지금 어디 있는지 모르고, 내가 알렉스를 돌봐주려 하는 것처럼 누군가가 우리 아이를 돌봐주기를 바랐거든요.”

닐랜드를 떠나기 전 일요일에 맥캔들리스는 잰의 이동 주택에서 텔레비전으로 미식축구 플레이오프 경기를 봤다. 잰이 보니 워싱턴 레드스킨스를 유독 열심히 응원했다.

"그래서 내가 알렉스에게 워싱턴에서 왔느냐고 물었어요. 그가 '맞아요, 사실은 그래요'라고 대답하더군요. 그가 자신의 배경에 대해 밝힌 건 그게 다였어요."

다음 수요일, 맥캔들리스는 떠날 때가 되었다고 말했다. 닐랜드에서 서쪽으로 80킬로미터 떨어진 솔턴 시티의 우체국에 가야 한다고 했다. 불헤드 맥도날드의 매니저에게 자신의 마지막 급료를 그 우체국으로 보내 달라고 부탁해둔 터였다. 맥캔들리스는 그곳까지 태워다주겠다는 잰의 제안을 받아들였지만, 잰이 중고품 시장에서 도와준 보답으로 약간의 돈을 주려 하자 화를 냈다.

"진짜로 화를 냈어요. 나는 '이 세상에서 살아가려면 돈이 있어야 한다'고 말했지만 그는 받으려 하지 않았어요. 결국 스위스 아미 나이프 몇 개와 벨트 나이프 몇 개만 주었죠. 알래스카에 가면 요긴하게 쓰일 것이고 여행 중에 다른 물건과 교환할 수도 있을 거라고 설득해서 말이에요."

그리고 좀 더 옥신각신한 끝에 잰 버리스는 알래스카에서 필요하다고 생각되는 긴 속옷과 따뜻한 옷 몇 벌도 떠안겼다. 잰은 웃으며 말했다.

"알렉스는 내 입을 다물게 하려고 결국 받았어요. 하지만 그가 떠난 다음 날 보니 그것들 대부분이 차 안에 있더군요. 우리가 보지 않을 때 그 물건들을 가방에서 꺼내 의자 밑에 숨겨놓았던 거예요. 알렉스는 아주 괜찮은 사람이었지만, 가끔씩은 나를 정말로 화나게 했어요."

잰 버리스는 맥캔들리스를 걱정하면서도 그가 무사히 돌아오리라고 믿었다. 그녀는 이렇게 회상한다.

"나는 알렉스가 꼭 무사할 거라고 생각했어요. 똑똑한 사람이었으니까요. 그는 카누를 타고 멕시코까지 간 다음 화물열차에 올라타고 시내 자선 시설에서 잠자리를 얻는 법을 다 궁리해놓았어요. 그 모든 것을 혼자 힘으로 알아냈죠. 그래서 나는 알렉스가 알래스카에서 지낼 방법 역시 알아낼 거라고 확신했어요."

CHAPTER 6

안자 보레고

자신의 천재성을 따르는 사람은 잘못된 길에 빠지지 않는다. 육식을 하지 않아 신체가 허약해졌다 해도 낙담할 필요는 없다. 이것은 더 높은 원칙에 부합하는 삶을 사는 것이기 때문이다. 만약 우리의 낮과 밤이 기쁨으로 맞이할 수 있는 그런 것이라면, 우리의 삶이 꽃과 방향초처럼 향기를 풍기며 더 탄력적이 되고 더 반짝이고 더 불멸에 가까워진다면, 우리는 성공한 것이다. 그럴 때 온 자연이 우리를 축하할 것이며, 우리는 잠시 우리 자신을 축복할 수 있다. 최고의 진보와 가치는 올바르게 평가되는 일이 극히 드물다. 우리는 그런 것들이 정말 존재하는지 곧잘 의심한다. 그것들을 쉽사리 잊는다. 그것들이야말로 최고의 실체다. (……) 내가 매일의 삶에서 거둬들이는 참다운 수확은 아침이나 저녁의 빛처럼 만질 수도 없고 표현할 수도 없다. 그것은 내가 움켜쥔 작은 별가루이며 무지개의 한 조각이다.

헨리 데이비드 소로, 《월든》

❖ 크리스 맥캔들리스의 시신과 함께 발견된 책에 강조되어 있는 구절

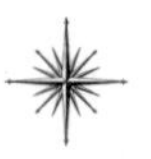

1993년 1월 4일에 나는 예사롭지 않은 편지 한 통을 받았다. 글씨체가 삐뚤삐뚤하고 옛날식이어서 나이 든 사람이 썼다는 걸 짐작할 수 있었다. "관계자에게 드립니다"라는 말로 편지는 시작되었다.

> 알래스카에서 죽은 젊은이(알렉스 맥캔들리스) 기사가 실린 잡지를 한 부 얻고 싶어요. 그 사건을 조사한 사람이 이 편지를 읽어주면 좋겠어요. 내가 그 젊은이를 1992년 3월에 (……) 캘리포니아주 솔턴 시티에서 (……) 콜로라도주 그랜드정크션까지 태워줬어요. 알렉스는 거기에서 내려 지나가는 차를 얻어 타고 사우스다코타로 간다고 했지요. 그 젊은이는 계속 연락을 하겠다고 했어요. 1992년 4월 첫째 주에 받은 편지가 그에게서 받은 마지막 소식이고요. 함께 가면서 우리는 사진을 찍었는데, 나는 캠코더로 찍고 알렉스는 그의 카메라로 찍었어요.
>
> 만일 그 잡지가 있다면, 가격을 알려주세요. (……)
>
> 그 젊은이가 나쁜 일을 당한 것 같더군요. 만일 그렇다면 어쩌다 그렇게 되었는지 알고 싶어요. 그는 배낭에 언제나 넉넉한 쌀과 방한복과 충분한 돈을 가지고 다녔거든요.

안녕히 계세요,

로널드 A. 프란츠

내가 그의 죽음에 대해 더 자세히 알 때까지 이 사실들을 아무에게도 알리지 말아주세요. 그는 평범한 여행자가 아니었으니까요. 제발 내 말을 믿어주세요.

프란츠가 부탁한 잡지는 크리스 맥캔들리스의 죽음이 특집 기사로 실린 1993년 1월호 〈아웃사이드〉지였다. 원래 그의 편지는 시카고에 있는 잡지 사무실로 배달되었는데, 맥캔들리스 기사를 썼다는 이유로 사무실에서 내게 다시 보낸 것이다.

맥캔들리스는 '도피' 여행을 하는 동안 수많은 사람에게 지울 수 없는 인상을 남겼는데, 그들 대부분이 맥캔들리스와 단 며칠, 기껏해야 한두 주 함께 보냈을 뿐이다. 특히 1992년 1월, 여든 살의 나이에 맥캔들리스와 잠깐 시간을 보낸 로널드 프란츠는 어느 누구보다 강렬한 영향을 받았다.

솔턴 시티 우체국에서 잰 버리스와 헤어진 후 맥캔들리스는 지나가는 차를 얻어 타고 안자 보레고 사막 주립공원으로 간 다음에 공원 한 귀퉁이에 있는 크레오소트 덤불에서 야영을 했다. 동쪽 가까이에 솔턴호가 있는데, 잔잔한 바다의 축소판 같고 수면이 바다보다 60미터 이상 낮은 이 호수는 1905년에 대규모 공사의 실패로 만들어졌다. 임페리얼 밸리에 있는 비옥한 농지에

물을 대기 위해 콜로라도강에 운하를 판 지 얼마 안 되어서 몇 차례 큰 홍수가 발생했다. 그 때문에 강이 둑을 침식해 새로운 수로가 만들어졌고, 이 물은 여전히 강한 기세로 임페리얼 밸리 운하에 쏟아져 들어갔다. 2년이 넘는 세월 동안 운하는 사실상 콜로라도강의 흐름을 솔턴의 소택지로 돌려놓았다. 물은 한때 말라 있던 소택지 바닥으로 흘러들면서 농장과 취락에 범람했고, 그 결과 1,024제곱미터의 사막이 물에 잠기면서 육지로 둘러싸인 호수가 생긴 것이다.

리무진과 고급 테니스 클럽과 팜스프링스의 초목이 무성한 초록빛 잔디밭에서 80킬로미터 남짓 떨어진 곳에 있는 솔턴호의 서쪽 기슭은 한때 극심한 부동산 투기 지역이었다. 호화로운 리조트 건설이 예정되었고 개발을 위해 토지가 구획되었다. 하지만 기대와 달리 개발은 거의 이루어지지 않았다. 요즘은 그 땅 대부분이 비어 있고 점차 다시 사막으로 변해간다. 잡초가 솔턴 시티의 넓고 황량한 길을 뒤덮고 있다. 햇빛에 바랜 매물 간판들이 거리에 늘어서 있고, 사람이 살지 않는 건물들은 페인트칠이 벗겨져 있다. 솔턴호 부동산 개발 회사의 창문에는 폐업을 알리는 플래카드가 걸려 있다. 창문이 덜컹거리는 소리만이 으스스한 정적을 깬다.

호숫가 저편으로 땅이 서서히 올라오다가 갑자기 메마르고 허깨비 같은 안자 보레고의 황무지가 펼쳐진다. 그 황무지 아래에는 가파른 계곡이 바하다 지형건조 지역에 있는 충적 평야의 한 종류을 만들어놓았다. 여기, 선인장과 인디고부시와 3.5미터 높이의 오코틸로 나무 줄기가 여기저기 있고 태양이 내리쬐는 낮은 언덕에서, 맥캔들리스는 크레오소트 가지에 방수포를 매달고는 그 아래 모래에서 잠을 잤다.

식량이 필요하면 시내까지 히치하이크를 하거나 걸어서 6킬로미터를 간 다음, 상점과 주류 판매점과 우체국을 겸하며 솔턴 시티라는 도시의 문화 중심지 역할을 하는 갈색 회반죽 건물에서 쌀을 사고 플라스틱 물병을 채웠다. 1월 중순의 어느 목요일, 맥캔들리스가 물병을 채운 후 다시 바하다로 돌아가기 위해 지나가는 차를 얻어 타려는데 로널드 프란츠라는 노인이 차를 세우고 그를 태워주었다.

"있는 곳이 어디인가?"

"오마이갓 온천 지나서 있습니다."

"나는 이 지역에 산 지 6년이 되었는데 그런 이름은 처음 들어보는구먼. 내게 길을 알려주게나."

안자 보레고 사막과 솔턴호를 잇는 도로를 따라 몇 분을 달린 후 맥캔들리스는 노인에게 왼쪽으로 돌아 사막으로 가야 한다고 말했고, 거기에서 그 투박한 사륜구동 차는 구불구불한 길을 달려 좁은 습지로 들어섰다. 다시 1.5킬로미터 정도 달린 후 두 사람은 기이한 야영지에 도착했다. 200명쯤 되는 사람들이 모여 자동차에서 살면서 겨울을 보내는 그 공동체는 세상의 종말 이후 미국의 모습처럼 아주 특이했다. 거기에는 값싼 텐트 트레일러에

사는 가족들, 형광색 밴에 사는 나이 든 히피족들, 아이젠하워가 백악관에 들어간 이래 시동을 걸지 않은 녹슨 스튜드베이커 자동차들에서 잠을 자는 희대의 살인마 찰스 맨슨과 비슷하게 생긴 사람들이 있었다. 그곳 사람들 상당수가 옷을 다 벗고 돌아다녔다. 야영장 한가운데에는 지열 우물에서 나오는 물이 김이 나는 얕은 웅덩이 두 개로 흘러들어갔는데, 웅덩이 주위로 바위들이 늘어서 있고 야자수 나무들이 그늘을 드리웠다. 거기가 바로 오마이갓 온천이었다.

하지만 맥캔들리스는 그 온천에 살지 않았다. 그는 바하다 외곽으로 1킬로미터쯤 떨어진 곳에서 혼자 야영을 했다. 프란츠는 알렉스를 거기까지 태워다주고 잠시 얘기를 나눈 다음 도시로 돌아왔다. 프란츠는 금방이라도 쓰러질 듯한 아파트 건물을 관리해주는 대가로 아파트를 무료로 임대해 혼자 살고 있었다. 독실한 기독교인인 그는 성인이 된 이후 대부분의 시간을 상하이와 오키나와에 주둔하고 있던 군대에서 보냈다. 1957년 마지막 날 아내와 하나뿐인 아들이 음주운전을 하는 차에 치어 세상을 떠났다. 아들은 다음 해 6월에 의과대학을 졸업할 예정이었다. 외국에 있을 때 가족에게 일어난 그 사고 때문에 프란츠는 술에 빠져 살았다.

반년쯤 지나서야 간신히 정신을 차리고 술과 마약을 끊었지만, 상실감에서 좀처럼 헤어나지 못했다. 그 사고 이후 몇 년 동안 외로움을 달래기 위해 '가난한' 오키나와 남자 아이들과 여자 아이들을 비공식적으로 '입양'해 열네 명을 거두었고, 맏이인 아이가 필라델피아에 있는 의과대학에 입학하는 경비와 다른 아이가 일본에서 의학을 공부하는 경비를 댔다.

그런 프란츠가 맥캔들리스를 만났을 때, 내면에서 오랫동안 잠자고 있던 부모의 충동이 다시 불타올랐다. 그 청년을 잊을 수가 없었다. 청년은 성은 알려주지 않은 채 자기 이름이 알렉스라고 했고 웨스트버지니아주에서 왔다고 했다. 그는 공손하고 싹싹하고 몸가짐이 단정했다.

프란츠는 스코틀랜드어, 펜실베이니아 독일어, 캐롤라이나 사투리가 합해진 것처럼 들리는 특이한 말투를 쓰며 느릿느릿하게 말했다.

"그 젊은이는 굉장히 똑똑해 보였어요. 온천 주변에서 그런 나체주의자들이나 술주정꾼들이나 마약을 하는 사람들과 함께 살기에는 아까울 만큼 훌륭한 사람이라고 생각했지요."

그 주 일요일에 교회에 다녀오고 나서 프란츠는 알렉스에게 '어떻게 살고 있는 건지' 물어보기로 했다. 누군가는 그를 설득해서 교육을 받고 직업을 얻고 제대로 살도록 해야 했다.

하지만 프란츠가 맥캔들리스의 야영지로 다시 가서 자기 계발이라는 문제를 이야기하려고 입을 떼자 맥캔들리스가 얼른 말을 막았다.

"저기, 제 걱정은 안 하셔도 돼요. 저는 대학교육을 받았어요. 빈민도 아니에요. 제가 좋아서 이렇게 사는 거예요."

젊은이는 처음에는 발끈했지만 이내 사근사근하게 태도를 바꿨다. 두 사람은 오래도록 얘기를 나눴다. 그날 둘은 프란츠의 트럭을 타고 팜스프링스의 근사한 식당에 가서 저녁을 먹고는 트램웨이를 타고 샌재신토 봉우리에 갔다. 그 기슭에서 맥캔들리스는 잠깐 멈춰 서서 1년 전에 묻어둔 멕시코산 담요와 다른 소지품들을 파냈다.

다음 몇 주 동안 두 사람은 많은 시간을 함께 보냈다. 맥캔들리스는 정기적으로 히치하이크를 해 솔턴 시티로 가서는 프란츠의 아파트에서 세탁을 하고 고기를 구워 먹었다. 그는 봄까지 기회를 엿보다가 때가 되면 알래스카로 가서 '최고의 모험'을 할 생각이라고 털어놓았다. 그런가 하면 정체된 삶은 좋지 않다며 할아버지뻘인 사람에게 도리어 설교를 했고, 가진 것 대부분을 팔고 아파트를 나와서 거리에서 살라며 여든 살 노인을 다그쳤다. 프란츠는 젊은이의 열변을 너그럽게 받아주었다. 사실은 그 젊은이가 자기와 어울려주는 것이 기뻤다.

뛰어난 가죽 세공인인 프란츠는 맥캔들리스에게 기술의 비밀을 가르쳐주었다. 맥캔들리스는 첫 작품으로 무늬를 새긴 가죽 벨트를 만들고 거기에 자신의 방랑을 절묘한 그림으로 남겼다. 벨트의 왼쪽 끝에 '알렉스'를 새긴 다음, (크리스토퍼 존슨 맥캔들리스의) 머리글자인 C. J. M.으로 해골 모양을 만들었다. 그리고 그 소가죽을 가로질러 가며 2차선 아스팔트 도로, 유턴 금지 표시, 차를 집어삼키는 돌발 홍수를 일으키는 뇌우, 히치하이커의 엄지손가락, 독수리, 시에라네바다산맥, 태평양에서 뛰어오르는 연어, 오리건에서 워싱턴까지 이어지는 퍼시픽 코스트 고속도로, 로키산맥, 몬태나의 밀밭, 사우스다코타주의 방울뱀, 카시지에 있는 웨스터버그의 집, 콜로라도강, 캘리포니아만의 강풍, 텐트 옆으로 끌어다 놓은 카누, 라스베이거스, 머리글자 T. C. D., 모로베이, 애스토리아를 그려 넣었고, 마지막으로 버클 끝에는 글자 N(아마도 북쪽을 나타내는 듯하다)을 새겼다. 굉장히 솜씨 있고 창의적으로 만들어진 그 벨트는 크리스 맥캔들리스가 남긴 어떤 작품 못지않게 훌륭하다.

프란츠는 맥캔들리스가 점점 좋아졌다.

"아, 참 똑똑한 젊은이였어요."

목소리가 갈라져 알아듣기 힘들었다. 노인은 자신의 두 발 사이에 있는 모래밭을 응시하면서 이 고백을 했다. 그러고는 말을 멈추었다. 허리를 뻣뻣하게 구부리더니 바지 다리 부분에서 있지도 않은 먼지를 털어냈다. 어색한 침묵 속에서 그의 오래된 관절이 요란한 소리를 냈다.

그렇게 1분도 더 있다가 프란츠가 다시 얘기를 이었다. 눈을 가늘게 뜨고 하늘을 바라보면서 그 젊은이와 함께 보낸 때를 추억하기 시작한다. 둘이 만나 얘기를 나누다 보면 맥캔들리스가 어두운 표정으로 성을 내면서 자신의 부모나 정치인 혹은 주류 미국인들이 걸핏하면 저지르는 멍청한 짓들을 맹렬히 비난하는 때가 드물지 않게 있었다고 프란츠는 기억한다. 혹시라도 그 젊은

이와 사이가 멀어질까 봐 겁이 나서 프란츠는 그가 그렇게 흥분해서 고함을 치는 동안 잠자코 지켜만 보았다.

2월 초의 어느 날, 크리스 맥캔들리스는 알래스카 여행 경비를 벌기 위해 샌디에이고로 떠날 거라고 말했다. 프란츠는 그 말을 듣고 말렸다.

“샌디에이고에 갈 필요 없어. 자네가 필요하다면 돈을 줄게.”

“아뇨. 당신은 이해 못해요. 나는 샌디에이고로 갈 거예요. 월요일에 떠날 겁니다.”

“정 그렇다면 내가 거기까지 태워주지.”

“말도 안 되는 소리 하지 마세요.”

맥캔들리스가 비웃듯 말하자 프란츠는 거짓말을 했다.

“어차피 가야 돼. 가죽 재료를 실어 와야 하거든.”

그제야 맥캔들리스도 더는 고집을 부리지 않았다. 그는 야영 시설을 철거하고, 소지품 대부분을 프란츠의 아파트에 보관했다. 슬리핑백이나 배낭을 들고서 도시를 돌아다니고 싶지는 않았다. 그렇게 정리하고 나서 노인과 함께 차를 타고 산맥을 지나 해안에 이르렀다. 프란츠가 샌디에이고 해안 기슭에 내려줄 때쯤 비가 내리고 있었다.

“차마 발길이 안 떨어졌어요. 그 젊은이를 두고 가자니 어찌나 마음이 아프던지.”

2월 19일, 맥캔들리스는 수신자 부담으로 프란츠에게 전화해서 여든한 번째 생일을 축하했다. 자신의 생일 일주일 후였기 때문에 기억할 수 있었다. 맥캔들리스는 2월 12일에 스물네 살이 되었다. 이날 통화를 하면서 일자리 얻기가 쉽지 않다고 프란츠에게 털어놓았다.

2월 28일, 그는 잰 버리스에게 다음과 같은 내용의 엽서를 보냈다.

안녕하셨어요!

지난주부터 샌디에이고의 거리에서 살고 있어요. 여기에 온 첫날은 비가 억수같이 쏟아졌어요. 여기서는 전도를 어찌나 지독하게 하는지 설교 듣다 죽을 지경이에요. 일자리를 찾을 수가 없어서 내일 북쪽으로 가보려고 해요.

늦어도 5월 1일까지는 알래스카로 출발할 생각이었지만, 아무래도 준비하려면 돈을 조금 더 모아야겠어요. 사우스다코타에 있는 친구에게 가서 내가 할 만한 일이 있으면 일할지도 몰라요. 앞으로 어디로 가게 될지 모르겠지만 어디에든 도착하면 편지 쓸게요. 모든 일이 다 잘되길 바랄게요. 건강하세요, 알렉스

3월 5일, 크리스 맥캔들리스는 잰 버리스에게 엽서를 또 한 통 보냈고 프란츠에게도 한 통 보냈다. 잰 버리스에게 보낸 편지 내용은 이렇다.

시애틀에서 소식 전합니다! 나는 지금 떠돌이예요! 맞아요, 지금

은 기차로 여행을 하고 있어요. 정말 재미있어요. 진작 기차에 올라탔더라면 좋았을 뻔했어요. 하지만 기차 여행에는 몇 가지 단점이 있어요. 첫째는 사람 꼴이 말도 못할 정도로 지저분해진다는 거예요. 두 번째는 정신 나간 인간들과 얽혀야 한다는 거죠. 로스앤젤레스에서 직행을 탔는데 밤 열 시쯤 어떤 사람이 손전등으로 기차 안을 살피다가 나를 발견했어요. "죽고 싶지 않으면 당장 내려!" 그가 소리치더군요. 내려서 보니 그가 권총을 꺼내들고 있는 거예요. 내게 권총을 겨누고는 으르렁거리더군요. "이 기차에서 다시 한 번 내 눈에 띄면 죽여 버리겠어! 당장 꺼져!" 완전히 미치광이죠! 5분 후에 나는 바로 그 기차를 다시 타고 오클랜드까지 왔어요. 최후의 승리는 내 것이었죠. 또 연락할게요, 알렉스

일주일 후에 프란츠의 전화벨이 울렸다.

"교환원이었어요. 알렉스라는 사람이 수신자 부담으로 전화를 했는데 받겠느냐고 묻더군요. 알렉스의 목소리는 한 달이나 비가 온 뒤에 얼굴을 내민 햇살 같았지요."

"저를 태우러 와주시겠어요?"

"당연하지. 시애틀 어디에 있나?"

맥캔들리스가 웃으며 대답했다.

"시애틀이 아니에요. 지금 캘리포니아에 있어요. 당신이 있는 곳 근처, 코첼라에 있어요."

비가 내리는 북서부 지역에서 일자리를 찾을 수 없자 맥캔들

리스는 다시 사막으로 가는 화물열차에 올라탔다. 캘리포니아주 콜턴에서는 또 다른 남자에게 발각되어 감옥에 갇혔다. 감옥에서 풀려나자마자 히치하이크를 해서 팜스프링스 남동쪽에 있는 코첼라로 가서 프란츠에게 전화를 한 것이다. 프란츠는 전화를 끊자마자 서둘러 맥캔들리스를 데리러 갔다.

"우리는 씨즐러로 갔어요. 거기서 알렉스에게 고기와 바닷가재를 잔뜩 먹였지요. 그러고 나서 솔턴 시티로 돌아왔어요."

맥캔들리스는 옷을 세탁하고 배낭도 채워야 하니 딱 하루만 머물겠다고 말했다. 웨인 웨스터버그에게서 카시지의 대형 곡물 창고에 적당한 일자리가 있다는 말을 들은 터라 거기에 가고 싶어 조바심을 냈다. 그날은 3월 11일 수요일이었다. 프란츠는 콜로라도 그랜드정크션까지 바래다주겠다고 했다. 다음 주 월요일에 솔턴 시티에서 약속이 있었으므로 더 멀리 가면 시간에 맞춰 돌아올 수가 없었다. 맥캔들리스가 군소리 없이 그 말을 따르자 프란츠는 놀라우면서도 한결 마음이 놓였다.

출발하기 전에 프란츠는 맥캔들리스에게 날이 넓고 큼직한 칼, 방한 파카, 접을 수 있는 낚싯대, 그 외에 알래스카에서 필요한 장비들을 주었다. 목요일 동이 틀 무렵, 두 사람은 프란츠의 트럭을 타고 솔턴 시티를 떠났다. 가는 길에 맥캔들리스는 불헤드 시티에 들러 은행 계좌를 정리했다. 예전에 카누를 타고 콜로라도에 가면서 만든 사진 일기 앨범을 비롯해 이런저런 소지품과 책 몇 권을 맡겨두었던 찰리의 이동 주택에도 들렀다. 그러고 나더니 맥캔들리스는 강 건너 로플린의 골든 너겟 카지노에서 프란츠에게 점심을 사겠다고 고집했다. 너겟에서 웨이트리스가 맥캔들리스를 알아보고 호들갑을 떨었다.

"아! 알렉스! 오랜만이에요!"

프란츠는 그 길을 나서기 전에 비디오카메라를 하나 샀는데, 그걸로 가는 동안 중간 중간 멈춰 서서 눈앞의 모습을 찍었다. 맥캔들리스는 프란츠가 렌즈를 자기 쪽으로 들이댈 때마다 피하곤 했지만, 그래도 브라이스캐니언의 눈 속에 초조하게 서 있는 그의 모습이 잠깐씩 화면에 남아 있다. 화면 속에서 맥캔들리스가 캠코더를 피하며 말한다.

"됐어요, 이제 가요. 갈 길이 멀어요."

청바지와 울 스웨터를 입고 햇볕에 그을린 맥캔들리스의 모습이 씩씩하고 건강해 보인다.

프란츠는 급하게 떠난 여행이긴 했지만 즐거웠다고 얘기했다.

"우리는 몇 시간씩 말 한마디 없이 가기도 했어요. 하지만 알렉스가 자고 있을 때도 나는 그 젊은이가 곁에 있다는 것만으로 행복했어요."

얼마쯤 가다가 프란츠는 용기를 내어 맥캔들리스에게 특별한 부탁을 하나 했다.

"내 어머니는 형제가 없었어요. 아버지도 그랬지요. 그리고 나는 두 분의 외아들이었어요. 내 아들도 죽었기 때문에, 내가 우리 집 혈통의 마지막이지요. 내가 떠나면, 우리 집안은 영원히 끝나는 거예요. 그래서 알렉스에게 그를 입양해도 되겠느냐고 물었어요. 내 손자가 되어줄 수 있겠느냐고요."

크리스 맥캔들리스는 그 부탁이 불편한지 대답을 피했다.

"알래스카에서 돌아오면 그때 얘기해요."

3월 14일, 프란츠는 그랜드정크션 외곽 70번 주간고속도로 갓길에 맥캔들리스를 내려주고 캘리포니아 남부로 돌아왔다. 맥캔들리스는 북쪽으로 돌아가면서 기쁘기도 하고 홀가분하기도 했다. 인간적 친밀함, 우정, 그리고 그런 것들과 함께 오는 부담스럽고 혼란스러운 감정 등 눈앞에 다가온 이런 위험을 이번에도 무사히 피했다는 사실에 안도했다. 가족이라는 숨 막히는 구속에서 벗어났다. 잰 버리스와 웨인 웨스터버그와 지낼 때도 적절하게 거리를 두었다가 그들이 뭔가를 기대하기 전에 그들의 삶에서 벗어났다. 그리고 론 프란츠의 삶에서도 무사히 빠져나왔다.

그러니까 노인의 입장에서는 그렇지 않았지만 맥캔들리스가 보기에 '무사히'라는 얘기다. 프란츠가 맥캔들리스에게 그렇게 단시간에 빠져든 이유가 뭔지 정확히 알 수는 없지만, 그가 느낀 애정은 진실하고 강렬하고 순수했다. 프란츠는 오랫동안 외롭게 살았다. 그에게는 가족이 없었고 친구도 거의 없었다. 스스로에게 엄격하고 자립심이 강한 프란츠는 나이가 많고 삶이 고독했지만 그런대로 꽤 잘 지냈다. 하지만 맥캔들리스가 그의 세상에 들어오자, 탄탄하던 노인의 방어 체계가 흔들렸다. 프란츠는 맥캔들리스와 함께 지내는 것이 좋았지만, 그 젊은이를 향한 애정이 커질수록 자신이 지금껏 얼마나 외롭게 살아왔는지 실감했다. 청년은 프란츠 인생의 커다란 공허감을 채워주면서 또 한편으로는 그것을 적나라하게 드러냈다. 맥캔들리스가 어느 날 갑자기 나타났던 것처럼 갑자기 떠났을 때, 프란츠는 예상보다 훨씬 깊이 상처받았다.

4월 초에 프란츠의 사서함에 사우스다코타 소인이 찍힌 편지가 도착했다. 다음과 같은 내용의 긴 편지였다.

> 잘 지내셨어요?
> 알렉스예요. 전 약 2주 전부터 사우스다코타 카시지에서 일하고 있어요. 우리가 콜로라도 그랜드정크션에서 헤어지고 나서 사흘 후에 이곳에 도착했어요. 별 어려움 없이 솔턴 시티로 돌아가셨길 바랍니다. 여기에서 일하는 것이 재미있고 다 잘되고 있어요. 날씨도 별로 나쁘지 않고 꽤 포근한 날도 많아요. 벌써 들판에 나간 농부들도 있어요. 지금쯤 캘리포니아 남부는 점점 더워지고 있겠죠. 3월 20일에 그 온천에서 열린 레인보우 모임에 가서 사람들이 얼마나 많이 왔는지 볼 기회가 있었나요. 굉장히 재미있었을 텐데, 당신이 그런 유의 사람들을 정말로 잘 이해할 것 같진 않군요.
> 사우스다코타에 오래 있지는 않을 거예요. 친구 웨인은 5월이 끝날 때까지 제가 여기 대형 곡물 창고에서 일하고 그다음에는 여름 내내 자기와 어울리길 원하지만, 제 마음은 온통 알래스카 여행에 가 있어요. 그래서 늦어도 4월 15일 전에는 여길 떠나고 싶어요. 그

러니까 얼마 안 있어 여기를 떠나야 하니 편지를 보내시려거든 아래 적은 발신인 주소로 보내주세요.

론, 당신이 준 모든 도움과 우리가 함께 보낸 시간에 진심으로 감사하고 있어요. 당신이 우리의 작별에 너무 마음 아파하지 않았으면 좋겠어요. 우리가 다시 만나려면 아주 오랜 시간이 흘러야 할 거예요. 하지만 제가 이 알래스카 여행을 무사히 마친다면, 언젠가는 다시 소식을 전할게요. 예전에 제가 당신에게 했던 충고를 다시 하고 싶어요. 당신이 그야말로 생활 방식을 완전히 바꿔서 예전에는 절대 상상하지 못했거나 주저하느라 시도하지 못했던 일들을 대담하게 해야 한다고 저는 생각하니까요. 수많은 사람이 불행한 환경 속에서 살면서도 자신이 나서서 상황을 바꾸려고 하지는 않아요. 안전, 순응, 보존의 삶에 길들여졌기 때문이죠. 이 모든 것이 사람들에게 마음의 평화를 주는 듯 보일 수도 있지만, 사실 안전한 미래만큼 인간 내면의 모험심에 해로운 것은 없죠. 인간의 살아 있는 영혼에서 가장 중요한 것은 모험을 향한 열정이에요. 삶의 기쁨은 새로운 경험을 만나는 데서 오고, 매일매일 새롭고 다른 태양이 떠오르므로 끊임없이 변하는 지평선을 보는 것보다 더 큰 기쁨은 없어요. 론, 삶에서 더 많은 걸 얻고 싶다면, 단조로운 안정감에 기대고 싶은 마음을 버리고 설령 처음에는 미친 것처럼 보이더라도 뭔가를 저지르는 삶의 방식을 받아들여야 해요. 일단 그런 삶에 익숙해지면 그 완전한 의미와 엄청난 아름다움을 알게 될 거예요. 그러니까 론, 간단히 말하자면, 솔턴 시티에서 벗어나 여행을 떠나세요. 그렇게 한다면 결국에는 큰 기쁨을 맛볼 거예요. 제가 장담해요. 당신이 제 충고를 무시할까 봐 걱정스러워요. 당신은 저를 고집불통이라고 생각하지만, 당신이 훨씬 더해요. 당신은 차를 타고 돌아가는 길에 이 지구상에서 아주 위대한 광경 중 하나, 모든 미국인이 죽기 전에 적어도 한 번은 봐야 하는 그랜드캐니언을 볼 엄청난 기회가 있었어요. 하지만 저로서는 도저히 이해할 수 없는 어떤 이유로, 당신은 집으로, 날이면 날마다 보는 똑같은 상황으로 한시바삐 돌아가려고만 했어요. 당신이 미래에도 그런 식으로 사느라 하나님이 우리를 위해 이 세상에 주신 모든 경이로운 것을 보지 못할까 봐 걱정돼요. 한곳에 그대로 머물지 마세요. 움직이고, 돌아다니고, 매일을 새로운 지평선으로 만드세요. 론, 당신은 아직 한참을 더 살 거예요. 자신의 삶을 근본적으로 바꾸고 완전히 새로운 경험의 영역으로 들어갈 기회를 갖지 못한다면 그건 부끄러운 일이 될 거예요.

기쁨이 오직 인간관계에서만 온다고 생각하거나 혹은 대부분 그렇다고 생각한다면 당신이 틀렸어요. 하나님은 기쁨을 우리 주변 모든 곳에 놓으셨어요. 그 기쁨은 우리가 경험할 수 있는 모든 것에 있고 어떤 것에도 있어요. 우리는 습관적인 삶에서 등을 돌리고 틀에 얽매이지 않는 자유로운 삶을 시작해야 해요.

제 말의 요점은, 당신 삶에 이런 새로운 빛을 가져오는 데는 저도 다른 어떤 누구도 필요하지 않다는 거예요. 그 빛은 당신이 잡아주길 기다리고 있어요. 그저 그 빛을 향해 손을 내밀기만 하면 될 뿐이에요. 새로운 환경 속으로 들어가기 위해 싸워야 하는 유일한 대상은 당신 자신과 당신의 완고함이에요.

론, 저는 당신이 가능한 한 빨리 솔턴 시티를 벗어나기를, 픽업트럭 짐칸에 작은 캠프용 자동차를 싣고 하나님이 미국 서부에 해놓으신 위대한 일을 보기를 진정으로 바라고 있어요. 당신은 많은 것을 보고 많은 사람을 만나면서 많은 걸 배울 거예요. 단, 이 모든 일을 경제적으로 해야 해요. 모텔을 이용해서도 안 되고, 음식도 직접 해야 해요. 가능한 한 돈을 적게 쓸수록 훨씬 큰 즐거움을 맛볼 거예요. 다음에 우리가 다시 만날 때, 당신이 새로운 모험과 경험을 많이 하고 나서 새로운 사람이 되어 있다면 좋겠어요. 주저하지도 말고 핑계를 대지도 마세요. 그냥 떠나고 행동하세요. 일단 떠나고 행동하는 거예요. 그렇게 했다는 걸 아주, 아주 많이 기뻐하게 될 거예요.

건강하세요. 알렉스

이 주소로 답장해주세요.

알렉스 맥캔들리스

매디슨, 사우스다코타주 57042

놀랍게도, 여든한 살 된 노인은 건방진 스물네 살짜리 방랑자의 충고를 진심으로 받아들였다. 프란츠는 가구와 다른 소지품 대부분을 개인 창고에 넣고 제너럴모터스의 밴을 사서 침대를 비롯한 야영 장비를 갖췄다. 그런 다음 아파트를 나와 바하다에서 야영을 했다.

프란츠는 온천을 지난 다음에 있는, 예전에 맥캔들리스가 야영을 했던 곳에 자리를 잡았다. 돌 몇 개를 놓아 주차 공간을 만들고, 선인장과 인디고부시를 '주변 경치'를 위해 심어놓았다. 그러고는 하루가 지나고 또 지나도록 그 사막에 머물면서 젊은 친구가 돌아오길 기다렸다.

루널드 프란츠(본명은 아니다. 그의 요청에 따라 가명을 썼다)는 두 번이나 심장병을 앓은 팔십 대 노인치고는 굉장히 건강해 보인다. 키가 180센티미터가 넘고, 두 팔이 굵고 가슴은 원통형이며, 어깨도 굽지 않고 등도 꼿꼿하다. 두 귀가 눈, 코, 입에 비해 유독 크고 울퉁불퉁하며 두툼한 양손도 그렇다. 내가 사막에 있는 그의 야영지에 가서 인사를 했을 때, 그는 낡은 청바지와 깨끗한 흰색 티셔츠를 입고 자신이 직접 만들고 무늬를 새긴 가죽 벨트를 하고 흰색 양말을 신고 검은 신발을 질질 끌고 다녔다. 이마의 주름과 크고 곰보 자국이 깊이 팬 코와 그 코에 솜씨 좋게 새긴 문신마냥 드러나 있는 보라색 미세혈관만이 나이를 짐작케 했다. 맥캔들리스가 죽은 지 1년 남짓 지난 지금 노인은 그 푸른 눈으로 경계하듯 세상을 바라보았다.

프란츠의 의심을 없애줄 요량으로, 나는 맥캔들리스가 스탬피드 트레일에서 했던 마지막 여행을 추적하면서 지난여름 알래스카를 여행할 때 찍은 사진 여러 장을 건넸다. 사진 더미 위쪽의 몇 장에는 주변의 수풀, 잡초가 우거진 오솔길, 멀리 보이는 산, 수샤나강 등의 풍경이 담겨 있다. 프란츠는 아무 말 없이 사진들을 보다가, 내가 사진 내용을 설명할 때면 간간이 고개를 끄덕였다. 사진을 보니 반가운 모양이다.

하지만 그 젊은이가 죽어 있었다던 버스의 사진을 보자 갑자기 경직되었다. 몇 장의 사진에는 버려진 버스 안에 있던 맥캔들리스의 소지품이 담겨 있다. 자신이 보고 있는 것이 무엇인지 깨닫는 순간 프란츠의 두 눈이 흐려졌다. 더 보지 않고 사진들을 다시 내게로 내밀었다. 내가 허둥거리며 우물우물 사과하자 그는 마음을 가라앉히려는 듯 밖으로 걸어 나갔다.

프란츠는 이제 맥캔들리스의 야영장에 살지 않는다. 임시로 낸 길이 갑작스러운 폭우에 휩쓸려 간 탓에 30킬로미터 떨어진 보레고 황무지 쪽으로 옮겨갔고, 그곳에서 외따로 자라고 있는 미루나무들 옆에서 야영을 한다. 오마이갓 온천도 이제 사라졌다. 임페리얼 밸리 보건위원회의 명령에 따라 불도저로 밀고 콘크리트로 막은 것이다. 주 직원들은 온천에서 번성한다고 알려진 전염성 강한 세균으로 인해 그곳을 이용하는 사람들이 심각한 병에 걸릴 위험이 있으므로 온천을 없앴다고 얘기했다. 솔턴 시티 상점의 점원은 이렇게 말했다.

"사실일 수도 있어요. 하지만 대부분의 사람은 그들이 온천을 불도저로 민 것은 거기에 히피족이나 떠돌이 같은 인간쓰레기들이 들끓기 때문이라고 생각하고 있어요. 굳이 물어보신다면, 속이 시원해요."

맥캔들리스와 헤어지고 나서 8개월이 넘는 시간 동안, 프란츠는 야영지에 머물면서 커다란 가방을 들고 오는 젊은이가 없는지 길을 유심히 살피며 알렉스가 돌아오기를 끈기 있게 기다렸다. 1992년의 마지막 주, 크리스마스 다음 날, 그는 우편물을 확인하러 솔턴 시티에 갔다가 돌아오는 길에 히치하이커 둘을 태웠다. 프란츠는 이렇게 기억한다.

"한 사람은 미시시피에서 온 것 같았어요. 다른 사람은 북미 원주민이고요. 온천으로 오면서 그 사람들에게 내 친구 알렉스와 그가 알래스카에서 하겠다고 한 모험 얘기를 했지요."

갑자기 인디언 젊은이가 끼어들었다.

"그 사람 이름이 알렉스 맥캔들리스였나요?"

"그래요, 맞아요. 그 사람을 만났어요? 그럼……."

"이런 말씀 드리기는 싫지만, 그 친구는 죽었어요. 그 동토 지대에서 얼어 죽었어요. 〈아웃도어〉 잡지를 읽어보세요."

충격을 받은 프란츠는 그 히치하이커에게 꼬치꼬치 캐물었다. 얘기가 꽤나 구체적인 것이 사실인 듯했다. 얘기의 앞뒤가 딱딱 맞았다. 뭔가 단단히 잘못되었다. 맥캔들리스는 다시는 돌아오지 못할 것이다. 프란츠는 이렇게 말했다.

"알렉스가 알래스카로 떠났을 때, 나는 기도했어요. 그 청년을 항상 지켜 달라고요. 그는 특별한 사람이라고 주님께 말했어요. 하지만 주님은 알렉스가 죽도록 내버려뒀어요. 그래서 12월 26일, 무슨 일이 일어났는지 알았을 때, 나는 주님을 버렸어요. 교회에서 나왔고 무신론자가 되었지요. 알렉스 같은 젊은이가 끔찍한 일을 당하도록 한 주님을 믿을 수는 없다고 생각했어요."

그는 이야기를 계속했다.

"그 히치하이커들을 내려주고는 차를 돌려 상점으로 다시 가서 위스키 한 병을 샀어요. 그리고 사막으로 가서 위스키를 마셨지요. 나는 술을 잘 마시지 못해요. 그래서 술을 마시고 나서 몸이 아팠어요. 죽기를 바랐는데, 그렇게 되지 않았어요. 정말, 정말 아프기만 할 뿐이었지요."

CHAPTER 7

카시지 II

그곳에 몇 권의 책이 있었다. (……) 그중 한 권은 이유도 말하지 않고 가족을 떠난 한 남자의 이야기인 《천로역정》이었다. 나는 그 책을 여러 번 읽었다. 문장이 재미있긴 해도 꽤 어렵다.

마크 트웨인, 《허클베리 핀의 모험》

사실 창의적인 사람들 중 다수가 성숙한 인간관계를 맺지 못하며 때로는 지나치리만치 고립되어 지낸다. 하지만 창의력이 잠재되어 있는 사람이 어느 정도 고립되어 지낼 때, 어린 시절의 분리나 사별로 생긴 외상이 동력이 되어 창작의 방향으로 개인성이 발달하기도 한다. 그렇다고 해서 고독하고 창의적인 일을 하는 것 자체가 병적이라는 얘기는 아니다. (……)
회피행동은 아이가 행동분열을 피하도록 보호하기 위한 반응이라는 개념이다. 이 개념을 성인의 삶으로 옮겨보면, 회피행동을 보이던 아이가 인간관계에 전적으로 의존하지 않는 삶에서, 아니 그 정도는 아니라 해도 크게 의존하지 않는 삶에서 나름의 의미와 질서를 찾는 어른으로 성장하는 것은 당연하다고 볼 수 있다.

앤서니 스토, 《고독의 위로》

커다란 존 디어 8020 콤바인이 수확이 반쯤 끝난 사우스다코타 수수밭 한가운데서 저녁 빛을 비스듬히 받으며 조용히 웅크리고 있다. 콤바인이 웨인 웨스터버그를 통째로 삼키고 있는 것처럼, 그의 진흙투성이 신발이 콤바인 구멍 밖으로 튀어나와 있다. 마치 커다란 금속 파충류가 먹이를 잡아먹는 모습과도 같다.

"빌어먹을 렌치 좀 주겠소?"

콤바인 내부 깊숙한 곳에서 성난 목소리가 희미하게 울렸다.

"손을 그 잘난 주머니에 넣고 어슬렁거리느라 도와줄 시간도 없는 거요?"

콤바인은 사흘 동안 벌써 세 번째 망가졌고, 웨스터버그는 해가 지기 전까지 손이 잘 닿지 않는 베어링을 교체하느라 정신이 없었다.

한 시간 후에 그는 드디어 일을 끝내고는 기름과 지푸라기를 잔뜩 묻힌 채 나타나더니 사과했다.

"성질 부려서 미안해요. 여기서는 하루에 열여덟 시간씩이나 일하고 있거든요. 내가 좀 딱딱거린 것 같긴 한데, 일이 많이 늦어진 데다 일손이 모자라서 말이에요. 다들 지금쯤은 알렉스가 일하러 돌아올 거라고 생각하고 있었어요."

알래스카 스탬피드 트레일에서 크리스 맥캔들리스의 시신이 발견된 지 50일이 지났다.

일곱 달 전, 아주 추웠던 3월의 어느 날 오후에 맥캔들리스는 카시지의 대형 곡물 창고 사무실로 걸어 들어가 어떤 일이든 맡겨만 달라고 자신만만하게 말했다. 웨스터버그는 그때를 또렷이 기억했다.

"그때 우리는 출근 확인을 하고 있었는데, 알렉스가 어깨에 낡고 커다란 배낭을 걸치고 들어왔어요."

그는 웨스터버그에게 4월 15일까지 머물면서 돈을 좀 모을 계획이라고 했다. 알래스카에 갈 것이기 때문에 새로운 장비들을 많이 사야 한다는 말도 했다. 맥캔들리스는 가을 추수 때에 맞춰 사우스다코타로 돌아와 일을 돕겠다고 약속했지만, 북쪽에서 최대한 오래 머물다 돌아오기 위해 4월 말까지는 페어뱅크스에 도착하고 싶어 했다.

카시지에 있던 4주 동안 맥캔들리스는 다들 꺼리는 더럽고 따분한 일을 도맡아 하면서 열심히 일했다. 창고를 청소하고, 해충을 없애고, 페인트칠을 하고, 낫으로 잡초를 벴다. 그 모습을 지켜보던 웨스터버그는 좀 더 기술이 필요한 작업을 시켜 맥캔들리스에게 보답할 생각으로 대형 삽이 달린 트랙터 작동 방법을 가르쳤다. 웨스터버그가 고개를 흔들며 말했다.

"알렉스는 기계를 별로 다뤄보지 못했어요. 그래서 클러치와 레버 작동법을 익히려고 끙끙대는 모습을 보니 진짜 웃기더군요. 확실히 기계에 소질이 있는 사람은 아니었어요."

크리스 맥캔들리스는 상식이 풍부한 사람도 아니었다. 그를 아는 사람 대부분은 그가 숲은 보고 나무는 잘 보지 못하는 것 같다며 묻지도 않은 말을 했다. 웨스터버그는 이렇게 말했다.

"알렉스가 완전히 멍청하다거나 그런 건 아니었어요. 내 말을 오해하진 마세요. 다만 생각에 빈틈이 있었죠. 한번은 그의 집에 간 적이 있는데, 주방에 들어가니 지독한 악취가 나는 거예요. 끔찍한 냄새였어요. 전자레인지를 열어봤더니, 바닥에 고약한 냄새가 나는 기름이 흥건하더군요. 알렉스는 닭고기에 기름을 발라 요리했는데 그 기름이 전자레인지 바닥에 흐른다는 생각을 못한 거예요. 알렉스가 게을러서 그걸 치우지 않은 건 아니에요. 그는 늘 모든 걸 말끔하고 단정하게 정돈했죠. 단지 그 기름을 알아채지 못한 것뿐이에요."

크리스 맥캔들리스가 그해 봄에 카시지로 돌아온 직후, 웨스터버그는 오랫동안 만났다가 헤어졌다가를 반복해온 여자 친구 게일 보라에게 맥캔들리스를 소개했다. 자그마하고 눈이 슬퍼 보이고 왜가리처럼 가냘프고 이목구비가 섬세하고 머리는 긴 금발인 여자였다. 서른다섯 살이고, 이혼을 했으며, 십 대 아이 둘의 엄마라는 그녀는 맥캔들리스와 금세 가까워졌다. 보라는 이렇게 말했다.

"그는 처음에는 좀 수줍어했어요. 사람들과 어울리는 걸 힘들어하는 것 같았죠. 오랫동안 혼자서 지냈기 때문에 그런 거라고 생각했어요.

나는 거의 매일 밤 알렉스를 저녁 식사에 초대했어요. 그는 대식가였어요. 음식을 남기는 법이 절대 없었죠. 절대로요. 그는 요리도 잘했어요. 이따금 나를 웨인 집으로 오게 해서는 모든 사람을 위해 저녁을 준비했어요. 밥을 잔뜩 했죠. 그가 쌀에 질렸을 거라고 생각할지도 모르겠는데, 절대 그렇지 않았어요. 한 달 동안 10킬로그램의 쌀만 먹고 살 수 있다고 했으니까요.

알렉스는 나와 둘이 있을 때면 말을 많이 했어요. 마음속 얘기를 꽤 진지하게 하는 것 같았어요. 다른 사람들에게는 할 수 없는 얘기를 내게는 할 수 있다고 하더군요. 어떤 문제로 괴로워하고 있다는 걸 알 수 있었어요. 가족들과 잘 지내지 못하는 게 분명했지만, 그는 여동생 카린을 빼고는 가족 누구에 대해서도 말을 별로 하지 않았어요. 여동생과 아주 친하다고 하더군요. 여동생이 굉장히 예뻐서, 길거리를 걸어가면 남자들이 고개를 돌리고 쳐다본다고요."

웨스터버그는 맥캔들리스의 가족 문제에 별 관심이 없었다.

"그가 뭣 때문에 화가 났든, 화가 날 만한 이유가 분명 있었을 거라고 생각했어요. 이제 그가 죽었으니 나도 더는 모르죠. 만일 알렉스가 바로 지금 여기에 있다면, 그를 호되게 꾸짖고 싶었을 거예요. '대체 무슨 생각을 하고 있었던 거야? 그동안 가족에게 연락 한 번 안 하고 그렇게 무심했다니!' 내 일을 도와주는 아이 하나가 있는데, 그 아이는 부모님이 모두 안 계시지만 불평하는 법이 없어요. 알렉스 가족에게 어떤 문제가 있었는지 모르겠지만, 장담하는데 그보다 훨씬 힘든 상황이 얼마든지 있어요. 내가 알렉스를 관찰한 바로는, 아버지와의 문제에서 헤어 나오지 못한 것 같아요."

알고 보니, 웨스터버그가 맥캔들리스 부자의 관계를 꽤 정확하게 분석한 거였다. 아버지와 아들 둘 다 고집이 셌고 신경이 예민했다. 아버지는 모든 걸 자신의 뜻대로 하려 했고 아들은 지나치게 독립적이었으니 둘 사이가 멀어진 것은 당연했다. 맥캔들리스는 고등학교와 대학 시절 동안 아버지의 권위에 절대적으로 복종했지만, 그러는 내내 속으로는 분노했다. 그는 아버지의 도덕적 결함, 부모의 위선적인 삶, 부모의 조건부 사랑이 휘두르는 횡포라 여겨지는 것들을 오래도록 곱씹었다. 마침내 반항을 했고, 그것도 평소의 그답게 극단적으로 맞섰다.

자취를 감추기 직전, 크리스는 부모님의 행동이 "지나치게 비이성적이고 강압적이며 무례하고 모욕적이어서 더는 견딜 수가 없다"고 카린에게 털어놓았다. 그의 이야기는 이렇게 이어졌다.

> 부모님이 내 말을 진지하게 받아들이질 않으니, 졸업하고 몇 달 동안은 두 분이 자신들 말이 옳다고 생각하도록, 내가 '두 분의 의견을 이해하며' 우리 관계에는 아무 문제가 없다고 생각하도록 그냥 두려고 해. 그러다 적당한 때가 오면, 기회를 놓치지 않고 단 한 번의 신속한 행동으로 부모님을 내 인생에서 완전히 몰아낼 거야. 부모 자식의 인연을 영원히 끊을 것이고 죽을 때까지 다시는 그 어리

석은 두 분과 말도 하지 않을 거야. 완전하게 그리고 영원히 관계를 끝낼 거야.

웨인 웨스터버그가 느낀 알렉스와 부모 사이의 냉랭한 관계는 카시지에서 알렉스가 보여준 따뜻한 분위기와 완전히 대조되었다. 기분이 내킬 때면 친근하고 싹싹해지는 그의 모습에 많은 사람이 마음을 빼앗겼다. 맥캔들리스가 사우스다코타로 돌아왔을 때 우편물이 그를 기다리고 있었는데, 그가 거리에서 만난 사람들이 보낸 편지였다. 웨스터버그가 기억하기로 그중에는 '맥캔들리스에게 홀딱 반한 소녀가 보낸 편지들'도 있었다. 웨스터버그는 맥캔들리스가 팀북투의 어느 야영지에서 알게 된 소녀인 것 같다고 말했다. 하지만 맥캔들리스는 웨스터버그에게도 보라에게도 자신의 애정 문제에 대해서는 한마디도 하지 않았다.

"알렉스가 여자 친구 얘기를 한 기억이 없어요. 언젠가는 결혼을 해서 가정을 이루고 싶다는 말은 몇 번 했지만요. 내가 볼 때 그는 가볍게 관계를 맺지 않았어요. 그저 섹스나 하려고 여자를 만나는 그런 사람이 아니었어요."

크리스 맥캔들리스가 싱글스 바독신 남녀가 데이트 상대를 찾아 모이는 술집 같은 데서 죽치고 있는 사람은 아니라는 걸 보라도 잘 알고 있었다. 보라는 이렇게 말했다.

"어느 날 밤 다 같이 매디슨에 있는 어느 술집에 갔다가 알렉스를 겨우겨우 댄스 플로어에 내보낸 적이 있어요. 그런데 알렉스는 일단 플로어에 나가자 자리에 앉을 생각을 하지 않는 거예요. 우리는 신나게 놀았죠. 알렉스가 죽고 나서 카린 얘기를 들어보니, 자기가 알기로 알렉스가 같이 춤을 춘 몇 안 되는 여자 중 하나가 나라고 하더군요."

고등학교 때 맥캔들리스는 여자 친구 두세 명과 꽤 가깝게 지냈는데, 한밤중에 술에 취해 어떤 여자를 자기 침실로 데리고 가려 한 적이 있다고 카린은 기억한다(두 사람이 굉장히 시끌벅적하게 비틀거리며 계단을 올라간 탓에 빌리가 잠에서 깨어 여자를 집으로 돌려보냈다). 하지만 여느 십 대처럼 성욕이 왕성했다는 증거는 좀처럼 찾을 수 없으며, 고등학교를 졸업한 후에 어떤 여자와 잤다는 증거는 더더욱 그렇다(그렇다고 해서 그가 남자와 성관계를 맺었다는 증거도 없다). 그는 여자를 좋아하긴 했지만 대체로 혹은 완전히 금욕하면서 성직자처럼 순결하게 지냈던 것 같다.

육체와 정신의 순결은 맥캔들리스가 오랜 세월 동안 끊임없이 생각해온 문제였다. 버스에서 그의 시신과 함께 발견된 책 중에는 톨스토이의 〈크로이체르 소나타〉가 실린 소설집이 있었는데, 그 작품에는 나중에 수도승이 되는 귀족이 육체의 욕구를 비난하는 구절이 나온다. 이런 구절이 나오는 페이지는 모서리를 접은 다음 별표나 강조 표시를 해놓았고 여백에는 독특한 필체로 수수께끼 같은 메모를 가득 채워놓았다. 그리고 마찬가지로 그 버스에서 발견된 소로의 《월든》에 실린 '보다 높은 법칙들'이라는 장에서는 "순결은 인간의 꽃이다. 소위 천재나 영웅적인 행위나 성스러움이라는 것들은 순결의 꽃이 맺은 여러 가지 열매에 지나지 않는다"라는 구절에 동그라미를 쳐놓았다.

우리는 섹스에 자극을 받고 사로잡히며 때로 몸서리를 치기도 한다. 겉으로 보기에 건강한 사람, 그것도 건강한 젊은 남자가 육체의 유혹을 멀리하기로 한다면 다들 의아해 하면서 곱지 않은 시선을 보낸다. 의심의 눈초리를 던진다.

하지만 크리스 맥캔들리스가 보여준 성적 순결은 우리 문화에서 높이 평가한다고 주장하는 그런 성향이다. 적어도 그런 성적 순결을 추구했다고 꽤 널리 알려진 사람들에 대해서는 그렇다. 섹스에 대한 맥캔들리스의 상반되는 감정은 오직 열정만으로 야생을 받아들인 유명한 사람들(가장 대표적으로 평생 동정을 지킨 소로와 자연주의자 존 뮤어)의 성향과 다르지 않으며, 이들보다 덜 알려진 수많은 순례자, 구도자, 부적응자, 모험가 들은 더 말할 것도 없다. 야생에 매혹된 적지 않은 사람들이 그랬듯, 맥캔들리스 또한 성적 욕구 대신 다양한 욕망에 자극받았던 것 같다. 어떤 면에서 보면, 그의 열망은 너무도 강렬해서 사람들과의 접촉으로는 충족되지 못했다. 여자들이 내미는 손길에서 유혹을 느꼈을지도 모르지만, 자연이나 우주 그 자체와 나누는, 있는 그대로의 교제에 대한 기대에 비하면 그런 유혹은 아무것도 아니었다. 그래서 그는 북쪽, 알래스카에 이끌렸다.

크리스 맥캔들리스는 웨스터버그와 보라에게 알래스카 여행이 끝나면, 적어도 가을에는 사우스다코타로 돌아올 거라고 장담했다. 그 이후에 어떻게 할지는 미리 정하지 않았다. 웨스터버그는 이렇게 말했다.

"내가 보기에, 알렉스는 알래스카 여행을 마지막 대모험으로 여기고 그곳에서 돌아오고 나면 정착할 생각인 것 같았어요. 자신의 여행을 책으로 쓸 거라고 말했죠. 그리고 그는 카시지를 좋아했어요. 알렉스처럼 공부를 많이 한 사람이 그 별 볼 일 없는 곡물 창고에서 평생 일할 거라고는 아무도 생각하지 않았어요. 그래도 그가 이곳으로 돌아와서 얼마간은 곡물 창고에서 일하면서 다음에 무엇을 할지 생각해볼 작정이었던 건 분명해요."

그해 봄, 크리스 맥캔들리스의 시선은 한결같이 알래스카에 고정되어 있었다. 기회가 있을 때마다 여행 얘기를 했다. 그 도시에 사는 노련한 사냥꾼들을 찾아가 사냥감에 접근하고, 동물을 요리하고, 고기를 저장하는 법을 물었다. 보라는 그를 차에 태우고 아직 장만하지 못한 장비를 사러 미첼에 있는 K마트에 갔다.

4월 중순, 웨인 웨스터버그는 눈코 뜰 새 없이 바쁜데 일손은 부족한 터라 맥캔들리스에게 출발을 한두 주만 더 미루고 일을 도와 달라고 부탁했다. 하지만 맥캔들리스는 들은 척도 하지 않았다. 웨스터버그가 푸념하듯 말했다.

"알렉스는 일단 마음을 먹으면 절대 바꾸지 않았어요. 내가 페어뱅크스까지 가는 비행기 표를 사주겠다고도 해봤어요. 그러면

열흘 더 일하고 떠나도 4월 말까지 알래스카에 갈 수 있다고요. 그런데 그는 이렇게 말하더군요. '아뇨, 나는 히치하이크를 해서 북쪽까지 가고 싶어요. 비행기를 타는 건 속임수를 쓰는 거예요. 여행 전체를 망치는 거죠.'"

맥캔들리스가 북쪽으로 가기로 한 날의 이틀 전 밤에 웨인 웨스터버그의 어머니인 메리 웨스터버그가 맥캔들리스를 집으로 초대해 저녁 식사를 대접했다.

"내가 고용한 일꾼들이 많은데 어머니는 그 사람들을 좋아하지 않으세요. 그래서 알렉스를 만나는 일에도 시큰둥하셨죠. 하지만 나는 '그 아이를 한 번만 만나보라고' 계속 졸랐어요. 결국 알렉스를 저녁 식사에 초대하셨고요. 두 사람은 만나자마자 죽이 잘 맞았어요. 다섯 시간 동안 쉬지도 않고 얘기하더군요."

웨스터버그 부인이 그날 밤 맥캔들리스가 식사를 했던 반짝거리는 호두나무 식탁에 앉아서 말한다.

"그 청년에게는 사람을 끌어들이는 뭔가가 있었어요. 스물네 살이라고 했는데, 내가 보기엔 나이보다 훨씬 조숙했어요. 내가 무슨 말을 할라치면, 내 말이 어떤 의미인지, 내가 왜 이런저런 식으로 생각하는지를 더 자세히 알려고 했지요. 뭔가에 대해 하나라도 더 배우고 싶어 했어요. 대부분의 사람들과는 달리 그 청년은 무슨 일이 있어도 자신의 믿음을 따라 살아가려고 했어요.

우리는 책 얘기를 몇 시간 동안이나 했지요. 카시지에는 책 이야기를 좋아하는 사람들이 그렇게 많지 않답니다. 그 청년은 마크 트웨인에 대해 계속 이야기했어요. 아이고, 함께 있으니 시간 가는 줄 모를 만큼 재미있더군요. 그날 밤이 끝나지 않았으면 싶었다니까요. 이번 가을에 그 청년을 꼭 다시 보고 싶었어요. 잊을 수가 없어요. 그 얼굴이 계속 떠올라요. 당신이 지금 앉아 있는 바로 그 의자에 앉아 있었죠. 알렉스와 고작 몇 시간 같이 보낸 것뿐인데, 그가 죽었다는 게 이렇게 마음이 아프니 참 이상한 일이지요."

카시지에서 보내는 마지막 날 밤, 맥캔들리스는 웨스터버그의 일꾼들과 함께 카바레에서 신나게 파티를 했다. 잭 다니엘스 위스키가 아낌없이 흘러넘쳤다. 맥캔들리스가 피아노 앞에 앉는 것을 보고 다들 깜짝 놀랐다. 피아노를 연주할 줄 안다는 얘기를 한 번도 한 적이 없었지만 그는 홍키통크 컨트리 음악재즈가 생겨날 무렵 즉흥연주를 특징으로 한 컨트리 음악의 뿌리을 연주하기 시작했고, 그다음에는 래그타임재즈의 전신인 피아노 음악을, 그다음에는 토니 베넷의 곡들을 연주했다. 어설픈 재주로 관객을 호리는 술주정뱅이가 아니었다. 게일 보라는 이렇게 말했다.

"알렉스는 정말로 연주할 줄 알았어요. '훌륭했다'는 얘기예요. 우리 모두 그의 연주에 취해버렸죠."

4월 15일 아침, 모두들 곡물 창고에 모여 맥캔들리스를 배웅했다. 그의 배낭은 묵직했다. 맥캔들리스는 한쪽 신발에 1,000달러 정도를 쑤셔 넣었다. 그리고 일기와 사진 앨범을 웨스터버그에게 맡기면서 자신이 사막에서 만든 가죽 벨트를 주었다. 웨스터버그는 이별 당시를 이렇게 말했다.

"알렉스는 카바레에 앉아 무슨 상형문자를 해석해주듯 몇 시간 동안이나 계속해서 그 벨트의 그림을 우리에게 설명해주곤 했어요. 그가 가죽에 새긴 그림 하나하나에는 많은 이야기가 담겨 있었죠."

크리스 맥캔들리스가 작별의 포옹을 했을 때를 보라는 이렇게 기억했다.

"알렉스가 우는 거예요. 그 모습을 보니 불안했어요. 그는 그리 오랫동안 떠나 있을 계획이 아니었거든요. 나는 그가 굉장한 위험을 감수할 작정이 아니라면 울 리가 없다고 생각했고 어쩌면 돌아오지 않을지도 모른다고 생각했어요. 바로 그 순간, 우리가 알렉스를 다시는 못 만날 거라는 불길한 예감이 들었어요."

세미트레일러를 매단 커다란 트랙터가 앞에서 공회전을 하고 있었다. 웨스터버그의 일꾼인 로드 울프가 다코타 북부의 엔더린으로 해바라기 씨를 운반하러 가는 길에 94번 주간고속도로까지 맥캔들리스를 태워다주기로 했다.

"알렉스를 내려주었을 때, 그는 그 큼직한 칼을 어깨에 치렁치렁하게 걸쳤어요. 나는 생각했죠. '어이쿠, 저 칼을 보면 아무도 태워주지 않을 텐데.' 하지만 별말 하지 않았어요. 그저 알렉스와 악수를 하고는 행운을 빌어주고 꼭 편지하라고만 얘기했어요."

크리스 맥캔들리스는 그렇게 했다. 일주일 후에 웨스터버그는 몬태나 소인이 찍힌 짤막한 엽서를 받았다.

4월 18일이에요. 오늘 아침에 화물열차를 타고 화이트피시에 도착했어요. 나는 빠른 속도로 이동하고 있어요. 오늘 국경을 지나 알래스카를 향해 북쪽으로 갈 거예요. 모두에게 안부 전해주세요.
안녕히 계세요, 알렉스

그러고 나서 5월 초에 웨스터버그는 또 한 통의 엽서를 받는데, 이번에는 알래스카에서 온 것으로 앞면에 북극곰 사진이 있었다. 엽서에는 1992년 4월 27일의 소인이 찍혀 있었다.

페어뱅크스에서 안부 전합니다! 아마도 제가 보내는 마지막 편지일 거예요. 이곳에는 이틀 전에 도착했어요. 유콘 준주에서 차를 잡느라 꽤 애를 먹었죠. 그래도 결국에는 여기에 왔습니다.
내 앞으로 오는 우편물은 보낸 사람에게 다시 보내주세요. 남부에 돌아가려면 한참 있어야 할 테니까요. 혹시라도 이 여행이 내 마지막 여행이 되어 다시는 소식을 전하지 못하게 된다면, 당신이 좋은 사람이라는 말을 꼭 해주고 싶어요. 이제 나는 야생 속으로 갑니다. 알렉스

같은 날에 맥캔들리스는 잰 버리스와 밥에게도 같은 내용의 엽서를 보냈다.

안녕하세요!
이 편지가 내가 보내는 마지막 소식일 거예요. 이제 나는 야생에서 살기 위해 떠나요. 건강 조심하세요. 당신들을 알게 되어서 기뻤어요.
알렉산더

CHAPTER 8

알래스카

요컨대 창의력이 풍부한 인재들은 병적으로 극단에 치우치는 나쁜 습관이 있다고 할 수 있다. 병적으로 극단에 몰입하면 탁월한 통찰력을 얻기도 하지만, 정신적인 상처를 의미 있는 예술작품이나 사상으로 바꿀 수 없는 사람들이라면 오래 지탱하기 힘든 생활 방식이다.

시어도어 로작, 〈기적을 찾아서〉

미국에는 '두 개의 심장을 가진 큰 강'의 전통이 있다. 치료, 변화, 휴식 혹은 또 다른 무엇을 위해 상처를 야생으로 가져가는 것이다. 헤밍웨이의 이야기에서 나오듯, 당신의 상처가 그리 심하지 않다면 이렇게 하는 것이 효과가 있다. 하지만 이것은 미시간이 아니다(그렇다고 해서 포크너가 말한 미시시피에 있는 큰 숲도 아니다). 이것은 알래스카다.

에드워드 호글랜드, 〈블랙강을 거슬러 올라 쵸키잇식으로〉

크리스 맥캔들리스가 알래스카에서 시신으로 발견되고 그의 죽음을 둘러싼 당혹스러운 상황이 뉴스 매체에 보도되자, 많은 사람이 그 청년은 분명 제정신이 아니었을 거라고 결론지었다. 〈아웃사이드〉지에 맥캔들리스 기사가 실린 후에 엄청난 양의 편지가 날아들었는데, 맥캔들리스뿐만 아니라 그 기사를 쓴 나까지 비난하는 내용이 꽤 많았다. 어리석고 무의미한 죽음에 지나지 않는 사건을 미화했다는 이유였다.

부정적인 내용의 편지를 보낸 사람은 대부분 알래스카 사람들이었다. 스탬피드 트레일 입구에 있는 마을인 힐리의 한 주민은 이렇게 썼다.

"내가 볼 때 알렉스는 멍청이예요. 그 글을 쓴 사람은 지금 얼마 안 되는 재산을 나눠주고, 사랑하는 가족을 버리고, 차와 시계와 지도를 버리고, 남은 돈을 모두 불태우고 나서 힐리의 서부 '야생'으로 정처 없이 떠난 남자 얘기를 하고 있는 거예요."

다른 점을 비난하는 편지를 보내온 사람도 있었다.

"개인적으로 나는 크리스 맥캔들리스의 생활 방식이나 야생주의에서 긍정적인 면을 전혀 찾아볼 수가 없어요. 일부러 제대로 준비를 안 하고 야생 속으로 가 임사 체험을 한다고 해서 더 나은 인간이 되는 것도 아니고 빌어먹을 행운이 따르는 것도 아니잖아요."

어느 독자는 이해가 가지 않는다는 듯 말했다.

"몇 달 동안 자급자족해서 살아가겠다고 작정한 사람이 '준비하라'는 보이스카우트의 제1 법칙을 어떻게 잊을 수 있죠? 어떻게 아들이라는 사람이 부모와 가족에게 그처럼 평생 짊어지고 가야 할 혹독한 고통을 줄 수 있을까요?"

북극 알래스카에 사는 남자는 이런 의견을 말했다.

"만일 크라카우어가 크리스 '알렉산더 슈퍼트램프' 맥캔들리스를 미치광이가 아니라고 생각한다면 바로 그가 미치광이에요. 맥캔들리스는 이미 정신이 나간 상태였고 알래스카에서 최악의 상황에 빠진 겁니다."

가장 날카로운 비난을 담은 편지는 북극권 북쪽 코북강에 자리 잡은 작은 이누피아크이누이트가 자신들을 가리키는 호칭 가운데 북알래스카 지역 용어 마을인 앰블러에서 날아왔다. 편지지 여러 장에 빽빽하게 글을 써서 보낸 사람은 예전에 워싱턴 D.C.에서 산 적 있는 닉 잰스라는 백인 작가이자 학교 선생님이었다. 그는 새벽 한 시에 시그램 술 한 병은 족히 마시고 글을 쓴다면서 맥캔들리스를 매섭게 비난했다.

지난 15년 동안, 나는 이 지역에서 맥캔들리스 같은 사람들을 여러 명 봤습니다. 얘기가 다 똑같아요. 이상주의에 빠져 자신을 과대평가하고 힘이 넘치는 젊은이들이 이 지역을 얕잡아 봤다가 결국

곤경에 처한 거죠. 맥캔들리스도 별로 다르지 않았어요. 바로 그런 젊은이들이 알래스카를 떠도는데, 다들 너무 비슷해서 그 얘기가 그 얘기 같아요. 단 하나 차이점이라면, 맥캔들리스는 죽었으며 그의 멍청한 짓이 매체에 대서특필되었다는 것일 뿐……(잭 런던이 〈불 피우기〉에서 제대로 표현했어요. 맥캔들리스는, 그러니까, 충고를 무시하고 심각한 오만을 저지른 결과 얼어 죽는 잭 런던 소설의 주인공을 어설프게 흉내 낸 20세기 인물일 뿐이에요). (……)
미국지질조사국 지형도와 보이스카우트 매뉴얼만 똑바로 알았더라도 그렇게 어리석게 죽는 일은 없었을 겁니다. 나는 그의 부모님은 동정하지만, 그 젊은이에게는 동정심을 느끼지 않아요. 그런 의도적인 무지는 (……) 결국 땅을 경멸하는 행동으로 이어지고, 역설적이게도 엑손 발데스호 기름 유출 사건을 일으킨 인간들의 오만을 생각나게 합니다. 그 사건 역시 준비를 제대로 하지 않은 채 자만심만 가득했던 사람들이 반드시 갖추어야 할 겸손을 갖추지 못해 갈팡질팡하면서 헤매다가 잘못을 저지른 거였죠. 모두 정도의 문제일 뿐이에요.
맥캔들리스의 억지스러운 고행과 어설프게 문학적 인물을 흉내 내려는 태도가 화를 오히려 키운 것이죠. (……) 맥캔들리스의 엽서, 메모, 일기는 (……) 어딘가 부자연스러운 고등학생의 글보다 조금 나은 정도 같아요. 혹시 내가 뭔가를 제대로 이해하지 못하는 건가요?

꽤 많은 알래스카 사람이 맥캔들리스에 대해 자신의 모든 문제에 대한 해답이 있을 거라는 기대를 품고 알래스카로 갔지만 결국 모기와 외로운 죽음만을 맞은, 공상만 잔뜩 품고 준비는 제대로 못한 철부지일 뿐이라고 평가했다. 어느 집단에도 속하지 못한 채 주변을 맴도는 여러 인물이 지난 세월 동안 알래스카의 황무지로 갔고 다시는 나타나지 않았다. 그중 몇 사람을 알래스카 사람들은 또렷이 기억하고 있었다.

1970년대 초반, 기성 문화를 거부하는 한 이상주의자가 타나나라는 마을을 지나면서 평생을 "자연과 교제하며" 보낼 거라고 선언했다. 한겨울에 어느 야외생물학자가 소총 두 자루, 야영 장비, 진리와 미와 난해한 생태학 이론에 대해 횡설수설하는 글로 가득한 일기 등 이상주의자의 모든 소지품을 토프티 근처의 빈 오두막집 안에서 발견했다. 집 안에는 눈만 수북하게 쌓여 있을 뿐 어디에서도 젊은이의 흔적은 발견되지 않았다.

그로부터 몇 년 후에 베트남전 퇴역 군인 하나가 '사람들에게서 벗어나기 위해' 쵸키잇식의 동쪽 블랙 강가에 통나무집을 지었다. 2월쯤 그는 음식이 다 떨어져서 굶어 죽었는데, 불과 5킬로미터쯤 떨어진 강 하류 쪽에 고기가 가득 저장되어 있는 다른 통나무집이 있었는데도 목숨을 구하기 위한 노력을 전혀 하지 않았던 것 같다. 에드워드 호글랜드는 이 죽음에 관한 이야기를 쓰면서 알래스카가 "은둔을 경험해보거나 평화와 사랑을 연습해보기에 세상에서 가장 좋은 장소는 아니다"라고 말했다.

그 이후에 또 한 사람이 있었다. 나는 1981년 프린스 윌리엄 해협의 해안에서 고집불통 천재를 우연히 만났다. 그때 나는 알래스카주 코도바 외곽의 숲에서 야영을 하고 있었는데, 예인망 어선의 갑판원 일을 하면서 어업청에서 '개시', 그러니까 상업용 연어 시즌의 시작을 알릴 때까지 기다리려 했지만 뜻대로 되지 않았다. 어느 비 오는 날 오후에 도시를 걷다가, 나이는 마흔 살쯤 되어 보이며 후줄근하고 왠지 들떠 있는 남자 하나와 마주쳤다. 검은 턱수염을 덤불같이 기르고 머리카락은 어깨까지 내려왔으며, 지저분한 나일론 끈으로 만든 머리끈으로 머리카락을 뒤로 단단히 묶은 모습이었다. 그는 길이가 2미터 가까이 되어 무게가 꽤 나가는 통나무를 구부정한 자세로 양쪽 어깨에 균형 잡히게 짊어지고는 경쾌한 걸음걸이로 내 쪽으로 왔다.

다가오는 그에게 인사를 건네니 그도 우물거리며 대답했다. 우리는 이슬비를 맞으며 잠깐 서서 얘기를 나눴다. 나는 그가 왜 물에 젖은 통나무를 이미 통나무가 많아 보이는 숲으로 지고 가는지 묻지 않았다. 그렇고 그런 얘기를 몇 분 동안 열심히 주고받고 나서 우리는 각자의 길로 갔다.

그와 잠깐 얘기를 나누고 나서 나는 방금 만난 사람이 그 지역 사람들이 "히피 코브의 시장"이라고 부르는 유명한 괴짜일 거라고 짐작했다. 히피 코브는 도시 북쪽의 해안 후미에 있는 곳으로 머리가 긴 떠돌이들이 몰려드는 장소였다. '시장'은 그 근처에서 몇 년 전부터 살고 있었다. 나처럼 히피 코브의 거주자 대부분은 보수가 좋은 고기잡이 일을 얻거나 그게 여의치 않으면 연어 통조림 공장의 일자리를 찾고 싶어 여름 한철 코도바에 온 사람들이었다. 하지만 '시장'은 달랐다.

그의 원래 이름은 진 로젤리니였다. 시애틀의 부유한 레스토랑 경영자인 빅터 로젤리니의 장남으로 의붓아들이었고, 사촌인 앨버트 로젤리니는 1957년에서 1965년까지 워싱턴주의 아주 유명한 주지사였다. 젊은 시절 진 로젤리니는 훌륭한 운동선수이자 뛰어난 학생이었다. 독서에 몰두했고, 요가를 했으며, 격투기에도 능했다. 또한 고등학교와 대학교 시절 내내 4.0 만점을 받았다. 워싱턴 대학과 시애틀 대학을 다니면서 인류학, 역사, 철학, 언어학에 빠져들었고, 수백 시간의 교육 이수 시간을 채웠으면서도 학위는 받지 않았다. 학위를 받을 이유가 없다고 생각했다. 그는 지식의 추구는 그 자체로 가치 있는 목표이며 외부의 인정 같은 건 불필요하다고 주장했다.

진 로젤리니는 학교를 졸업한 직후 시애틀을 떠났고 브리티시 컬럼비아와 알래스카 남동부의 팬핸들 지역을 지나 해안 북쪽으로 갔다. 그리고 1977년에 코도바에 도착했다. 그곳, 도시 변경의 숲에서 그는 야심찬 인류학적 실험에 생을 바치기로 결심했다. 코도바에 도착하고 10년 후에 〈앵커리지 데일리 뉴스Anchorage Daily News〉 기자인 데브라 맥키니에게 이렇게 말했다.

"현대 기술에 의존하지 않고 사는 것이 가능한지 알아보고 싶었습니다."

그는 지금의 우리도 매머드와 검치호랑이가 돌아다니던 시절에 조상들이 살았던 것처럼 살 수 있는지, 아니면 화약과 강철, 그 외 다른 문명의 이기 없이 살기에는 근원에서 너무 멀리 온 건지 알아보고 싶어 했다. 고집불통 천재답게 세세한 것에까지 관심을 기울이면서 로젤리니는 자신의 삶에서 가장 원시적인 도구를 빼고는 다 없앴고, 그나마 원시적인 도구들마저 자연에서 얻은 재료를 가지고 직접 만들었다. 데브라 맥키니는 이렇게 설명했다.

"그는 인간이 점점 열등한 존재로 변해갔다고 확신했어요. 자연 상태로 돌아가는 것이 그의 목표였죠. 로마 시대, 철기시대, 청동기시대 등으로 돌아가는 실험을 끊임없이 했어요. 마지막에는 신석기시대의 생활을 하고 있었죠."

진 로젤리니는 식물의 뿌리와 열매, 해초, 그리고 창과 덫으로 사냥한 짐승들을 먹었으며, 누더기 옷을 걸치고 혹독한 겨울을 견뎌냈다. 고난을 즐기는 것 같았다. 히피 코브 위쪽에 있는 그의 집은 창문도 없는 오두막이었는데, 그는 톱과 도끼를 사용하지 않고 그 집을 지었다. 데브라 맥키니는 이렇게 말했다.

"진 로젤리니는 뾰족한 돌로 며칠씩 통나무를 다듬곤 했어요."

그러나 스스로 정한 규칙에 따라 살아가는 것만으로는 덜 힘들었는지 진 로젤리니는 채집과 수렵을 하지 않을 때면 강박적으로 운동을 했다. 체조를 하고 무거운 것을 들어 올리고 달리기를 하고 틈만 나면 등에 돌을 지는 것으로 하루하루를 채웠다. 전형적인 여름날에도 하루에 평균 30킬로미터 가까이 걸었다고 한다.

로젤리니의 '실험'은 10년 넘게 계속되었고, 마침내 그는 처음 질문에 대한 해답을 얻었다. 친구에게 보낸 편지에서 그는 이렇게 썼다.

> 젊은 시절에 나는 인간이 석기시대로 돌아가 살 수 있다는 가설을 세웠어. 그리고 지난 30년간 이 가설을 증명하기 위해 나 자신을 조절하고 단련했지. 최근 10년 동안 석기시대의 삶을 신체적, 정신적, 감정적으로 직접 체험했어. 하지만 불교의 표현을 빌리자면, 완전한 진실에 직면하는 상황이 마침내 오고야 말았어. 우리가 알고 있는 인류는 자급자족해 사는 것이 불가능하다는 사실을 알게 된 거야.

로젤리니는 자신이 세운 가설의 실패를 담담하게 받아들인 것 같았다. 마흔아홉 살 때 기꺼이 선언했다.

"이제 목표를 바꿔 배낭 하나 짊어지고 세상을 돌아다니며 살기로 했다. 1년 365일을 매일같이 하루에 30~40킬로미터를 걸어 다니려고 한다."

하지만 그 여행은 실현되지 못했다. 1991년 11월, 로젤리니는 심장에 칼이 꽂히고 바닥에 엎드린 채 그의 오두막에서 발견되었다. 검시관은 자살이라고 결론 내렸다. 유서는 발견되지 않았다. 로젤리니는 왜 그때 그런 식으로 삶을 끝내기로 했는지에 대해 아무런 단서도 남기지 않았다. 아마 앞으로도 영영 아무도 모를 것이다.

진 로젤리니의 죽음과 그의 기이한 생존에 관한 이야기는 〈앵커리지 데일리 뉴스〉의 1면을 장식했다. 그에 비해 존 맬런 워터먼의 고난은 별 관심을 받지 못했다. 1952년에 태어난 존 워터먼은 크리스 맥캔들리스가 자란 워싱턴의 교외 지역에서 자랐다. 아버지 가이 워터먼은 음악가이자 프리랜서 작가였으며, 여러 활동으로 명성을 얻었지만 그중에서도 특히 전현직 대통령을 비롯한 여러 저명한 워싱턴 정치가들의 연설문을 작성한 것으로 알려졌다. 또한 전문 등산가이기도 해서 세 아들에게 어린 나이 때부터 산에 오르는 법을 가르쳤다. 둘째 아들이었던 존은 열세 살 때 처음으로 암벽 등반을 했다.

존 워터먼은 재능을 타고난 사람이었다. 그는 산에 오르지 못할 때에는 기회만 있으면 험준한 바위로 가서 악착같이 훈련했다. 매일 팔굽혀펴기를 400번씩 했고 학교까지 4킬로미터를 빠르게 걸어갔다. 오후에 집에 도착하면 대문을 찍고 다시 학교에 갔다 왔다.

1969년, 열여섯 살이 된 존 워터먼은 매킨리산(대부분의 알래스카인처럼 그도 그 산의 아타파스카 이름을 더 좋아해서 데날리산이라고 불렀다)에 오르면서 역사상 세 번째로 젊은 나이에 북미 대륙에서 가장 높은 산 정상에 선 사람이 되었다. 다음 몇 년 동안 알래스카, 캐나다, 유럽에서 훨씬 더 인상적인 등반에 성공했다. 1973년 페어뱅크스의 알래스카 대학에 입학할 즈음에는 북미의 유망한 젊은 등반가 중 한 사람이라는 명성을 얻었다.

존 워터먼은 키가 160센티미터도 안 될 만큼 자그마하고 얼굴이 어린애 같았지만, 체형은 체조 선수처럼 건장했고 지칠 줄 모르는 체력을 지니고 있었다. 지인들은 그를 인간관계에 서툴고 말도 안 되는 유머 감각을 지녔으며 이상하다 못해 조울증 증세까지 있던 사람으로 기억한다. 동료 등반가이자 대학 친구인 제임스 브래디는 이렇게 말했다.

"처음 만났을 때 존은 기다란 검은색 망토를 입고 두 렌즈 사이에 별이 있는 엘튼 존 스타일의 파란 안경을 쓰고 학교 캠퍼스를 껑충거리며 뛰어다녔어요. 또 보호 테이프를 감은 싸구려 기타를 들고 다니면서 누구든 들으려는 사람만 있으면 자신의 모험담을 음정도 맞지 않는 긴 노래로 만들어 불러주곤 했죠. 페어뱅크스에는 이상한 사람들이 이미 수도 없이 몰려들었지만, 그는 페어뱅크스의 기준으로 보더라도 괴상했어요. 그래요, 존은 거기에서도 유별났어요. 사람들은 그를 어떻게 대해야 할지 몰랐죠."

존 워터먼이 어째서 그처럼 불안한 상태가 되었는지 납득할 만한 이유를 상상하기는 어렵지 않다. 그의 부모는 존이 열 살 때 이혼했다. 어머니는 오랫동안 심한 정신병을 앓았다. 존과 특히나 사이가 각별했던 형인 빌은 십 대 시절에 화물열차에 뛰어오르다가 다리 하나를 잃었다. 1973년에 빌은 오랫동안 떠나 있으려 한다는 걸 모호하게 암시하는 수수께끼 같은 편지 한 통을 남기고는 흔적도 없이 사라졌다. 오늘날까지 그가 어떻게 되었는지 아는 사람은 아무도 없다. 그리고 존이 산에 오르는 법을 배우고 난 후, 그의 친구들과 등반 파트너 중 여덟 명이 사고로 죽거나 자살을 했다. 그처럼 연속으로 닥친 불행한 사건들이 젊은 존 워터먼의 영혼에 깊은 상처를 주었을 거라고 해도 크게 틀린 말은 아니다.

1978년 3월, 존 워터먼은 그의 등반 역사에서 가장 눈부신 탐험, 다시 말해 헌터산의 남동부 정상으로 단독 등반을 시작했다. 이전에 최정예 등반가 세 팀이 실패했고 아무도 등반에 성공한 적이 없는 코스였다. 저널리스트 글렌 랜들은 〈클라이밍Climbing〉지에 존 워터먼의 위업에 대해 쓰면서, 존이 그 등반에서 "바람과 눈 그리고 죽음"을 자신의 동반자라고 말했다고 전했다.

> 벼랑 끝에는 머랭처럼 가벼운 눈더미가 허공에서 1킬로미터가 넘는 깊이로 튀어나와 있었다. 수직으로 깎아지른 얼음 절벽들은 반쯤 녹은 한 양동이의 각얼음처럼 쉽게 부서졌다가 다시 얼었다. 그 얼음 절벽은 좁고 양 면이 아주 가파른 줄기로 여기저기 튀어나와 있어 양다리를 크게 벌리고 서는 것이 가장 쉬운 해결책이었다. 때

때로 고통과 외로움이 엄습해올 때면 그는 울음을 터뜨렸다.

굉장히 위험하고 힘든 등반을 시작한 지 81일 만에 존 워터먼은 헌터산의 4,440미터 정상에 이르렀다. 헌터산은 데날리 남쪽에 바로 접한 알래스카산맥에 속한 산이다. 하지만 하산 역시 등반 못지않게 힘겨워서 산을 다 내려오는 데 아홉 주나 걸렸다. 그러니 혼자 그 산에서 총 145일을 보낸 셈이었다. 문명으로 돌아왔을 때 그는 무일푼이었다. 자신을 데리러 온 비행기 조종사 클리프 허드슨에게 20달러를 빌려 페어뱅크스로 돌아왔지만, 그곳에서 찾을 수 있는 일이라고는 접시닦이밖에 없었다.

그렇다 해도 존 워터먼은 페어뱅크스의 소규모 등반가 그룹 사이에서 영웅으로 불렸다. 그는 헌터산 등반 모습을 사람들에게 슬라이드로 보여주었다. 제임스 브래디는 이렇게 말했다.

"잊을 수가 없어요. 아무 거침 없는 놀라운 광경이었어요. 존은 자신의 생각과 느낌, 실패에 대한 두려움, 죽음에 대한 두려움을 남김없이 쏟아냈어요. 마치 그 산에서 그와 함께 있는 것 같았어요."

그런데 그렇게 영웅적인 위업을 달성한 후 몇 달이 지나자 존 워터먼은 성공이 자신의 내면에 있던 악마들을 가라앉히기는커녕 오히려 뒤흔들기만 했음을 알았다.

워터먼의 마음은 어지러워지기 시작했다. 브래디는 이렇게 기억한다.

"존은 굉장히 자기 비판적이었어요. 언제나 스스로를 분석했죠. 그리고 늘 강박관념에 사로잡혀 있었어요. 항상 메모지 뭉치를 가지고 다니면서 그날 하루 자신이 한 일을 하나도 빠짐없이 기록했죠. 언젠가 페어뱅크스 시내에서 그를 우연히 만난 적이 있어요. 내가 자리를 떠나려는데, 그가 메모지를 꺼내더니 나를 만난 시간과 우리가 나눈 대화 내용을 기록하더군요. 전혀 중요한 내용이 아니었는데 말이에요. 우리의 만남을 기록한 분량은 서너 페이지 정도 되었는데, 그날 이미 기록한 다른 메모지들 뒤로 그 정도 되었어요. 분명 그는 어딘가에 그런 메모지들을 수북이 쌓아놓고 있었을걸요. 존 말고는 아무도 그런 행동을 이해하지 못했을 거예요."

얼마 지나지 않아 존 워터먼은 학생들을 위한 자유로운 섹스와 환각제의 합법화를 지지하는 정책을 들고 지역 교육위원에 입후보했다. 선거에서 패했는데, 그를 제외한 모든 사람이 예상한 결과였다. 하지만 그는 즉시 다른 정치 운동을 시작했다. 이번에는 미국의 대통령 자리에 오르기 위한 정치 운동이었다. 그는 '굶주린 사람들을 먹이는 당'이라는 기치 아래 출마했는데, 그 당이 내세우는 최고 우선순위는 지구상의 어느 누구도 배고픔으로 죽지 않도록 한다는 것이었다.

자신의 정치 활동을 알리기 위해 존 워터먼은 데날리의 가장 가파른 쪽인 남쪽 구간을 겨울에 최소한의 식량만을 가지고 단독 등반하기로 했다. 그는 보통 사람들이 식생활에서 저지르는 낭비와 부도덕을 강조하고 싶어 했다. 등반 훈련을 위해 그는 얼음을 가득 채운 통에 몸을 담그기도 했다.

1979년 12월, 존 워터먼은 등반을 시작하기 위해 카힐트나 빙하로 날아갔지만 14일 만에 포기했다. 그는 비행기 조종사에게 이렇게 얘기했다고 한다.

"돌아갑시다. 아직은 죽고 싶지 않아요."

그리고 두 달 후에 두 번째 시도를 준비했다. 하지만 대부분의 알래스카 등반에서 출발 지점으로 삼는 데날리 남쪽 마을 탈키트나에 마련한 베이스캠프에 불이 나 집이 무너지는 바람에 등산 장비뿐만 아니라 그가 일생의 작품으로 여겨온 많은 양의 메모, 시, 개인적인 일기가 잿더미로 변했다.

존 워터먼은 이 사건으로 완전히 의욕을 잃었다. 불이 난 다음 날 그는 앵커리지 정신병원에 자기 발로 들어가 입원했지만, 자신을 영원히 격리하려는 음모가 진행되고 있다는 확신을 갖고 2주 만에 병원을 떠났다. 그런 다음 1981년 겨울에 데날리에서 또 한 번의 단독 등반을 시도했다.

겨울에 혼자 정상에 오르는 것만으로는 부족했는지 이번에는 해수면에서 등반을 시작해 거리를 훨씬 늘리겠다고 결심했는데, 이렇게 하면 쿡만 해안에서 산의 기슭까지 가는 데만도 빙빙 돌아 힘겹게 260킬로미터 가까이 가야 했다. 그는 2월에 해안에서 북쪽으로 걷기 시작했지만, 정상이 아직 50킬로미터나 남아 있는 루더 빙하 아래 지점에서 열정이 사라졌다. 그는 그만 도전을 포기하고 탈키트나로 돌아갔다. 하지만 3월에 한 번 더 결심하고 외로운 여행을 다시 시작했다. 도시를 떠나기 전, 그는 친구로 여기던 조종사 클리프 허드슨에게 말했다.

"다시는 만나지 못할 거예요."

그때가 3월, 알래스카산맥이 유난히 추운 때였다. 그 달 하순에 먹스 스텀프는 루더 빙하 아래에서 우연히 존 워터먼을 만났다. 세계적인 명성을 얻은 등산가로 1992년 데날리에서 사망한 스텀프는 어려운 새 경로를 이용해 근처 정상인 무스스 투스의 등반을 막 끝낸 참이었다. 워터먼을 만난 직후 스텀프는 시애틀에 있는 나를 찾아와 말했다.

"존 워터먼은 온전히 거기에 있는 것 같지 않았어요. 이상하게 행동하면서 헛소리를 중얼거리더군요. 그 중요한 데날리 겨울 등반을 하면서 장비를 거의 갖추지 않은 것 같았어요. 싸구려 스노모빌 슈트를 입었고 침낭도 없었죠. 식량이라고는 밀가루 한 봉지와 설탕 약간, 쇼트닝 큰 통 하나가 전부였어요."

글렌 랜들은 헌터산을 등반하러 나선 세 젊은이를 다룬 그의 책 《한계점Breaking Point》에서 이렇게 얘기한다.

> 몇 주일 동안 존 워터먼은 알래스카산맥 한가운데 있는 루더 빙하 한편의 작은 통나무집인 셸던 마운틴 하우스에서 머물렀다. 그때 그 지역을 등반하던 워터먼의 친구 케이트 불은 그가 완전히 지친 상태였고 평소에 비해 조심성도 없어졌다고 전했다. 그는 클리프

허드슨에게서 빌려온 무전기로 그에게 연락해 물품을 더 가져다 달라고 했다. 그런 다음 빌린 무전기를 돌려주며 말했다.

"앞으로는 필요 없을 거예요." 그 무전기는 도움을 요청할 수 있는 유일한 수단이었을 것이다.

존 워터먼은 4월 1일에 루더 빙하의 노스웨스트 포크에 마지막으로 자리를 잡았다. 그의 흔적이 데날리의 동쪽 버팀벽으로 이어지는가 하면 미로 같은 거대한 크레바스도 그대로 지난 걸로 봐서, 눈에 뻔히 보이는 위험도 피하려는 노력을 전혀 하지 않았던 것 같다. 그의 모습은 다시 보이지 않았다. 얇은 눈다리를 건너다 아주 깊은 틈의 바닥으로 떨어져 죽은 것으로 짐작된다. 국립공원관리청에서는 존 워터먼이 사라지고 나서 일주일 동안 그가 지났을 법한 경로를 수색했지만 그의 흔적을 찾지 못했다. 나중에 등반가 몇 명이 셸던 마운틴 하우스 안에 있던 존 워터먼의 장비 상자 위에서 메모지 한 장을 발견했다. 거기에는 이렇게 적혀 있었다.

"81-3-13, 나의 마지막 키스, PM 1:42."

존 워터먼과 크리스 맥캔들리스는 어쩔 수 없이 서로 비교되곤 했다. 맥캔들리스와 칼 맥컨 역시 비교 대상이 되어왔다. 텍사스에서 태어난 칼 맥컨은 사교적이긴 했지만 굉장히 산만한 사람이었다. 그는 1970년대 오일 붐 기간에 페어뱅크스로 갔다가 알래스카 횡단 송유관 건설 프로젝트에서 벌이가 좋은 일자리를 얻었다. 1981년 3월 초, 존 워터먼이 알래스카산맥으로 마지막 여행을 떠난 것처럼, 칼 맥컨도 알래스카 총림 지대를 비행하는 조종사를 고용해 콜린강 근처 어느 외딴 호수, 브룩스산맥 남쪽 기슭에 있는 포트유콘 북동쪽으로 약 120킬로미터 떨어진 지점으로 갔다.

서른다섯 살 된 아마추어 사진작가 칼 맥컨은 그 여행의 주된 목적이 야생 사진을 찍는 것이라고 친구들에게 말했다. 필름 500통, 22구경과 30/30구경 소총, 엽총 그리고 600킬로그램이 훨씬 넘는 식량을 들고 그곳으로 날아갔다. 그는 8월이 지날 때까지만 야생에 머물 생각이었다. 그런데 어쩌다 보니 여름이 끝나면 다시 와서 문명으로 데려다 달라고 조종사에게 얘기하는 걸 잊었고, 그 대가로 목숨을 잃어야 했다.

이 어처구니없는 실수는 그 멀대 같은 텍사스 사람 칼 맥컨이 브룩스산맥으로 떠나기 직전까지 아홉 달 동안 함께 일하면서 가깝게 지냈던 페어뱅크스의 청년 마크 스토펠에게는 별로 놀라운 일이 아니었다. 스토펠은 칼 맥컨에 대해 이렇게 말했다.

"칼 맥컨은 친절하고 아주 인기가 좋은 전형적인 남부 사람이었어요. 똑똑해 보였죠. 하지만 약간 공상가 같은 면이 있었고 현실 감각이 좀 없었어요. 그는 화려함을 즐겼죠. 파티를 무척이나 좋아했고요. 책임감이 굉장히 강하긴 했지만 때때로 즉흥적인 경향이 있었고 충동적으로 행동했어요. 허세와 멋을 중요하게 생각했고요. 사실 칼 맥컨이 거기에 가면서 조종사에게 자기를 데리러 오라고 말하는 걸 잊었다는 게 나는 별로 놀랍지가 않아요. 사실 나는 쉽게 충격을 받는 사람이 아니에요. 내 친구들 중에도 익사했거나 살해되었거나 무서운 사고로 죽은 사람들이 몇 명 있거든요. 알래스카에서 지내다 보면 이상한 사건에 익숙해지게 되죠."

8월 하순, 브룩스산맥에 가을이 오면서 낮이 점점 짧아지고 날씨도 하루가 다르게 쌀쌀해졌다. 칼 맥컨은 아무도 자기를 데리러 오지 않는 것이 걱정되기 시작했다.

"떠날 약속을 미리 해놓지 않은 것은 신중하지 못한 행동이었던 것 같다. 하지만 누군가 나를 곧 찾아낼 것이다."

칼 맥컨은 일기에 이렇게 적었다. 그의 사후에 크리스 캡스는 〈페어뱅크스 데일리 뉴스-마이너Fairbanks Daily News-Miner〉에 일기의 중요한 부분을 다섯 편의 이야기로 구성해 실었다.

일주일이 가고 또 일주일이 가면서 겨울이 성큼성큼 다가오고 있음이 느껴졌다. 식량이 거의 다 떨어졌으므로 칼 맥컨은 총알을 열두 개만 남기고 모두 호수에 버린 것을 뼈저리게 후회했다. 그는 일기에 이렇게 썼다.

"두 달 전에 버린 총알이 자꾸 생각난다. 총알이 다섯 상자나 있는 걸 보고 그렇게 많이 가져온 것이 좀 웃기다고 생각했다. (전쟁광처럼 느껴졌다.) (……) 참 똑똑하기도 하지. 굶어 죽지 않으려면 그 총알들이 필요하다는 걸 누가 알았을까."

어느 화창한 9월의 아침, 드디어 구조가 눈앞에 다가온 것 같았다. 칼 맥컨이 남은 총알로 오리를 사냥하려 하는데 비행기 소리가 정적을 뒤흔들었다. 잠시 후에 비행기는 머리 위에 나타났다. 조종사가 야영지를 발견하고는 더 자세히 보기 위해 저공비행을 하면서 두 번 빙빙 돌았다. 맥컨은 형광 빛이 도는 오렌지색 침낭 덮개를 미친 듯이 흔들었다. 비행기는 바퀴가 달려 있어 수상 착륙을 할 수 없었지만, 맥컨은 조종사가 자기를 분명히 봤으니 수상비행기에 연락해 자신을 데리러 오게 할 거라고 한 점 의심 없이 믿었다. 그렇게 확신했으므로 일기에 이렇게 적었다.

"비행기가 지나간 후 나는 손 흔드는 것을 멈췄다. 그런 다음 서둘러 짐을 꾸리고 야영을 끝낼 준비를 했다."

하지만 비행기는 그날도 다음 날도 그다음 날도 나타나지 않았다. 나중에, 사냥 허가증 뒤에 있는 내용을 보고서야 맥컨은 이유를 알았다. 네모난 작은 종이에는 지상에서 비행기와 교신할 때 사용하는 비상 수신호 그림이 인쇄되어 있었다. 맥컨은 이렇게 썼다.

"나는 비행기가 두 번째로 지나갈 때 오른손을 어깨 위로 높이 들어 주먹을 쥐고 흔든 걸로 기억한다. 우리 팀이 터치다운으로 득점했을 때 응원하듯 말이다."

한 팔을 드는 것은 일반적으로 "괜찮습니다. 구조는 필요 없습니다"라는 신호라는 걸 안타깝게도 그는 너무 늦게 알았다. "SOS, 빨리 도와주세요"라는 신호를 보내려면 두 팔을 올려야 했다. 칼 맥컨은 차분하게 생각해 보았다.

"아마도 그들이 어딘가로 날아갔다가 다시 돌아와 봤을 때 내가 신호를 보내지 않으니까(어쩌면 나는 비행기가 지나갈 때 그 비행기를 등지고 있었을지도 모른다) 나를 이상한 인간이라고 생각했을 것이다."

9월이 끝나갈 무렵, 그 동토 지대에는 눈이 쌓이고 있었고 호수는 이미 얼어버렸다. 가져온 식량도 바닥이 났기 때문에 칼 맥컨은 들장미 열매를 모으고 덫으로 토끼를 잡으려 했다. 나중에는 호수를 배회하다 병들어 죽은 순록의 살점을 떼어 먹기도 했다. 10월이 되면서 그의 몸엔 연소할 수 있는 체지방이 거의 남지 않았으므로 길고 추운 밤 동안 체온을 유지하기도 힘이 들었다.

"마을에서 누군가는 뭔가가 잘못되었다는 걸 분명 알았을 것이다. 지금쯤은 내가 돌아오지 않았다는 걸 알았을 것이다."

그는 이렇게 적었다. 하지만 비행기는 나타나지 않았다. 스토펠은 이렇게 말했다.

"칼 맥컨은 누군가 마법처럼 나타나 자기를 구해줄 거라고 생각했을 겁니다. 그는 트럭운전사였어요. 트럭을 몰았죠. 그래서 작업 중에 휴식시간이 많았는데, 그럴 때면 차 안에 앉아서 공상을 하곤 했어요. 그러다가 브룩스산맥 여행도 생각하게 된 거죠. 그 여행은 그에게 진지한 목표였어요. 그는 한 해의 대부분을 여행에 대해 생각하고, 계획하고, 궁리하고, 휴식시간이면 어떤 장비를 가져갈지 내게 얘기하면서 보냈어요. 그렇게 신중하게 계획을 세우면서도 또 한편으로는 엉뚱한 환상에 빠지곤 했죠.

가령, 칼 맥쿤은 그 오지에 혼자 가고 싶어 하지 않았어요. 원래는 아름다운 여인과 함께 숲으로 가서 살고 싶다는 원대한 꿈을 꾸었죠. 그는 함께 일하던 여자 중 적어도 두세 명에게 반했고, 바바라나 수 혹은 또 다른 누군가에게 함께 가자고 설득하느라 많은 시간과 에너지를 쏟았어요. 하지만 그야말로 꿈일 뿐이었죠. 그런 일이 일어날 가능성은 없었어요. 그러니까 우리가 일하던 송유관 시설인 7펌프장에는 여자 대 남자의 비율이 1 대 40 정도는 되었으니까요. 그래도 그는 꿈을 버리지 않았어요. 브룩스산맥에 날아갈 때까지도 그 여자들 중 한 명이라도 마음을 바꿔 자기와 함께 가주기를 바라고 또 바랐죠.

그런 사람이었으니, 누군가 마침내는 그가 어려움에 처했다는 사실을 알아차리고 구하러 와줄 거라는 비현실적인 기대를 하고도 남았을 거예요. 굶어 죽기 직전까지도 마지막 순간에 우리의 아름다운 수가 음식을 비행기 가득 싣고 날아와 자기와 함께 열정적인 로맨스를 펼칠 거라고 상상했을걸요. 하지만 그의 공상 세계는 현실과 너무도 동떨어져 있어서 아무도 납득을 못했어요. 칼은 점점 더 배가 고파졌겠죠. 아무도 자신을 구하러 오지 않을 거라는 사실을 마침내 깨달았을 때는 이미 너무 약해져서 아무것도 할 수 없는 상태가 된 거예요."

식량이 줄어들다가 급기야 거의 남지 않았을 때, 칼 맥컨은 일기에 이렇게 적었다.

"점점 더 걱정이 된다. 솔직히 말하면 조금 두렵기도 하다."

기온은 영하 20도까지 내려갔다. 손가락과 발가락마다 얼음이 들어차면서 동상 물집이 생겨 고통스러웠다.

11월에 식량이 바닥났다. 그는 허약해졌고 현기증을 느꼈다. 바싹 마른 몸에 오한까지 생겨 견디기가 더 힘들었다. 일기에는 이렇게 기록되었다.

"발뿐만 아니라 손과 코에도 동상이 점점 심해진다. 코끝이 심하게 부풀어 올랐고 물집이 생겼고 딱지가 앉았다. (……) 이건 분명 천천히 고통스럽게 죽어가는 과정이다."

야영지를 떠나 포트유콘까지 걸어갈 생각도 해보았지만 허약해질 대로 허약해진 몸 상태로는 목적지에 닿기 한참 전에 피로와 추위에 쓰러질 것이 뻔했다. 스토펠은 이렇게 말했다.

"칼이 간 곳은 알래스카 중에서도 유독 외지고 황량한 곳이었습니다. 겨울에 그곳은 지독하게 춥죠. 굉장히 기지가 뛰어난 사람이 아니라면 그런 상황에서 빠져나오기 어려워요. 온갖 것에 아주 능숙해야 하죠. 호랑이가 되어야 하고, 킬러가 되어야 하고, 그야말로 동물이 되어야 할 거예요. 하지만 칼은 너무 느긋했어요. 파티에나 다니던 사람이었거든요."

"더는 버틸 수 없을 것 같다."

칼 맥컨은 11월 하순경 일기의 마지막에 이렇게 썼다. 푸른 줄이 쳐지고 낱장으로 끼웠다 뺐다 할 수 있는 노트로 된 그의 일기는 이즈음 백 장이 채워졌다.

"하나님, 저의 나약함과 죄를 용서하소서. 저의 가족을 살펴주소서."

그러고 나서 그는 천막 안에 누웠고 30/30구경 총을 머리에 대고 방아쇠를 당겼다. 두 달 후인 1982년 2월 2일, 알래스카 주 경찰이 그의 야영지로 와서 텐트 안을 살피다가 돌처럼 딱딱하게 언 바싹 마른 시체를 발견했다.

로젤리니, 워터먼, 맥컨, 맥캔들리스 사이에는 유사점이 있다. 로젤리니와 워터먼처럼 맥캔들리스 역시 탐구자였고 자연의 거친 환경에 비현실적으로 매료되었다. 워터먼과 맥컨처럼 맥캔들리스 역시 이해하기 힘들 만큼 상식이 부족했다. 하지만 워터먼과 달리 맥캔들리스는 비교적 정신이 건강했다. 그리고 맥컨과 달리 오지에 들어가면서 자신이 불행을 당하기 전 누군가 마법처럼 나타나 자기 생명을 구해줄 거라는 기대 같은 건 갖지 않았다.

크리스 맥캔들리스는 전형적인 오지 사고에 제대로 대처하지 못했다. 비록 경솔했고 오지에서 생존하는 방식을 제대로 교육받지 못했으며 무모할 만큼 부주의하긴 했지만, 그는 무능하지 않았다. 만일 무능했다면 113일 동안 생존하지 못했을 것이다. 또한 미치광이가 아니었다. 반사회적 인물도, 추방자도 아니었다. 그가 정확히 어떤 사람인지 말하기는 힘들지만, 분명 그런 것들과는 다른 사람이었다. 아마 순례자쯤 되지 않을까.

비슷한 성향을 지녔던 전임자들을 살펴보면 크리스 맥캔들리스의 비극을 좀 더 명확히 이해할 수 있다. 그러기 위해서는, 알래스카 너머 유타주 남부의 민둥 바위 협곡을 볼 필요가 있다. 1934년, 스무 살짜리 별난 청년 하나가 그 사막으로 가서 다시 돌아오지 않았다. 그의 이름은 에버렛 루스였다.

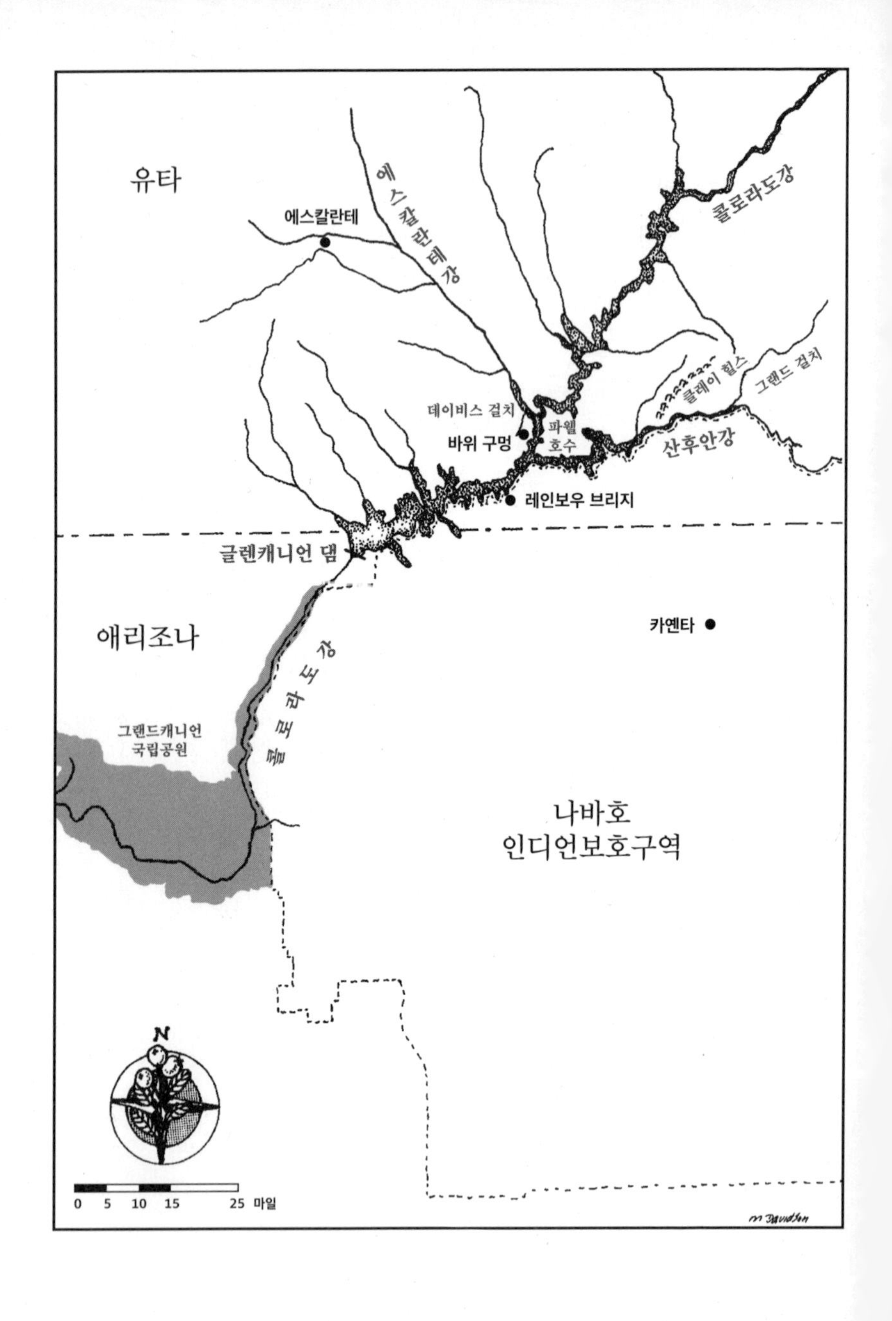
유타
에스칼란테
에스칼란테강
콜로라도강
데이비스 걸치
바위 구멍
파웰
호수
클레이 힐스
그랜드 걸치
산후안강
레인보우 브리지
글렌캐니언 댐
카옌타
애리조나
콜로라도 강
그랜드캐니언
국립공원
나바호
인디언보호구역
N
0 5 10 15 25 마일

CHAPTER 9

데이비스 걸치

내가 언제 문명으로 돌아갈지 말하자면, 그런 날이 금방 오지는 않을 거야. 나는 야생이 싫증나지 않아. 싫증이 나기는커녕, 야생의 아름다움과 내가 영위하는 방랑자의 삶에서 느끼는 즐거움은 시간이 갈수록 더 강렬해져. 나는 트램보다는 안장이, 빌딩의 옥상보다는 별이 흩어진 하늘이, 포장된 고속도로보다는 미지의 땅으로 이어지는 눈에 띄지 않고 울퉁불퉁한 오솔길이, 그리고 도시 생활에서 생기는 불만보다는 야생의 깊은 평화가 좋아. 그런데도 형은 내가 이곳에 있다고, 내가 그 일부가 된 듯한 느낌을 주며 나를 둘러싼 세상과 하나가 되는 이곳에 머물러 있다고 나를 비난하는 거야? 지적인 교분이 그리운 것은 사실이지만, 내게 아주 큰 의미를 주는 것들을 함께 나눌 수 있는 사람이 거의 없기 때문에 나는 자제하는 법을 배웠어. 내가 아름다움으로 둘러싸여 있다는 것만으로 충분해. (……)
형에게서 대강의 설명만 듣고도 형이 꾸려가야만 하는 일상과 단조로운 삶을 나라면 견딜 수 없었을 거라는 걸 알겠어. 나라면 정착할 수 없었을 거야. 나는 삶의 깊이에 대해 이미 너무 많은 것을 알았고, 실망스러운 결말 같은 건 절대 원하지 않아.

❖ **1934년 11월 11일에 형인 월도가 에버렛 루스에게서 마지막으로 받은 편지**

에버렛 루스가 추구한 것은 아름다움이었으며, 그는 아주 낭만적인 말로 그 아름다움을 표현했다. 외골수라 할 만큼 아름다움에 몰두한 에버렛 루스의 행동에 고상한 뭔가가 없다면 미를 향한 그의 과도한 숭배를 비웃고 싶은 마음이 들지도 모르겠다. 말로 자랑만 늘어놓는 미학은 우습고 때로는 조금 추하기도 하다. 하지만 그것이 삶의 방식이 될 때는 품위를 지니기도 한다. 만일 우리가 에버렛 루스를 비웃는다면, 우리는 존 뮤어도 비웃어야 할 것이다. 두 사람은 나이만 다를 뿐 차이점이 거의 없기 때문이다.

월리스 스테그너, 《모르몬 지역》

데이비스 크리크의 물은 1년 중 대부분에는 졸졸 흘러가는 정도이고 어떤 때는 그 정도도 되지 않는다. 피프티마일 포인트라고 알려진 높은 바위벽의 발치에서 시작되는 이 시냇물은 유타 남부의 핑크색 사암 조각들을 지나 6.5킬로미터 정도 흐르다가 글렌캐니언 댐 위쪽 300킬로미터 정도에 달하는 거대한 저수지인 파웰 호수로 흘러들어간다. 데이비스 걸치는 어떤 기준으로 봐도 작은 시냇물이지만 아름다운 곳이다. 길쭉한 구멍 같은 협곡 아래 있는 이 시냇물은 메마르고 거친 지역을 지나는 여행객들에게 몇 세기 동안 오아시스가 되어주었다. 협곡의 가파른 벽은 900년 된 기괴한 암석 조각들과 그림문자들로 장식되어 있다. 오래전에 사라진 카옌타 아나사지족, 그러니까 이 암석 예술의 창조자들이 살던 무너져가는 돌집들은 안전한 곳에 자리 잡고 있다. 고대 아나사지의 질그릇 파편은 세기의 전환기에 그 협곡에서 가축에 풀과 물을 먹였던 목동들이 버린 녹슨 깡통과 섞여 모래 속에 묻혀 있다.

데이비스 걸치는 길이가 짧은데, 그나마 대부분이 반들반들한 바위가 아주 좁은 간격을 두고 서 있는 사이를 깊은 물이 꼬불꼬불 지나며 주위에 사암 절벽이 돌출되어 협곡 바닥으로 가는 길을 막고 있다. 그런데 이 작은 협곡의 아래쪽 끝으로 이어지는 숨

겨진 길이 하나 있다. 데이비스 크리크가 파웰 호수로 흘러들어가는 곳의 상류 쪽을 보면, 자연적으로 생긴 경사로가 협곡의 서쪽 가장자리에서 아래로 꾸불꾸불하게 이어진다. 시냇물 바닥에서 위쪽으로 멀지 않은 곳에서 경사로가 끝나고 이어 투박한 계단이 나타나는데, 약 1세기 전에 모르몬의 소 치는 사람들이 부드러운 사암으로 만든 계단이다.

데이비스 걸치를 둘러싸는 지역은 민둥 바위와 붉은 벽돌색 모래로 이루어진 건조한 곳이다. 그래서 초목도 드물다. 식물을 말려 죽이는 태양 아래 그늘은 전혀 존재하지 않는다. 하지만 협곡의 경계 안으로 내려가면 다른 세상이 펼쳐진다. 꽃이 핀 가시투성이 배나무들 위로 미루나무들이 우아하게 기울어져 있다. 키 큰 풀줄기들이 미풍에 흔들린다. 27미터 높이의 돌 아치 밑으로 잠깐 피었다 지는 나비나리 꽃이 살짝 보이고, 관목참나무 지붕 위에서는 흰목굴뚝새가 날아다니며 구슬픈 소리로 운다. 그 시냇물 위쪽 높은 곳에서는 절벽에서 새어나온 물이 바위에 풍성한 녹색 매트처럼 매달려 있는 공작고사리와 이끼를 적신다.

60년 전에 이 매혹적이고 비밀스러운 장소에서, 모르몬 계단이 협곡 바닥과 만나는 곳에서 하류 쪽으로 1.5킬로미터 안 되는 곳에서, 스무 살 된 에버렛 루스가 아나사지족이 새긴 그림문자 아래의 협곡 벽에 자신의 필명을 새겨 넣었고, 아나사지족이 곡식을 저장하기 위해 만든 작은 석조 건물 입구에도 그렇게 했다. 그는 "네모, 1934"라고 휘갈겨 썼는데, 크리스 맥캔들리스가 수샤나 버스의 벽에 "알렉산더 슈퍼트램프, 1992년 5월"이라고 새길 때 느꼈던 바로 그 충동 때문이었을 것이다. 아나사지족이 이제는 판독 불가능해진 상징들로 벽을 장식했을 때 느낀 충동과도 크게 다르지 않을 것이다. 어쨌든 에버렛 루스는 사암에 자기 이름을 새긴 직후 데이비스 걸치를 떠나 수수께끼처럼 사라졌는데, 아무래도 계획적인 듯했다. 대대적인 수색 작업이 이루어졌지만 그의 소재와 관련된 단서는 아무것도 나타나지 않았다. 그는 사막에서 완전히 자취를 감췄다. 60년이 지난 지금도 그가 어떻게 되었는지 알려진 바가 거의 없다.

에버렛 루스는 1914년 캘리포니아주 오클랜드에서 크리스토퍼와 스텔라 루스의 두 아들 중 막내로 태어났다. 하버드 신학대학교를 졸업한 크리스토퍼는 시인이자 철학자이며 유니테리언 교회 성직자였지만, 캘리포니아 형사사법기관에서 관료로 일하면서 생계를 꾸렸다. 에버렛 루스의 어머니인 스텔라는 고집스러운 성격에 강한 예술적 야망과 보헤미안 취향을 지니고 있었으며, 이런 기질은 그녀 자신뿐 아니라 가까운 사람들에게도 영향을 미쳤다. 스텔라는 〈루스 콰르텟Ruess Quartette〉이라는 문학잡지를 직접 출간하기도 했는데, 그 표지에 가족의 좌우명인 '시간을 소중하게 여겨라'는 글자를 새겨 넣었다. 관계가 돈독했던 에버렛 루스의 가족은 방랑벽이 있어서 오클랜드에서 프레즈노, 로스앤젤레스, 보스턴, 브루클린, 뉴저지, 인디애나로 옮겨 다니다가 에버렛이 열네 살 때 캘리포니아 남부에 정착했다.

로스앤젤레스에서 에버렛 루스는 오티스 예술학교와 할리우드 고등학교를 다녔다. 1930년 여름, 열여섯 살이었던 그는 처음으로 혼자서 장기간의 여행을 떠나 히치하이크를 하고 걷기도 하면서 요세미티와 빅서를 지나 카멜에 이르렀다. 카멜에 도착하고 이틀 후 에드워드 웨스턴미국의 유명 사진작가의 집 문을 뻔뻔스럽게 두드렸는데, 웨스턴은 자신의 마음에 들기 위해 잔뜩 긴장한 이 젊은이에게 완전히 반했다. 이후 두 달 동안 저명한 사진작가는 청년의 그림과 목판 인쇄 작품을 보고는 아직 안정되지는 않았지만 가능성이 있다며 격려했고, 두 아들 닐과 콜과 함께 에버렛 루스가 작업실에서 시간을 보내는 것을 허락했다.

에버렛 루스는 그해 여름이 끝날 무렵에 집으로 돌아왔지만, 1931년 1월에 고등학교 졸업장을 받고 한 달도 채 안 되어서 또 길을 떠났다. 그는 유타, 애리조나, 뉴멕시코의 협곡을 혼자 걸었고, 그런 다음에는 오늘날의 알래스카만큼이나 인적이 드물고 신비에 둘러싸인 지역으로 갔다. 마지못해 UCLA를 잠깐 다닐 때와(단 한 학기만 다니고 학교를 그만두어서 아버지를 두고두고 실망시켰다) 부모의 집으로 가 꽤 오래 머무른 두 번과, 샌프란시스코에서 한 해 겨울 머문 것을 제외하고(사진작가 도로시아 랭과 앤설 애덤스, 화가 메이너드 딕슨과 사귈 수 있었다), 루스는 남은 삶을 유성처럼 여기저기 떠돌면서 얼마 안 되는 돈으로 여행을 하고 바깥에서 자고 며칠씩 즐겁게 굶으면서 보냈다.

윌리스 스테그너의 말을 빌리면, 에버렛 루스는 "풋내기 공상가, 미숙한 심미주의자, 황야의 타고난 방랑자"였다.

> 열여덟 살 때, 그는 꿈에서 정글을 지나고 절벽의 돌출부에 매달리고 세상의 낭만적인 황무지를 방랑하는 자신의 모습을 보았다. 소년 시절의 활력을 내면에 간직하는 사람이라면 그런 꿈을 절대 잊지 못한다. 에버렛 루스가 남들과 다른 점이라면 밖으로 나가 꿈꾸던 일을 했다는 것인데, 문명화되고 정돈된 동화의 나라에서 2주간의 방학 동안만 그렇게 한 것이 아니라 경이로움의 한가운데서 몇 달 혹은 몇 년 동안 그렇게 했다. (……)
> 그는 일부러 몸을 혹사했고, 인내심을 혹독하게 시험했으며, 힘든 일에 매달릴 수 있는 자신의 능력을 시험했다. 인디언들과 고참자들이 주의하라고 일러준 길을 일부러 선택해 가기도 했다. 절벽과 맞붙어 씨름하다가 바닥의 돌무더기와 절벽 가장자리 중간쯤에 매달린 적도 여러 번이었다. (……) 벼랑 밑 움푹 팬 곳이나 협곡 혹은 나바호산의 수목이 울창한 높은 산등성이에 있는 야영지에서 가족과 친구들에게 길고 멋지고 열정적인 편지를 쓰면서 문명 세계의 틀에 박힌 형식을 비난했고, 세상의 황야를 향한 젊음의 거친 외침을 자랑스러워했다.

에버렛 루스는 그런 편지를 수도 없이 썼다. 편지에는 그가 지나온 외진 지역인 카옌타, 친리, 루카추카이, 자이언캐니언, 그랜드캐니언, 메사 베르데, 에스칼란테, 레인보우 브리지, 캐니언 드 셰이의 소인이 찍혀 있었다. 이 편지들은 전기 작가 W. L. 루소가 꼼꼼한 조사를 바탕으로 쓴 전기 《에버렛 루스의 아름다운 날들 Everett Ruess: A Vagabond for Beauty》에 실려 있는데, 자연 그대로의 세상과 접촉하려는 에버렛 루스의 갈망과 자신이 지나온 장소를 향한 뜨거운 사랑에 감명 받게 된다. 에버렛 루스는 친구 코넬 텐걸에게 이렇게 털어놓았다.

"너에게 마지막으로 편지를 쓴 이후로 나는 야생에서 굉장한 경험을 했어. 압도적이고 강렬한 경험이었지. 사실 나는 늘 압도 당하고 있어. 삶을 지속하기 위해 내게는 그것이 필요해."

에버렛 루스의 편지를 보면 그와 크리스 맥캔들리스가 신기할 정도로 비슷하다는 걸 알게 된다. 에버렛 루스의 편지 세 통에 있던 내용 중 일부를 여기에 싣는다.

> 야생의 고독한 방랑자가 되어야겠다는 생각이 점점 강해집니다. 야생 속의 길에 완전히 매료되었어요. 사람들은 내가 느끼는 그 저항할 수 없는 매력을 이해하지 못해요. 그러니까 외딴 오솔길은 최고예요. (……) 나는 방랑을 절대 멈추지 않을 거예요. 그리고 죽을 날이 다가오면, 가장 황량하고 고독하고 외딴 곳을 찾아갈 겁니다.
>
> 이 나라의 아름다움은 이제 나의 일부가 되어 가고 있습니다. 시간이 갈수록 삶에 더 초연해지는 느낌이며 어쩐지 더 평온해지는

듯합니다. (……) 이곳에도 좋은 친구들이 있지만, 그들은 내가 왜 이곳에 있는지 내가 무엇을 하는지 전혀 이해하지 못해요. 조금이라도 이해할 사람이 있을지 모르겠어요. 나는 혼자서 너무나 멀리 왔어요.

나는 대부분의 사람들이 사는 것처럼 사는 것이 늘 불만스러웠어요. 더 강렬하고 더 풍요롭게 살기를 언제나 원합니다.

올해 방랑을 하면서 여느 때보다 더 많은 기회를 얻었고 더 많은 야생의 모험을 했어요. 내가 목격한 곳은 정말이지 근사했어요. 드넓게 펼쳐진 거친 황무지, 버려진 대지, 사막의 선홍색 모래 위로 우뚝 솟아 있는 푸른색 산들, 바닥의 폭이 1.5미터이고 깊이는 100미터가 넘는 협곡들, 이름 모를 협곡들로 요란한 소리를 내며 흘러들어가는 폭우, 그리고 천 년 전에 버려진 암굴 거주민들의 집 수백 채.

그로부터 반세기가 지난 후 크리스 맥캔들리스는 웨인 웨스터버그에게 보낸 엽서에서 "앞으로 얼마 동안은 이렇게 살아가자고 결심했어요. 자유와 단순한 아름다움이 정말 좋아서 그냥 놓아버릴 수가 없거든요"라고 말한다. 맥캔들리스의 이 말은 에버렛 루스의 이야기와 섬뜩하리만치 닮아 있다. 그뿐만 아니라 맥캔들리스가 로널드 프란츠에게 보낸 마지막 편지에서도 에버렛 루스의 메아리를 들을 수 있다.

에버렛 루스는 맥캔들리스보다 더 많이까지는 아니더라도 그 못지않게 낭만적이었으며, 자신의 안전에 대해서도 그 못지않게 무관심했다. 1934년에 아나사지 암굴 주거지를 발굴하는 동안 그를 요리사로 잠깐 고용했던 고고학자 클레이본 로켓은 루소에게 이렇게 말했다.

"에버렛이 위험한 절벽을 타는 모습을 보면 아찔할 정도로 무모했어요."

실제로 에버렛 루스는 스스로도 어느 편지에서 "물이나 암굴 주거지를 찾아다니는 동안 무너지는 사암이나 수직에 가까운 절벽 가장자리에 수백 번씩 목숨을 내맡겼어요. 야생 황소에 받혀서 죽을 뻔한 적도 두 번 있죠. 하지만 지금까지 아무 탈이 없었고 또 다른 모험을 위해 앞으로 나갔어요"라고 자랑했다. 형 월도에게 보낸 마지막 편지에서는 태연하게 고백했다.

> 방울뱀과 무너지는 절벽에서 몇 번이나 구사일생으로 살아났어. 얼마 전에도 초콜라테로(그의 당나귀)가 야생벌을 자극하는 바람에 굉장히 위험했지. 침에 몇 대만 더 쏘였어도 나는 살아남지 못했을 거야. 사나흘 동안 눈도 못 뜨고 손도 쓰지 못했거든.

또한 크리스 맥캔들리스처럼 에버렛 루스도 신체적인 불편함에 아랑곳하지 않았다. 어떤 때는 그런 불편함을 즐기는 것도 같았다. 친구 빌 제이콥스에게 "반년생 덩굴옻나무 독에 감염되어 엿새째 앓고 있어. 고통이 끝날 기미가 보이지 않아"라고 말했다. 그의 말은 이렇게 이어진다.

이틀 동안 내가 죽었는지 살았는지도 몰랐어. 고열 때문에 몸부림쳤고, 독이 새어 나와 얼굴과 팔과 등을 덮는 바람에 개미와 파리 떼가 내 몸을 기어 다녔지. 아무것도 먹지 못했어. 고통을 철학적으로 받아들이는 것 말고는 할 수 있는 게 아무것도 없었어. (……) 매번 혼이 나지만, 그래도 숲을 떠나고 싶지는 않아.

크리스 맥캔들리스와 마찬가지로 에버렛 루스 또한 마지막 여행을 떠나면서 새 이름, 아니 더 정확히 말하면 몇 개의 새 이름을 선택했다. 1931년 3월 1일에 가족에게 보낸 편지에서 그는 이름을 랜 라모로 바꿨다고 전하면서 식구들에게 부탁했다.

"내 야생의 이름을 존중해주세요. (……) 프랑스어로 하면 어떨까요? 놈 드 브루슈 정도 될까요?"

하지만 두 달 후에 보낸 편지에서는 또 이렇게 말한다.

"이름을 다시 바꿨어요. 에버트 룰란으로요. 전에 나를 알던 사람들이 그 이름을 듣고는 프랑스 이름을 흉내 낸 것같이 이상하다고 했거든요."

그러더니 같은 해 8월에 아무 설명도 없이 이름을 다시 에버렛 루스로 바꾸고는 데이비스 걸치로 방랑을 떠날 때까지 3년 동안 그 이름을 썼다. 데이비스 걸치로 가서는 무슨 이유에서인지 네모(라틴어로 '아무도 아님'이라는 뜻)라는 이름을 부드러운 나바호 사암에 두 번 새기고 사라졌다. 그의 나이 스무 살이었다.

에버렛 루스에게서 마지막으로 온 편지들은 1934년 11월 11일, 데이비스 걸치에서 북쪽으로 90킬로미터 정도 떨어진 에스칼란테의 모르몬 마을에서 보낸 것이었다. 부모님과 형에게 보낸 그 편지들에서 그는 "한두 달" 동안 연락을 할 수 없을 거라고 했다. 편지를 보내고 8일 후에 루스는 그 작은 협곡에서 1.5킬로미터 정도 떨어진 곳에서 두 명의 양치기를 만나 그들의 야영지에서 이틀 밤을 보냈다. 이 양치기들은 루스의 생전 모습을 마지막으로 본 사람들로 알려졌다.

에버렛 루스가 에스칼란테를 떠나고 나서 석 달 정도 지났을 때, 그의 부모 앞으로 개봉되지 않은 우편물 꾸러미가 도착했다. 애리조나주 마블캐니언에서 우체국장이 보낸 것이었다. 애리조나는 루스가 오래전에 도착했어야 하는 곳이었다. 에버렛 루스의 부모는 걱정이 되어서 에스칼란테 당국에 연락했고, 1935년 3월 초에 수색대가 꾸려졌다. 수색대는 루스가 마지막으로 목격된 양치기 야영지에서 시작해 주변 지역을 샅샅이 찾기 시작했고, 얼마 안 가 데이비스 걸치 바닥에서 에버렛의 당나귀 두 마리를 발견했다. 당나귀들은 잔 나뭇가지와 굵은 나뭇가지를 사용해 임시로 만든 우리 안에서 느긋하게 풀을 뜯고 있었다.

당나귀들은 협곡 위쪽, 모르몬 계단이 협곡 바닥을 가로지르는 곳 바로 위쪽에 갇혀 있었다. 그곳에서 하류 쪽으로 얼마 떨어지지 않은 지점에서 수색대는 루스의 야영지였음을 나타내는 명백한 증거를 발견했고, 다음에는 웅장한 자연 아치 아래에 있는 아나사지 곡물 창고 입구에서 돌판에 새겨진 "네모 1934"라는 글자를 발견했다. 네 개의 아나사지 그릇이 근처 바위 위에 조심스럽게 놓여 있었다. 석 달 후에 수색대는 협곡의 약간 아래쪽에서 "네모"라는 글자를 또 발견하긴 했지만(1963년에 글렌캐니언 댐이 완성되면서 불어난 파월호의 물 때문에 오래전에 이 두 곳의 이름은 지워졌다), 당나귀들과 당나귀 먹이만 있을 뿐 야영물품, 일기, 그림 등 에버렛 루스의 소지품은 전혀 발견되지 않았다.

에버렛 루스가 여기저기 협곡 벽을 오르다 떨어져 죽었다는 것이 일반적인 생각이다. 그 지역의 위험한 지형과 위험한 절벽을 오르길 좋아하는 그의 성향을 고려해보면 가능한 이야기다. 그 지역을 가득 채우고 있는 절벽은 대부분 나바호 사암이라는 부드럽고 푸석푸석한 층으로 되어 있어 쉽게 무너진다. 하지만 가까이 있는 절벽들과 멀리 있는 절벽들 모두 꼼꼼히 찾아봤지만 어떤 시신도 발견하지 못했다.

에버렛 루스가 그 협곡을 떠날 때 장비를 잔뜩 가지고 간 것 같은데 짐을 나르는 동물들을 두고 떠났다는 것도 이상했다. 이런 수수께끼 같은 상황을 근거로 몇몇 조사관은 그가 그 지역에 있다고 알려진 소도둑들에게 살해당하고, 소도둑들이 루스의 소지품을 훔친 다음 시신을 땅에 묻거나 콜로라도강에 던졌다고 결론지었다. 이 추론 역시 그럴듯하지만 입증할 만한 구체적인 증거는 없다.

에버렛 루스가 사라지고 난 직후에 그의 아버지는 아들이 쥘 베른의 《해저 2만 리》를 보고 영감을 얻어 자신의 이름을 네모라고 했을 거라고 말했다. 에버렛 루스는 그 책을 여러 번 읽었는데, 주인공인 순수한 네모 선장은 문명에서 벗어나며 '세상과의 모든 인연'을 끊는다. 에버렛 루스의 전기 작가 W. L. 루소도 크리스토퍼 루스의 생각에 동의하면서, "에버렛이 조직화된 사회에서 벗어난 것, 세상의 즐거움을 경멸한 것, 데이비스 걸치에 네모라는 이름을 새긴 것, 이 모든 것이 그가 쥘 베른의 주인공에 깊이 공감했다는 사실을 분명하게 나타낸다"라고 말한다.

에버렛 루스가 네모 선장에 매혹된 것 같다는 사실 때문에, 루스의 이야기를 기록한 몇몇 사람은 그가 데이비스 걸치를 떠난 후 세상을 속이고 멀쩡하게 살아 있으며(혹은 있었으며) 신분을 감추고 어딘가에서 조용히 지내고 있다는 의심을 품기도 했다. 1년 전에 애리조나주 킹맨에서 나는 트럭에 기름을 채우다가 입 가장자리에 담배 얼룩을 묻힌, 덩치가 작고 움직임이 불안한 중년의 주유원과 우연히 루스 이야기를 나누게 되었다. 주유원은 "자기가 아는 어떤 사람이 1960년대 후반에 나바호 인디언보호구역에 있는 외딴 호간인디언 나바호족의 겨울철을 나기 위한 집에서 분명히 루스를 보았다"라고 했다. 워낙 단호하게 얘기해서 솔깃하기도 했다. 주유원의 친구 말에 따르면, 루스는 나바호 여성과 결혼해 적어도 한 명의 아이를 키우고 있다고 했다. 물론 비교적 최근에 루스를 봤다는 이런저런 얘기에는 전혀 근거가 없다.

누구보다 오랜 시간 동안 에버렛 루스의 수수께끼를 조사한 켄 슬레이트는 그 청년이 1934년 아니면 1935년 초에 죽었다고 확신하며 어떻게 최후를 맞았는지도 알고 있다고 말한다. 예순다섯 살인 켄 슬레이트는 모르몬교에서 자란 전문적인 강 관광 안내인인데 사막쥐라고 불릴 만큼 그곳 사정에 밝지만 오만하다는 평판을 듣기도 한다. 생태주의 작가 에드워드 애비가 그 협곡 지역에서 환경보호라는 명분을 내세운 폭력 행위를 소재로 한 소설《몽키 렌치 갱The Monkey Wrench Gang》을 쓸 때, 동료였던 켄 슬레이트에게 영감을 받아 주인공 셀덤 신 스미스의 캐릭터를 만들었다고 알려져 있다. 켄 슬레이트는 그 지역에 40년 동안 살면서, 에버렛 루스가 지나갔던 모든 장소를 실제로 찾아갔고, 루스를 만난 많은 사람과 이야기를 나눴으며, 루스의 형 월도를 데이비스 걸치로 데려가 동생이 사라진 장소를 둘러보게 했다. 슬레이트는 이렇게 말했다.

"월도는 동생이 살해당했다고 생각합니다. 하지만 나는 그렇게 생각하지 않아요. 나는 에스칼란테에 2년 동안 살았어요. 그러면서 에버렛 루스를 죽였다는 혐의를 받고 있는 사람들과 얘기를 나눠봤는데, 그들이 루스를 죽인 것 같진 않아요. 하지만 아무도 모르는 일이죠. 어떤 사람이 비밀리에 무슨 짓을 하는지는 절대로, 정말로 알 수가 없는 것이니까요. 어떤 사람들은 루스가 절벽에서 떨어졌다고 생각해요. 글쎄, 그랬을 수도 있겠죠. 그 지역에서는 그런 일이 얼마든지 있을 수 있어요. 하지만 나는 그렇게 생각하지 않아요. 내 생각을 말해보면, 익사한 것 같아요."

몇 년 전, 데이비스 걸치에서 정동 쪽으로 70킬로미터쯤 떨어진 곳에 있는 산후안강의 지류인 그랜드 걸치를 따라 걸어가다가 켄 슬레이트는 아나사지 곡물 창고의 부드러운 진흙 회반죽에서 네모라는 이름을 발견했다. 그는 에버렛 루스가 데이비스 걸치를 떠나고 얼마 안 되어서 그 이름을 새긴 것으로 추측한다. 켄 슬레이트는 이렇게 말했다.

"에버렛 루스는 데이비스에서 당나귀들을 우리에 가두고 난 다음 물건을 어딘가에 있는 동굴에 감추고 네모 선장 흉내를 내며 떠난 겁니다. 나바호 인디언보호구역에 인디언 친구들이 있었기 때문에 거기로 간 것 같아요."

루스가 나바호 지역으로 갔다면 콜로라도강의 바위 구멍을 지나고, 그다음에는 모르몬 정착자들이 1880년에 월슨 메사와 클레이 힐스를 따라 개척한 울퉁불퉁한 길을 따라 간 뒤, 그랜드 걸치를 따라가다가 보호구역 앞을 가로지르는 산후안강에 이르렀을 것이다.

"에버렛 루스는 콜린스 크리크에서 아래로 약 1.5킬로미터 내려온 그랜드 걸치에 와서 그 폐허에 네모라는 이름을 새기고 산후안강으로 간 겁니다. 그리고 강을 헤엄쳐 건너려다 익사한 거죠. 내 생각은 그래요."

켄 슬레이트는 만일 에버렛 루스가 무사히 강을 건너 인디언

보호구역에 도착했다면, 여전히 네모 놀이를 하고 있다 해도 자기 존재를 감추는 건 불가능했을 거라고 믿는다.

"에버렛 루스는 혼자 있는 걸 좋아했지만, 또 사람들도 굉장히 좋아했기 때문에 여생을 그곳에서 남에게 들키지 않고 살 수 없었을 거예요. 우리들 대부분이 그렇죠. 나도 그렇고, 에드워드 애비도 그래요. 맥캔들리스라는 젊은이 역시 다르지 않았을 거예요. 우리는 사람들과 함께 있는 것을 좋아하지만, 아주 오랫동안 사람들과 함께 있는 건 또 견디지 못하죠. 그래서 다른 곳으로 떠났다가, 잠시 돌아오고, 그러다가 다시 훌쩍 떠나는 겁니다. 에버렛 루스도 바로 그렇게 했던 거예요."

그러면서 슬레이트는 이렇게 인정한다.

"에버렛 루스는 특이했어요. 유별난 사람이었죠. 하지만 그와 맥캔들리스는 적어도 자신의 꿈을 따라 살려고 노력했어요. 그들이 위대한 이유가 바로 그것 때문이에요. 그들은 시도했어요. 대부분의 사람은 그렇지 않은데 말이에요."

에버렛 루스와 크리스 맥캔들리스를 좀 더 깊이 이해해보고 싶다면, 그들의 행동을 큰 맥락에서 생각해볼 필요가 있다. 장소와 시대를 초월해 두 사람과 같은 행동을 한 사람들을 알아보는 것이 도움이 된다.

아이슬란드의 동남쪽 해안가에 파페이라고 하는 낮은 관문 섬이 있다. 나무 한 그루 없이 북대서양에서 불어오는 강풍을 끊임없이 맞는 그 바위투성이 섬은 이제는 사라진 첫 정착자, 파파르라고 알려진 아일랜드 수도사들에게서 그 이름을 따왔다. 어느 여름날 오후에 이 울퉁불퉁한 해안을 걷는데, 흐릿한 장방형 돌들이 그 동토 지대에 묻힌 채 죽 늘어서 있는 게 눈에 들어왔다. 데이비스 걸치에 있는 아나사지 유적보다 몇백 년 더 오래된 수도사들의 고대 주거지 흔적이었다.

수도사들은 일찍이 5세기와 6세기에 아일랜드 서쪽 해안에서 노를 저어 그곳에 도착했다. 가벼운 버드나무 가지로 뼈대를 만들고 쇠가죽을 감싸 만든, 갑판도 없는 작은 배 커러를 타고 출발한 그들은 바다 건너편에 무엇이 있는지 없는지도 모르는 채, 설령 있다고 해도 그게 뭔지 알지도 못하는 채 세계에서 위험하기로 손꼽히는 바다를 건넜다.

파파르는 부귀영화를 찾은 것도, 절대군주의 이름으로 새로운 땅을 차지하려 한 것도 아니면서 목숨을 걸었다(그리고 많은 사람이 생명을 잃었다). 위대한 북극 탐험가이며 노벨상 수상자이기도 한 프리티오프 난센은 이렇게 말한 적 있다.

"이 놀라운 항해가 시작된 주된 이유는 (……) 호젓한 장소를 찾으려는 바람이었고, 그곳에서 이 은둔자들은 세상의 혼란과 유혹에 방해받지 않고 평화롭게 살았을 것이다."

한 무리의 노르웨이 사람들이 9세기에 처음 아이슬란드 해안에 나타났을 때, 파파르는 그 나라의 태반이 사람이 살지 않은 곳이었는데도 사람들이 너무 많아졌다고 판단했다. 그래서 커러에 올라타고 노를 저어 그린란드로 갔다. 오직 영혼의 갈망, 오늘날의 상상력을 무력하게 하는 기묘하고 강렬한 열망만을 품고 폭풍우 치는 바다를 건너 알려진 세상의 경계를 지나 서쪽으로 간 것이다.

이 수도사들을 이해한다면, 그들의 용기와 앞뒤를 헤아리지 않는 순수함, 갈망을 따라 사는 삶에 감동받게 된다. 이들에 대해 알고 나면, 에버렛 루스와 크리스 맥캔들리스를 자연스레 떠올리게 된다.

CHAPTER 10

페어뱅크스

어느 도보 여행자가 야생에서 죽어가며 공포를 기록하다.

앵커리지, 9월 12일(AP)=지난 일요일, 부상 때문에 꼼짝 못하게 된 어느 젊은 도보 여행자가 알래스카 오지의 외딴 야영지에서 죽은 채로 발견되었다. 그가 누구인지는 아직 정확하게 밝혀지지 않았다. 야영지에서 발견된 일기와 두 장의 메모지에는 살아남기 위한 처절했던 노력이 점차 무의미해지는 고통스러운 과정이 담겨 있다.

일기를 보면, 20대 후반이나 30대 초반의 미국인으로 짐작되는 그 여행자가 넘어져 부상을 입고 석 달 이상 야영지에서 움직이지 못했을 거라고 짐작된다. 또한 그가 사냥을 하고 야생식물을 먹으면서 살아남기 위해 노력했지만 그럼에도 점점 약해졌음을 알 수 있다.

두 장의 메모 중 한 장에는 도움을 구하는 글이 있는데, 자신이 근처에 식량을 구하러 나가 있는 동안 그곳에 올지도 모르는 사람에게 구조를 요청하고 있다. 두 번째 메모에서는 세상에 작별을 고하고 있다. (……)

이번 주 페어뱅크스의 주 검시관 사무소에서 부검한 결과 사망 원인은 굶주림이며 사망 시기는 7월 말경인 것으로 밝혀졌다. 당국은 남자의 소지품들에서 그의 이름으로 짐작되는 이름을 발견했다. 하지만 신원은 아직 확인되지 않았으며, 신원이 밝혀질 때까지 이름도 밝히지 않기로 했다.

〈뉴욕타임스〉, 1992년 9월 13일

〈뉴욕타임스〉에 도보 여행자 이야기가 실릴 즈음, 알래스카 주경찰관들은 일주일째 그의 신원을 밝히기 위해 애쓰고 있었다. 발견 당시 크리스 맥캔들리스는 샌타바버라의 자동차견인회사 로고가 인쇄된 푸른색 추리닝 상의를 입고 있었는데, 견인회사에 연락을 해보아도 그에 대해 알아낼 수 있는 것이 하나도 없었으며 이 옷을 어떻게 구했는지도 알 수 없었다. 시신과 함께 발견된 짤막한 기록들과 난해한 일기에는 그 지역의 동식물을 관찰한 내용이 간결하게 기록되어 있어서 크리스 맥캔들리스가 야생 생물학자라는 추측이 무성하게 일기도 했다. 하지만 여기에 대해서도 명확한 결론이 나지 않았다.

사망한 도보 여행자의 뉴스가 〈뉴욕타임스〉에 실리기 사흘 전인 9월 10일에 이 이야기는 〈앵커리지 데일리 뉴스〉 1면에 실렸다. 짐 갤리언은 헤드라인 기사와 함께 실린 지도를 보았을 때 머리카락이 곤두서는 느낌이 들었다. 스탬피드 트레일의 힐리에서 서쪽으로 40킬로미터 떨어진 지점에서 시신이 발견되었다는 것이다. 알렉스였다. 갤리언은 자신에게 두 사이즈는 큰 신발, 그러니까 억지로 쥐어주다시피 했던 낡은 갈색 신발을 신고 성큼성큼 걸어가던 그 독특하면서도 정이 갔던 젊은이를 아직도 기억했다. 갤리언이 이렇게 말한다.

“기사에 정확한 내용은 없었지만 그 청년 얘기인 것 같았어요. 그래서 주경찰관에게 전화를 걸어서 말했죠. ‘내가 그 젊은이를 태워다준 것 같습니다.’”

경찰관 로저 엘리스가 수화기 저편에서 대답했다.

“알겠습니다. 그런데 그렇게 생각하는 이유가 있습니까? 그 남자의 신원을 안다고 전화한 사람이 벌써 여섯 명째입니다.”

하지만 짐 갤리언은 같은 주장을 되풀이했고, 그의 말을 들으면서 엘리스도 차츰 의심을 거뒀다. 갤리언이 뉴스 기사에서 언급되지 않은 장비 몇 개를 설명했는데, 시신과 함께 발견된 것과 일치했다. 그제야 엘리스는 여행자의 일기 앞부분에 애매하게 기록된 “페어뱅크스를 떠남. 갤리언과 동행. 이 달의 첫 번째 날”이 무슨 뜻인지 짐작했다.

이즈음 주경찰관은 그 도보 여행자가 갖고 있던 미놀타 카메라의 필름을 현상했는데, 거기에 선명한 독사진이 몇 장 있었다.

“그들이 내가 일하던 곳으로 사진을 가져왔더군요. 두말할 필요도 없었어요. 사진 속의 사람은 알렉스였어요.”

맥캔들리스가 갤리언에게 자신이 사우스다코타에서 왔다고 말했으므로, 주경찰관은 즉시 가까운 친척들을 찾아 나섰다. 전국 지명수배령을 내려 사우스다코타 동부 출신의 맥캔들리스라는 실종자를 찾긴 했는데, 공교롭게도 웨인 웨스터버그의 카시지 집에서 불과 30킬로미터 정도 떨어진 작은 도시에 사는 사람이었다. 잠깐 동안 경찰관들은 그 사람을 찾았다고 생각했다. 하지만 이것 역시 잘못된 제보로 밝혀졌다.

웨인 웨스터버그는 그 전해 봄에 페어뱅크스에서 온 엽서를 받은 이후로 알렉스 맥캔들리스라고 알고 있는 친구에게서 아무 소식도 듣지 못했다. 9월 13일, 웨스터버그가 몬태나에서 넉 달간의 추수 일을 마무리한 다음 추수 팀을 이끌고 노스다코타주 제임스타운 외곽의 텅 빈 포장도로를 달려 카시지로 가는 도중에 무전기가 켜졌다. 다른 트럭에 탄 일꾼의 걱정스러운 목소리가 무전기에서 들렸다.

"웨인! 밥이에요. 라디오 켜놨어요?"

"어, 밥. 웨인이야. 무슨 일이야?"

"빨리 AM으로 돌려서 폴 하비 방송을 들어보세요. 알래스카에서 굶어 죽은 사람 얘기가 나와요. 경찰에서는 그가 누군지 모른대요. 아무래도 알렉스 같아요."

웨인 웨스터버그는 서둘러 주파수를 맞춰서 폴 하비 방송의 끝 부분을 들을 수 있었다. 그의 생각도 밥과 같았다. 대강의 설명만 들어도 익명의 도보 여행자는 가슴 아프게도 그의 친구인 것 같았다.

심장이 철렁 내려앉는 기분으로 웨스터버그는 카시지에 도착하자마자 알래스카 주경찰에 전화해서 크리스 맥캔들리스에 대해 아는 것을 말해주었다. 그런데 그즈음에는 죽은 도보 여행자 이야기가 그의 일기에서 발췌된 내용과 함께 여러 전국 신문에 주요 기사로 실린 후였다. 그 때문에 여행자의 신원을 안다고 주장하는 사람들의 전화가 쇄도했으므로 경찰은 갤리언의 전화를 받을 때보다 더 시큰둥하게 그의 전화를 받았다. 웨스터버그는 이렇게 말했다.

“경찰은 알렉스가 자기 아들, 친구, 형제라며 전화한 사람이 150명도 넘을 거라고 하더군요. 흠, 그런 취급을 당하니 조금 화가 났어요. 그래서 말했죠. ‘이봐요, 나는 장난전화나 하는 그런 사람 아니에요. 그 사람이 누군지 안다고요. 그는 내 일을 도와줬어요. 여기 어딘가에 그 사람의 사회보장번호도 있을 겁니다.’”

웨인 웨스터버그는 곡물 창고에 있는 서류철을 황급히 뒤져 크리스 맥캔들리스가 작성한 서류를 두 장 찾아냈다. 맥캔들리스는 1990년 카시지에 처음 찾아온 날짜가 적힌 첫 번째 서류의 맨 윗부분에 “면세자 면세자 면세자 면세자”라고 휘갈겨 쓰고는 자기 이름을 “아이리스 펵큐”라고 적었다. 주소에는 “알 것 없음”이라고 적고 사회보장번호 칸에는 “기억 안 남”이라고 썼다.

하지만 알래스카로 떠나기 2주 전인 1992년 3월 30일 날짜가 적힌 두 번째 서류에는 “크리스 J. 맥캔들리스”라고 이름을 적었다. 그리고 사회보장번호 칸에는 “228-31-6704”라고 적었다. 웨인 웨스터버그는 알래스카에 다시 전화했다. 경찰도 이번에는 그의 말을 제법 진지하게 들어주었다.

사회보장번호는 진짜로 확인되었고, 그 번호를 토대로 크리스 맥캔들리스의 정식 주소가 버지니아 북부라는 것도 밝혀졌다. 알래스카 당국은 해당 주의 법집행 기관에 연락했고, 연락을 받은 기관에서는 전화번호부를 샅샅이 뒤져 맥캔들리스를 찾았다. 그때 월트와 빌리는 메릴랜드 해안으로 이사한 후라 그들의 연락처가 버지니아 전화번호부에 나와 있지 않았지만, 월트가 첫 번째 결혼에서 얻은 맏이 샘 맥캔들리스는 애넌데일에 살고 있어 전화번호부에 연락처가 있었다. 9월 17일 늦은 오후, 샘 맥캔들리스는 페어팩스 카운티의 강력계 형사에게 전화를 받았다.

크리스보다 아홉 살 위인 샘은 그 며칠 전에 〈워싱턴포스트〉에서 사망한 여행자에 관한 짤막한 기사를 보았다면서 이렇게 털어놓았다.

"크리스일 거라는 생각은 못했어요. 상상도 못했죠. 참 어이없게도 난 그 기사를 읽으면서 '아, 이렇게 끔찍하고 비참한 일이 있다니. 이 사람 가족이 누군지 몰라도 정말 안됐어. 참 딱한 일이야'라고 생각했어요."

샘은 캘리포니아와 콜로라도에서 친어머니와 살다가, 크리스 맥캔들리스가 애틀랜타에 있는 대학에 입학하기 위해 버지니아주를 떠난 다음인 1987년이 되어서야 버지니아주로 이사했기 때문에 이복동생을 잘 알지 못했다. 하지만 강력계 형사가 전화를 해서 혹시 그 여행자를 알고 있는지 물었을 때에 대해 샘은 이렇게 말한다.

"그 사람이 크리스라고 확신했어요. 크리스가 알래스카로 갔다는 사실, 그리고 혼자서 갔다는 사실까지 모든 정황이 들어맞았어요."

형사의 요청에 따라 샘은 페어팩스 카운티 경찰서로 갔고, 거기에서 경찰관 하나가 그에게 페어뱅크스에서 팩스로 보내온 여행자의 사진을 보여주었다.

"8×10으로 확대한 얼굴 사진이었어요. 머리가 길고 턱수염도 있더군요. 크리스는 늘 머리가 짧았고 말끔하게 면도를 하고 다녔는데 말이에요. 그리고 사진 속 얼굴은 굉장히 수척했어요. 하지만 나는 바로 알아봤어요. 의심의 여지가 없었어요. 크리스였어요. 집에 와서 아내 미셸과 함께 아버지에게 이야기하러 메릴랜드로 갔어요. 어떻게 얘기해야 할지 알 수가 없더군요. 아들이 죽었다는 말을 어떻게 해야 할까요?"

CHAPTER 11

체서피크 비치

모든 것이 갑자기 변했다. 분위기, 도덕적 풍토 모두 변했다. 당신은 어떻게 생각해야 할지, 누구 말을 들어야 할지 알지 못했다. 이제까지 마치 어린아이처럼 어떤 손에 이끌려오다 갑자기 혼자 힘으로 살아가게 된 것처럼, 당신은 혼자 걷는 법을 배워야 했다. 주위에는 아무도 없었다. 가족도 없었고, 당신이 존중할 수 있는 판단을 내려주는 사람들도 없었다. 그럴 때 당신은 어떤 절대적인 것, 그러니까 삶이나 진리나 아름다움에 자신을 맡기고, 이제는 소용없어진 인간이 만든 규칙 대신 그 절대적인 것의 지배를 받을 필요를 느꼈다. 당신은 이전의 익숙하고 평화로운 날, 이제는 영원히 사라진 옛날의 삶에서 그랬던 것보다 더 완전하게, 더 거리낌 없이 그러한 궁극적 목표를 따라 살아야 했다.

보리스 파스테르나크, 《닥터 지바고》

❖ 크리스 맥캔들리스의 시신과 함께 발견된 책에 강조되어 있는 구절. 이 구절 위쪽 여백에는 '목표를 향한 욕구'라는 글이 그의 필체로 적혀 있었다.

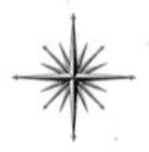

쉰여섯 살인 새무얼 월터 맥캔들리스 2세는 턱수염을 기르고 희끗희끗하고 긴 머리카락을 넓은 이마 뒤로 단정하게 빗어 넘긴 말이 없는 남자다. 키가 크고 몸의 균형이 잘 잡혀 있으며 철테 안경을 써서 학자 같은 인상을 풍긴다. 아들의 시신이 제 엄마가 만들어준 푸른색 침낭에 싸인 채 발견된 지 7주가 지난 후, 월트는 바닷가에 있는 그의 집 창문 아래 빠르게 달려가는 요트를 유심히 바라본다. 그러다 체서피크만을 무표정하게 응시하면서 알 수 없다는 듯 말한다.

"그렇게 인정 많던 아이가 어떻게 자기 부모에게 이처럼 큰 고통을 줄 수 있을까요?"

메릴랜드주 체서피크 비치에 있는 그의 집은 멋지게 장식되어 있고 먼지 하나 없이 깔끔하게 정돈되어 있다. 바닥에서 천장까지 이어지는 창문으로 체서피크만의 흐린 전경이 그대로 보인다. 커다란 셰비 서버번과 흰색 캐딜락이 집 앞에 주차되어 있고, 힘들여 복원한 69년형 콜벳이 차고에 들어 있으며, 9미터 높이의 순항용 쌍동선이 부두에 정박되어 있다. 크리스 맥캔들리스의 짧은 생애를 이야기해주는 수십 장의 사진으로 뒤덮인 네 개의 커다란 벽보판이 여러 날 동안 식탁을 차지하고 있다.

그 진열품 주위를 조심스럽게 다니면서 빌리는 걸음마를 막 시작한 크리스 맥캔들리스가 장난감 목마에 걸터앉은 모습, 노란색 비옷을 입은 여덟 살 된 크리스가 처음 배낭여행을 떠나면서 잔뜩 들떠 있는 모습, 고등학교 졸업식장에 있는 크리스의 모습을 가리킨다. 월트가 가족 휴가에서 익살을 부리는 아들의 사진 앞에서 걸음을 멈춘다. 그러고는 알아듣기 힘들 정도로 갈라진 목소리로 말한다.

"가장 견디기 힘든 건 그 아이가 이제 우리 곁에 없다는 사실이에요. 나는 크리스와 함께 많은 시간을 보냈죠. 다른 어떤 아이들보다 많은 시간을 보냈을 거예요. 크리스가 우리를 자주 실망시키긴 했지만, 나는 그 아이와 있는 것이 정말 좋았어요."

월트는 회색 추리닝 바지를 입고, 라켓볼 신발을 신고, 제트추진연구소 로고가 장식된 야구 재킷을 걸치고 있다. 캐주얼한 차림인데도 위엄이 느껴진다. 그는 합성 개구 레이더, 즉 SAR라고 하는 난해한 첨단기술 분야에서 명성이 높은 사람이다. 1978년 최초로 SAR를 탑재한 인공위성인 시샛(Seasat)이 지구 주변 궤도에 발사된 이래 이 SAR는 세간의 관심을 집중시키는 우주 비행 사업이 되었다. 그 선구적인 시샛 발사를 진행한 나사의 프로젝트 매니저가 월트다.

월트 맥캔들리스의 이력서 첫 번째 줄에는 이렇게 적혀 있다.

"현재 미 국방부 일급비밀 취급 허가."

좀 더 아래쪽으로 가면 자세한 경력이 기술되어 있다.

"원격감지기와 위성 시스템 설계, 관련 신호 처리와 연관된 비밀 컨설팅 서비스, 데이터 정리, 정보 추출 업무에 종사."

동료들은 그를 명석한 사람이라고 말한다.

월트는 감독하는 것에 익숙하다. 자신도 모르게 반사적으로 상대를 감독하고 지휘한다. 비록 미국 서부의 느긋한 억양으로 부드럽게 말하더라도 목소리에는 힘이 있고 턱은 그의 내면에 감춰진 강렬한 에너지를 드러낸다. 방에서 서로 멀리 떨어져 있어도 아주 높은 전압이 그의 몸속 전선에 흐르는 것이 눈에 보이는 듯하다. 크리스 맥캔들리스의 강한 열정이 어디에서 온 건지 확실히 알겠다.

월트가 이야기를 하면, 사람들은 듣는다. 어떤 일이나 사람 때문에 기분이 언짢아지면 그의 눈이 가늘어지고 말투가 딱딱해진다. 그의 양쪽 집 식구들 말을 들어보면, 그의 기분은 잔뜩 가라앉았다가 금방 쾌활해졌다가 한다고 한다. 그래도 몇 년 전부터는 유명했던 그 변덕이 많이 누그러졌다고 한다. 1990년에 아들 크리스 맥캔들리스가 아무에게도 말 안 하고 사라진 후에 월트의 모든 것이 변했다. 아들의 실종은 그를 소심하고 유순한 사람으로 만들었다. 겉으로 드러나는 그의 성격은 예전에 비해 부드러워졌으며 참을성도 강해졌다.

월트는 와이오밍과의 경계에 가까운 도시, 강한 바람이 부는 높은 평원에 자리한 농업 도시 콜로라도주 그릴리에서 자랐다. 그의 집안은 "형편이 아주 어려웠다"고 월트는 덤덤하게 말한다. 똑똑하고 의욕이 넘치는 아이였던 그는 장학금을 받고 포트콜린스 근처의 콜로라도 주립대학에 입학했다. 생활비를 벌기 위해 대학 시절 내내 영안실 일을 비롯해 온갖 종류의 파트타임 일을 했지만, 가장 안정된 돈벌이는 유명한 재즈 사중주단의 리더인 찰리 노백과 함께 하는 연주 일이었다. 노백의 악단은 프런트산맥을 따라 있는 담배 연기 자욱한 싸구려 술집들을 다니면서 월트를 피아노 앞에 앉히고는 댄스곡과 옛날 노래를 연주했다. 뛰어난 재능을 타고난 훌륭한 음악가인 월트는 지금도 이따금씩 연주 일을 한다.

1957년, 러시아가 스푸트니크 1호를 발사하자 미국에는 두려움의 그늘이 드리워졌다. 이 사건으로 온 국민의 감정이 들끓자, 의회는 캘리포니아에 기반을 둔 항공우주산업에 엄청난 돈을 쏟아부었고 그 결과 급속한 발전이 시작되었다. 대학을 막 졸업하고, 결혼을 하고, 이제 아이가 태어날 예정이었던 젊은 월트 맥캔들리스에게 스푸트니크는 기회의 문을 열어주었다. 대학 졸업장을 받은 직후 월트는 휴즈 에어크래프트에 일자리를 얻었고, 회사는 그를 3년 동안 투손에서 근무하게 했다. 월트는 투손에 있는 애리조나 대학에서 안테나 이론으로 석사 학위를 받았다. 논문 〈원뿔 나사선 분석〉을 마치자마자 휴즈가 캘리포니아에서 진행하던 프로젝트로 자리를 옮겼고, 이때부터 그는 우주를 향한 경주에서 자신의 이름을 떨치길 갈망하며 본격적인 행동에 돌입했다.

월트는 토런스에 작은 주택을 하나 구입했고, 열심히 일했고,

빠르게 승진했다. 1959년에 맏아들 샘이 태어났고, 그 뒤로 스테이시, 쇼나, 셸리, 섀넌까지 네 아이가 연달아 태어났다. 월트는 달에 연착륙하기 위한 첫 번째 우주선인 서베이어 1호 임무를 완수하는 시험 책임자와 부서 책임자로 임명되었다. 그의 별은 환하게 솟아오르고 있었다.

하지만 1965년이 되면서 결혼 생활에 위기가 왔다. 월트는 결국 아내 마샤와 이혼했다. 그 이후에 그는 휴즈에서 비서로 일하던 빌헬미나 존슨(모두들 그녀를 빌리라고 불렀다)과 데이트를 시작했다. 눈이 검고 인상적인 스물두 살 된 여자였다. 두 사람은 사랑에 빠졌고 함께 살았다. 그러다 빌리가 임신을 했다. 빌리는 체구가 굉장히 작았던 터라 임신한 지 아홉 달이 되어도 3.5킬로그램 정도만 늘었기 때문에 임신복도 입지 않았다. 1968년 2월 12일, 빌리는 아들을 낳았다. 아이는 체중미달이었지만 건강하고 활기찼다. 월트는 빌리에게 지아니니 기타를 사주었고, 빌리는 까다로운 갓난아기를 달래기 위해 그 기타로 자장가를 연주했다. 22년 후, 국립공원관리청 경비대는 미드호 근처에 버려진 노란색 닷선 뒷좌석에서 바로 그 기타를 발견했다.

염색체, 부모와 자식의 역학 관계, 그리고 우주의 배열이 어떻게 비밀스럽게 수렴해 작용하는 건지 알 수는 없지만, 크리스토퍼 존슨 맥캔들리스는 이 세 가지 작용을 그대로 보여주는 비범한 재능과 의지를 지니고 세상에 나왔다. 두 살 때는 한밤중에 일어나 잠든 부모님 몰래 밖으로 나가서는 이웃집에 들어가 캔디 서랍을 뒤지기도 했다.

3학년 때는 표준 성취도 검사에서 높은 점수를 받은 덕에 재능 있는 아이들을 위한 속성 과정에 배치되었다. 빌리는 이렇게 기억한다.

"크리스는 그렇게 된 걸 좋아하지 않았어요. 그 과정에 들어가면 공부를 더 해야 했기 때문이죠. 그래서 거기서 빠지려고 일주일 동안 별별 수단을 다 썼어요. 어린아이가 선생님, 교장 선생님, 그리고 자기 말을 들어줄 만한 사람들을 모두 찾아다니면서 검사 결과가 잘못 나온 거라고, 그건 자기 점수가 아니라고 주장한 거예요. 우리는 첫 번째 학부모 회의에 갔다가 그 사실을 알았어요. 아이의 선생님이 우리를 한쪽으로 부르더니 '크리스는 다른 아이들과 다르다'고 하는 거예요. 선생님은 그저 고개만 흔들더군요."

세 살 아래 동생인 카린은 크리스를 이렇게 떠올렸다.

"어렸을 때도 오빠는 자기만의 세계에 빠져 있었어요. 그렇다고 사람을 사귀지 못했던 건 아니에요. 늘 친구들이 있었고 모두들 오빠를 좋아했죠. 하지만 오빠는 아무 말 없이 사라져서 몇 시간 동안 혼자 놀곤 했어요. 장난감이나 친구들이 별로 필요 없는 것 같았어요. 오빠는 혼자 있어도 외로워하지 않았어요."

크리스 맥캔들리스가 여섯 살이었을 때, 월트는 나사에서 일자리를 제안 받아 워싱턴 D.C.로 이사를 서두르고 있었다. 그들은 애넌데일 교외 지역 윌렛 드라이브에서 공간마다 높이를 달리

한 집을 구입했다. 녹색 덧문과 돌출된 창, 멋진 마당이 있는 집이었다. 버지니아주에 도착하고 나서 4년 후, 월트는 나사 일을 그만두고 유저 시스템즈라는 컨설팅 회사를 설립했다. 그러느라 월트와 빌리는 집에 있는 돈을 다 털어 써야 했다.

돈이 빠듯했다. 안정된 급료를 받는 대신 자영업을 하며 불규칙한 수입으로 사느라 경제적으로 여유가 없는 데다, 월트가 첫 번째 부인과 헤어진 탓에 두 가정을 부양해야 했다. 카린은 당시를 이렇게 기억한다.

"어떻게든 살림을 꾸려 나가려고 부모님은 상상을 초월할 만큼 오랜 시간 일했어요. 우리 남매가 학교에 가려고 아침에 일어나면 두 분은 벌써 사무실에서 일을 하고 있었어요. 우리가 오후에 집에 돌아오면 그때까지도 두 분은 사무실에서 일하고 있었죠. 우리가 밤에 잠자리에 들 때에도요. 부모님은 사업을 성공적으로 키웠고 결국 돈을 다발로 벌기 시작했어요. 하지만 그러고 나서도 두 분은 늘 일을 했어요."

그러자니 두 사람은 스트레스가 많았다. 월트와 빌리 모두 예민하고 감정적이며 지는 걸 싫어한다. 때때로 부부 사이의 긴장이 폭발해 말싸움이 벌어졌다. 화를 내는 순간, 둘 중 한 사람의 입에서 이혼하겠다는 협박이 종종 터져 나왔다. 증오는 실체가 없는 연기와 같았다고 카린은 말한다.

"우리 남매가 가까워진 데에는 그런 환경 영향도 있었다고 생각해요. 부모님의 사이가 좋지 않았기 때문에 우리는 서로 의지하는 법을 배운 거죠."

하지만 좋은 때도 있었다. 주말이나 방학 때는 가족여행을 떠났다. 그들은 버지니아 비치와 캐롤라이나 해안으로 차를 몰고 갔고, 콜로라도에 가서 월트가 전처와의 사이에서 얻은 아이들을 만나기도 했고, 오대호와 블루리지산맥에도 갔다. 월트는 이렇게 이야기한다.

"우리는 쉐보레 서버번의 뒷자리에서 잤어요. 그러다 나중에는 에어스트림 트레일러라는 캠핑카를 사서 그걸 타고 여행했죠. 크리스는 그런 여행을 좋아했어요. 오래 여행을 할수록 좋아했죠. 우리 집안사람들에게는 언제나 방랑벽이 약간은 있었는데, 크리스도 그런 기질을 물려받았다는 것이 일찌감치 분명하게 나타난 겁니다."

여행을 하는 동안, 그의 가족은 빌리의 어린 시절 집이 있는 어퍼반도 삼림 지역의 작은 광산 도시인 미시간주 아이언 마운틴을 찾아갔다. 빌리는 여섯 남매 중 하나였다. 빌리의 아버지 로렌 존슨은 표면상으로는 트럭 기사로 일했다. 하지만 빌리는 "아버지는 어떤 일이든 오래 하지 못했다"라고 말한다. 월트는 이렇게 말한다.

"장인은 사회에 잘 적응하지 못했어요. 여러 가지 면에서 크리스는 제 외할아버지를 많이 닮았어요."

빌리의 아버지 로렌 존슨은 자부심 강하고 고집 세며 공상에 빠져 사는, 그러면서 숲을 잘 아는 사람이었다. 독학한 음악가이자 시인이기도 했다. 아이언 마운틴 주변에서 그가 숲의 생물들과 교감한 일은 유명했다. 빌리는 부친에 대해 이렇게 말한다.

"아버지는 늘 야생동물을 길렀어요. 덫에 걸린 동물을 집에 데려와 다친 다리를 절단하고 치료한 다음 놓아주기도 했어요. 한번은 트럭을 몰고 가다 어미를 치는 바람에 새끼 사슴을 고아로 만들었어요. 아버지는 굉장히 괴로워했죠. 결국 그 새끼 사슴을 집으로 데려와서는 집 안의 장작 난로 주변에서 마치 자식을 키우듯 키웠어요."

로렌 존슨은 가족을 먹여 살리기 위해 여러 가지 일을 벌였지만, 하나같이 신통치 않았다. 한동안 닭을 키우다가 다음에는 밍크와 친칠라를 키웠다. 마구간을 열고 관광객들에게 말을 타게 하는 일도 했다. 동물 죽이는 걸 불편해 했지만, 식탁에 올려놓은 음식은 대부분 그가 사냥한 것이었다.

"아버지는 사슴을 쏠 때마다 울었지만 가족을 먹여 살려야 했기 때문에 어쩔 수가 없었어요."

로렌 존슨은 사냥 가이드 일도 했는데, 이 일을 하면서는 특히 더 고통스러워했다.

"도시 사람들이 커다란 캐딜락을 타고 오면, 아버지는 전리품을 얻기 위해 그들을 데리고 일주일 동안 사냥터로 갔어요. 아버지는 사냥터로 가기 전에 그들에게 수사슴 한 마리 정도는 잡을 거라고 큰소리쳤지만, 사람들 대부분이 총 쏘는 데 굉장히 서툰데다 술도 많이 마셨기 때문에 아무것도 잡지 못했어요. 그러니

언제나 아버지가 그들 대신 사슴에 총을 쏴야 했죠. 아, 아버지는 그 일을 끔찍해 했어요."

당연한 얘기겠지만, 로렌 존슨은 크리스 맥캔들리스를 아주 예뻐했다. 크리스 맥캔들리스도 외할아버지를 무척 따랐다. 오지에 대해 많이 알고 야생동물을 친근하게 대하는 노인의 모습은 어린 손자에게 깊은 인상을 남겼다.

크리스 맥캔들리스가 여덟 살이었을 때, 월트는 맥캔들리스를 데리고 처음으로 밤을 지내는 배낭여행을 떠났다. 두 사람은 셰넌도어를 사흘 동안 여행하고 올드 래그산에 올랐다. 정상까지 오르는 내내 크리스는 자기 짐을 직접 지고 갔다. 그 이후로 그 산에 걸어 올라가는 것이 아버지와 아들의 전통이 되었다. 두 사람은 거의 해마다 올드 래그산에 올랐다.

크리스 맥캔들리스가 좀 더 자랐을 때, 월트는 두 번의 결혼에서 낳은 아이들과 아내 빌리를 데리고 콜로라도에 있는 롱스 피크에 올랐다. 롱스 피크는 로키산 국립공원에서 가장 높은 산으로 높이가 4,346미터에 달한다. 월트와 크리스 맥캔들리스, 그리고 월트가 첫 번째 결혼에서 얻은 막내아들은 3,960미터 높이까지 올라갔다. 거기, 열쇠구멍이라고 하는 유명한 골짜기에서 월트는 그만 돌아가기로 했다. 피곤했고 고도가 느껴지기도 했다. 위쪽 길은 미끈미끈한 돌투성이어서 위험해 보였다.

"나는 그만 돌아가자고 했어요. 하지만 크리스는 꼭대기까지 가고 싶어 했죠. 나는 안 된다고 했고요. 그때 크리스는 겨우 열두 살이었어요. 그러니 계속 조를 수밖에 다른 도리가 없었죠. 아마 열네 살이나 열다섯 살 정도만 되었더라도 자기 혼자 갔을 겁니다."

월트는 말을 멈추더니 먼 곳을 멍하니 바라본다. 한참을 그렇게 있다가 다시 입을 연다.

"크리스는 어릴 때도 겁이 없었어요. 자기에게는 나쁜 일이 안 생긴다고 믿었죠. 우리는 그 아이가 위험에 발을 들여놓지 않도록 늘 단속해야 했어요."

크리스 맥캔들리스는 자신이 좋아하는 거라면 대부분 뛰어나게 해냈다. 별로 열심히 공부하지 않는 데도 A 학점을 받았다. 딱 한 번 B 이하의 낮은 학점을 받은 적이 있긴 했다. 고등학교 때 물리학에서 F 학점을 받은 것이다. 월트는 성적표를 보고 나서 뭐가 문제인지 알아보기 위해 물리학 선생님을 만났다.

"선생님은 퇴역한 공군 대령이었어요. 고리타분하고 아주 완고한 노인이었죠. 학기 초에 선생님은 자기가 관리해야 하는 학생들이 200명쯤 되기 때문에 수월하게 채점할 수 있도록 정해진 양식에 따라 실험 보고서를 쓰라고 했대요. 하지만 크리스는 바보 같은 규칙이라고 생각하고는 무시하기로 한 거예요. 그래서 형식과 상관없이 실험 보고서를 썼고, 선생님은 F를 준 거죠. 나는 선생님을 만나고 집에 와서 크리스에게 충분히 가치 있는 점수를 받은 거라고 얘기해줬어요."

크리스와 카린은 아버지 월트의 음악적 재능을 물려받았다.

크리스는 기타, 피아노, 프렌치 호른을 시작했다.

"크리스는 그 나이의 아이답지 않게 토니 베넷을 좋아했어요. 그 아이가 「텐더 이즈 더 나이트Tender Is the Night」 같은 노래를 부르고 나는 피아노 반주를 했지요. 크리스는 재주가 있었어요."

아닌 게 아니라, 크리스 맥캔들리스가 대학 때 만든 엉뚱한 비디오를 보면 그가 「서머즈 바이 더 시Summers by the Sea」라든지 「세일보츠 인 카프리Sailboats in Capri」 같은 노래를 직업 클럽 가수마냥 잔뜩 멋을 부리면서 부른다.

프렌치 호른 연주에도 재능이 있었던 크리스는 십 대 때 아메리카 대학교 심포니에 들어갔지만, 월트 말로는 고등학교 밴드 리더가 요구하는 규칙에 반대하면서 그만두었다고 한다. 하지만 카린은 꼭 그것 때문만은 아니라고 말한다.

"오빠가 지시 받는 걸 싫어해서 연주를 그만둔 건 맞지만, 나 때문이기도 했어요. 나는 오빠처럼 되고 싶었어요. 그래서 나도 프렌치 호른을 연주하기 시작했죠. 그런데 나중에 보니 내가 오빠보다 더 잘하는 거예요. 내가 1학년이고 오빠가 3학년이었을 때, 나는 고3 밴드에서 맨 앞자리를 차지했어요. 오빠는 도저히 여동생 뒤에 앉을 수가 없던 거예요."

음악적 경쟁심 때문에 남매 사이가 멀어진 것 같지는 않다. 두 사람은 어린 시절부터 가장 좋은 친구였고, 애넌데일의 거실에서 쿠션과 담요로 요새를 지으면서 함께 시간을 보냈다.

"오빠는 늘 내게 아주 잘해줬고 굉장히 아껴주었어요. 거리를 걸을 때는 꼭 내 손을 잡곤 했죠. 오빠가 중학교에 다니고 내가 아직 초등학생이었을 때, 오빠는 나보다 일찍 수업이 끝났지만 친구인 브라이언 파스코비츠 집에서 기다렸다가 나와 함께 집에 왔어요."

크리스 맥캔들리스는 빌리의 천사 같은 이목구비를 물려받았다. 특히 눈이 그랬는데, 그 검고 깊은 눈에는 모든 감정이 다 드러났다. 학교 때 사진을 보면 반에서 언제나 맨 앞줄에 있을 정도로 키가 작긴 했지만, 체구에 비해 튼튼했고 균형이 잘 잡혀 있었다. 여러 스포츠를 시도해보았지만 참을성 있게 디 세심한 부분까지 배운 것은 하나도 없었다. 가족 휴가 때 콜로라도에서 스키를 탄 적이 있는데, 굳이 턴을 하려고 하지 않았다. 그저 고릴라처럼 몸을 웅크리고 두 발을 넓게 벌려 균형을 잡고는 경사로를 일직선으로 내려왔다. 월트는 이렇게 말한다.

"내게 골프를 배울 때도 그랬어요. 자세가 가장 중요하다고 말해도 크리스는 듣지 않았어요. 그 아이는 매번 스윙을 아주 크게 했죠. 어떤 때는 300야드를 치기도 했지만, 대부분은 옆의 페어웨이로 쳤어요.

크리스는 굉장히 많은 재능을 타고났지만, 그 아이에게 뭘 가르치고 기술을 다듬어주고 마지막 10퍼센트를 끌어내려고 하면 벽이 생겼어요. 그 아이는 도무지 제대로 배우려 하질 않았어요. 나는 정식 라켓볼 선수입니다. 그래서 크리스가 열한 살이 되자 라켓볼을 가르쳤죠. 크리스는 열다섯 살인가 열여섯 살이 되니까 경기를 할 때마다 나를 이겼어요. 그 아이는 아주, 아주 빨랐고 힘이 굉장했지만, 내가 부족한 점을 고쳐주려고 하면 도통 듣질 않았죠. 한번은 크리스가 경험이 많은 마흔다섯 살 된 남자와 시합을 했어요. 처음에는 크리스가 큰 점수 차로 앞섰지만, 남자는 꼼꼼하게 크리스를 분석하면서 약점을 관찰했어요. 크리스가 어떤 공에 가장 약한지 알아내자마자 그런 공만 쳤고, 그렇게 경기는 끝나버렸죠."

미묘한 차이라든가 전략, 아무튼 기본적인 기술 이상의 것은 뭐든 크리스 맥캔들리스에게 전혀 중요하지 않았다. 바로 지금 자신의 엄청난 에너지를 모두 쏟아붓는 방식으로만 도전에 맞붙었다. 그리고 결과에 자주 좌절했다. 그가 운동에 강한 매력을 처음 느낀 것은 정교함이나 기량보다 의지와 결단력으로 승부하는 종목인 달리기를 시작하면서였다. 그는 열 살 때 처음으로 10킬로미터 경기에 참여했다. 천 명이 넘는 어른들을 제치고 예순아홉 번째로 골인했고 그 이후로 달리기에 푹 빠졌다. 십 대 때는 지역 최고의 장거리 주자가 되기도 했다.

크리스 맥캔들리스가 열두 살이 되었을 때, 월트와 빌리는 카린에게 셰틀랜드 십도그 품종인 버클리라는 강아지 한 마리를 사주었다. 크리스는 그 강아지를 데리고 매일같이 달리기 훈련을 했다. 카린은 이렇게 말한다.

"버클리는 내 강아지라고는 했지만, 오빠와 버클리는 떨어질 수 없는 사이가 되었어요. 버클리는 빨랐고, 둘이서 달릴 때면 늘 오빠를 앞질러 왔어요. 오빠가 처음으로 버클리보다 먼저 집에 도착하고는 엄청나게 흥분하던 것이 기억나요. 눈물까지 글썽이며 온 집 안을 돌아다니면서 '내가 버클리를 이겼어! 내가 이겼다!'라고 소리쳤죠."

버지니아주 페어팩스에 있는 공립학교이며 높은 학문 수준과 뛰어난 운동 팀으로 유명한 W. T. 우드슨 고등학교에서 크리스 맥캔들리스는 크로스컨트리 팀의 주장이었다. 그는 주장 역할을 좋아했고, 팀원들이 지금도 또렷하게 기억하는 참신하면서도 엄격한 훈련 계획을 고안해냈다. 후배 팀원이던 고르디 구굴루는 이렇게 말한다.

"크리스는 정말 열심히 했어요. 훈련 방법을 만들어내고 '로드 워리어스'라고 직접 이름을 붙였어요. 농부들이 일하는 들판이나 공사장처럼 우리가 웬만해서는 갈 일이 없는 곳으로 가서 한참 동안 힘들게 헤매다가 길을 잃게 만드는 훈련이었어요. 최대한 멀리 그리고 빨리 달리다 보면 낯선 길이나 숲이 나오는 겁니다. 모르는 길을 더 가다가는 방향 감각을 잃을지도 모른다는 생각이 들죠. 그러면 우리는 달리는 속도를 조금 늦추다가 아는 길이 나오면 다시 전속력으로 달려서 집까지 왔어요. 어떻게 보면 크리스가 살아온 인생도 그런 식이었어요."

크리스 맥캔들리스는 달리기를 종교처럼 굉장히 영적인 운동으로 여겼다. 같은 팀에 있던 다른 친구 에릭 해서웨이는 이렇게 기억한다.

"크리스는 영적인 면을 이용해 팀원들에게 동기부여를 했어요. 그는 세상의 모든 악과 증오를 생각해보고, 어둠의 힘, 우리가 최선을 다해 달리지 못하도록 방해하는 사악한 벽에 대항해 달리는 모습을 상상해보라고 말했어요. 그는 성공이란 순전히 정신적인 문제, 이용할 수 있는 모든 에너지를 이용하는 단순한 문제라고 믿었어요. 감수성이 예민한 고등학생이었던 우리는 그런 말에 감동했죠."

하지만 달리기가 오로지 영적인 문제만은 아니었다. 그것은 경쟁이기도 했다. 크리스 맥캔들리스는 이기기 위해 달렸다. 우드슨 고등학교에서 맥캔들리스와 가장 가까운 친구였던 걸로 보이는 여자 팀원 크리스 맥시 길머가 말한다.

"크리스는 정말 진지하게 달리기에 임했어요. 결승선에 서서 크리스가 달리는 것을 보던 때가 생각나요. 그가 얼마나 잘 달리고 싶어 하는지, 생각보다 기록이 안 나왔을 때 얼마나 실망하는지 알 수 있었죠. 경기를 못할 때는 물론이거니와 연습 때 기록이 잘 안 나오기만 해도 아주 심하게 자책했어요. 그리고 그런 얘기를 남들과 하기 싫어했어요. 내가 위로하려고 하면 짜증을 내면서 외면했죠. 크리스는 실망감을 안으로 눌렀어요. 혼자 어딘가로 가서 스스로를 책망했죠.

크리스가 진지하게 받아들인 것이 달리기만은 아니었어요. 모든 것에 대해 그랬어요. 고등학교 시절에는 대개 무엇에 대해서든 별로 진지하게 생각하지 않죠. 하지만 나는 진지했고, 크리스도 그랬어요. 그래서 우리 둘은 잘 맞았어요. 쉬는 시간이면 둘이서 그의 라커룸에 가서 인생과 세계정세와 여러 진지한 문제를 주제로 얘기했어요. 흑인인 나는 어째서 다들 인종 문제에 그렇게 유난을 떠는지 이해 못했어요. 그러면 크리스는 내게 설명을 해주었죠. 그는 이해하고 있었어요. 크리스는 언제나 이런저런 문제에 의문을 품었어요. 나는 그를 많이 좋아했어요. 정말 좋은 친구였죠."

크리스 맥캔들리스는 삶의 불평등을 진지하게 생각했다. 고등학교 졸업반 때는 남아프리카의 인종 억압을 심각하게 거정했다. 그 나라에 무기를 몰래 가지고 들어가 인종차별정책을 끝내기 위한 투쟁에 참여하는 문제를 친구들에게 진지하게 얘기하기도 했다. 에릭 해서웨이는 이렇게 말한다.

"우리는 이따금 그 문제를 두고 논쟁을 벌였어요. 크리스는 여러 경로를 거치고, 체계 안에서 일을 하고, 차례를 기다리는 걸 좋아하지 않았어요. 이렇게 말하곤 했죠. '잠깐만, 에릭, 지금 당장 우리 힘으로 남아프리카로 갈 돈을 모을 수 있어. 그렇게 하기로 결심하면 되는 거야.' 나는 우리가 아직 어리기 때문에 도움을 줄 수 없을 거라고 반대했어요. 하지만 누구도 그를 말로 누를 수는 없었어요. 그는 '흠, 너는 옳고 그른 것에 관심이 없나 보구나'라는 식으로 반박했죠."

주말이면 학교 친구들이 조지타운의 술집에 가서 맥주 파티를 벌였지만, 맥캔들리스는 워싱턴의 허름한 지역들을 배회하면서 매춘부나 노숙자들과 이야기를 나누고, 그들에게 음식을 사주고, 그들이 삶을 개선할 수 있는 방법들을 열심히 제안했다. 빌리가 아들에 대해 이렇게 기억한다.

"크리스는 어떻게 사람들이 굶주릴 수 있는 건지 납득하지 못했어요. 더구나 이 나라에서 말이에요. 그 아이는 그런 문제들에 대해 몇 시간 동안 열변을 토하곤 했어요."

언젠가는 워싱턴 D.C.의 거리에서 노숙자 한 명을 나무가 우거지고 풍요로운 애넌데일의 집으로 데려와 차고 옆에 주차해놓은 에어스트림 트레일러에서 지내게 했다. 월트와 빌리는 자기 집에 부랑자가 묵고 있다는 사실을 까맣게 몰랐다.

또 한번은 차를 몰고 해서웨이의 집으로 가서는 시내로 가자고 했다. 해서웨이는 그날의 일을 이렇게 전한다.

"좋았죠! 그날은 금요일 밤이었기 때문에 조지타운에 가서 놀자는 건 줄 알았어요. 그런데 크리스는 14번가에 차를 세우는 거예요. 당시 그곳은 진짜 음침했어요. 크리스가 말하더군요. '에릭, 네가 이곳 사람들의 삶을 판단할 수는 있을지 몰라도 직접 겪어보기 전에는 이해할 수 없어. 오늘 밤 바로 그 일을 하자는 거야.' 그러고 나서 우리는 몇 시간 동안 그 으스스한 장소들을 다니면서 매춘 중개인, 매춘부, 하층민들과 얘기를 나눴어요. 나는 정말 무서웠어요.

그렇게 하루가 끝날 즈음 크리스가 내게 돈이 얼마 있느냐고 묻더군요. 5달러가 있다고 했죠. 그에게는 10달러가 있었어요. 그가 말했어요. '좋아, 네 돈으로 차에 기름을 넣자. 나는 음식을 좀 살게.' 그러더니 그 10달러로 큰 봉투 한가득 햄버거를 사 왔어요. 우리는 차를 타고 다니면서 길거리 환기구 위에서 자고 있는 냄새나는 사람들에게 햄버거를 나눠 줬어요. 내 인생에서 가장 괴상한 금요일 밤이었어요. 하지만 크리스는 그런 일을 자주 했어요."

고등학교 졸업반이 되고 얼마 안 되어서 크리스 맥캔들리스는 부모님에게 대학에 갈 생각이 없다고 말했다. 월트와 빌리가 장래성 있는 직업을 얻으려면 학위가 필요하다고 하자, 그는 직업은 가치보다는 의무 때문에 갖게 되는 '20세기의 발명품'으로 전락하고 있으며 자신은 직업 없이도 잘살 테니 아무 걱정 하지 말라고 대답했다.

"그 문제 때문에 우리 부부는 한바탕 난리를 피웠어요. 아내와 나 둘 다 육체노동자 집안 출신이죠. 그런 우리에게 대학 학위는 절대 가벼운 것이 아니었어요. 그래요, 우리는 아이들을 좋은 학교에 보내기 위해 열심히 일했어요. 아내가 크리스를 앉혀놓고 말했죠. '크리스, 만일 네가 정말로 세상을 바꾸고 싶다면, 축복받지 못한 사람들을 정말로 돕고 싶다면, 먼저 너 자신을 높여야 해. 대학에 가서 법학 학위를 따. 그러고 나면 너는 진짜 영향력을 가질 수 있어.' "

해서웨이가 말한다.

"크리스는 성적이 좋았어요. 크게 힘들이지 않고도 뭐든 잘해냈어요. 할 마음만 먹으면 뭐든 했죠. 그러니 그의 부모님이 크리스를 걱정할 이유가 전혀 없었어요. 하지만 두 분은 대학에 가는 문제에서만큼은 크리스에게 간섭했어요. 두 분이 무슨 말을 했는지는 모르겠지만, 아무튼 그 말이 효과가 있던 건 분명해요. 대학 진학이 무의미하고 시간과 돈 낭비라고 생각하면서도 크리스는 에모리 대학에 갔으니까요."

크리스 맥캔들리스가 다른 일에서는 부모의 말을 듣지 않으려 했으면서 대학에 가라는 말은 받아들인 것이 조금 뜻밖이다. 하지만 부모와의 갈등이 사라진 것은 절대 아니었다. 맥캔들리스는 크리스 길머를 만날 때면 부모를 분별없는 폭군이라고 종종 비난했다. 하지만 해서웨이, 쿠쿨루, 그리고 또 다른 스타 달리기 선수인 앤디 호로비츠 같은 남자 친구들 앞에서는 별로 불평하지 않았다. 해서웨이는 이렇게 기억한다.

"나는 크리스의 부모님이 아주 훌륭한 분들이라는 인상을 받았어요. 내 부모님이나 다른 사람들의 부모님과 다를 게 전혀 없었죠. 크리스는 단지 어떻게 하라고 명령 받는 걸 싫어했을 뿐이에요. 나는 그가 어떤 부모님과도 마찰이 있었을 거라고 생각해요. 부모님이라는 '존재' 자체를 힘들어했던 거죠."

크리스 맥캔들리스의 성격은 복잡했고 좀처럼 파악하기 어려웠다. 극히 개인적이면서도 굉장히 쾌활했고 사람들과 잘 어울렸다. 사회적 양심이 지나치게 발달했지만 그렇다고 해서 말수가 없지는 않았다. 즐거움을 멀리한 채 늘 엄숙하게 살아가는 박애

주의자도 아니었다. 오히려 때때로 술잔을 기울이는 걸 좋아했고 못 말리게 통속적인 사람이었다.

아마도 가장 큰 모순은 돈에 대한 크리스 맥캔들리스의 감정이었을 것이다. 월트와 빌리 둘 다 젊은 시절에 가난을 알았으며 노력해서 가난에서 벗어난 후에는 노동의 열매를 즐기는 건 전혀 문제가 없다고 생각했다. 빌리는 이렇게 강조한다.

"우리는 열심히, 아주 열심히 일했어요. 아이들이 어릴 때 우리는 번 돈을 쓰지 않고 저축했고 미래를 위해 투자했어요."

그 미래가 마침내 다가왔을 때, 그들은 부족하지 않은 재산을 과시하지는 않았어도 좋은 옷을 샀고, 빌리의 보석을 샀고, 캐딜락을 샀다. 그러다가 지금의 집과 요트도 샀다. 두 사람은 아이들을 데리고 유럽에 갔고, 브레킨리지에서 스키를 탔고, 카리브해로 크루즈 여행을 떠났다.

"크리스는 그 모든 걸 굉장히 불편해했어요."

빌리의 아들, 십 대의 톨스토이는 부(富)란 부끄럽고 해로운 것이며 본질적으로 악한 것이라고 믿었다. 사실 그의 이런 믿음에는 아이러니한 면이 있는데, 크리스가 돈을 버는 데 불가사의한 재주를 가진 타고난 자본가였기 때문이다.

"크리스는 언제나 기업가였어요. 언제나요."

빌리는 이렇게 말하며 웃었다.

여덟 살 때, 크리스 맥캔들리스는 애넌데일의 집 뒷마당에서 채소를 키워 동네 집집마다 돌아다니며 팔았다. 카린은 이렇게 말한다.

"귀여운 꼬마가 싱싱한 콩과 토마토와 고추를 가득 실은 수레를 끌고 다녔던 거예요. 그러니 누가 사지 않을 수 있었겠어요? 오빠도 그걸 알고 있었죠. 오빠는 얼굴에 '나는 진짜 귀엽잖아요! 콩을 좀 사시겠어요?'라는 표정을 달고 있었어요. 오빠가 집에 돌아올 때면 수레는 텅 비어 있고 손에는 돈 뭉치가 들려 있었죠."

열두 살 때는 광고지 한 묶음을 복사해 동네에서 복사 사업을 시작했다. '크리스의 신속 복사'라는 이름을 내걸고 집집마다 다니며 무료로 수거와 배달을 했다. 복사 한 장당 부모님에게 몇 센트씩 지불하는 조건으로 부모님 사무실에 있는 복사기를 이용해서 장사를 했는데, 동네 골목 복사가게보다 2센트 싸게 받고 복사를 해줘서 꽤 많은 이윤을 남겼다.

1985년, 우드슨 고등학교 2학년 때는 지역의 건축 도급업자로 고용되어서 마을을 돌아다니며 외벽 작업과 주방 리모델링을 광고하고 주문을 받았다. 크리스 맥캔들리스의 판매 실적은 타의 추종을 불허할 만큼 뛰어났다. 몇 달 지나지 않아 그의 밑에서 학생 대여섯 명이 일을 했고, 은행 계좌에는 7,000달러가 쌓였다. 그는 그 돈의 일부로 노란색 중고 닷선 B-210을 샀다.

크리스 맥캔들리스가 판매에 워낙 탁월한 소질이 있다 보니, 1986년 봄 고등학교 졸업식을 앞두고는 건설회사 사장이 월트에게 전화를 걸어 아들을 설득해 달라고 부탁했다. 그는 맥캔들리스가 일을 그만두고 에모리 대학에 가는 대신 애넌데일에 있는 학교에 다니면서 일을 계속하도록 해준다면 대학 등록금을 대겠다고 제안했다.

"내가 그 얘기를 크리스에게 전했지만, 그 아이는 생각하는 시늉조차 하지 않았어요. 자기에게는 다른 계획이 있다고 사장에게 말하더군요."

고등학교를 졸업하자마자, 크리스 맥캔들리스는 새로 산 차를 몰고 온 나라를 돌아다니면서 여름을 보내겠다고 선언했다. 그 여행이 이후로 이어진 대륙 횡단 모험의 시작일 거라고는 아무도 예상하지 못했다. 이 첫 여행에서 우연하게 발견한 것들이 결국 크리스를 혼자만의 세상으로 가게 할 줄은, 크리스와 그를 사랑한 사람들을 분노와 오해와 슬픔의 늪으로 몰아넣을 줄은 가족 누구도 예감하지 못했다.

CHAPTER 12

애넌데일

사랑보다, 돈보다, 명성보다, 진실을 내게 달라. 나는 기름진 음식과 와인이 풍성하게 차려진 식탁에 앉아 극진한 시중을 받았지만, 거기에 진심과 진실은 없었다. 나는 배가 고픈 채로 그 불친절한 식탁을 떠났다. 환대는 얼음처럼 싸늘했다.

헨리 데이비드 소로, 《월든》

❖ 크리스 맥캔들리스의 시신과 함께 발견된 책에 강조되어 있는 구절. 이 페이지 맨 위에 커다란 블록체로 '진실'이라는 단어가 맥캔들리스의 필체로 적혀 있었다.

우리들 대부분이 사악하고 천성적으로 자비를 더 좋아하는 반면, 아이들은 천진난만하고 정의를 좋아한다.

G. K. 체스터턴

1986년 찌는 듯 더운 봄날 주말에 크리스 맥캔들리스는 우드슨 고등학교를 졸업했고, 월트와 빌리는 아들을 위해 파티를 열었다. 며칠 후인 6월 10일은 월트의 생일이었다. 생일 파티에서 크리스는 아버지에게 선물을 건넸다. 아주 비싼 퀘스타 망원경이었다. 카린은 이렇게 기억한다.

"그 자리에서 오빠가 아빠에게 망원경을 드리던 게 생각나요. 오빠는 그날 밤 술을 몇 잔 마시고 제법 취했어요. 그래서 꽤 감정적이 되었죠. 금방이라도 울음을 터뜨릴 듯한 표정으로 눈물을 애써 참으면서 아빠에게 말했어요. 비록 이제껏 두 사람이 서로 다르긴 했지만 자신을 위해 해준 모든 것에 감사한다고요. 맨손에서 시작해 혼자 힘으로 대학을 졸업하고 여덟 아이들을 먹여 살리기 위해 열심히 일한 아빠를 존경한다고도 했어요. 감동적인 얘기였죠. 그 자리에 있던 사람들 모두 말을 제대로 하지 못했어요. 그러고 나서 오빠는 여행을 떠났어요."

월트와 빌리는 아들이 떠나는 걸 말리지는 않았다. 다만 비상상황에 대비해 월트의 텍사코 신용카드를 가지고 가라고 설득하고 사흘마다 한 번씩 집에 전화를 한다는 약속을 받아냈다. 월트는 당시 심정을 이렇게 말한다.

"우리는 크리스가 떠나 있는 내내 안절부절못했지만, 그 아이를 막을 방법이 없었어요."

크리스 맥캔들리스는 버지니아주를 떠나 남쪽으로 갔고, 그 다음에는 서쪽으로 향해 텍사스 평원을 지나고 뉴멕시코주와 애리조나주의 열기를 지나 태평양 해안에 도착했다. 처음에는 규칙적으로 전화한다는 약속을 지켰지만, 여름이 지나면서 횟수가 점점 줄어들었다. 그러다 대학 입학을 이틀 남기고 돌아왔다. 애넌데일의 집에 들어섰을 때 맥캔들리스의 모습은 말이 아니었다. 수염이 지저분하게 자랐고 길게 자란 머리카락은 마구 헝클어졌으며, 그렇지 않아도 마른 몸이 14킬로그램이나 줄었다.

"오빠가 집에 왔다는 말을 듣자마자 나는 오빠와 얘기를 하려고 오빠 방으로 달려갔어요. 오빠는 침대에 누워 잠들어 있었어요. 굉장히 말랐더군요. 십자가에 매달린 예수처럼 보였어요. 엄마는 오빠의 몸무게가 그렇게 많이 줄어든 걸 보고는 굉장히 속상해 했어요. 오빠의 뼈에 다시 살을 붙이기 위해 정신없이 요리를 하기 시작했죠."

나중에 알고 보니, 크리스 맥캔들리스는 여행이 끝날 즈음 모하비 사막에서 길을 잃어 하마터면 탈수증에 걸릴 뻔했다. 그의 부모는 그 사건을 듣고 나서 큰일 날 뻔했다며 가슴을 쓸어내렸지만, 어떤 말로 아들을 설득해야 앞으로는 더 조심하도록 할 수 있을지 알 수가 없었다.

"크리스는 자기가 해본 일에는 대부분 능했기 때문에 지나치게 자신만만했어요. 뭔가를 하지 말라고 설득하면, 그 아이는 앞에서는 반박하지 않았어요. 그저 순하게 머리를 끄덕이고는 돌아서서 자기가 원하는 대로 했죠.

그래서 나도 처음에는 안전 문제에 대해 아무 말 하지 않았어요. 크리스와 테니스를 치면서 이런저런 얘기를 하다가 나중에 앞에 앉혀놓고는 그 아이가 겪었던 위험에 대해 이야기했죠. 그즈음 나는 직접적인 방식, 그러니까 '제발 그런 곡예는 다시 하지 않는 게 좋겠다'라는 식의 말은 크리스에게 효과가 없다는 걸 알고 있었어요. 그 대신, 우리가 너의 여행을 반대하는 건 아니며 다만 좀 더 조심하고 우리에게 네 소재를 디 자세하게 알려주기를 바랄 뿐이라고 찬찬히 얘기했어요."

하지만 아버지로서 할 수 있는 정도의 이 조언에도 아들이 발끈하는 걸 보고 월트는 당황했다. 공연히 그런 말을 해서 맥캔들리스가 자기 계획을 말하지 않게 한 것만 같았다. 빌리는 이렇게 말한다.

"크리스는 우리가 멍청해서 자기를 걱정한다고 생각했어요."

여행을 하는 동안 크리스 맥캔들리스는 날이 넓고 큼직한 칼과 30/6구경 소총을 구했는데, 부모님과 함께 애틀랜타의 에모리 대학에 가면서 그 커다란 칼과 총을 가져가겠다고 고집했다. 월트가 웃으면서 말한다.

"크리스와 함께 그 아이의 기숙사 방으로 갔는데, 우리 아이를 보고 룸메이트의 부모가 그 자리에서 뇌출혈로 쓰러지지는 않을까 걱정되더군요. 룸메이트는 코네티컷에서 온 예의바른 아이였고 차림새도 전형적인 남자 대학생의 모습이었죠. 그런데 크리스는 수염을 텁수룩하게 기르고 다 낡은 옷을 입고 있어서 제레미아 존슨처럼 보이는 데다 칼과 사슴 사냥용 총을 가지고 있었잖아요. 하지만 어떻게 된 줄 아세요? 석 달쯤 지나서 그 모범적인 룸메이트는 낙제했고 크리스는 우등생 명단에 올랐어요."

크리스 맥캔들리스가 학년이 올라갈수록 에모리 대학을 마음에 들어 하는 걸 보고 부모는 놀랍기도 하고 또 기쁘기도 했다. 면도를 하고 머리도 다듬어 고등학교 때처럼 단정한 모습으로 되돌아갔다. 성적은 완벽에 가까웠고 학교 신문에 글도 쓰기 시작했다. 졸업하면 공부를 계속 해 법학 학위를 받을 거라며 신이 나서 얘기하기도 했다. 어느 날은 이렇게 자랑했다.

"아버지, 제 점수면 하버드 로스쿨에 충분히 갈 것 같아요."

대학 1학년이 끝난 여름, 크리스 맥캔들리스는 애넌데일로 돌아와 부모님의 회사 일을 도우면서 컴퓨터 소프트웨어를 개발했다. 월트는 그때를 기억한다.

"그해 여름에 크리스가 개발한 프로그램은 완벽했어요. 우리는 지금도 그 프로그램을 사용해요. 많은 고객에게 복사품을 판매했고요. 하지만 크리스에게 그 프로그램의 제작 방법과 작동 원리를 설명해 달라고 하니 거절하더군요. '아버지는 프로그램이 작동한다는 것만 아시면 돼요. 어떻게 작동하는지 왜 그런 건지는 아실 필요가 없어요'라고 하는 거예요. 크리스는 딱 그 아이답게 행동한 것이지만, 굉장히 화가 나더군요. 크리스는 유능한 CIA 요원이 될 수도 있었을 거예요. 농담이 아니에요. CIA에서 일하는 사람들을 알거든요. 크리스는 자기 생각에 우리가 알 필요가 있다고 판단되는 것만 얘기하고 그 이상은 절대 얘기하지 않았어요. 매사에 그런 식이었죠."

크리스 맥캔들리스의 부모는 아들의 성격 때문에 당황하는 일이 많았다. 맥캔들리스는 굉장히 너그럽고 배려심이 있는 반면 편집증, 조급함, 확고한 자기 몰두 같은 어두운 면도 있었는데, 이런 성향이 대학 시절을 보내며 더 심해진 듯했다. 에릭 해서웨이는 이렇게 기억한다.

"에모리 대학에서 2학년을 마친 후에 파티에서 크리스를 보았는데, 한눈에 봐도 달라졌더군요. 굉장히 내성적으로 보였고 차가워 보이기까지 했어요. 내가 '어이, 크리스. 반가워'라고 인사했더니 그 친구가 냉소적으로 대답했어요. '흠, 다들 그렇게 말하지.' 어지간해서는 마음을 열지 않았어요. 크리스가 흥미를 갖고 얘기하는 것은 공부뿐이었어요. 에모리에서 사교생활은 남녀 친목 클럽을 중심으로 이루어지는데, 그런 모임에 참여하는 걸 싫어했어요. 다들 클럽에 들어가기 시작하자 크리스는 예전 친구들에게서 멀어져 더욱더 자신에게 몰두했던 것 같아요."

2학년을 마치고 3학년에 올라가기 전 여름에 크리스는 다시 애넌데일로 돌아와 도미노에서 피자 배달 일을 했다.

"오빠는 그것이 폼 나는 일이 아니라는 건 신경 쓰지 않았어요. 돈을 무더기로 벌었죠. 오빠가 매일 밤 집에 오면 주방 식탁에 앉아 계산하던 것이 생각나요. 굉장히 피곤했을 텐데도 상관하지 않았어요. 얼마만큼의 거리를 운전했는지, 도미노에서 차 연료비로 얼마를 줬는지, 실제 연료비가 얼마나 나왔는지, 그날 저녁 순수익이 얼마인지, 전 주의 같은 날과 비교하면 어떤지를 계산했죠. 오빠는 모든 내용을 기록하고는 어떻게 기록하는 건지, 어떻게 효과적으로 돈벌이를 하는 건지 내게 알려줬어요. 오빠가 돈벌이에 소질이 있긴 했지만 그에 비해 돈에 그렇게 관심이 있는 것 같지는 않았어요. 돈벌이는 일종의 게임 같은 것이었고, 돈은 점수를 따는 한 가지 방법이었죠."

크리스 맥캔들리스가 고등학교를 졸업한 이후 눈에 띄게 가까워졌던 부모와의 관계는 그해 여름에 크게 악화되었다. 월트와 빌리는 이유를 알지 못했다.

"그 아이는 우리에게 걸핏하면 화를 내는 것 같았고 점점 더 내성적이 되었어요. 아니, 이건 정확한 말이 아니에요. 크리스는 '내성적이 아니었어요.' 하지만 그 아이는 속으로 무슨 생각을 하는지 우리에게 얘기하려 하질 않았고 대부분의 시간을 혼자서 보냈어요."

나중에 알고 보니, 크리스 맥캔들리스의 마음속에 쌓여 있던 분노는 두 해 전 여름 국토 횡단 여행을 하던 중 어떤 사실을 우연히 알게 되면서 걷잡을 수 없이 타올랐다. 그때 맥캔들리스는 캘리포니아에 들른 김에 엘 세군도를 찾아가 보기로 했다. 그가 태어나고 어린 시절 6년을 보낸 곳이었다. 그곳에서 예전에 가족과 친하게 지내던 사람들을 만났는데, 그들에게 이런저런 질문을 하고 대답을 듣고 하면서 아버지의 첫 번째 결혼과 이혼에 관련된 사실을 전부 알 수 있었다. 그때까지는 전혀 모르고 있던 일이었다.

월트가 첫 번째 아내 마샤와 이혼한 것은 정상적이고 자연스러운 과정이 아니었다. 빌리와 사랑에 빠지고 나서, 빌리가 크리스를 낳고 나서도 한참 후까지 월트는 이혼 과정 중에 비밀리에 마샤와의 관계를 계속하면서 두 집과 두 가족 사이를 오갔다. 그 사실을 감추기 위해 거짓말을 하고, 나중에 발각되면 그 거짓말을 감추기 위해 더 많은 거짓말을 했다. 크리스가 태어나고 나서 2년 후에 월트는 마샤와의 사이에서 아들 퀸 맥캔들리스를 낳았다. 월트의 이중생활이 드러났을 때, 그 사실은 모두에게 깊은 상처를 남겼다. 마샤와 빌리 모두 엄청난 고통을 받았다.

결국 월트는 빌리와 남매를 데리고 대서양 연안으로 이사했다. 그는 마샤와 이혼 문제를 매듭짓고 빌리와 정식으로 결혼했다. 두 사람은 지난 상처를 어떻게든 잊고 새로운 삶을 꾸려가려고 노력했다. 그렇게 20년이 흘렀다. 그러는 동안 지혜도 생겼다. 죄책감과 상처와 질투 어린 분노는 먼 과거의 일이 되어 희미해졌다. 폭풍우를 이겨낸 것 같았다. 하지만 1986년에 크리스 맥캔들리스는 엘 세군도로 갔고, 예전에 살던 동네를 찾아다녔고, 고통스러운 과거의 이야기를 낱낱이 알게 되었다.

"오빠는 무슨 일이 있으면 혼자서 깊이 생각하는 그런 사람이었어요. 어떤 일 때문에 괴로워도 솔직하게 털어놓지 않았어요. 혼자 간직하면서 분노를 품고 나쁜 감정을 쌓고 또 쌓았죠."

엘 세군도에서 새로운 사실을 알았을 때도 크리스 맥캔들리스는 그렇게 했다.

자식들은 부모 문제 앞에서는 가혹한 심판자가 되어 아량을 베풀지 않으려고 하는데, 크리스 맥캔들리스의 경우에는 특히 더 그랬다. 그는 대개의 십 대에 비해 상황을 명확한 흑백논리로 바라보는 경향이 있었다. 자신과 주변 사람들을 몹시 엄격한 도덕률로 판단했다.

이상하게도 크리스 맥캔들리스가 모든 사람에게 똑같이 엄격한 기준을 적용한 것은 아니었다. 그가 죽기 전 2년 동안 몹시 존경하고 좋아한다고 공언한 사람 중에는 심각한 술꾼에 구제불능의 난봉꾼으로 걸핏하면 여자 친구들을 때리는 사람도 있었다. 크리스는 그 남자의 결점을 잘 알면서도 기꺼이 용서했다. 또한 그의 문학적 영웅들의 단점도 용서하거나 눈감아주었다. 잭 런던은 악명 높은 술꾼이었고, 톨스토이는 금욕을 옹호하는 것으로 유명했지만 젊은 시절 성에 탐닉했고 아이를 적어도 열세 명 두었으며, 그중 몇 명은 신문에서 섹스의 해악에 대해 요란하게 비난하던 때에 생겼다.

많은 사람이 그러는 것처럼 크리스 맥캔들리스 역시 예술가나 가까운 친구들을 그들의 인생이 아닌 업적으로 판단했던 것 같지만, 자기 아버지에 대해서는 성격상 그런 관대함을 보이지 못했다. 월트가 크리스 남매 혹은 그들의 이복 형제자매들을 아버지로서 근엄하게 타이를 때마다, 크리스는 아버지가 과거에 저지른 추악한 행동을 곱씹으면서 점잖은 체하는 위선자라며 속으로 경멸하곤 했다. 크리스는 모든 일을 가슴속에 차곡차곡 쌓았다. 그리고 세월이 지나면서 이런 독선적인 분노를 안으로만 삭이기가 점점 힘들어졌다.

크리스 맥캔들리스는 아버지의 이혼에 얽힌 이야기를 모두 알고 나서도 2년간은 안으로 분노를 억눌렀지만, 결국 그 분노는 밖으로 드러났다. 그는 아버지가 젊은 시절에 저지른 잘못을 용서할 수 없었고, 숨기려 한 행동은 더더욱 용서할 수 없었다. 그는 훗날 카린을 비롯한 여러 사람에게 부모가 저지른 속임수는 자신의 "어린 시절 전체를 소설처럼 만들어버렸다"라고 말하기도 했다. 하지만 자신이 아는 사실을 한 번도 부모 앞에 그대로 들이대지는 않았다. 그 대신 모든 걸 혼자만의 비밀로 간직하고는 말없이 음울하게 웅크리며 간접적으로 분노를 표현했다.

1988년, 부모에 대한 크리스의 분노는 점점 커져 급기야는 세상 전체의 부당함에 대한 분노가 되었다. 빌리는 그해 여름을 이렇게 기억한다.

"크리스는 에모리에 있는 부잣집 아이들 모두를 못마땅해 했어요."

크리스 맥캔들리스는 인종차별주의, 세계의 기아, 불평등한 부의 분배 같은 절박한 사회문제들을 다루는 수업을 점점 더 많이 들었다. 하지만 돈과 과시적 소비에 반감을 보이긴 했어도 크리스의 정치 성향이 진보적이라고 하기는 힘들었다.

사실 민주당의 정책을 조롱하기를 즐겼고 로널드 레이건을 드러내놓고 찬양했다. 에모리에서는 대학 공화당 클럽을 공동 설립하기까지 했다. 얼핏 모순되어 보이는 정치적 입장은 《시민 불복종》에 나온 소로의 말로 가장 잘 요약될 듯하다. "나는 다음의 주장을 진심으로 받아들인다. '가장 적게 지배하는 정부야말로 최고의 정부다.'" 이것 말고 다른 말로는 크리스 맥캔들리스의 견해를 제대로 규정하기 힘들다.

학생신문 〈에모리 힐〉의 편집자로 활동하면서 크리스 맥캔들리스는 수많은 논평을 썼다. 5년이 지난 지금 그 논평들을 읽다 보면, 당시 그가 얼마나 젊었으며 얼마나 열정적이었는지 느낄 수 있다. 그가 신문에서 표현한 견해, 특이한 논리로 주장한 견해에는 굉장히 다양한 주제가 포함되어 있다. 지미 카터와 조 바이든을 풍자했고, 법무장관 에드윈 미즈의 사임을 요구했으며, 기독교 우파의 열광적인 복음 전도자들을 호되게 비난했고, 소련의 위협에 대한 경계를 촉구했고, 고래잡이를 하는 일본을 비난했고, 제시 잭슨을 적합한 대통령 후보로 옹호했다. 1988년 3월 1일자 사설에도 크리스 맥캔들리스 특유의 극단적인 주장이 실려 있다. 도입 부분을 소개하면 이렇다.

"이제 1988년의 세 번째 달이 시작되었을 뿐이지만, 벌써부터 이 해는 현대 역사에서 정치적으로 가장 부패하고 수치스러운 해가 되고 있으며……."

신문 편집자인 크리스 모리스는 크리스 맥캔들리스가 '열성적'이었다고 기억한다.

얼마 안 되는 동료 회원들의 눈에 크리스 맥캔들리스는 날이 갈수록 열성적이 되는 것처럼 보였다. 1989년 봄에 학기가 끝나자마자 크리스는 닷선을 타고 또 한 번 장기 즉흥 여행을 떠났다. 월트는 이렇게 말한다.

"그해 여름이 다 가도록 그 아이에게서 받은 소식이라고는 엽서 두 장이 전부였어요. 첫 번째 엽서에는 이렇게 적혀 있더군요. '과테말라로 가고 있어요.' 그 엽서를 읽으면서 생각했죠. '아, 어쩌지. 폭도들을 위해 싸우려고 가는 거구나. 그들이 우리 아이를 벽 앞에 세워놓고 총살할 텐데.' 그리고 여름이 끝나갈 무렵에 두 번째 엽서가 왔는데, '내일 페어뱅크스를 떠나요. 두세 주 뒤에 만날 수 있을 거예요'가 내용의 전부였어요. 나중에 보니 남쪽으로 가는 대신 마음을 바꿔서 알래스카에 갔더군요."

알래스카 고속도로에 이르는 길게 이어진 지저분한 거리를 가 본 것이 크리스 맥캔들리스의 첫 극북 방문이었다. 페어뱅크스 주변에서 잠깐 지내다 가을 학기 시작에 맞춰 서둘러 애틀랜타로 돌아오느라 비교적 짧은 여행이었지만, 그 땅의 광대함, 유령 같은 빙하의 모습, 투명한 아북극 지방의 하늘에 매료되었다. 그가 다시 그곳을 찾을 거라는 사실에는 의문의 여지가 없었다.

대학 졸업반 때 크리스 맥캔들리스는 가구라고는 우유 상자 몇 개밖에 없고 바닥에는 매트리스가 깔린 학교 밖 소박한 방에서 살았다. 친구들 중 그가 교실 밖에 있는 걸 본 사람이 거의 없었다. 교수 하나가 폐관 시간 이후에도 도서관을 이용할 수 있도록 크리스에게 열쇠를 주었는데, 그는 그 도서관에서 여가 시간 대부분을 보냈다. 고등학교 시절 친한 친구였고 크로스컨트리 팀원이던 앤디 호로비츠는 졸업 직전 어느 날 아침 일찍, 도서관의 서가 사이에서 크리스와 우연히 만났다. 에모리 동기생이었지만, 그날 두 사람은 2년 만에 만난 거였다. 어색하게 잠깐 얘기를 나누고 나서 크리스는 개인 열람실로 사라졌다.

크리스 맥캔들리스는 그해에 부모에게 거의 연락하지 않았다. 그에게 전화가 없었기 때문에 부모님 역시 아들에게 연락하기가 쉽지 않았다. 월트와 빌리는 아들이 감정적으로 멀어지는 것 같아 점점 더 마음이 쓰였다. 빌리는 크리스에게 보낸 편지에서 이렇게 간청했다.

"너는 널 사랑하고 걱정하는 모든 사람에게서 완전히 자취를 감췄어. 무슨 이유에서든, 네가 누구와 같이 있든, 이런 행동이 옳다고 생각하니?"

크리스 맥캔들리스는 이것을 쓸데없는 간섭이라고 생각하고는 나중에 카린에게 "성가시다"는 표현을 써가며 불평했다. 그는 여동생에게 화를 내며 말했다.

"'누구와 같이 있든'이라는 게 무슨 뜻이지? 어머니는 정신이 어떻게 된 게 틀림없어. 그 말이 무슨 뜻인 줄 아니? 부모님은 분명 내가 동성애자라고 생각하는 거야. 어떻게 그런 생각을 할 수 있지? 멍청한 양반들 같으니라고."

1990년 봄, 크리스 맥캔들리스의 졸업식에 참석한 월트와 빌리, 카린은 크리스가 행복해 보인다고 생각했다. 크리스는 단상을 가로질러 성큼성큼 걸어가 졸업장을 받으면서 입이 귀에 걸리도록 웃고 있었다. 그는 또 장기 여행을 할 계획이라고 말했지만 떠나기 전에 애넌데일에 있는 가족에게 먼저 오겠다는 뜻을 비쳤다. 하지만 그 직후 통장 잔액을 국제 구호단체 옥스팜에 기부하고는 차를 타고 가족들의 삶에서 사라졌다. 그때부터 크리스는 부모에게는 물론이고 그처럼 아끼던 여동생 카린에게조차 완전히 연락을 끊었다.

"오빠에게서 소식을 들을 수 없게 되자 우리 모두 걱정했어요. 부모님은 걱정에 더해 상처와 분노도 함께 느끼는 것 같았어요. 하지만 나는 오빠가 소식을 전하지 않는다고 해서 크게 상처를 받지는 않았어요. 자신이 하고 싶어 하는 일을 하면서 행복해 하고 있다는 걸 알았거든요. 자신이 얼마나 독립적일 수 있는지 확인하는 것이 오빠에게는 중요한 문제였어요. 그리고 오빠는 내게 편지를 쓰거나 전화를 하면, 부모님이 오빠가 있는 곳을 알 것이고, 그러면 거기로 날아가 오빠를 집에 데려오려 할 거라는 걸 알고 있었어요."

월트는 카린의 말을 부정하지 않는다.

"두말할 것도 없는 거죠. 어디로 가야 그 아이를 데려올 수 있는지 알았다면, 그래요, 당장 그곳으로 가서 아이가 있는 곳을 알아낸 다음 집으로 데려왔겠죠."

크리스에게서 아무 소식도 없이 몇 달(그리고 몇 년)이 지나면서 부모의 고통도 커졌다. 빌리는 외출할 때면 꼭 문에 아들이 볼 수 있도록 메모를 붙여놓았다.

"차를 몰고 나갔다가 히치하이커를 보게 되고, 그 사람이 크리스와 조금이라도 닮은 것 같으면, 차를 돌려 그에게 가봤어요. 끔찍한 시간이었어요. 밤이면 더 지독했죠. 특히 춥고 폭풍우가 부는 밤이면요. '이 아이는 어디 있는 거지? 춥지는 않을까? 다친 건 아닐까? 혼자 있는 건가? 무사한 걸까?'라는 생각이 끝도 없이 들었어요."

1992년 7월, 크리스 맥캔들리스가 애틀랜타를 떠난 지 2년이 지났을 때, 체서피크 비치의 집에서 잠을 자던 빌리는 한밤중에 벌떡 일어나 앉아 월트를 깨웠다. 빌리가 두 뺨에 눈물을 흘렸다.

"크리스가 나를 부르는 소리를 분명 들었어요. 어떻게 설명해야 할지 모르겠어요. 꿈을 꾼 게 아니에요. 상상한 게 아니에요. 그 아이의 목소리를 들었어요! 크리스가 '어머니! 도와주세요!'

라며 애타게 나를 부르고 있었어요. 하지만 나는 그 아이가 어디 있는지 모르니 도와줄 수가 없었어요. '어머니! 도와주세요!' 그 아이는 그렇게만 말했어요."

CHAPTER 13

버지니아 비치

그 지방의 자연계와 똑같은 세계가 내 안에도 있었다. 나를 야산이나 습지로 인도하는 오솔길들은 나를 나 자신의 내면으로 인도하기도 했다. 발밑에 놓인 사물들을 살펴보고, 책을 읽고, 사색하면서 나는 나 자신과 그 땅을 동시에 탐사하는 셈이었다. 어느새 그 지역의 자연과 나 자신, 이 두 가지가 내 마음속에서 하나가 되었다. 본질적인 것의 응집력이 그 원천에서 표출되면서 나는 내 안에 있는 격렬하고 끈질긴 갈망, 즉 생각을 영원히 떨쳐버리고 생각 때문에 생기는 모든 고민을 떨쳐버리고 싶은 갈망과 마주했다. 오솔길을 따라 걸으며 뒤돌아보지 않는 것, 그것은 아주 직접적이고 격렬한 욕구였다. 맨발로 걷든, 눈신을 신고 걷든, 썰매를 타고 가든, 여름 언덕을 올라가든, 겨울날 늦은 오후에 차갑게 얼어붙은 그늘진 곳을 걸어가든 상관없었다. 나무 위 높은 곳에 새겨놓은 길 표시, 눈 속을 달리면서 만들어놓은 발자국이 내가 지나간 자리를 보여주곤 했다. 다른 사람들이 나를 찾게 하라. 찾을 수만 있다면 말이다.

존 헤인스, 《별, 눈, 불: 북쪽 황야에서 보낸 25년》

액자에 넣은 사진 두 장이 카린 맥캔들리스의 버지니아 비치 집에 있는 벽난로 선반을 차지하고 있다. 하나는 고등학교 2학년 때의 크리스 맥캔들리스이고, 다른 하나는 일곱 살 때의 크리스 맥캔들리스다. 일곱 살 때의 사진 속에서 크리스는 조그마한 정장을 입고 넥타이를 삐딱하게 매고 있으며 그 옆에는 카린이 프릴 장식 드레스를 입고 새 부활절 모자를 쓰고 서 있다. 카린이 오빠의 모습을 유심히 보면서 말한다.

"참 놀라운 것은, 두 장의 사진이 10년 간격을 두고 찍힌 건데도 오빠 표정이 똑같다는 거예요."

정말 그렇다. 두 사진에서 똑같이 크리스는 뭔가 중요한 생각을 하는데 방해를 받았으며 카메라 앞에서 시간을 허비하는 것이 화가 난다는 듯 수심에 잠기고 반항기 어린 표정으로 카메라 렌즈를 흘겨본다. 그런 표정은 부활절 사진에서 더 두드러졌는데, 바로 옆에서 카린이 짓고 있는 생기 넘치는 웃음과 아주 또렷이 대조되기 때문이다. 카린이 애정이 담긴 미소를 지으며 손가락 끝으로 사진을 쓰다듬는다.

"이게 오빠예요. 오빠는 주로 이런 표정을 짓곤 했어요."

카린 발치의 바닥에는 크리스 맥캔들리스가 그렇게도 좋아했던 셰틀랜드 십도그 종인 버클리가 누워 있다. 이제 열세 살이 된 버클리는 코와 주둥이 부분이 하얗게 되었고 관절염에 걸린 탓에 다리를 절뚝이며 걸어 다닌다. 카린의 열여덟 달 된 로트바일러 종인 맥스가 버클리의 영역으로 밀고 들어오지만, 그 작고 병든 개는 이제 큰 소리로 짖으면서 맥스의 몸뚱이를 정확하게 깨물고 그 60킬로그램짜리 짐승이 혼비백산해 도망가게 만들 엄두도 내지 못한다. 카린이 말한다.

"오빠는 버클리라면 정신을 못 차릴 정도로 좋아했어요. 오빠가 사라진 그 여름에 오빠는 버클리를 데려가고 싶어 했죠. 에모리를 졸업하고 나서 오빠는 엄마와 아빠에게 버클리를 데려가도 되느냐고 물었지만, 엄마 아빠는 안 된다고 했어요. 그 무렵에 버클리가 차에 치여서 회복하는 중이었거든요. 당연히도 지금 엄마 아빠는 그 결정을 후회해요. 그때 버클리가 정말로 심하게 다치긴 했어요. 수의사는 버클리가 그 사고 이후로 다시는 걷지 못할 거라고 말했거든요. 부모님은 만일 그때 오빠가 버클리를 데리고 갔더라면 상황이 달라졌을 거라는 생각을 할 수밖에 없겠죠. 솔직히 나 역시 그런 생각을 안 할 수가 없어요. 오빠는 자신의 생명을 거는 일에는 두 번 생각을 안 한다 해도, 버클리를 위험하게 만드는 일은 절대 하지 않았을 거예요. 버클리가 함께 있었더라면 그처럼 위험한 상황에 들어갔을 리가 없어요."

키가 170센티미터쯤 되는 카린 맥캔들리스는 오빠와 키가 같거나 조금 더 큰 듯한데, 오빠와 굉장히 많이 닮아서 쌍둥이냐는 질문을 종종 받는다. 카린의 말투는 활기차다. 얘기를 하는 동안 그녀는 이따금 한 번씩 고개를 젖혀 허리까지 내려오는 머리카락을 뒤로 획 넘기는가 하면 자신의 말을 강조하기 위해 작고 표정이 풍부한 두 손을 허공에서 힘차게 움직인다. 카린은 맨발이다. 목에는 금으로 만든 십자가 목걸이가 걸려 있다. 말쑥하게 다림질한 바지 앞부분은 세로 주름이 잡혀 있다.

크리스 맥캔들리스처럼 카린도 활동적이고 자신감에 넘치며, 하고자 하는 일은 꼭 해내고, 의견을 말하는 데 주저함이 없다. 또한 오빠처럼 청소년 시절에 부모님과 격렬하게 충돌했다. 하지만 남매는 비슷한 점보다 다른 점이 더 많았다.

이제 스물두 살이 된 카린은 크리스가 사라지고 난 직후 부모와 화해했으며 사이가 "아주 좋다"고 말한다. 오빠보다 훨씬 사교적이며 야생으로(사실 다른 어떤 곳으로도) 혼자 떠나는 것은 상상도 하지 못한다. 그리고 오빠처럼 인종차별에 분개하긴 하지만, 그렇다고 부에 (도덕적으로든 다른 것으로든) 반대하지는 않는다. 최근에 비싼 새 집을 샀고, 젊은 나이에 백만 달러를 벌겠다는 희망을 품고 남편인 크리스 피시와 공동 소유하고 있는 자동차 수리업체 C.A.R. 서비스에서 하루 열네 시간씩 일한다. 카린이 자조적인 웃음을 지으며 말한다.

"나는 하루 종일 일만 하고 옆에 있어 주지 않는다며 엄마 아빠에게 늘 불평했어요. 그런데 지금 나를 보세요. 나도 똑같이 하고 있잖아요."

카린은 오빠가 자신을 요크의 여공작요크 공작은 영국 군주의 차남에게 주는 작위, 이바나 트럼프 맥캔들리스이바나는 부동산 갑부 트럼프의 첫 부인, '레오나 헴슬리뉴욕의 유명한 부동산 갑부의 떠오르는 계승자'라고 부르면서 돈에 대한 집착을 놀리곤 했다고 고백한다. 하지만 그저 악의 없는 장난일 뿐이었다. 남매는 유별나게 가까웠다. 언젠가 크리스 맥캔들리스는 카린에게 보낸 편지에서 부모님과의 갈등을 이야기하며 이런 말을 덧붙였다.

"어쨌거나 너에게 이런 말을 하면 마음이 편해. 내 말을 이해해줄 사람은 이 세상에서 너 하나뿐이니까 말이야."

크리스가 죽고 열 달이 지났지만, 카린은 여전히 오빠를 생각하며 슬픔에서 헤어 나오지 못한다. 카린이 혼란스러운 표정으로 이야기한다.

"울지 않고는 하루도 못 배길 것 같아요. 무슨 이유인지 몰라도 나 혼자서 차 안에 있을 때가 가장 견디기 힘들어요. 집에서 일터까지 20분 거리를 가는데도 매번 오빠를 생각하면서 울음을 터뜨렸어요. 좀 괜찮아지다가도 울음이 터지면 견디기가 힘들어요."

1992년 9월 17일 저녁, 카린이 마당에서 맥스를 목욕시키고 있는데 남편의 차가 집으로 들어섰다. 카린은 남편이 그날따라 일찍 퇴근한 것을 보고 의아했다. 남편은 C.A.R. 서비스에서 늘 늦게까지 일했다.

"남편의 행동이 이상했어요. 얼굴 표정도 일그러졌고요. 남편은 집 안으로 들어갔다가 다시 나오더니 내가 맥스 씻기는 걸 돕는 거예요. 그때 뭔가 잘못되었다는 걸 알았죠. 남편은 절대 개를 씻기지 않거든요."

"당신에게 할 얘기가 있어."

피시가 말했다. 카린은 그를 따라 집 안으로 들어가 주방 싱크대에서 맥스의 목걸이를 헹구고 거실로 갔다.

"남편은 어둠 속에서 고개를 숙인 채 소파에 앉아 있었어요. 크게 상처를 받은 것 같았어요. 농담을 해서 그의 기분을 풀어보려고 물었죠. '무슨 일이에요?' 직장에서 남편 동료들이 내가 다른 남자와 있는 걸 봤다거나 뭐 그런 얘기를 하면서 그를 화나게 한 게 틀림없다고 생각했어요. 웃으며 물었죠. '사람들이 당신 속을 긁었어요?' 하지만 남편은 웃지 않았어요. 그가 고개를 들어 나를 보는데, 두 눈이 붉게 충혈되어 있더군요."

"당신 오빠 일이야. 당신 오빠가 발견되었어. 죽었어."

월트의 맏아들인 샘이 직장으로 피시에게 전화해서 그 소식을 알렸다.

카린의 두 눈이 흐려졌다. 앞이 제대로 보이지 않았다. 무의식적으로 고개를 이쪽 저쪽으로 흔들기 시작했다. 그러면서 남편의 말을 정정했다.

"아니야. 오빠는 죽지 않았어!"

그러고 나서 카린은 비명을 지르기 시작했다. 울부짖는 소리가 너무 크고 끝도 없이 이어져서 피시는 이웃 사람들이 자기가 아내를 때리는 걸로 생각하고 경찰에 신고할까 봐 걱정할 정도였다.

카린은 소파에 태아처럼 웅크리고 앉아 쉬지 않고 울부짖었다. 피시가 위로하려 하자, 밀쳐내면서 혼자 있게 해 달라고 소리 질렀다. 카린은 다섯 시간 가까이 울부짖었다. 열한 시쯤 되어 간신히 진정되자 가방에 옷을 집어넣고 남편이 운전하는 차를 타고는 북쪽으로 네 시간 거리에 있는 체서피크 비치의 부모님 집으로 출발했다.

버지니아 비치를 벗어나면서 카린은 남편에게 그들이 다니는 교회 앞에 세워 달라고 했다.

"교회에 들어가서 제단 앞에 앉아 한 시간쯤 기도를 했고 그동안 남편은 차 안에서 기다렸어요. 하나님이 무슨 대답을 해주시길 바랐어요. 하지만 어떤 대답도 듣지 못했죠."

앞서 그날 저녁 샘은 알래스카에서 팩스로 온 신원 미상의 도보 여행자 사진이 크리스 맥캔들리스가 맞다는 걸 확인했지만, 페어뱅크스의 검시관은 확실한 신원 확인을 위해 크리스 맥캔들리스의 치과 기록을 요구했다. 엑스레이를 비교하는 데는 하루가 넘게 걸렸고, 빌리는 치과 기록 확인이 끝나고 수샤나강 옆 버스에서 굶어 죽은 채 발견된 그 청년이 자신의 아들이라는 사실이 100퍼센트 확실해질 때까지는 팩스로 온 사진을 보지 않겠다고 했다.

다음 날 카린과 샘은 크리스 맥캔들리스의 유해를 집에 가져오기 위해 페어뱅크스로 갔다. 검시관 사무실에서 두 사람은 시신과 함께 발견된 소지품 몇 가지를 받았다. 소총, 망원경 하나,

로널드 프란츠가 준 낚싯대, 잰 버리스가 준 스위스 아미 나이프, 크리스의 일기가 적힌 약초 관련 책, 미놀타 카메라, 필름 다섯 통 등이었다. 검시관은 책상 위로 종이를 몇 장 내밀었다. 샘이 그 종이에 서명을 하고 다시 검시관 앞으로 밀었다.

페어뱅크스에 도착한 지 24시간이 채 안 되어서 카린과 샘은 앵커리지로 갔고, 크리스의 시신은 그곳의 범죄 연구소에서 부검을 마친 다음 화장되었다. 영안실에서는 크리스의 유골을 플라스틱 상자에 담아 그들이 묵고 있는 호텔로 보냈다.

"상자가 너무 커서 놀랐어요. 그리고 오빠 이름이 잘못 인쇄되었더군요. 이름표에는 크리스토퍼 R. 맥캔들리스라고 되어 있었어요. 오빠의 중간 이름 이니셜은 J였어요. 이름이 잘못 적힌 것을 보니 분노가 치밀었어요. 너무나 화가 났어요. 그때 생각했죠. '오빠는 신경 쓰지 않았을 거야. 재미있다고 생각했을 거야.'"

두 사람은 다음 날 아침 메릴랜드로 가는 비행기를 탔다. 카린은 오빠의 유골을 배낭에 넣어 갔다.

집으로 오면서 카린은 승무원이 가져다준 음식마다 하나도 남기지 않고 다 먹었다.

"기내에서 제공되는 음식이 끔찍했지만, 오빠가 굶어 죽은 것을 생각하면 도저히 버릴 수가 없었어요."

그다음 몇 주일 동안은 아무것도 먹을 수가 없었다. 몸무게가 4킬로그램 넘게 빠져서 친구들이 그녀가 거식증 환자가 될까 봐 걱정할 정도였다.

체서피크 비치에서 빌리 역시 음식을 전혀 먹지 못했다. 소녀 같은 이목구비에 체격이 왜소한 마흔여덟 살 된 빌리는 몸무게가 3킬로 넘게 빠지고서야 겨우 식욕이 돌아왔다. 월트는 다른 식으로 반응했는데, 강박적으로 음식을 먹어서 3킬로그램 넘게 몸무게가 늘었다.

한 달이 지난 지금 빌리는 주방 식탁에 앉아 아들의 마지막 날에 대한 생생한 기록을 살펴본다. 그녀가 할 수 있는 일이란 흐릿한 사진들을 억지로 들여다보는 것뿐이다. 사진을 찬찬히 보면서 때때로 절망하고, 자식을 먼저 보낸 어머니만이 울 수 있는 울음을 울고, 너무 크고 깊어 마음이 감당하지 못하고 회복할 수도 없는 상실감에 고통스러워한다. 가까이에서 지켜보자니 사별의 슬픔이 너무도 커서, 많이 위험한 활동을 제아무리 그럴 듯한 말로 포장한다 해도 어리석고 공허하게 들릴 것만 같다. 빌리가 눈물을 흘리며 말한다.

"그 아이가 왜 그렇게 위험한 행동을 했는지 이해되질 않아요. 처음부터 끝까지 전부 다 이해를 못하겠어요."

CHAPTER 14

스티킨 빙모 I

나는 자라면서 몸에 활력이 넘쳤지만 마음은 안절부절못하고 뭔가를 갈망했다. 마음은 뭔가를, 실체가 있는 뭔가를 원하고 있었다. 마음은 언제나 강렬하게 실체를 찾았다. 실체가 마음속에는 없는 것처럼…….
하지만 당신은 바로 지금 내가 하는 일을 본다. 나는 산에 오른다.
존 멘로브 에드워즈, 〈어느 남자에게서 온 편지〉

아주 오래전 일이라 정확하게 기억나지는 않는다. 어떤 상황에서 처음 올라가게 되었는지는 생각나지 않지만, 길을 따라가면서 오싹한 느낌이 들었던 것은 기억난다(나 혼자 밖에서 밤을 보냈던 기억이 어렴풋이 떠오른다). 나는 드문드문 나무로 반쯤 덮여 있고 야생동물이 출몰하는 산등성이 바위 길을 따라 꾸준히 올라갔다. 그러다 높은 대기층과 구름 속에서 길을 잃고 말았다. 그냥 흙더미가 쌓여 있는 것 같은 구름과 높은 산악 지대를 구분하는 상상의 경계선을 지나쳐 지상을 벗어난 웅대하고도 장엄한 세계로 들어선 것 같았다. 속세의 경계선 너머에 있는 그 산꼭대기는 사람의 손때가 묻지 않고, 장엄하고, 웅대했다. 절대로 친숙해질 수 없는 곳이었다. 사람들은 그곳에 발을 들여놓는 순간 당황한다. 그런 곳에서는 길을 알고 있어도 오싹한 기분이 들어 이리저리 헤매게 된다. 맨몸을 드러낸 황량한 암반은 마치 공기와 구름이 단단하게 응고되어 고체로 변한 것 같고 그 위에는 길이 없다. 구름과 안개에 싸인 그 바위산 정상은 불을 내뿜는 화산 분화구보다 훨씬 더 두렵고 웅장했다.

헨리 데이비드 소로, 《소로의 일기》

웨인 웨스터버그에게 보낸 마지막 엽서에서 크리스 맥캔들리스는 이렇게 썼다.

"혹시라도 이 여행이 내 마지막 여행이 되어 다시는 소식을 전하지 못하게 된다면, 당신이 좋은 사람이라는 말을 꼭 해주고 싶어요. 이제 나는 야생 속으로 갑니다."

그 모험이 정말로 마지막이 되었을 때, 이 신파주의 선언은 이 청년이 처음부터 자살할 결심을 했으며, 오지로 들어가면서 다시 나올 마음이 없었다는 숱한 추측을 낳았다. 하지만 나는 그렇게 생각하지 않는다.

크리스 맥캔들리스가 남긴 약간의 기록을 읽고 그의 생애 마지막 해에 함께 시간을 보낸 사람들의 이야기를 들으면서 나는 죽음은 계획된 것이 아니라 그저 끔찍한 사고였다는 느낌을 받았다. 하지만 그런 느낌을 받는 것은 내 개인적인 시각 탓이 더 크다.

젊은 시절, 나는 고집이 세고 자기 생각에 빠져 있고 때때로 무모하고 변덕스러운 사람이었다. 늘 아버지를 실망시켰다. 맥캔들리스처럼, 권위적인 남자들을 보면 내 마음속에서는 치미는 분노와 충족하고픈 갈망이 마구 뒤섞였다. 그리고 내 미숙한 상상력이 어떤 것에 일단 사로잡히면 집착과도 같은 열정을 갖고 몰두했는데, 열일곱 살 때부터 이십 대 후반까지 그 어떤 것은 바로 산악 등반이었다.

나는 알래스카와 캐나다의 외진 산, 가파르고 무서워 전 세계 소수의 등산광 외에는 들어본 적도 없는 험준한 산꼭대기에 오르는 상상을 하고, 그다음에는 등반에 나서는 데 깨어 있는 시간의 대부분을 쏟았다. 그래서 정말 좋은 점도 있었다. 하나의 정상 다음에 다른 정상에 온 신경을 쏟다 보니, 청소년기 이후의 지독한 혼란을 거치면서도 방향감각을 잃지 않을 수 있었다. 등반은 '중요했다.' 등반의 위험은 세상을 할로겐 빛으로 덮어 모든 것(길게 펼쳐진 절벽, 오렌지색과 노란색의 지의류, 구름의 결)을 밝고 선명하고 두드러지게 했다. 삶은 더 크고 높은 소리를 냈다. 세상은 실체가 되었다.

1977년, 콜로라도의 한 술집에 앉아 비참한 마음으로 내 존재의 상처를 들추며 이런저런 생각을 하다가 데블스 섬(악마의 엄지손가락)이라는 산에 오르자는 결심을 했다. 고대 빙하에 의해 거대하고 웅장한 섬록암 산으로 조각된 데블스 섬은 북쪽에서 보면 특히 인상적이다. 아무도 올라간 적이 없는 산의 거대한 북쪽 벽은 바닥의 빙하에서 깎아지른 듯 매끈하게 솟아 있으며 그 높이는 요세미티 엘카피탄의 두 배인 1,828미터에 이른다. 나는 일단 알래스카로 간 다음 바다 쪽에서 스키를 타고 출발해 48킬로미터의 빙하 얼음을 가로질러 내륙으로 가 이 거대한 '북쪽 벽'을 오르기로 했다. 그것도 혼자서.

그때 나는 스물세 살, 그러니까 알래스카 오지로 걸어 들어가던 때의 크리스 맥캔들리스보다 한 살이 어렸다. 내 추론(그런 이름으로 부를 수 있다면)은 젊은이의 무모한 열정과 니체, 케루악, 존 멘로브 에드워즈의 작품에 과도하게 치우친 문학적 취향으로 불이 붙었다. 이들 중 존 멘로브 에드워즈는 깊이 고뇌하는 작가이자 정신분석의였으며 영국의 뛰어난 암벽 등반가로 이름을 떨치다 1958년에 청산가리를 먹고 생을 마감했는데, 등반을 '정신신경증 성향'으로 간주했다. 에드워즈는 스포츠로서가 아닌 그의 존재를 구성하는 내면의 고통에서 피난처를 찾기 위해 등반을 했다.

데블스 섬의 등반 계획을 구체적으로 세우면서, 내가 능력 밖의 일을 하고 있음을 어렴풋이 인식했다. 하지만 그런 이유로 내 계획이 오히려 더 매력적으로 보였다. 쉽지 않으리라는 사실이 내겐 의미가 있었다.

내게는 데블스 섬의 사진이 실린 책이 한 권 있었다. 메이너드 밀러라는 저명한 빙하 연구가가 찍은 흑백사진이었다. 밀러의 항공사진에서 그 산은 유난히 불길해 보였다. 커다란 지느러미 모양의 돌은 겉이 벗겨지고 거무튀튀하며 군데군데 얼음이 있었다. 하지만 내게 그 사진은 포르노 못지않은 매력으로 다가왔다. 바람과 점점 심해지는 추위를 피해 몸을 잔뜩 웅크린 채 멀리에서 다가오는 먹구름을 걱정하며 칼날 같은 정상에 균형을 잡고 서서 양쪽 중 어느 쪽으로 내려가야 할지 생각할 때 어떤 느낌이

들지 궁금했다. 과연 공포를 억누르고 정상까지 갔다가 다시 내려올 수 있을까?

그리고 혹시 내가 성공한다면……. 운이 나쁘지 않아서 성공한다면 그 후에 어떻게 될지 상상하기가 두려웠다. 하지만 데블스 섬에 올라간다면 내 인생이 달라질 거라는 사실만은 조금도 의심하지 않았다. 당연히 그렇게 되지 않겠는가?

나는 그때 떠돌이 목수로 일하면서 시간당 3달러 50센트를 받고 아파트를 짓고 있었다. 어느 날 오후, 아홉 시간 동안 가로 세로 5×25센티미터 각목을 나르고 16페니짜리 못을 박고 나서 상사에게 그만두겠다고 말했다.

"아니, 두세 주 있다가 그만두겠다는 게 아닙니다. 내 말은 바로 지금 그만두겠다는 거예요."

그리고 내가 지내던 초라한 현장 트레일러에서 몇 시간 동안 도구와 다른 소지품들을 정리했다. 그런 다음 차에 올라타고 알래스카를 향해 떠났다. 여느 때와 다름없이, 떠나는 일은 신기하리만치 쉽고 상쾌했다. 갑자기 세상이 가능성으로 가득 찼다.

데블스 섬은 배나 비행기로만 갈 수 있는 어촌인 피터즈버그 동쪽 알래스카와 브리시티컬럼비아주의 경계를 가른다. 피터즈버그로 가는 정규 비행기 편이 있긴 했지만, 내 유동자산의 총액은 1960년식 폰티악 스타 치프와 현금 200달러가 다였다. 그 정도로는 편도 항공요금도 안 되었다. 그래서 워싱턴주 기그 하버까지 차를 몰고 간 다음 거기서 차를 포기하고 북쪽으로 가는 연어 어선인 오션 퀸을 사정사정해서 얻어 탔다.

오션 퀸은 알래스카 측백나무의 두꺼운 판재로 만든 튼튼하고 실용적인 작업선으로 연승조업과 선망어업의 장비를 갖추고 있었다. 나는 북쪽까지 배를 태워주는 데 대한 답례로 일정 시간마다 교대로 타륜을 잡았고(열두 시간마다 네 시간씩 타륜을 조종했다) 낚싯줄에 끝도 없이 미끼를 매달았다. 막연한 기대감에 젖어 인사이드 패시지캐나다 본토와 미국 알래스카 팬핸들 지역의 섬 사이의 좁은 내해까지 느릿느릿 여행을 했다. 나는 내 조종 능력이나 이해 범위를 넘어서는 명령에 따라 움직이면서 앞으로 나아가고 있었다.

우리가 조지아 해협으로 가는 동안 햇빛이 물에 반사되어 반짝였다. 솔송나무와 삼나무와 땃두릅나무로 그늘진 물 가장자리에는 언덕들이 가파르게 솟아 있었다. 갈매기들이 머리 위에서 빙빙 돌았다. 맬컴섬을 지나면서 배는 범고래 일곱 마리로 된 무리를 갈랐다. 어떤 고래들은 사람만큼이나 컸는데, 그 고래들이 유리 같은 물의 표면을 헤치고 지나갈 때면 등지느러미가 배 난간에 닿을락 말락 했다.

이틀째 밤이 지나고 동이 트기 두 시간 전, 내가 선교에서 배를 조종하고 있는데 노새사슴의 머리가 전구 빛 안으로 나타났다. 사슴은 캐나다 해변에서 1.5킬로미터도 더 떨어진 피츠휴 해협 한가운데서 차갑고 검은 물을 헤치며 수영하고 있었다. 사슴의 망막은 눈부신 빛을 받아 붉게 탔다. 사슴은 지치고 극심한 공포에 사로잡힌 것 같았다. 나는 배의 키를 우현으로 돌렸다. 배가 사슴을 지나치자 사슴은 우리 배가 지나온 곳에서 고개를 두 번 까딱하더니 어둠 속으로 사라졌다.

인사이드 패시지의 대부분은 좁고 피오르드 같은 협곡을 지난다. 하지만 던다스섬을 지날 때쯤 전망이 갑자기 넓어졌다. 이제 서쪽으로 툭 트인 태평양이 한눈에 보였다. 배는 3미터가 넘는 파도에 흔들리며 서쪽으로 흘러갔다. 물결이 난간에 부서졌다. 우현 뱃머리에서 멀리 떨어진 곳에 낮고 울퉁불퉁한 봉우리들이 어지럽게 나타났고, 그 광경을 보며 내 맥박은 빨라졌다. 그 산들은 내가 원하는 것이 다가왔음을 알려주었다. 이제 알래스카에 도착한 것이다.

기그 하버를 떠난 지 닷새째, 오션 퀸은 연료와 물을 싣기 위해 피터즈버그에 정박했다. 나는 뱃전을 뛰어넘고는 무거운 배낭을 짊어지고 비를 맞으며 부두를 걸었다. 다음에 무엇을 해야 할지 갈피를 잡지 못한 채로 비를 피해 시내 도서관의 처마 아래로 들어가 짐 위에 앉았다.

피터즈버그는 작은 도시이며, 알래스카 기준에서 보면 점잖은 곳이다. 키가 크고 팔다리가 흐느적거리는 여자가 지나가다 내게 말을 걸었다. 이름은 카이, 카이 샌드번이라고 했다. 여자는 쾌활하고 사근사근해서 얘기하기 편했다. 나는 등반 계획을 털어놓았는데, 그녀가 웃거나 내 계획이 굉장히 이상하다는 듯 행동하지 않아 마음이 놓였다. 여자는 그저 이렇게만 말했다.

"날씨가 맑으면 시내에서 데블스 섬을 볼 수 있어요. 예쁘죠.

저쪽, 프레더릭 해협 바로 건너편에 있어요."

나는 여자가 팔을 뻗어 가리키는 곳을 바라보았다. 여자의 팔은 동쪽, 낮게 떠 있는 구름 무리를 가리켰다.

카이는 나를 자기 집의 저녁 식사에 초대했다. 그날 밤 나는 그 집 바닥에 침낭을 펼쳤다. 카이가 잠이 들고 한참이 지나도록 옆방에서 잠들지 못하고 누워 평화로운 숨소리를 들었다. 나는 살아가면서 사람들과 친밀한 관계를 이어가지 못하는 것, 진실하게 교류하지 못하는 것쯤은 전혀 신경 쓰지 않는다며 오랫동안 잘난 체했다. 하지만 그 여자와 함께 있는 동안 느낀 기쁨(그녀의 웃음소리, 내 팔에 닿는 악의 없는 손길)은 내가 스스로를 속이고 있었음을 드러냈다. 공허하고 마음이 아팠다.

피터즈버그는 섬에 있다. 데블스 섬은 대륙에 있으며, 스티킨 빙모로 알려진 매끈한 빙원 위로 솟아 있다. 거대하고 미로 같은 그 빙모는 바운더리산맥의 등에 거북의 등딱지처럼 붙어 있으며, 그곳에서 많은 빙하가 세월의 무게에 눌려 길고 푸른 혀처럼 바다를 향해 아래로 움직인다. 산기슭에 이르기 위해 나는 배를 얻어 타고 바다를 가로질러 40킬로미터를 간 다음 이 빙하 중 하나인 베어드, 확신하건대 오랫동안, 아주 오랫동안 인간의 발이 닿지 않은 얼음 계곡으로 50여 킬로미터를 스키로 가야 했다.

나무 심는 사람들 몇 명과 함께 토머스만 입구까지 가서 자갈해안에 내렸다. 돌이 흩어져 있는 빙하의 널찍한 끝이 1.5킬로미터 떨어진 곳에서도 보였다. 30분 후에 나는 그 얼음 벽랑으로 올랐고 데블스 섬으로 향하는 긴 여정을 시작했다. 눈이 덮이지 않은 얼음에 거칠고 검은 흙들이 배어 있어 내 아이젠의 뾰족한 철 아래에서 바작바작 소리가 났다.

5~6킬로미터를 더 가니 설선높은 산에서 사철 눈이 녹지 않는 부분과 녹는 부분의 경계선에 이르렀고, 거기에서 스키를 타기 위해 아이젠을 벗었다. 보드를 신으니 등에 있던 끔찍한 짐에서 7킬로그램 가까이 무게가 덜어져 가는 속도도 빨라졌다. 하지만 빙하의 크레바스 대부분이 눈 속에 숨어 있으니 위험은 더 커졌다.

이런 위험을 예상하고 시애틀에서 철물점에 들러 3미터 길이의 튼튼한 알루미늄 커튼봉 한 쌍을 구입해두었다. 나는 그 막대 두 개를 십자가 모양으로 만든 다음 배낭의 엉덩이 벨트에 묶어서 두 개의 막대가 눈 위에 수평으로 뻗게 했다. 이 우스꽝스러운 십자가가 달린 묵직한 짐을 메고 비틀거리며 빙하를 천천히 올라가다 보니 왠지 '참회'하는 기분이 들기도 했다. 그래도 크레바스가 숨어 있는 눈의 표면을 지나갈 때, 그 커튼봉들이 구멍에 걸쳐져 내가 베어드의 얼음 깊은 곳으로 떨어지지 않게 해줄 것이었다(그렇게 되기를 간절히 바랐다).

이틀 동안 얼음 계곡을 꾸준하게 묵묵히 올라갔다. 날씨는 좋았고, 경로는 분명했으며, 힘든 장애물도 없었다. 혼자여서인지 평범한 것도 의미로 가득해 보였다. 얼음은 더 차갑고 신비로워 보였으며, 하늘은 더 맑고 푸른 색조를 띠는 것 같았다. 빙하 위로 솟은 이름 없는 봉우리들도 혼자서 보니 더 크고 더 아름답고 훨씬 위협적으로 보였다. 다른 이와 함께 보았더라면 그런 느낌이 들지 않았을 것이다. 내 감정도 과장되었다. 기분이 좋을 때는 마냥 좋아졌고, 절망감이 밀려들 때면 마음이 끝도 없이 가라앉고 어두워졌다. 눈앞에 펼쳐진 인생 드라마에 도취한 냉정한 젊은이에게 이 모든 것은 엄청난 매력으로 다가왔다.

피터즈버그를 떠난 지 사흘째 되는 날에 스티킨 빙모 아래쪽에 도착했다. 여기에서 베어드의 긴 지류가 얼음의 본체와 합해진다. 이곳에서 빙하는 고원 가장자리로 갑자기 쏟아지는데, 얼음은 변화무쌍한 광경을 만들며 부서지면서 두 산 사이의 틈을 지나 바다 쪽으로 떨어진다. 멀찍이 떨어져서 그 소용돌이와도 같은 광경을 보고 있자니, 콜로라도를 떠난 후 처음으로 진짜 두려움이 느껴졌다.

아이스폴빙하가 급사면을 흘러내리거나 급하게 꺾이면서 굴곡을 이루거나 측벽에 짓눌려서 생기는 지형이 크레바스 그리고 위태롭게 흔들리는 세락빙하의 갈라진 틈에 의하여 생긴 탑 모양의 얼음덩이들과 얽혀 있었다. 멀리에서 바라보는 그 모습은 유령 같은 하얀 화물차들이 빙모 가장자리에서 탈선해 무질서하게 언덕 아래로 굴러 떨어지는 참혹한 열차 사고를 연상시켰다. 가까이 다가갈수록 더 섬뜩해 보였다. 내 3미터짜리 커튼봉들은 12미터 길이에 깊이가 100미터도 넘는 크레바스에는 별로 시원치 않은 방어구 같았다. 빙하가 떨어진 지점을 어떤 코스를 통해 지날지 미처 계획하기도 전에 바람이 불었다. 그러자 눈이 구름에서 세차게 날아와 얼굴을 찌르고 시야를 가리는 통에 거의 아무것도 보이지 않았다.

그날의 대부분을 나는 눈앞이 온통 하얗게만 보이는 상태에서 그 미로 같은 곳을 더듬으며 나아갔고, 하나의 막다른 길로 갔다가 다른 막다른 길로 갔다. 길을 찾았다고 생각했는데 알고 보면 옴짝달싹할 수 없는 막다른 길에 이르거나 뚝 떨어진 얼음 기둥 꼭대기에 갇히는 일이 몇 번이고 되풀이되었다. 그렇게 애를 쓰고 헤매는 동안 발밑에서 나는 소리 때문에 긴박감이 점점 더해졌다. 삐걱거리는 소리와 날카로운 폭발음(커다란 전나무 가지가 천천히 구부러지다가 한계점에 이르렀을 때 내는 소리)은 움직이는 것이 빙하의 성질이며, 흔들거리는 것이 세락의 습관임을 기억나게 했다.

나는 바닥이 보이지 않을 정도로 깊은 구멍에 걸쳐 있는 눈다리에 발을 내디뎠다. 잠시 후에는 허리까지 오는 또 다른 다리를 지났다. 커튼봉 덕에 30미터 깊이의 크레바스에 빠지지 않고 무사히 지나긴 했지만, 그곳을 지나온 다음에는 헛구역질이 나서 몸을 잔뜩 웅크리고 앉았다. 그리고 나 혼자 그 크레바스 바닥에 널브러진 채 다가오는 죽음을 기다리고, 세상 누구도 내가 어디서 어떻게 죽음을 맞았는지 모른다면 어떨까 생각했다.

세락 꼭대기에서 벗어나 바람이 휩쓸고 간 황량하고 넓은 빙하 고원으로 갔을 즈음에는 사방에 어둠이 짙게 내려앉았다. 놀라움과 뼛속까지 스미는 추위를 느끼며 나는 스키를 타고 아이스폴을 지났다. 빙하가 무너지는 소리가 들리지 않을 정도로 멀찌감치 간 다음 텐트를 치고 침낭 안으로 기어 들어가 추위에 몸을 떨며 자다 깨다 했다.

나는 스티킨 빙모에서 3주에서 한 달 정도 보내기로 계획했다. 4주치 식량, 무거운 겨울 캠핑 장비, 등반 장비를 등에 지고 베어드를 오른다는 건 생각하기도 싫어서 피터즈버그 변방을 다니는 비행사에게 150달러, 그러니까 남아 있는 돈을 전부 주고 내가 데블스 섬의 기슭에 도착할 때에 맞춰 비행기에서 물품 여섯 상자를 내려주도록 했다. 그의 지도를 함께 보면서 내가 있게 될 지점을 분명히게 알려주었고 거기에 도착하는 데 사흘이 걸릴 거라고 말했다. 그는 날씨가 허락하는 대로 날아와서 물건을 떨어뜨려주겠다고 했다.

5월 6일, 나는 데블스 섬의 동북쪽에 있는 만년설에 베이스캠프를 설치하고 비행기에서 물품이 떨어지기를 기다렸다. 다음 나흘 동안은 눈이 내리는 바람에 비행기가 뜰 수 없었다. 캠프를 벗어나 걷다가 혹시라도 크레바스에 떨어질까 봐 겁이 나서 대부분의 시간을 지붕이 낮아 똑바로 앉을 수조차 없는 텐트 안에 누워 빈둥거리면서 자꾸만 피어오르는 의심을 애써 눌렀다.

하루하루 갈수록 걱정이 더 커졌다. 내게는 무전기도 없었고 바깥세상과 소통할 수 있는 다른 어떤 수단도 없었다. 내가 있던 스티킨 빙모 지역은 사람이 지나간 지 한참이 지났고, 또 누군가가 그곳을 다시 지나려면 아마도 한참이 지나야 할 것이었다. 스토브의 연료가 거의 다 떨어졌고 치즈도 한 덩어리뿐이며, 라면도 한 봉지밖에 남지 않았고 코코아 퍼프 비스킷도 반 상자 정도 만 남았다. 그 정도로는 잘해야 사나흘 더 견딜 수 있을 듯했다. 그다음에는 어떻게 해야 하는 걸까? 베어드를 내려가 토머스만까지 스키로 돌아가는 데는 이틀이면 되겠지만, 나를 피터즈버그로 태워다줄 어부가 나타나려면 적어도 일주일은 기다려야 했다 (나를 배에 태워줬던 그 나무 키우는 사람들은 25킬로미터 떨어진 데다 굴곡이 심해 사람이 다닐 수 없는 해안에 야영을 하고 있어서 그들에게 가려면 배나 비행기를 타야 했다.)

5월 10일 저녁, 나는 잠자리에 들었고 밖에서는 여전히 눈보라가 심하게 휘몰아쳤다. 그렇게 몇 시간이 흘렀는데, 모기만 한 소리가 윙 하고 잠깐 희미하게 들렸다. 텐트 입구를 열어 보았다. 구름이 대부분 걷혔지만 비행기는 보이지 않았다. 이번에는 소리가 더 오래 들렸다. 그제야 소리의 출처가 보였다. 빨간색과 하얀색이 섞인 작은 조각이 서쪽 하늘 높이 떠서 내 쪽으로 윙윙 소리를 내며 왔다.

몇 분 후에 그 비행기는 내 머리 바로 위를 지나갔다. 하지만 조종사는 빙하 비행에 익숙지 않았고 지형의 규모도 제대로 파악하고 있지 않았다. 너무 낮게 비행하다 뜻밖의 난기류를 만날까 봐 걱정한 조종사는 내 위로 최소한 300미터 높이를 유지했기 때문에(그러면서도 그는 낮게 비행을 하고 있다고 믿었다) 흐릿한 저녁 빛 속에 있는 내 텐트를 아예 보지 못했다. 손을 흔들고 소리를 질러봐도 소용없었다. 그가 있는 고도에서 볼 때 나는 수많은 바위와 구분되지 않았다. 그다음에 얼마 동안 조종사는 빙모 위를 빙빙 돌며 황량한 지세를 살폈지만 별 소용이 없었다. 하지만 조종사는 신통하게도 내가 처한 위험의 심각성을 알아차리고 포기하지 않았다. 나는 정신없이 커튼봉 하나의 끝에 침낭을 묶고는 있는 힘을 다해 흔들었다. 비행기가 급격하게 기우는가 싶더니 내 쪽을 똑바로 향했다.

조종사는 내 텐트 위를 세 번 빠르게 연속해서 저공비행하더니, 한 번 지날 때마다 상자를 두 개씩 떨어뜨렸다. 그런 다음 산등성이 너머로 사라졌고 또다시 나는 혼자가 되었다. 침묵이 다시 빙하에 내려앉았다. 아무 힘 없이 버려진 채 길을 잃은 느낌이 들었다. 나도 모르게 눈물이 흘렀다. 당황해서 얼른 울음을 멈추고 목이 쉴 때까지 큰 소리로 욕설을 내뱉었다.

5월 11일 아침 일찍 눈을 뜨니 하늘은 맑았고 날씨도 영하 6도 정도로 비교적 따뜻했다. 좋은 날씨에 깜짝 놀란 나는 본격적인 등반을 시작할 마음의 준비도 되지 않았으면서 서둘러 배낭을 꾸린 다음 데블스 섬의 아래로 스키를 타고 갔다. 이전에 두 번 정도 알래스카를 여행한 경험이 있었기 때문에 그처럼 완벽한 날씨는 좀처럼 보기 힘들다는 걸 잘 알고 있었다. 그런 날은 그냥 보내서는 안 되었다.

작은 현수빙하가 빙모의 가장자리에서 뻗어 나와 데블스 섬의 북쪽 벽을 따라 좁은 통로처럼 이어졌다. 나는 이 얼음 길을 따라 벽 가운데 뱃머리처럼 튀어나온 바위까지 가기로 했다. 그렇게 하면 산사태가 휩쓸고 간 지저분한 절벽 아래쪽 절반을 피할 수 있었다.

나중에 보니 그 좁은 통로는 무릎 깊이의 가루눈으로 덮이고 온통 크레바스로 가득한 50도 경사의 눈벌판이 이어진 곳이었다. 눈의 깊이 때문에 앞으로 나가는 것이 더뎠고 몸도 쉬 지쳤다. 캠프를 떠난 지 서너 시간 지나 거대한 베르크슈룬트빙하가 산과 만나는 부분에 생긴 거대한 균열가 있는 암벽을 장비로 치기 시작할 때쯤 나는 기진맥진했다. 진짜 등반은 아직 시작도 못한 터였다. 진짜 등반은 바로 위, 그러니까 현수빙하가 끝나고 수직 절벽이 시작되는 곳에서 시작될 참이었다.

암벽은 손으로 잡을 것이 거의 없는 데다 15센티미터 두께의 부서지기 쉬운 눈으로 덮여 있어 오르기가 만만치 않아 보였지만, 튀어나온 바위 바로 왼쪽에 얼음으로 덮인 부분이 길게 이어져 있었다. 이 얼음 띠는 90미터 위까지 똑바로 뻗어 있었는데, 만일 그 얼음이 내가 아이스 액스로 찍어도 끄떡없을 만큼 튼튼하다면 그쪽을 따라 가는 것이 좋을 거라 판단했다. 나는 얼음 띠의 아랫부분으로 발을 질질 끌며 가서는 장비 하나를 5센티미터 두께의 얼음을 향해 조심스럽게 휘둘렀다. 얼음은 단단했고, 기대했던 것보다 얇긴 했지만 그런대로 괜찮았다.

올라가는 길이 가파르고 굉장히 위험해서 머리가 빙빙 돌 지경이었다. 등산화 바닥 아래로는 절벽이 900미터까지 이어져 산사태의 흔적이 남은 지저분한 반원형의 움푹한 위치즈 콜드런(마녀의 가마솥) 빙하로 떨어졌다. 위를 보면, 절벽 가장자리가 1킬로미터 가까이 수직으로 위엄 있게 솟아 있었다. 내가 아이스 액스를 한 번 박을 때마다 거리는 50센티미터씩 줄어들었다.

나를 산허리에 묶어두는 것, 나를 세상에 묶어두는 것은 얼음에 1센티미터 깊이로 박혀 있는 두 개의 가늘고 뾰족한 크롬 몰리브덴이 전부였지만, 높이 올라가면 갈수록 마음이 더 편안해졌다. 어려운 등반을 시작하고 처음에는, 특히 어려운 단독 등반을 시작할 때는 등을 끌어당기는 심연을 끊임없이 느끼게 된다. 그것에 지지 않기 위해서는 의식적으로 엄청난 노력을 해야 한다. 단 한순간도 긴장을 늦춰서는 안 된다. 허공에서 울리는 유혹의 노래가 사람을 초조하게 한다. 그래서 앞으로 나가기가 망설여지고 움직임이 서툴어지며 마음이 급해진다. 하지만 등반을 계속하다 보면 위험을 마주하는 것에 익숙해지고, 죽음과 가까이 사귀게 되며, 손과 발과 머리를 믿을 수 있게 된다. 자신의 자제력을 신뢰하는 법을 배운다.

등반에 몰두하다 보면 얼얼한 손가락 마디, 경련이 이는 허벅지, 끊임없이 집중해야 한다는 부담감을 더는 의식하지 않게 된다. 의식적인 노력을 하는 대신 최면 비슷한 상태로 들어간다. 등반은 눈을 말똥말똥하게 뜨고 꾸는 꿈과도 같다. 한 시간이 1분처럼 흘러간다. 양심에 걸리는 일, 미납 청구서, 아깝게 날려버린 기회, 소파 밑의 먼지, 유전자라는 피할 수 없는 감옥 등 매일의 생활에 쌓인 어지러운 더미들이 모두 순간적으로 잊히며, 강력하고 명확한 목표와 당장 눈앞에 있는 진지한 과제가 머릿속을 가득 채운다.

그런 순간이면 행복 비슷한 느낌이 정말로 가슴속에서 꿈틀거리지만, 우리가 진정으로 강렬하게 찾고 싶은 감정은 그런 것이 아니다. 단독 등반에서 모든 계획은 용기로 한데 뭉쳐진다. 용기라는 것이 그리 믿을 만한 접착제는 아니지만 말이다. 데블스 섬의 북쪽 절벽에서 하루를 보내면서, 나는 아이스 액스를 휘두를 때마다 그 접착제가 조금씩 분해되는 것을 느꼈다.

현수빙하를 떠난 이후로 210미터 조금 넘게 올라갔는데, 이 모든 것이 아이젠의 발톱과 액스의 피크로 이루어졌다. 얼음 띠는 90미터 위에서 끝났고 그다음부터는 깃털처럼 부서지기 쉬운 눈으로 덮인 코스가 이어졌다. 몸무게를 충분히 지탱할 만큼 단단하지는 않았지만, 눈이 바위 위에 60센티미터에서 90센티미터 높이로 쌓여 있었기 때문에 나는 위로 계속 올라갔다. 하지만 절벽은 미세한 정도로 점점 가파르게 변했고 그에 따라 깃털 눈도 차츰차츰 얇아졌다. 왼쪽 아이스 액스를 가지고 몇 센티미터 두께의 눈 아래 있는 섬록암 판을 치면서 나는 느리고 단조로운 리듬에 빠져들었다. 흔들고, 흔들고, 치고, 치고. 흔들고, 흔들고, 치고, 치고.

왼쪽, 그다음에는 오른쪽. 나는 번갈아 계속 바위를 쳤다. 나를 지탱하고 있는 깃털 눈은 두께가 12센티미터 정도 되어 보였고 오래된 옥수수 빵처럼 구조가 탄탄했다. 아래쪽으로 1,100여미터의 허공이 이어졌다. 나는 불안정한 절벽 위에서 균형을 잡았다. 두려움 때문에 목에서 신물이 올라왔다. 눈앞이 흐려지고 호흡이 가빠지고 두 다리가 후들거리기 시작했다. 더 두꺼운 얼음길을 찾으려는 희망으로 오른쪽으로 1미터 정도 힘겹게 갔지만, 애꿎은 아이스 액스만 바위에 부딪쳐 구부러지고 말았다.

두려움 때문에 몸이 경직된 탓에 어설픈 동작으로 다시 아래로 내려가기 시작했다. 눈은 점차 두꺼워졌다. 20미터 넘게 내려가니 바닥이 그런대로 탄탄했다. 그곳에 한참 멈춰 서서 마음이 안정되기를 기다렸고, 어느 정도 안정이 되자 장비에서 몸을 뒤로 젖혀 위쪽 절벽 표면을 보면서 단단한 얼음길이 있는지, 눈 아래 있는 암층이 달라진 곳이 있는지, 눈으로 덮인 석판 위를 지나갈 방법이 있는지 찾아보았다. 목이 아플 때까지 올려다보았지만 아무것도 찾지 못했다. 이제 등반은 끝났다. 내가 갈 수 있는 곳은 아래쪽뿐이었다.

CHAPTER 15

스티킨 빙모 II

스스로 확인해보기 전에는 우리 안에 내 마음대로 통제할 수 없는 것이 얼마나 많은지 제대로 알 수가 없다. 빙하와 급류를 가로질러 돌진해보고 위험한 고지에 올라가보면서, 통제할 수 없는 것을 판단해보기 전에는 말이다.

존 뮤어, 《캘리포니아의 산》

샘 2세가 당신을 바라볼 때 그의 입 한쪽 끝이 조금 비틀리는 것을 알아챘는가? 그것은 첫째, 당신이 그를 샘 2세라고 부르는 것을 그가 좋아하지 않는다는 걸 의미하고, 둘째, 그가 왼쪽 다리 바지 안에는 총신이 짧은 총을, 오른쪽 다리 바지 안에는 갈고리를 가지고 있어서 기회만 주어지면 그 둘 중 하나로 당신을 죽일 준비가 되어 있다는 것을 의미한다. 아버지는 몹시 놀란다. 그런 식으로 만날 때마다 아버지가 늘 하는 말이 있다. "얘야, 내가 네 기저귀를 갈아줬단다." 이것은 그 상황에서 할 말이 아니다. 첫째, 그 말은 사실이 아니며(열에 아홉 번은 어머니들이 기저귀를 갈아준다), 둘째, 그런 말을 해보았자 샘 2세는 자신이 무엇 때문에 화가 난 건지 새삼 깨달을 뿐이다. 그는 당신은 큰데 자신은 작아서 화가 나 있고, 아니, 그건 아니다, 그는 당신은 강한데 자신은 무력해서 화가 나 있고, 아니, 그것도 아니다, 그는 당신은 제 역할을 다하는 존재인데 자신은 의존적인 것에 화가 나 있고, 아니 꼭 그런 것만은 아니다. 그는 그가 당신을 사랑했는데 당신이 알아채지 못해서 미친 듯이 화가 나 있다.

도널드 바셀미, 《죽은 아버지》

데블스 섬에서 내려온 후에는 심한 눈과 높은 바람 때문에 거의 사흘 내내 텐트에 갇혀 지내야 했다. 시간은 천천히 흘러갔다. 시간을 빨리 보내기 위해 줄담배를 피우다가, 담배가 다 떨어지자 책을 읽었다. 읽을거리마저 떨어지자 나는 바닥에 누워 찢어지지 않게 짜인 텐트 천장을 들여다보았다. 몇 시간 동안 계속 그러다가, 이번에는 혼자서 열띤 토론을 했다. 날씨가 바뀌자마자 해변으로 떠날 것인가, 아니면 그대로 있으면서 다시 등반을 시도할 것인가?

사실 그 북쪽 절벽에서 내가 한 무모한 행동에 나 자신도 놀란 터라 두 번 다시 데블스 섬에 오르고 싶지 않았다. 하지만 패배한 채 볼더로 돌아가는 것도 내키지 않았다. 보나마나 내가 실패할 거라고 장담했던 사람들이 잘난 체하며 위로할 모습이 절로 상상되었다.

폭풍우가 몰아친 지 사흘째 되던 날, 더는 견딜 수가 없었다. 등을 찌르는 얼음 덩어리들, 얼굴을 스치는 끈끈한 나일론 벽, 침낭의 깊숙한 곳에서 올라오는 지독한 냄새. 나는 발치에 어지럽게 널려 있던 물건들을 뒤져 작은 녹색 봉투 하나를 찾았다. 봉투 안의 금속 필름 통에는 담배 재료가 들어 있었다. 승리의 담배가 필요할 거라 생각하고 준비해둔 거였다. 정상에서 돌아왔을 때 담배를 만들어 피울 생각으로 보관해놓았지만, 상관없었다. 가까운 시기에 정상에 도달할 것 같지가 않았다. 나는 통에 든 내용물 대부분을 담배 마는 종이에 붓고 둥글게 말아 꽁초만 남을 때까지 단숨에 피웠다.

마리화나를 피우고 나니 당연히 텐트 안이 더 비좁고 숨 막히고 견딜 수 없이 느껴졌다. 그뿐만 아니라 참기 힘들 정도로 허기가 졌다. 오트밀을 조금 먹으면 괜찮아질 거라 생각했다. 그런데 오트밀을 만드는 과정은 오래 걸릴 뿐만 아니라 어처구니없을 정도로 복잡했다. 바깥에 나가 폭풍우를 맞으며 눈 한 냄비를 모아야 했고, 스토브를 조립해서 불을 켜야 했고, 오트밀과 설탕을 찾아야 했고, 전날 저녁에 먹고 남은 음식이 든 그릇을 닦아야 했다. 스토브의 불을 켜 눈을 녹이는데 뭔가 타는 냄새가 났다. 스토브와 주변을 자세히 살펴보았지만 아무 문제도 발견하지 못했다. 영문을 몰라 하다가 마리화나 때문에 상상력이 강해진 탓으로 돌리려는데 등 뒤에서 탁탁거리는 소리가 났다.

얼른 돌아보니 쓰레기봉투(스토브 켤 때 썼던 성냥을 그 봉투 안에 던져 넣었다)가 작은 불길을 내며 타오르고 있었다. 두 손으로 불을 두드려 몇 초 만에 불을 끄긴 했지만, 이미 텐트 내부가 꽤 많이 눈앞에서 사라져버렸다. 텐트의 플라이에는 불길이 닿지 않아 비바람을 어느 정도는 막을 수 있었다. 그렇지만 내부 온도는 영하로 내려갔다.

왼쪽 손바닥이 따끔거렸다. 살펴보니 벌겋게 불에 덴 자국이 있었다. 정작 나를 가장 괴롭힌 것은 텐트가 내 것이 아니라는 사실이었다. 그 값비싼 피난처는 아버지에게 빌린 것이었다. 내가 여행을 떠나기 전에 텐트는 상표도 떼지 않은 새것이었고, 아버지는 마지못해 빌려주었다. 나는 너무 놀라 넋이 나간 채 잠깐 동안 멍하니 앉아 머리카락이 타고 나일론이 녹으며 내는 지독한 냄새를 맡으면서, 한때는 우아한 모습이었던 텐트의 잔해를 바라보았다. 어쩔 수 없이 인정해야 했다. 나는 아버지가 가장 못마땅해 하는 일만 골라서 하는 재주가 있었다.

아버지는 변덕스럽고 굉장히 복잡한 사람이었으며, 깊은 불안감을 감추고 겉으로는 자신만만하게 행동하는 사람이었다. 아버지가 이제껏 살아오면서 자신의 잘못을 인정하는 걸 나는 한 번도 보지 못했다. 그래도 내게 산에 오르는 걸 가르쳐준 사람은 주말 등반가인 아버지였다. 아버지는 내가 여덟 살 때 처음 로프와 아이스 액스를 사주었으며, 날 데리고 오리건에 있는 우리 집에서 멀지 않은 캐스케이드산맥으로 간 다음 3,000미터 높이의 완만한 화산 사우스 시스터를 공략하게 했다. 언젠가 등반이 내 삶의 중심이 될 줄은 몰랐으리라.

친절하고 너그러운 남자, 루이스 크라카우어는 아버지들 특유의 권위적인 태도로 다섯 아이를 굉장히 사랑했지만, 아버지의 세계관은 냉혹하게 경쟁적인 성향에 물들어 있었다. 그 눈에 비친 인생은 경쟁이었다. 아버지는 '한 발 앞섬(one-upmanship)'과 '게임을 자신에게 유리하게 이끄는 능력(gamesmanship)'이라는 용어를 만든 영국 작가 스티븐 포터의 작품들을 사회풍자가 아닌 실제적인 전략 매뉴얼로 읽고 또 읽었다. 아버지는 지나치리만큼 야심만만했고, 월트 맥캔들리스처럼 자신의 야망을 자식이 이어가길 바랐다.

아버지는 내가 유치원도 들어가기 전에 의학이라는 근사한 직업을 준비시키려 했다. 그리고 그것에 실패할 경우에 대비해 아쉬운 대로 법학도 준비시켰다. 크리스마스와 생일에 나는 현미경, 화학 실험 기구, 브리태니커 백과사전 등을 선물로 받았다. 초등학교에서 고등학교를 마칠 때까지 우리 다섯 남매는 모든 과목에서 뛰어나야 하고, 과학 경연대회에서 메달을 따야 하며, 졸업 무도회에서 여왕으로 선택받아야 하고, 학생 자치회에서 선출되어야 한다는 다그침을 받았다. 그렇게 해야만, 꼭 그렇게 해야만 괜찮은 대학에 입학할 수 있고, 또 그렇게 해야 하버드 의과대학에 들어갈 수 있다고 우리는 배웠다. 그것만이 인생에서 의미 있는 성공을 거두고 영원히 행복할 수 있는 단 한 가지 확실한 길이라고.

그런 청사진에 대한 아버지의 믿음은 흔들리지 않았다. 그러니까 이런 것들이 그를 성공에 이르게 한 길이었다. 하지만 나는 아버지의 복제품이 아니었다. 십 대 시절 그 사실을 깨닫고서 나는 아버지가 계획한 경로에서 차츰차츰 벗어나다가 시간이 흐르면서는 완전히 다른 길로 향했다. 내 반항 때문에 집안에 고함소리가 나는 일이 많아졌다. 천둥소리 같은 최후통첩으로 집 창문들이 덜컹거렸다. 아이비리그와 전혀 상관없는 대학에 입학하기 위해 오리건주 코밸리스를 떠날 즈음, 나는 아버지에게 얘기를 할라치면 이를 악물고 하거나 아니면 아예 하지 않았다. 4년 후 졸업을 하고 나서 하버드 대학에도 다른 어떤 의과대학에도 들어가지 못하고 그 대신 목수와 등반가가 되었을 때, 아버지와 나 사이의 건널 수 없는 심연은 더 깊고 넓어졌다.

나는 어린 나이에 그 또래 아이들이 누릴 수 없는 자유와 책임감을 허락받았다. 그 사실에 크게 감사해야 했지만 그러지 않았다. 나는 노인의 기대가 부담스러웠다. 승리 이외에는 어떤 것도 실패라는 말이 내 머릿속에 주입되었다. 그 나이의 아이들이 대개 그렇듯 감수성이 예민했던 나는 아버지 말의 속뜻을 생각하려 하지 않았다. 그 말을 곧이곧대로 받아들였다. 그래서 나중에 오랫동안 간직되어온 가족의 비밀이 밝혀졌을 때, 신처럼 추앙을 받으며 자식들에게 완벽함을 요구하던 아버지가 실은 결코 완벽하지 않으며 추앙받을 만한 사람이 전혀 아니라는 사실을 알았을 때, 나는 그 상황을 가볍게 넘길 수가 없었다. 분노가 치밀어 올라 분별력이 흐려졌다. 아버지가 그저 한 인간에 불과하다는 사실을 내 능력으로는 용서할 수가 없었다.

그 일이 있고 나서 20년쯤 지나니 어느 샌가 분노는 사라져버렸다. 애잔한 연민 그리고 애정 비슷한 감정이 그 자리를 대신했다. 아버지가 나를 좌절하게 하고 분노하게 한 것만큼 나 또한 아버지에게 좌절과 분노를 안겼다는 것을 이해했다. 내가 이기적이었고 고집불통이었으며 못 말리는 골칫덩어리였다는 것도 알았다. 아버지는 나를 위해 특권의 다리, 풍요로운 생활로 가게 해주는 다리를 손수 만들어줬는데, 나는 그 다리를 부수고 잔해를 보며 비웃는 것으로 아버지에게 갚았다.

하지만 그런 깨달음은 아버지를 지탱해오던 독선적인 삶이 흐르는 세월과 함께 무너지는 시련을 목격하고 나서야 생겼다. 먼저 육체가 아버지를 배신했다. 예전에 앓았던 소아마비가 이상하게도 30년이 지나 재발했다. 제대로 움직이지 못하는 탓에 근육은 더 약해졌고, 신경계가 제대로 기능하지 않았으며, 힘이 풀린 두 다리로는 걷는 것이 힘들어졌다. 아버지는 의학 잡지들을 보면서 자신의 병이 최근 밝혀진 후소아마비 증후군이라고 짐작했다. 불쑥불쑥 이는 극심한 통증이 날카롭고 끊임없는 소음처럼 하루하루를 채웠다.

아버지는 어떻게든 퇴화를 막아보겠다는 생각에 사로잡혀 무모하게도 직접 치료하기 시작했다. 어디를 가든 오렌지색 플라스틱 약병 수십 개를 인조가죽 가방에 가득 넣어 가지고 다녔다. 한두 시간마다 약 가방을 더듬어 약병의 꼬리표를 흘깃 보고는 덱세드린, 퍼코댄, 프로작, 데프레닐 몇 알을 꺼냈다. 그리고 얼굴을 찌푸리며 물도 없이 약을 한줌 삼켰다. 욕실 세면대에는 사용한 주사기와 빈 앰풀들이 굴러다녔다. 차츰 아버지 인생은 아버지가 직접 투약하는 스테로이드, 암페타민, 기분전환제, 진통제, 그리고 한때는 뛰어났던 기억력을 흐리는 약들을 중심으로 돌아가기 시작했다.

아버지가 점점 더 분별없이 행동하고 망상이 심해지자 남아 있던 친구들도 마저 떠났다. 오랫동안 고통받아온 어머니 역시 떠나는 것 말고는 다른 선택권이 없었다. 아버지는 급기야 정신 이상 증세까지 보이더니, 자살 시도를 해서 하마터면 목숨을 잃을 뻔했다.

자살 시도 후에 아버지는 포틀랜드 근처 정신병원에 입원했다. 내가 찾아갔을 때, 아버지의 팔다리는 침대 난간에 묶여 있었다. 아버지는 온몸이 더러워진 채 뜻도 없는 말을 큰 소리로 떠들었다. 두 눈이 이글거렸다. 움푹 들어간 채 한순간은 반항으로, 다음 순간은 이해할 수 없는 공포로 번쩍이며 이리저리 돌아가던 두 눈은 그 고통스러운 마음을 또렷하고도 섬뜩하게 보여주었다. 간호사들이 시트를 갈아주려고 하면 아버지는 몸부림을 치며 저항하면서 간호사들에게 욕을 하고, 내게 욕을 하고, 운명에 욕설을 퍼부었다. 아버지의 확실한 인생 계획이 결국은 아버지를 악몽과도 같은 그곳으로 데려갔다는 아이러니가 나는 전혀 기쁘지 않았고 아버지는 그 사실을 전혀 알아채지 못했다.

아버지가 인식하지 못한 아이러니는 또 있었다. 나를 자신의 계획대로 만들려던 노력은 결국 성공했다. 그 늙은 바다코끼리는 내게 거대하고 강렬한 야망을 심어주려 했다. 다만 그 노력은 전혀 엉뚱한 곳에서 모습을 드러냈다. 데블스 섬과 의과대학은 다르지만 결국은 같다는 것을 아버지는 절대 이해하지 못했다.

내가 데블스 섬을 등반하려는 첫 시도에 실패하고 텐트까지 거의 태우고 난 후에도 스티킨 빙모에서 패배를 인정하지 않은 것은 아버지에게서 물려받은 일그러진 야망 때문이었다고 생각한다. 첫 번째 시도를 포기한 지 사흘 후, 나는 북쪽 절벽을 다시 올라갔다. 이번에는 베르크슈룬트 위로 겨우 35미터 지점에서 벌써 평정을 잃고 게다가 눈보라까지 만나는 바람에 어쩔 수 없이 방향을 돌려야 했다.

하지만 빙모에 있는 베이스캠프로 내려오는 대신 내가 그토록 오르고 싶은 부분 바로 아래 있는 가파른 산허리에서 밤을 보내기로 했다. 그러나 이것은 실수였다. 늦은 오후가 되자 눈보라는 심한 폭풍우로 변했다. 구름에서 내리는 눈이 한 시간에 2~3센티미터 두께로 쌓였다. 내가 베르크슈룬트 가장자리 아래에 비박 색을 설치한 뒤 그 안에서 웅크리고 있는 동안, 위쪽 절벽에서 눈덩이들이 쉭 소리와 함께 눈보라를 일으키며 파도처럼 밀려와 내가 있는 바위 턱을 천천히 묻었다.

눈보라가 내 텐트의 숨 쉬는 틈까지 쌓이는 데는 20분쯤 걸렸다. 이런 일이 네 번 일어났고, 나는 네 번 모두 빠져나왔다. 다섯 번째로 묻히자 더는 견디지 못했다. 결국 모든 장비를 배낭에 넣고 베이스캠프로 탈출했다.

내려오는 길은 무서웠다. 구름과 눈보라, 점점 어두해지는 빛 때문에 길을 구분할 수가 없었다. 세락 꼭대기에서 무턱대고 내려왔다가 수직으로 1킬로미터쯤 아래 있는 곳인 위치즈 콜드런

바닥에 닿을까 봐 걱정되었다. 충분히 가능한 일이었다. 간신히 빙모의 얼음 평지에 도착하고 보니 이번엔 텐트로 가는 길이 오래전에 사라져 보이지 않았다. 아무 특징 없는 빙하 고원지대이다 보니 텐트의 위치를 알아낼 만한 단서가 없었다. 그저 운 좋게 텐트를 발견하길 바라면서 한 시간 동안 스키를 타고 빙빙 돌다가 작은 크레바스에 발을 디디고 나서야 내가 멍청한 짓을 하고 있음을 깨달았다. 그 자리에 쪼그리고 앉아 눈보라가 잠잠해질 때까지 기다려야 했다.

나는 얕게 구멍을 판 다음 비박 색으로 몸을 감싸고 휘몰아치는 눈보라 속에서 배낭 위에 앉았다. 내 주위로 눈이 쌓였다. 발에 감각이 없어졌다. 축축한 한기가 목덜미에서 가슴으로 번졌고, 파카의 목덜미 속으로 눈보라가 들어가 셔츠를 적셨다. 담배 한 대만 있다면, 딱 한 대만 있다면, 내 안의 강인함을 끌어모아 이 빌어먹을 상황과 이 빌어먹을 여행을 기꺼이 참아낼 수 있을 거라는 생각이 들었다. 비박 색을 더 단단히 여몄다. 바람이 등을 쪼아댔다. 나는 창피한 것도 모르고 고개를 두 팔에 묻고는 자기 연민에 빠져들기 시작했다.

사람들이 산에 오르다가 죽는 일이 때때로 있다는 걸 나도 알고 있었다. 하지만 스물세 살의 나이에 개인의 운명, 다시 말해 자신의 죽음에 대한 생각은 아직 관념 밖에 머무르고 있었다. 알래스카로 간다며 볼더를 떠날 때 나는 데블스 섬에서 맛볼 영광과 구원이라는 환상에만 사로잡힌 나머지, 다른 이들의 행동을 지배하는 인과관계에 나 역시 똑같이 지배당할 거라는 생각은 하지 못했다. 내가 산에 오르기를 그토록 간절히 원했기 때문에, 데블스 섬을 오랫동안 또 그처럼 강렬하게 생각해왔기 때문에, 날씨나 크레바스나 눈으로 덮인 바위 같은 사소한 장애물이 내 의지를 끝까지 꺾을 가능성은 아예 없을 것 같았다.

해가 질 즈음 바람이 잦아들었고 구름도 빙하 위로 45미터까지 올라갔기 때문에 베이스캠프를 찾을 수 있었다. 무사히 텐트로 다시 돌아오긴 했지만, 데블스 섬을 오르려는 계획이 좌절되었다는 사실은 가벼이 넘길 수가 없었다. 아무리 강한 의지를 가지고 있다 하더라도 그것만으로는 북쪽 절벽을 올라갈 수 없음을 도리 없이 인정해야 했다. 나로서는 어쩔 수 없는 일이었다.

하지만 탐험을 이어갈 기회는 아직 남아 있었다. 그로부터 일주일 전에 나는 스키를 타고 산의 동남쪽 면으로 가서 내가 북쪽 절벽을 올라간 다음 정상에서 내려올 때 지나리라 마음먹은 경로를 둘러보았는데, 그 경로는 전설적인 등산가 프레드 베키가 1946년에 데블스 섬을 처음 등반하면서 지난 곳이기도 했다. 그때 답사를 하면서, 그가 지나간 경로 왼쪽으로 분명 아무도 오르지 않은 듯한 경로를 발견했고, 정상으로 가기에 비교적 쉬운 길이라는 생각을 했다. 당시만 해도 동남쪽 면을 가로지르며 얼음이 군데군데 있는 그 경로는 관심을 둘 만한 가치가 없다고 여겼다. 하지만 '노르트반트(북쪽 벽)'에서 비참한 경험을 했던 터라 목표를 낮출 필요가 있었다.

5월 15일 오후에 드디어 눈보라가 잠잠해지자, 나는 동남쪽 면으로 다시 가서 고딕 성당 위의 플라잉 버트레스대형 건물 외벽을 떠받치는 반(半)아치형 벽돌 또는 석조 구조물처럼 위쪽 봉우리에 접해 있는 가느다란 산등성이의 꼭대기로 올라갔다. 나는 그곳, 정상에서 490여 미터 아래 있는 좁은 산등성이에서 그날 밤을 보내기로 했다. 저녁 하늘은 차갑고 구름 한 점 없었다. 해안까지 이르는 길뿐 아니라 더 멀리까지 모두 볼 수 있었다. 날이 어둑해질 무렵, 나는 피터즈버그의 불빛들이 서쪽에서 반짝거리는 것을 꼼짝도 않고 지켜보았다. 조종사가 비행기에서 내 물건을 떨어뜨려준 이후 가장 가까이서 접하는 인간 세상이 멀리서 반짝이는 그 불빛이라 생각하니 감정이 북받치면서 경계심도 누그러졌다. 텔레비전으로 야구 경기를 보고, 환하게 불이 켜진 주방에서 프라이드치킨을 먹고, 맥주를 마시고, 사랑을 나누는 사람들을 상상했다. 자려고 누웠는데 외로움으로 가슴이 뻐근했다. 그런 지독한 외로움을 느끼기는 처음이었다.

그날 밤, 경찰과 뱀파이어들과 암흑가에서 벌어질 법한 처형이 등장하는 어지러운 꿈을 꾸었다. 누군가 "놈이 여기 있는 것 같은데……"라고 속삭이는 소리가 들렸다. 나는 잠에서 깨어 벌떡 일어나 앉았다. 해가 막 떠오르려 했다. 온 하늘이 붉게 물들었다. 하늘은 여전히 맑았지만 가늘고 성긴 새털구름이 대기에 퍼졌고, 동남쪽 지평선 바로 위로 돌풍을 예고하는 검은 줄이 보였다. 등산화를 신고 서둘러 아이젠을 부착했다. 잠에서 깬 지 5분 만에 야영지를 나섰다.

로프도, 텐트나 야영 장비도, 아이스 액스를 제외한 어떤 장비도 가져가지 않았다. 최대한 가벼운 상태로 빠르게 정상까지 갔다가 날씨가 변하기 전에 내려올 계획이었다. 끊임없이 숨을 헐떡이면서 걸음을 재촉해 왼쪽으로 방향을 잡고 얼음으로 메워진 틈과 짧은 바위 계단들이 늘어선 작은 설원들을 지났다. 등반은 그런대로 재미있었다. 절벽에는 큼직하게 안으로 패인 손홀드와 발홀드가 여기저기 있었고, 얼음이 얇긴 했지만 경사가 70도를 넘지 않았다. 다만 하늘을 검게 물들이며 태평양에서 밀려드는 태풍 전선이 걱정스러웠다.

드디어 독특한 모양의 마지막 얼음 벌판에 도착했는데, 시계가 없어 정확한 시간은 알 수 없었지만 느낌에 굉장히 짧은 시간 안에 도착한 것 같았다. 이때쯤 하늘 전체는 구름으로 뒤덮였다. 왼쪽으로 계속 움직이는 편이 더 수월할 듯했지만 그냥 똑바로 정상까지 가야 시간이 단축될 것 같았다. 정상에서 피할 곳도 없이 폭풍우에 휘말릴까 봐 걱정되어서 직선 경로를 선택했다. 얼음이 가파르고 얇아졌다. 나는 왼쪽 아이스 액스를 휘둘러 바위를 쳤다. 또 다른 지점을 겨냥해봤지만, 이번에도 둔탁한 소리만 날뿐 단단한 섬록암에는 통하지 않았다. 그리고 다시 한 번, 다시 한 번 해봐도 마찬가지였다. 북쪽 절벽에서 했던 행동이 똑같이 반복되었다. 두 다리 사이로 600미터 아래의 빙하가 얼핏 보였다. 속이 뒤집히는 것 같았다.

내 위로 15미터 높이에서 절벽은 정상의 봉우리를 이루었다. 나는 액스를 단단히 쥐고는 겁에 질려 선뜻 움직이지도 못한 채 절벽에 달라붙어 괴로워했다. 다시 한 번 빙하로 이어지는 긴 낭떠러지를 내려다보다 고개를 들고 머리 위 얼음 막을 긁어냈다. 왼쪽 액스의 끝을 바위에 5센트짜리 동전 두께만큼 박은 다음 몸무게를 실었다. 바위는 내 무게를 지탱했다. 이번에는 오른쪽 액스를 얼음에서 끌어당기며 위로 올라간 다음 액스의 끝을 휘어진 1센티미터 정도의 틈에 밀어 끼워넣었다. 숨도 제대로 쉬지 못하고 발을 위로 옮기면서 아이젠 끝으로 바위에 붙은 얇은 얼음을 긁었다. 왼팔을 최대한 높이 뻗어 액스를 불투명하게 반짝이는 표면에 부드럽게 휘둘렀는데, 그 아래 있는 알 수 없는 뭔가에 부딪쳤다. 액스의 끝이 '텅!'하고 둔탁한 소리를 내며 들어갔다. 그로부터 몇 분 후에 나는 넓은 바위 턱에 서 있었다. 기이한 머랭처럼 생긴 얼음 위로 솟은 뾰족하고 가느다란 바위가, 진짜 정상이 바로 6미터 위에 있었다.

단단하지 못한 깃털 눈을 보니 그 마지막 6미터를 올라가기가 얼마나 힘들고 무섭고 성가실지 알고도 남았다. 그런데 어느 순간 갑자기, 더는 올라갈 곳이 없었다. 갈라진 입술이 벌어지며 힘겨운 미소로 변했다. 나는 데블스 섬의 정상에 있었다.

아니나 다를까, 정상은 초현실적이고 무시무시한 곳이었다. 상상을 초월할 만큼 폭이 좁고 뾰족한 눈 덮인 바위는 넓이가 서류 캐비닛 정도였다. 어슬렁거리며 다닐 용기가 나지 않았다. 가장 높은 지점에 양다리를 벌리고 서서 보니, 남쪽 절벽은 내 오른발 아래로 760미터 정도 이어져 있었고, 왼발 아래 북쪽 면은 그 길이의 두 배였다. 내가 그곳에 왔다는 증거를 남기기 위해 사진 몇 장을 찍고 액스의 굽은 피크를 펴느라 낑낑거리면서 몇 분을 보냈다. 그런 다음 일어서서 조심스럽게 방향을 돌려 캠프로 향했다.

일주일 후, 나는 바다 옆에서 비를 맞으며 야영을 하면서 이끼, 버드나무, 모기의 모습에 놀라고 있었다. 바다 냄새에 물속 생물의 진한 악취가 함께 실려 왔다. 얼마 지나지 않아 소형 보트 한 척이 토머스만에 들어오더니 내 텐트에서 멀지 않은 해변에 정박했다. 보트를 몰던 남자는 자신을 짐 프리먼이라는 벌목꾼이라고 소개하면서 피터즈버그에서 왔다고 했다. 그날은 쉬는 날이어서 식구들에게 빙하를 보여주고 곰도 찾아보려고 가족 여행을 온 거라고도 했다. 그가 내게 "사냥을 하고 있었는지, 했다면 뭘 사냥했는지" 물었다.

나는 순순히 대답했다.

"아닙니다. 사실 데블스 섬을 등반했어요. 여기에 20일 동안 있었습니다."

짐 프리먼은 밧줄 걸이를 만지작거릴 뿐 아무 대꾸도 하지 않았다. 내 말을 믿지 못하는 것이 분명했다. 부스스한 머리카락이 어깨까지 내려오고 3주 동안 목욕도 하지 못하고 옷도 갈아입지 못해 냄새를 풍기는데도 믿지 못했다. 그래도 내가 시내까지 태워다줄 수 있는지 묻자 그는 마지못해 대답했다.

"안 될 건 없죠."

물살이 험해서 프레더릭 해협까지 가는 데 두 시간이 걸렸다. 짐 프리먼은 나와 얘기를 나누면서 차츰 태도가 부드러워졌다. 내가 데블스 섬에 올라갔다는 것은 여전히 믿지 못했지만, 보트를 조종해 랭겔 수로로 갈 때쯤에는 믿어주는 척했다. 보트를 부두에 댄 후 내게 치즈버거를 사주겠다고 했다. 그리고 자기 집 뒷마당에 못 쓰는 스텝 밴을 주차해두었는데 그날 밤은 거기서 지내라고 말까지 해주었다.

밤이 되자 그 낡은 트럭 뒷자리에 누웠는데 한참이 지나도 잠이 오지 않았다. 하는 수 없이 일어나 키토스 케이브라는 술집까지 걸어갔다. 피터즈버그에 막 돌아와서는 행복하고 마음도 푹 놓이더니 시간이 갈수록 이상하게 자꾸만 울적해졌다. 키토스에서 얘기를 나눈 사람들은 데블스 섬 정상까지 갔다 왔다는 내 말을 의심하지 않는 듯했다. 사실 그들은 별 관심이 없었다. 밤이 깊어가면서 술집에는 구석 테이블에 앉은, 이가 다 빠진 틀링깃 인디언알래스카 남동부의 해안 지대에 거주하는 아메리카 인디언 노인과 나만 남았다. 나는 혼자 술을 마시다가 주크박스에 25센트짜리 동전 몇 개를 넣었다. 주크박스에서 노래 다섯 곡이 반복해서 흘러나오자 술집 여자가 더는 참지 못하고 짜증을 내며 소리 질렀다.

"이봐요! 제발 그만 좀 해요!"

나는 우물거리며 미안하다고 말하고는 술집을 나와 다시 프리먼의 스텝 밴으로 갔다. 거기에서 오래된 엔진 오일의 향긋한 냄새를 맡으며 낡은 변속기 옆 바닥에 누워 잠이 들었다.

데블스 섬 정상에 오른 지 한 달이 채 안 되어서 콜로라도주 볼더로 돌아온 나는 알래스카로 떠날 때 짓고 있던 바로 그 아파트인 스프루스 스트리트 타운하우스의 외벽 판자를 못질했다. 급여가 올라서 한 시간에 4달러를 받았고, 그해 여름이 끝날 무렵에는 공사장 트레일러에서 벗어나 시내 쇼핑몰 서쪽에 있는 값싼 원룸 아파트로 옮겼다.

누구나 젊은 시절에는 자신에게 원하는 것을 가질 자격이 있다고 믿기 쉽고, 뭔가를 간절히 원할 때 그것을 갖는 것은 신이 주신 권리라고 생각하기 쉽다. 그해 4월에 크리스 맥캔들리스처럼 알래스카에 가기로 결심했을 때, 나는 열정을 통찰력이라 착각하면서 분명치 않고 결함투성이인 논리에 따라 행동하는 미숙한 젊은이였다. 데블스 섬 등반으로 내 인생의 모든 잘못을 바로잡을 수 있을 거라고 생각했다. 당연히 달라진 건 거의 없었다. 그렇지만 산이 내 모든 꿈을 담는 그릇이 되지는 못한다는 사실을 깨달았다. 그리고 나는 살아남았으므로 이런 얘기를 할 수 있는 것이다.

젊은 시절, 나는 여러 중요한 점에서 크리스 맥캔들리스와는 달랐다. 가장 대표적인 걸 얘기하자면, 내게는 그와 같은 재능도, 높은 이상도 없었다. 하지만 나는 우리 둘 다 비슷하게 아버지와의 어긋난 관계에 영향을 받았다고 믿는다. 그리고 우리가 비슷하게 강렬한 열정, 비슷하게 경솔한 성격, 비슷하게 혼란스러운 영혼을 지녔다고 생각한다.

나는 알래스카 모험에서 살아남았고 크리스 맥캔들리스는 살아남지 못했다는 차이는 많은 부분 우연에 달렸다. 만일 내가 1977년에 스티킨 빙모에서 돌아오지 못했다면, 사람들은 지금 맥캔들리스에 대해 말하듯 나에 대해서도 내가 죽음을 동경했노라고 아무렇지 않게 말했을 것이다. 그 사건이 있고 나서 18년이 지난 지금, 그때 내가 어쩌면 오만했을지도 모른다는 것을, 그리고 분명 아찔할 만큼 무지했다는 것을 깨닫는다. 하지만 자살 충동을 느끼지는 않았다.

젊은 시절, 내게 죽음은 비유클리드 기하학이나 결혼만큼 추상적인 개념이었다. 죽음의 무서운 결말 혹은 어떤 사람이 죽었을 때 그를 진심으로 사랑했던 사람들이 받는 충격을 제대로 알지 못했다. 나는 죽음의 모호한 미스터리에 이끌렸다. 죽음의 언저리로 다가가 그 경계 너머를 보고 싶어 견딜 수가 없었다. 그 어둠 속에 감춰진 암시가 두려웠지만, 나는 여성의 은밀하고 부드러운 음순만큼이나 호기심을 일으키는, 금지되고 근원적인 수수께끼를 힐끗 훔쳐보았다.

그렇다고 해서 내가 죽음을 원한 것은 결코 아니었다. 크리스 맥캔들리스도 마찬가지였을 거라고 생각한다.

CHAPTER 16

알래스카의 오지

나는 단순함, 꾸밈없는 느낌, 그리고 야생의 삶이 주는 장점들을 갖고 싶었고, 인공적인 습관과 편견, 문명의 단점 들을 내게서 없애고 싶었으며 (……) 서부 야생의 고독과 장대함의 한복판에서 인간 본성과 인간의 진정한 관심사에 대해 더 정확한 시각을 찾고 싶었다. 고통이 주는 즐거움, 그리고 위험의 진기함을 경험할 수 있는 눈의 계절이 나는 더 좋았다.

에스트윅 에반스, 《1818년 겨울과 봄에 했던 서부의 주와 지방을 지나는 6,400킬로미터의 도보 여행》

황야는 삶을 권태로워 하는 사람들이나 인간과 자신의 일에 염증을 느끼는 사람들에게 매력적으로 다가왔다. 황야는 사회로부터의 도피처를 제공해주었을 뿐만 아니라 온 영혼을 바쳐 몰두하는 낭만적인 사람들에게도 이상적인 무대였다. 황야의 고독과 완전한 자유는 우울과 환희 어떤 것에도 완벽한 환경을 만들었다.

로더릭 내시, 《황야와 미국인의 정신》

1992년 4월 15일, 크리스 맥캔들리스는 해바라기 씨를 운반하는 맥 트럭을 타고 사우스다코타주 카시지를 떠났다. 크리스 맥캔들리스의 '위대한 알래스카 여행'이 시작된 것이다. 사흘 후에 브리티시컬럼비아주 루스빌에서 캐나다 국경을 지난 그는 북쪽으로 가는 차를 얻어 타고 스쿠컴척과 라듐 정크션, 루이즈호와 재스퍼, 프린스 조지와 도슨 크리크를 지났으며, 그곳 도슨 크리크의 도심지에서 알래스카 고속도로의 정식 시작점을 나타내는 안내표지의 사진을 한 장 찍었다. 표지판에는 이렇게 적혀 있었다.

'고속도로 시작 지점. 페어뱅크스 2,451킬로미터.'

알래스카 고속도로에서는 히치하이크가 대체로 어렵다. 도슨 크리크의 외곽에서 열 명이 넘는 남녀가 갓길에 서서 어두운 표정으로 엄지손가락을 치켜들고 있는 모습은 그리 드문 광경이 아니다. 그중 몇 명은 앞 사람이 차를 얻어 타고 나서 자기 차례가 올 때까지 일주일 넘게 기다릴지도 모른다. 하지만 크리스 맥캔들리스는 그리 오래 기다리지 않았다. 4월 21일, 카시지를 떠난 지 단 엿새 만에 그는 유콘 준주 입구에 있는 리어드 리버 온천에 도착했다.

리어드 리버에는 공공 야영장이 있는데, 그곳에서 습지를 지나 자연 온천까지 약 1킬로미터 가까이 널빤지를 깐 산책로가 이어져 있다. 이곳은 알래스카 고속도로에서 가장 유명한 휴게소다. 크리스 맥캔들리스는 여기에 들러 잠시 쉬면서 진정 효과가 있는 물에 몸을 담그기로 했다. 하지만 목욕을 끝내고 다시 북쪽으로 가는 차를 얻어 타려 할 때는 운이 이전 같지 않았다. 아무도 태워주려 하지 않았다. 도착한 지 이틀이 지나도록 리어드 리버를 벗어나지 못하자 그는 초조해졌다.

상쾌한 목요일 아침 여섯 시 반, 땅은 아직 얼어서 딱딱했다. 게일로드 스터키는 가장 규모가 큰 그 온천으로 걸어가면서 아무도 없을 거라 생각했다. 그래서 뜨거운 물 안에 이미 누군가 있는 걸 보고는 놀랐다. 젊은이는 알렉스라고 자신을 소개했다.

머리가 벗겨지고 쾌활하며 얼굴이 햄같이 생긴 예순세 살의 인디애나 주민 스터키는 새 모터 홈여행·캠프용 주거 기능을 가진 자동차을 페어뱅크스 RV 딜러에게 배달하러 인디애나에서 알래스카로 가던 중이었다. 그는 레스토랑 업계에서 40년 동안 일하고 은퇴한 후에 파트타임으로 잠깐 그 일을 하고 있었다. 그가 자신의 목적지를 말하자 맥캔들리스는 흥분해서 소리쳤다.

"아, 저도 거기에 갑니다! 여기에 2~3일 동안 갇혀 있으면서 얻어 탈 차를 찾고 있었어요. 저를 좀 태워주시겠어요?"

스터키가 대답했다.

"저런. 그렇게 하고 싶지만 그럴 수 없겠는걸. 내가 일하는 회사에서는 히치하이커를 태우는 걸 엄격하고 금하고 있거든. 잘릴 수도 있다네."

하지만 온천의 뿌연 김 속에서 맥캔들리스와 이야기를 나누다 보니 생각이 달라졌다.

"알렉스는 면도도 깨끗하게 하고 머리도 짧았어요. 얘기하는 걸로 봐서 정말 똑똑한 젊은이라는 걸 알 수 있었죠. 흔히 생각하는 히치하이커가 아니었어요. 나는 그런 사람들을 대체로 믿지 않는 편이에요. 버스표를 살 형편도 안 되는 사람은 뭔가 문제가 있는 거라고 생각하죠. 그래서 어쨌든, 반 시간쯤 얘기를 나눈 후에 내가 말했어요. '이봐 알렉스, 페어뱅크스는 리어드에서 1,600킬로미터 떨어져 있네. 내가 화이트호스까지 800킬로미터는 태워다 주지. 거기서는 차를 얻어 탈 수 있을걸세.'"

하지만 하루 반이 지나 두 사람이 유콘 준주의 주도이며 알래스카 고속도로의 가장 거대하고 가장 국제적인 요지인 화이트호스에 도착했을 때, 스터키는 맥캔들리스와 함께 있는 게 정말 좋은 나머지 마음을 바꿔 끝까지 태워다주기로 했다.

"알렉스는 처음에는 말을 별로 많이 하지 않았어요. 그때 우리는 느릿느릿 오래 여행을 했죠. 둘이서 울퉁불퉁한 길을 사흘 내내 갔는데, 여행이 끝날 때가 되니 경계를 풀더군요. 딱 잘라 말할게요. 그는 멋진 젊은이였어요. 참 공손했고 욕 같은 건 하지 않았고 속어도 별로 쓰지 않았어요. 좋은 집안에서 자란 젊은이라는 걸 알 수 있었죠. 여동생 얘기를 많이 했어요. 다른 식구들과는 그렇게 잘 지내지 못한 것 같더군요. 아버지가 나사에서 로켓 과학자로 일할 만큼 천재였지만 동시에 두 여자와 결혼했다고 하더라고요. 알렉스는 성격상 그런 일을 용납 못했어요. 대학을 졸업한 이후로 2~3년 동안 부모님을 보지 못했다고 하더군요."

크리스 맥캔들리스는 여름 내내 혼자 오지에서 자급자족해 살 거라는 얘기를 스터키에게 솔직하게 털어놓았다.

"어릴 적부터 하고 싶었던 일이라고 하더군요. 사람도, 비행기도, 문명의 어떤 표시도 보고 싶지 않다고 했어요. 어느 누구의 도움도 없이 혼자 힘으로 그렇게 할 수 있다는 것을 스스로에게 증명하고 싶어 했어요."

스터키와 크리스 맥캔들리스는 4월 25일 오후에 페어뱅크스에 도착했다. 나이 든 남자는 젊은이를 데리고 식료품점에 가서 큼직한 봉투에 든 쌀을 샀다.

"식료품점을 나오자 알렉스는 대학에 가서 식용식물에 대해 알아보고 싶다고 하더군요. 열매 같은 것 말이에요. 내가 말했어요. '알렉스, 너무 일러. 아직 땅에는 60센티미터에서 90센티미터 정도로 눈이 쌓여 있네. 아직 아무것도 자라지 않아.' 하지만 그의 결심은 확고했어요. 그는 어서 그곳으로 가서 도보 여행을 시작하고 싶어 조바심을 냈죠."

스터키는 페어뱅크스 서쪽 끝에 있는 알래스카 대학 캠퍼스로 차를 몰았고, 오후 5시 30분에 맥캔들리스를 내려주었다.

"그를 내려주기 전에 내가 말했어요. '알렉스, 나는 자네를 태우고 1,600킬로미터를 왔네. 사흘 내내 자네에게 먹이고 또 먹였어. 그러니 알래스카에서 돌아올 때 내게 편지 한 통 보내는 것 정도는 해주게.' 알렉스는 그러겠다고 약속했어요.

나는 또 부모님에게 전화하라고 사정하고 간청했어요. 자식이 밖에 나갔는데 몇 년이 지나도록 어디에 있는지도 모르고 살았는지 죽었는지도 모른다면 그것보다 끔찍한 일이 어디 있겠어요. 내가 말했어요. '여기 내 신용카드 번호가 있네. 제발 부모님에게 전화 드려!' 하지만 그는 '어쩌면 할 수도 있고 안 할 수도 있어요'라고만 하더군요. 그가 떠나고 나니 그런 생각이 들었어요. '아, 부모님 전화번호를 받아서 내가 직접 전화할 걸 그랬나.' 하지만 이미 늦었죠."

크리스 맥캔들리스를 대학에 내려준 후 스터키는 RV를 미리 약속한 딜러에게 전달하기 위해 시내로 갔지만, 새 차를 받기로 한 사람이 이미 퇴근을 해서 월요일 아침에야 다시 나온다는 말을 들었다. 꼼짝없이 페어뱅크스에서 이틀을 보내고 인디애나 집으로 돌아가야 했다. 일요일 아침, 여유 시간이 생긴 스터키는 그 캠퍼스에 다시 가보았다.

"알렉스를 만나서 같이 하루 더 보내면서 그를 데리고 관광도 하고 싶었어요. 차를 몰고 여기저기 다니면서 두세 시간 동안 찾아보았지만 흔적도 볼 수 없었어요. 벌써 가버린 거예요."

크리스 맥캔들리스는 토요일 저녁에 스터키와 헤어진 후 페어뱅크스 주변에서 이틀 낮과 사흘 밤을 보냈는데 주로 대학 안에 있었다. 대학 구내 서점에 들어갔다가 알래스카 관련 책을 모아 놓은 선반 맨 아래에서 알래스카 지역의 식용식물을 전문적으로 연구해놓은 휴대용 도감인 프리실라 러셀 카리의 《타나이나 식물학: 중남부 알래스카의 타나이나 인디언의 민족 식물학 Tanaina Plantlore/Dena'ina K'et'una: An Ethnobotany of the Dena'ina Indians of Southcentral Alaska》을 발견했다. 계산대 옆의 엽서 판매대에서 맥캔들리스는 북극곰이 있는 엽서 두 장을 골라 웨인 웨스터버그와 잰 버리스에게 마지막으로 보내는 편지를 써서 대학 우체국에서 보냈다.

안내 광고를 읽다가 크리스 맥캔들리스는 4×20 조준경과 플라스틱 견착대가 달린 중고 반자동 장전식 22구경 레밍턴이 매물로 나와 있는 것을 보았다. 나일론 66이라는 모델로 더는 생산되지 않는 총인데, 가볍고 성능이 좋아 알래스카 덫 사냥꾼들이 애용하는 총이었다. 그는 주차장에서 125달러 정도를 주고 물건을 산 다음 근처 총기 매장에 가서 할로우 포인트 장총 탄알 백 개들이 네 상자를 샀다.

페어뱅크스에서 준비를 마친 크리스 맥캔들리스는 배낭을 메고 대학을 나와 서쪽으로 걷기 시작했다. 캠퍼스를 떠나면서 지붕에 커다란 접시 모양 안테나가 달린 유리와 콘크리트 건물인 지구물리학 연구소를 지났다. 페어뱅크스의 스카이라인 중 가장 독특한 명소에 속하는 그 접시 모양 안테나는 월트 맥캔들리스가 디자인한 합성 개구 레이더가 장착된 인공위성들에게서 자료를 모으기 위해 세워진 것이다. 사실 월트는 그 수신국이 처음 설립되었을 때 페어뱅크스에 와서 수신기 작동에 반드시 필요한 소프트웨어 일부를 컴퓨터 기억장치에 기록했다. 그 지구물리학 연구소를 지나가면서 아버지를 떠올렸는지 어떤지에 대해 크리스 맥캔들리스는 전혀 기록하지 않았다.

도시 서쪽으로 6.5킬로미터 정도 가자 해가 지면서 쌀쌀해졌다. 크리스 맥캔들리스는 골드 힐 가스 앤 리쿼가 내려다보이는 언덕 꼭대기에서 멀지 않은 곳, 자작나무로 둘러싸이고 땅은 얼어 딱딱한 곳에 텐트를 쳤다. 야영지에서 45미터 떨어진 곳에는 조지 파크스 고속도로에서 이어지는 계단식 길이 있었고, 그 길로 가면 스탬피드 트레일이 나왔다. 4월 28일, 맥캔들리스는 아직 동이 트기도 전 어둑할 때 일어나 고속도로로 걸어갔다. 뜻밖에도 고속도로에서 첫 번째로 본 운전자가 차를 세우고 태워주자 신이 났다. 차는 회색 포드 픽업이었고 뒤쪽 범퍼에 '나는 낚시한다, 고로 나는 존재한다. 알래스카주 피터즈버그'라고 인쇄된 스티커가 붙어 있었다. 트럭 운전자는 전기 기술자이며 앵커리지로 가는 중이라고 했는데, 맥캔들리스보다 나이가 그렇게 많지는 않았다. 이름은 짐 갤리언이라고 했다.

세 시간 후에 갤리언은 고속도로를 빠져나와 서쪽으로 방향을 돌렸고 잡초가 무성한 울퉁불퉁한 길을 차로 갈 수 있는 데까지 갔다. 그가 크리스 맥캔들리스를 스탬피드 트레일에 내려주었을 때, 기온은 영하 1도였고 땅에는 딱딱한 봄눈이 40센티미터 넘는 두께로 덮여 있었다. 밤에는 영하 10도 아래로 떨어질 터였다. 청년은 흥분을 감추지 못했다. 마침내 그는 광대한 알래스카 황야에 혼자 서 있었다.

인조 털 파카를 입고 한쪽 어깨에 소총을 메고 기대에 부풀어 그 길을 걸어갈 때, 크리스 맥캔들리스가 갖고 있던 식량은 안남미 4.5킬로그램짜리 한 자루와 갤리언이 준 샌드위치 두 개, 그리고 콘칩 한 봉지가 다였다. 그로부터 1년 전에 맥캔들리스는 캘리포니아만 옆에서 값싼 낚싯대와 릴로 잡은 넉넉한 양의 물고기와 쌀 2킬로그램으로 한 달 넘게 살아본 경험이 있었기 때문에 알래스카 황야에서도 장기간 머물 수 있는 식량을 충분히 마련할 거라 확신했다.

반쯤 찬 배낭에서 가장 많은 무게를 차지하는 물건은 책이었다. 페이퍼백이 아홉 권인가 열 권 있었는데, 대부분 닐랜드에서 잰 버리스가 준 것이었다. 그중에는 소로와 톨스토이와 고골이 쓴 책도 있긴 했지만, 그렇다고 해서 맥캔들리스가 문학에 심취한 속물은 아니었다. 마이클 크라이튼, 로버트 피어시그, 루이스 라머의 보급판 책을 비롯해 자신이 즐겁게 읽을 거라고 생각한 책들을 가져갔을 뿐이다. 노트를 깜빡한 탓에 그는《타나이나 식물학》뒤쪽의 빈 페이지에 간단한 일기를 적었다.

스탬피드 트레일의 도시 힐리에는 겨울 몇 달 동안 개썰매꾼, 스키경기 참가자, 스노머신을 광적으로 즐기는 사람들이 찾아오긴 하지만, 그것도 3월 하순이나 4월 초에 언 강물이 녹기 시작할 때까지만이다. 크리스 맥캔들리스가 그 오지로 갔을 즈음에는 커다란 강줄기 대부분에 물이 흐를 때여서 두세 주 전부터 인적이 끊긴 상태였다. 단단한 땅에 새겨진 스노머신의 희미한 바퀴 자국만이 맥캔들리스에게 길잡이 역할을 해주었다.

크리스 맥캔들리스는 그곳에 간 지 이틀째에 테클라니카강에 도착했다. 강둑으로 흘러넘친 물이 얼어서 삐쭉삐쭉하게 늘어서긴 했지만, 물을 가로지르는 얼음 다리는 전혀 없었기 때문에 어쩔 수 없이 물속을 걸어서 건너야 했다. 연초에 강이 녹기 시작하고 4월 초에 대규모 해빙이 있긴 했지만, 그 이후로 날씨가 다시 추워졌기 때문에 그가 강을 건널 때는 강물 높이가 굉장히 낮아져서 기껏해야 허벅지까지밖에 오지 않았고 그래서 별 어려움 없이 건너편으로 갈 수 있었다.

아마 전혀 짐작도 못했겠지만 강을 건너는 동안 맥캔들리스는 자신이 돌이킬 수 없는 실수를 하고 있다는 사실을 까맣게 몰랐을 것이다. 그로부터 두 달이 지나면 테클라니카강 상류의 빙하와 만년설이 여름의 열기에 녹으면서 물의 양이 아홉 배에서 열 배 정도 많아지므로 4월에 별 문제없이 건너온 적당한 깊이의 강물과는 전혀 다른 깊고 사나운 급류가 될 거라는 암시가 미숙한 눈에는 전혀 보이지 않았다.

그의 일기를 보면 4월 29일에 어딘가에서 얼음에 빠졌다는 내용이 나온다. 아마도 테클라니카 서쪽 강둑 바로 너머에서 녹고 있는 여러 개의 비버 연못을 건널 때 일어났던 일인 것 같은데,

그 사고로 어디를 다쳤는지는 전혀 기록되어 있지 않다. 다음 날 길을 따라 산등성이에 이르렀을 때 맥캔들리스는 매킨리산의 높고 눈이 부신 흰색 방벽들을 처음으로 얼핏 보았고, 그다음 날인 5월 1일에는 갤리언이 내려준 곳에서 32킬로미터쯤 떨어진 수샤나강 옆에서 낡은 버스 한 대를 우연히 발견했다. 버스에는 침대와 드럼통 난로가 갖추어져 있었으며, 이전 방문자들이 그곳을 임시 피난처로 삼은 덕에 성냥과 방충제를 비롯한 필수품도 저장되어 있었다.

그는 일기에 "기적의 버스를 발견한 날"이라고 적어놓았다. 그는 당분간 버스에서 지내면서 그 투박한 안락함을 누리기로 했다.

버스 안에서 지낼 수 있게 되자 크리스 맥캔들리스는 한껏 들떴다. 승리에 도취된 그는 비바람을 막느라 버스 안의 깨진 유리창에 대놓은 합판에 독립선언을 휘갈겨놓았다.

2년 동안 그는 지구를 걷는다. 전화도, 돈도, 애완동물도, 담배도 없다. 완전한 자유. 극단주의자. **거리**가 집인 심미적 여행자. 애틀랜타에서 벗어났다. 너는 돌아가지 않을 것이다. '서부가 최고'이기 때문이다. 2년간의 방랑 후에 드디어 가장 위대한 모험이 다가온다. 내면의 잘못된 존재를 죽이고 영혼의 순례를 성공적으로 마치기 위한 최고의 전쟁이다. 열흘 밤낮을 화물열차를 타고 히치하이크를 해서 드디어 그는 위대한 흰색의 북쪽 땅, 캐나다에 이른다. 이제 더는 문명에 오염된다는 느낌을 갖지 않으려, 홀로 그 땅을 걸어 **야생 속으로 들어간다.**

알렉산더 슈퍼트램프, 1992년 5월

하지만 얼마 안 가 공상은 현실 앞에서 무너졌다. 우선 사냥부터 만만치 않았다. 오지에 들어가고 첫 주에 매일 적은 일기에는 "나약함", "눈에 갇힘", "완전한 실패"라는 표현이 있다. 5월 2일에 회색 곰 한 마리를 보았지만 총을 쏘지 못했고, 5월 4일에는 오리 몇 마리를 향해 총을 쐈지만 맞추지 못했으며, 5월 5일에 마침내 캐나다뇌조를 죽여서 먹었다. 하지만 그 이후로 아무것도 잡지 못하다가 5월 9일이 되어서야 작은 다람쥐 한 마리를 잡았다. 그즈음 일기에는 "나흘째 굶주림"이라고 적혀 있다.

그런데 그 직후 갑자기 상황이 좋아졌다. 5월 중순쯤 태양이 하늘 높이 돌면서 침엽수림대에 빛을 가득 채웠다. 매일 24시간에서 태양이 북쪽 지평선 아래로 내려가는 시간은 네 시간도 안 되었기 때문에 한밤중에도 하늘은 여전히 밝아서 책을 읽을 수 있을 정도였다. 북쪽을 향해 있는 언덕과 그늘진 골짜기를 제외하고 모든 들판의 눈이 녹아 맨땅이 되면서 지난 계절에 열렸던 들장미 열매와 월귤이 모습을 나타냈다. 맥캔들리스는 이 열매들을 양껏 모아 먹었다.

사냥도 훨씬 잘되어서 여섯 주 동안 다람쥐, 뇌조, 오리, 거위,

호저를 잡아 자주 포식을 했다. 5월 22일에 어금니에서 치아 크라운이 떨어졌지만, 그렇다고 해서 맥캔들리스가 풀이 죽은 것 같지는 않다. 다음 날 버스의 정북 쪽 외딴 곳에 910미터 높이로 혹같이 솟아 있어 그 꼭대기에 서면 알래스카산맥의 얼음으로 뒤덮인 길 전부와 끝없이 펼쳐진 그리고 사람이 살지 않는 지역까지 보이는 이름 없는 산으로 올라간 걸 보면 말이다. 그날 일기 내용은 평소 그답게 간결하긴 하지만 확실히 기쁨에 넘쳐 있다. "산에 오르다!"

짐 갤리언에게 크리스 맥캔들리스는 오지에 머무는 동안 계속 움직일 거라고 했다.

"서쪽으로 계속 걸어갈 거예요. 베링해까지 걸어갈지도 몰라요."

5월 5일, 버스에서 나흘을 머문 후에 맥캔들리스는 다시 답사를 시작했다. 그의 미놀타 카메라에서 현상한 사진들을 보면, 지금은 희미해진 스탬피드 트레일을 못 보고(아니면 일부러 그 길로 가지 않고) 수샤나강 위쪽 언덕을 통해 서쪽과 북쪽으로 가면서 사냥을 했던 것 같다.

가는 길은 더뎠다. 먹을 걸 마련하기 위해 매일 꽤 많은 시간을 짐승에 접근하는 데 바쳐야 했다. 그뿐만 아니라 땅이 녹으면서 길이 습한 늪으로 변하거나 오리나무 때문에 지나기가 힘들어졌다. 그제야 맥캔들리스는 북극에 관한 기본적인(생각한 것과는 다른) 격언 하나가 기억났다. 육로로 오지를 지나는 여행자에게는 여름보다 겨울이 낫다는 격언이었다.

해안 지대까지 800킬로미터를 걸어간다는 원래 계획이 얼마나 어리석은 꿈이었는지 똑똑히 깨닫고 나서 맥캔들리스는 계획을 수정했다. 버스에서 채 24킬로미터도 안 되는 거리지만 토클랏강에서 더는 서쪽으로 가지 못하고 5월 19일에 방향을 돌렸다. 일주일 후에 그 버려진 차로 되돌아왔지만 후회한 것 같지는 않다. 그는 수샤나강 유역이 야생을 경험하겠다는 원래의 목적에 걸맞게 충분히 거칠며, 남은 여름을 지내기에 페어뱅크스 버스 142번이 훌륭한 베이스캠프가 될 거라고 생각했다.

하지만 아이러니하게도 그 버스를 둘러싸고 있는 땅, 맥캔들리스가 '야생으로 들어가기로' 결심하고 지낸 잡초가 무성한 황야는 알래스카의 기준으로 볼 때 황야의 자격이 없다. 동쪽으로 50킬로미터도 안 가서 주요 도로인 조지 파크스 고속도로가 있다. 남쪽으로 겨우 25킬로미터 떨어진 외곽 지대의 급경사면 너머에는 국립공원관리청이 순찰하는 도로를 통해 수백 명의 관광객이 데날리 공원에 매일 몰려든다. 그리고 그 심미적인 여행자는 모르고 있었지만, 버스에서 10킬로미터 반경 안에 통나무집이 네 개 있었다. 비록 1992년 여름에는 아무도 살지 않았지만 말이다.

하지만 버스가 이처럼 문명과 비교적 가까이 있었는데도 맥캔들리스는 자신의 목표를 이루기 위해 세상의 나머지와 단절했다. 그는 통틀어 넉 달 정도를 그 오지에서 보냈는데, 그 기간에 단 한 사람도 만나지 않았다. 그러니까 수샤나강 지역은 그의 목숨을 잃게 할 정도로 충분히 외떨어져 있던 셈이다.

5월 마지막 주에 크리스 맥캔들리스는 소지품 몇 가지를 버스 안으로 옮긴 후 양피지 같은 자작나무 껍질에 해야 할 자질구레한 일들을 적었다. 강에서 얼음을 가져와 보관했다가 고기 냉장에 쓸 것, 유리가 없는 창문에 비닐을 덮을 것, 땔나무를 마련해놓을 것, 난로에 쌓인 오래된 재를 청소할 것 등이었다. 그리고 '**장기 과제**'라는 제목 아래에는 더 야심 찬 계획들을 적어놓았다. 그 지역의 지도를 만들 것, 욕조를 만들 것, 짐승의 가죽과 털을 모아 옷을 만들 것, 근처 시냇물을 가로지르는 다리를 만들 것, 휴대용 조리도구를 수리할 것, 사냥감들이 다니는 길을 표시할 것 등이었다.

버스로 돌아온 다음 일기에는 야생의 사냥감이라는 카테고리가 있었다. 5월 28일, "고메 덕!" 6월 1일, "다람쥐 다섯 마리." 6월 2일, "호저, 뇌조, 다람쥐 네 마리, 그레이 버드." 6월 3일, "또 한 마리의 호저! 다람쥐 네 마리, 그레이 버드 두 마리, 애시 버드 한 마리." 6월 4일, "세 번째 호저! 다람쥐, 그레이 버드."

6월 5일에는 크리스마스 칠면조만큼이나 큰 캐나다기러기를 총으로 잡았다. 6월 9일에는 최고로 큰 사냥감을 손에 넣었다. 그는 일기에 "**무스!**"라고 적었다. 기쁨과 자랑스러움에 잔뜩 들뜬 사냥꾼은 전리품 앞에 무릎을 꿇고 총은 의기양양하게 머리 위로 들고 사진을 찍었는데, 기쁨과 놀라움으로 이목구비가 뒤틀리도록 입을 딱 벌린 그의 모습은 리노에 갔다가 100만 달러를 딴

실직한 관리인 같았다.

크리스 맥캔들리스는 자급자족해 살려면 사냥은 불가피하다는 것 정도는 알 만큼 현실주의자이긴 했지만, 그래도 동물을 죽이는 것에 대해 언제나 상반되는 감정을 갖고 있었다. 그 상반되는 감정이 무스를 쏜 직후에는 죄책감으로 변했다. 무스는 무게가 270킬로그램에서 320킬로그램 정도로 비교적 작은 편인 듯했지만, 그럼에도 엄청난 양의 고기가 되었다. 맥캔들리스는 식량으로 쓰려고 총을 쏴서 짐승을 죽여놓고 어느 한 부분이라도 버리는 것은 도덕적으로 변명의 여지가 없다고 생각했기 때문에 자신이 죽인 짐승이 상하기 전에 보관하려고 엿새를 고기 손질에 매달렸다. 그는 파리와 모기로 자욱하게 덮인 죽은 짐승을 잘랐고, 내장을 끓여 스튜를 만들었고, 버스 바로 아래 있는 돌투성이 개울 둑 앞에 힘들게 굴을 판 다음 그 안에 큼직한 보라색 고기 조각들을 넣고 연기를 피워 보관하려 했다.

알래스카 사냥꾼들은 오지에서 가장 쉬운 고기 보관 방법은 고기를 얇은 조각으로 자른 다음 임시로 만든 선반에 널어 자연 건조시키는 거라는 사실을 알고 있다. 하지만 순진한 맥캔들리스는 사우스다코타에서 그에게 조언을 해준 사냥꾼들의 충고를 따랐다. 그들은 고기를 훈제하라고 조언했는데, 알래스카와 같은 환경에서는 쉽지 않은 일이었다. 맥캔들리스는 6월 10일의 일기에 이렇게 적어놓았다.

“고기를 자르는 일은 굉장히 어렵다. 파리와 모기가 떼를 지어 몰려든다. 창자, 간, 신장, 한쪽 폐, 살을 잘라낸다. 뒷부분과 다리는 늘어지게 놔둔다.

6월 11일, 심장과 나머지 폐를 제거한다. 앞다리 두 개와 머리를 잘라낸다. 나머지는 그냥 늘어뜨린다. 굴 근처로 운반한다. 연기를 내서 보관하는 방법을 써본다.

6월 12일, 반쪽 흉곽과 고기를 잘라낸다. 밤에만 작업을 할 수 있다. 계속 연기를 피운다.

6월 13일, 남은 흉곽과 어깨, 목을 굴로 가져간다. 연기가 나기 시작한다.

6월 14일, 벌써 구더기가 생겼다! 연기는 효과가 없는 것 같다. 모르겠다, 완전한 실패 같다. 무스를 잡지 않았더라면 좋았을 뻔했다. 내 인생의 아주 큰 비극이다.”

그쯤 되자 고기 보관을 포기하고 고깃덩이를 늑대에게 던져 주었다. 자신이 잡은 생명을 그런 식으로 낭비해버린 것을 몹시 자책했지만, 그다음 날이 되자 생각이 달라진 것 같다. 그의 일기에는 이렇게 적혀 있다.

“내 잘못이 아무리 크다고 해도, 이제부터는 잘못을 받아들이는 법을 배우려 한다.”

무스 사건이 있은 직후 맥캔들리스는 소로의 《월든》을 읽기 시작했다. 소로가 먹는 일의 도덕성을 숙고하는 내용을 적은 ‘보다 높은 법칙들’이라는 장에서 맥캔들리스는 “물고기를 잡아 내장을 제거하고 요리를 해서 먹은 다음에도 왠지 배가 채워진 것 같지 않았다. 불충분하고 불필요한 짓이었으며, 들어간 수고에 비해 얻은 것이 별로 없었다"라는 구절에 밑줄을 쳐놓았다.

그리고 여백에 '무스'라고 쓰고는 같은 페이지의 다음 구절에 표시를 해놓았다.

> 육식에 대한 거부감은 경험에서 비롯된 것이 아니라 본능이다. 소박하게 살아가고 검소한 식사를 하는 것이 내게는 여러 가지 면에서 더 아름다운 삶처럼 보였다. 나는 꼭 그대로 살진 못했지만, 나의 상상력을 충족할 정도로는 해왔다. 고상하고 시적인 능력을 최고의 상태로 유지하려고 최선을 다하는 사람이라면 육식을 특히 멀리하고 어떤 음식이든 많이 먹지 않으려 한다는 것을 나는 알고 있다. (……)
> 자신의 상상력을 해치지 않을 만큼 소박하고 깨끗한 음식을 마련하고 요리하는 것이 쉬운 일은 아니다. 하지만 우리가 육체에 먹을 것을 줄 때 상상력에도 먹을 것을 주어야 한다고 나는 생각한다. 이 둘은 같은 식탁에 함께 앉아야 한다. 얼마든지 가능한 일이다. 과일을 적당하게 먹을 때 우리는 식욕을 부끄럽게 여길 필요가 없으며, 아주 가치 있는 일을 추구하는 것에 방해를 받지도 않는다. 그러나 음식에 지나칠 정도로 양념을 치면 그것은 독이 된다.

두 페이지 뒤에는 이렇게 적었다.

"그래, 음식을 **의식해야 한다**. 신성한 음식을 (……) **집중해서** 요리하고 먹어야 한다."

일기장 용도로 쓰이는 책의 뒷면에는 이렇게 적어놓았다.

나는 다시 태어났다. 이제 시작이다. **진짜** 삶이 시작되었다.
신중하게 살기- 삶의 기본적인 것들에 의식적으로 주의를 기울이고, 직접 접해 있는 환경 그리고 그 환경과 관련된 일에 지속적으로 주의를 기울일 것. 예를 들어, 작업, 일, 책, 효율적인 집중을 요구하는 어떤 것(상황이라는 건 의미가 없다. 중요한 것은 인간이 어떤 상황에 어떻게 **대처하는가**다. 진정으로 중요한 것은 우리가 현상에 어떻게 대처하고, 그 현상이 우리에게 무엇을 의미하는가다).
음식의 위대한 신성함, 생명에 없어서는 안 될 온기.
실증주의, 미학적 삶이 주는 확고부동한 즐거움.
절대적 진리와 정직.
진실.
독립.
궁극성-안정성-일관성.

무스를 낭비했다는 이유로 자책하는 것도 점차 흐지부지되면서, 맥캔들리스는 5월 중순에 그랬듯 다시 만족스러운 생활을 시작했고 이런 상태는 7월 초가 지나도록 계속되었던 것 같다. 이 무렵, 그가 야생에 살면서 겪은 두 번의 심각한 좌절 중 첫 번째가 찾아왔다.

크리스 맥캔들리스는 야생에서 혼자 두 달을 보내며 배운 것들에 흡족해하면서 이제 그만 문명으로 돌아가기로 했다. '궁극적이고 위대한 모험'을 끝마치고 맥주를 들이켜고, 철학을 얘기하고, 자신의 경험에 대한 얘기로 낯선 사람들을 매혹시킬 수 있는 인간 세상으로 돌아갈 때가 되었다. 이즈음 그는 부모에게서 독립하기를 예전처럼 강하게 주장할 필요를 못 느꼈던 것 같다. 아마도 부모의 결함을 용서할 준비가 되었을 것이다. 그리고 자신의 결함도 용서할 준비가 되었을 것이다. 크리스 맥캔들리스는 어쩌면 집으로 돌아갈 준비가 되었을지도 모른다.

아니었을지도 모른다. 그가 오지 밖으로 걸어 나온 다음 무엇을 할 생각이었는지에 대해 우리는 그저 추측만 할 수 있을 뿐이다. 하지만 그가 걸어 나오기로 했다는 사실에는 의문의 여지가 없다.

오지를 떠나기 전, 그는 해야 할 일을 자작나무 껍질에 적었다.

"바지를 꿰매고, 면도를 한다! 배낭을 정리하고……."

그러고 나서 미놀타 카메라를 빈 기름 통 위에 기대 세워놓고는, 면도를 깨끗하게 하고 군용 모포에서 잘라낸 새 천 조각으로 무릎을 꿰맨 더러운 바지를 입고 노란색 일회용 면도기를 휘두르며 씩 웃는 자신의 모습을 찍었다. 사진 속의 그는 건강해 보이지만 걱정스러울 만큼 수척하다. 두 뺨은 푹 꺼져 있다. 목에는 힘줄이 팽팽한 밧줄처럼 튀어나와 있다.

7월 2일, 크리스 맥캔들리스는 톨스토이의 《행복》을 다 읽고 감동적인 몇 개의 구절에 표시를 해두었다.

> 우리 삶에서 단 하나 확실한 행복이 있다면 다른 사람을 위해 사는 것이라는 그의 말은 옳았다. (……)

> 나는 많은 일을 겪으며 살아왔고, 이제 행복한 삶을 위해 무엇이 필요한지 깨달은 것 같습니다. 그 하나는, 내가 얼마든지 도움을 줄 수 있는 사람들 그리고 도움을 받는 것에 익숙하지 않은 사람들에게 선행을 베풀 수 있는 시골에서의 조용하고 호젓한 삶입니다. 그다음은 삶에 이로움을 줄 수 있는 노동입니다. 그리고 휴식과 자연, 책, 음악, 이웃에 대한 사랑입니다. 바로 이런 것들이 내가 생각하는 행복입니다. 그리고 이 모든 것과 함께 내 짝인 당신과 아이들이 있다면, 무얼 더 바랄 수 있을까요?

7월 3일, 크리스 맥캔들리스는 배낭을 어깨에 메고 자갈길까지 30킬로미터가 조금 넘는 거리를 걷기 시작했다. 이틀 후 목적지의 반쯤 왔을 때, 억수같이 쏟아지는 비를 맞고 선 그의 앞에 비버 연못들이 보였다. 이 연못들은 테클라니카강 서쪽 둑까지 가는 길을 가로막았다. 4월에는 연못들이 얼어 있었기 때문에 장애물이 되지 않았다. 1만 2,000제곱미터의 호수가 길에 펼쳐진 모습을 보고 분명 놀랐을 것이다. 가슴까지 오는 컴컴한 물을 헤치고 걸어갈 수는 없는 노릇이었기 때문에 그는 가파른 언덕을 기어올랐고, 호수들을 빙 돌아 북쪽까지 간 다음 협곡 입구에 있는 강으로 다시 내려갔다.

67일 전인 4월에 맥캔들리스가 그 강을 처음 건널 때만 해도 차갑긴 했지만 물살이 부드럽고 깊이도 허벅지까지밖에 오지 않아 수월하게 건널 수 있었다. 하지만 7월 5일에는 그렇지 않았다. 비가 내린데다 알래스카산맥 높은 곳에 쌓인 빙하에서 녹은 눈까지 더해져 테클라니카강의 물은 엄청나게 불어났으며 물살도 차갑고 빨랐다.

강 건너로 갈 수만 있으면 고속도로까지 가는 길은 어려울 게 전혀 없었지만, 그러려면 우선 30미터 너비의 강을 건너야만 했다. 얼마 전까지만 해도 얼어 있던 물은 온도가 고작 몇 도 올라간 정도였고 빙하의 뿌연 침전물이 섞여 젖은 콘크리트 색을 띠었다. 걸어서 건너기에는 너무 깊은 강물이 화물열차처럼 덜커덕거리며 흘러갔다. 힘찬 물살은 금방이라도 그를 쓰러뜨려 휩쓸고 갈 것 같았다.

크리스 맥캔들리스는 수영에 능하지 못했다. 사실 물을 무서워한다고 몇 사람에게 털어놓기도 했다. 몸을 얼얼하게 할 만큼 차가운 물을 헤엄쳐서 건너는 것도 그렇고 임시변통으로 뗏목 같은 걸 만들어서 노를 저어 간다는 것도 너무 위험해 생각조차 할 수 없었다. 테클라니카강의 물살은 아래쪽으로 흘러가다 좁은 협곡을 지나면서 더 강해져 흰 거품을 어지럽게 일으키며 부글부글 끓었다. 수영을 하든 뗏목을 타든 건너편 강가에 도착하기 한참 전에 그 빠른 물살에 휩쓸려 익사할 것만 같았다.

그날 크리스 맥캔들리스는 일기에 이렇게 적었다.

"낭패다. (……) 비가 내렸다. 강을 건너는 것은 불가능해 보인다. 외롭고, 무섭다."

그 상황에서 강을 건너다가는 물살에 휩쓸려 죽을 것이라고 결론 내렸다. 그 판단은 옳았다. 그건 자살 행위였다. 선택의 문제가 아니었다.

그런데 만일 1.5킬로미터 정도 상류 쪽으로 걸어갔더라면, 여러 수로가 미로처럼 얽히면서 강이 넓어진 걸 발견했을 것이다. 더 꼼꼼하게 살펴보았더라면, 몇 번 시행착오를 거치더라도 강의 여러 지점 중 가슴 깊이까지만 오는 곳을 발견했을 것이다. 물살이 강했기 때문에 분명 휩쓸리긴 했을 테지만, 하류로 떠내려가면서 개헤엄을 치거나 바닥을 딛고 걷는 방법으로 협곡으로 쓸려가거나 저체온이 되기 전에 강을 건넜을 수도 있었다.

하지만 이것 역시 굉장히 위험한 방법이었고, 그 시점에서 맥캔들리스가 그런 모험을 할 이유는 없었다. 그는 오지에서 아주 훌륭하게 혼자 힘으로 지냈다. 참을성을 갖고 기다리다 보면 강물이 결국에는 안전하게 건널 수 있는 수준으로 줄어들 거라고 판단했을 것이다. 그래서 자신이 선택할 수 있는 여러 방법을 비교해본 후 가장 신중한 선택을 했다. 서쪽으로 방향을 돌려 다시 그 버스로, 오지의 불안한 중심으로 돌아간 것이다.

CHAPTER 17

스탬피드 트레일 II

이곳의 자연은 아름답지만 거칠고 무섭다. 나는 경외하는 마음으로 내가 밟고 있는 땅을 내려다보았다. 힘 있는 자들이 만들어낸 것, 그리고 그 작품의 형태, 구조, 소재를 살펴보고 싶었다. 이곳은 우리가 지금까지 들은 것처럼, 혼돈과 오랜 암흑에서 만들어진 바로 그 땅이었다. 이곳에는 사람이 가꾼 정원이 없으며, 사람의 손때가 묻지 않은 세상만 존재했다. 잔디밭도 아니고, 목장도 아니며, 목초지나 삼림지대도 아니고, 풀밭이나 경작지도 아니고, 황무지도 아니었다. 이곳은 영원하도록 만들어진 지구라는 행성의 신선하고도 자연스러운 표면이었다. 우리는 이 땅에서 인간이 살아갈 수도 있다고, 자연이 그렇게 만들었다고, 그러니 그럴 수만 있다면 우리 인간이 이용해도 된다고 말한다. 하지만 이 땅은 인간이 잘 지낼 수 있는 곳이 아니었다. 이 지구는 광활하고 무시무시한 물질이었다. 우리가 흔히 말하는 것처럼 "어머니 같은 대지"가 아니었다. 인간이 밟고 다닐 수 있는 곳도 아니고 인간이 묻힐 곳도 아니었다. 그래, 이곳에 사람의 뼈를 누이는 것마저도 염치없는 일이 될 것이다. 이곳은 원래부터 필요와 운명이 자리하는 곳이었다. 인간에게 친절할 의무 같은 것은 애초에 없는 힘의 존재가 분명하게 느껴졌다. 이곳은 우상숭배와 미신의 의식이 펼쳐지는 곳이었다. 우리보다 암석과 야생동물에 더 가까운 인간들이 살 수 있는 곳이었다. (……) 박물관에 들어가 수많은 특별한 물건을 보는 것을 어찌 별 표면을 보는 것, 원래 자리에 있는 어떤 견고한 물질을 보는 것과 비교할 수 있을까! 나는 내 육신을 두려워하며 서 있다. 나를 가두고 있는 물질이 아주 낯설게 보였다. 나는 정령이나 유령을 무서워하지 않는다. 나도 정령이나 유령 중 하나이기 때문이다. 어쩌면 내 몸도 그럴지 모르겠다. 그러나 나는 육신들을 무서워한다. 육신들을 만나면 두려워 몸이 떨린다. 나를 사로잡고 있는 이 타이탄은 무엇인가? 신비에 대해 이야기하자! 자연 속에서의 우리 삶을 생각해보자! 매일 물질을 보고 그 물질과 접촉하는 삶을 생각해보자! 바위와 나무와 뺨을 스치는 바람! 단단한 대지! 실제 세계! 그리고 공통의 감 각! 이런 것들과 접촉! 접촉! 우리는 누구인가? 우리가 있는 이곳은 어디인가?

헨리 데이비드 소로, 〈크타든〉

크리스 맥캔들리스가 테클라니카강을 건너지 않기로 결심한 지 1년하고 일주일이 지난 후, 나는 반대편 강둑, 그러니까 고속도로가 있는 동쪽에 서서 세차게 흘러가는 물을 바라본다. 나도 그 강물을 건너고 싶다. 그가 발견된 버스에 가보고 싶다. 맥캔들리스가 죽은 곳에 가보고 그가 사망한 이유를 좀 더 확실하게 알아보고 싶다.

덥고 습한 오후이고, 알래스카산맥 높은 곳의 빙하에 여전히 남아 있는 눈이 빠르게 녹아내리는 탓에 물살이 꽤나 사납다. 오늘 강물은 맥캔들리스가 12개월 전에 찍은 사진에서 본 것보다 훨씬 얕아 보이긴 하지만, 요란한 소리를 내며 흘러가는 한여름의 물살을 헤치고 건너는 것은 상상조차 하기 힘들다. 물은 너무 깊고 차갑고 빠르다. 테클라니카강을 바라보는데, 볼링공만 한 돌들이 강한 물살에 떠밀려 하류로 굴러가면서 강바닥에 부딪치는 소리가 들리기도 한다. 그 강을 건너다가는 몇 미터도 못 가 물살에 휩쓸려 아래쪽 협곡으로 순식간에 떠내려갈 것이다. 그 협곡에서 강물은 폭이 좁아져 다음 8킬로미터를 거칠 것 없이 거품을 내며 무서운 속도로 흘러간다.

하지만 크리스 맥캔들리스와는 다르게 내 배낭에는 1:63,360 비율의 지형도(즉, 2.5센티미터가 1.6킬로미터를 나타내는 지도)가 들어 있다. 정교하고 상세한 그 지도를 보면 강 하류 쪽으로 0.8킬로미터 지점에 위치한 협곡 입구에 미국지질조사국에서 세운 관측소가 표시되어 있다. 또한 크리스 맥캔들리스와는 달리 나는 세 명의 동행인과 이곳에 있다. 알래스카인인 로만 다이얼과 댄 솔리, 그리고 캘리포니아에서 온 로만의 친구 앤드루 리스케와 함께 있다. 관측소는 스탬피드 트레일이 강으로 이어지는 곳에서는 보이지 않지만, 가문비나무와 작은 자작나무 사이를 뚫고 20분쯤 가자 로만이 소리친다.

"저기 있어요! 100미터 조금 안 되는 곳에요!"

그곳으로 가서 보니, 2.5센티미터 굵기의 강철선이 우리 쪽에 있는 4.5미터 높이의 탑과 120미터 떨어진 반대쪽 노두암석이나 지층이 흙이나 식물 등으로 덮여 있지 않고 지표에 직접 드러나 있는 곳 사이에 있는 협곡을 가로지른다. 그 선은 테클라니카강의 계절별 변화를 기록하기 위해 1970년에 설치되었다. 수리학자들은 선에 도르래와 함께 매달린 알루미늄 양동이를 이용해 강 위를 오갔다. 그들은 양동이에서 무거운 다림줄을 떨어뜨려 강의 깊이를 측정했다. 관측소는 자금 부족으로 9년 전에 업무가 중단되었지만, 양동이는 우리 쪽(고속도로 쪽)에 있는 탑에 묶인 채 보관되어 있어야 했다. 하지만 우리가 탑의 꼭대기에 올라가 보았을 때 양동이는 없었다. 세차게 흐르는 강물 너머를 보니, 멀리 강의 반대편 기슭(버스가 있는 쪽)에 그 양동이가 보였다.

알고 봤더니, 지역 사냥꾼들이 외부인들이 테클라니카강을 건너 자신들의 구역을 침범하지 못하도록 양동이가 매달렸던 줄을 잘라 양동이를 강 건너편으로 보냈다고 한다. 1년 하고 1주일 전 맥캔들리스가 그 오지에서 나오려고 했을 때, 양동이는 지금 있는 바로 그 장소, 그가 있던 쪽에 있었다. 그가 그 사실을 알았더라면, 강을 안전하게 건너는 일은 문제도 아니었을 것이다. 하지만 지도가 없었으므로 구조수단이 그처럼 가까이에 있다는 것을 알 도리가 없었다.

우드슨 고등학교 크로스컨트리 팀에 있던 맥캔들리스의 친구 앤디 호로비츠는 이렇게 말했다.

"크리스는 시대를 잘못 타고 났어요. 그는 오늘날 사회가 사람들에게 허용하는 것 이상의 모험과 자유를 찾으려 했어요."

알래스카로 가면서 크리스 맥캔들리스는 미지의 지역을 떠돌고 싶어 했고, 지도에 나와 있지 않은 곳을 찾고 싶어 했다. 하지만 1992년, 지도에 나와 있지 않은 장소는 이제 없었다. 알래스카에도 없었고, 다른 어디에도 없었다. 그래서 크리스 맥캔들리스, 특이한 논리를 가진 그는 이 딜레마를 풀 멋진 해결책을 생각해냈다. 지도를 없앤 것이다. 그의 생각에서는 '지도를 없애는 순간 그 대지는 미지의 장소'로 남아 있는 것이다.

좋은 지도가 없었기 때문에 크리스 맥캔들리스는 강 위로 이어져 있는 그 강철선 역시 알지 못했다. 그래서 테클라니카강의 세찬 물살을 보며 동쪽 강둑으로 가는 것은 불가능하다는 잘못된 결론을 내리고 말았다. 탈출 경로가 차단되었다고 생각했으므로 다시 버스로 돌아갔다. 지형을 전혀 모르고 있었으니 그렇게 하는 것이 당연했다. 그런데 왜 그때 그는 버스에서 머물며 굶주리고 있었을까? 어째서 수심이 훨씬 얕아지고 강을 건너는 것이 안전할 수도 있는 8월이 되었는데도 다시 건너보려는 시도를 하지 않았을까?

이런저런 의문으로 혼란스럽고 뒤숭숭해 하면서, 나는 그 페어뱅크스의 142번 버스의 녹슨 잔해에서 어떤 단서를 얻길 바라고 있다. 하지만 버스에 가려면 나 역시 강을 건너야 하고, 그 알루미늄 운반차는 여전히 건너편 강가에 묶여 있다.

나는 강 동쪽에 있는 탑 꼭대기에 서서 암벽 등반 장비를 이용해 강철선에 매달린 다음 두 손을 번갈아 움직이며 앞으로 나가기 시작했다. 등산가들이 티롤리안 트래버스라고 부르는 방식으로 건너는 것이다. 막상 해보니 예상보다 더 힘이 들었다. 출발한 지 20분 만에 드디어 맞은편 강둑의 노두에 닿았지만, 완전히 지치고 힘이 빠져 팔을 들 힘도 없다. 겨우 숨을 고르고 나서 양동이(폭이 60센티미터이고 길이가 120센티미터인 직사각형 알루미늄 차)에 올라타고, 체인을 풀고, 동료들을 건네기 위해 협곡의 동쪽으로 다시 간다.

강철선은 강 한가운데서 눈에 띄게 늘어져 있다. 그래서 내가 노두를 떠나는 순간, 양동이는 무게 때문에 금세 가속이 붙어 철선을 따라 가장 낮은 지점까지 순식간에 내려갔다. 양동이에 타고 있는 동안 몸이 오싹해졌다. 시속 32킬로미터에서 48킬로미터로 급류 위를 빠르게 내달리면서 나도 모르게 목에서 끔찍한 비명이 터져 나왔는데, 그 비명을 듣고 나서야 내가 전혀 위험한 상황이 아님을 떠올리며 평정을 되찾았다.

협곡 서쪽에 무사히 도착한 우리 네 사람은 30분 동안 힘겹게 삼림을 헤치고 나가 스탬피드 트레일에 이르렀다. 우리 차를 세워놓은 장소에서 강까지 우리가 이미 지나온 15킬로미터 정도의 길은 완만하고 표시도 잘 되어 있으며 비교적 사람이 많이 다니는 곳이었다. 하지만 이제 걸어가야 할 15킬로미터 길은 완전히 딴판이다.

봄과 여름 몇 달 동안은 테클라니카강을 건너는 사람이 거의 없기 때문에, 길의 대부분에 덤불이 우거져 있어 길로 잘 분간이 되지 않았다. 강을 지나자마자 길은 서남쪽으로 굽었다가 물살이 빠른 시냇물의 강바닥으로 이어졌다. 그리고 비버들이 이 시냇물을 가로질러 정교한 둑들을 지어놓았기 때문에, 계속 가려면 1만 2,000제곱미터 넓이의 호수를 지나야 했다. 비버 호수는 가슴 깊이까지밖에 안 오지만, 물이 차갑기도 하거니와 물을 휘저으며 나갈 때 두 발로 바닥에 있는 오물을 휘젓게 되는 탓에 부패한 진흙에서 악취가 진동했다.

길은 가장 높은 곳에 있는 연못 위 언덕으로 이어지고, 그다음에는 구불구불하고 돌이 많은 강바닥과 다시 합해지고, 그다음에는 키 작은 초목의 정글로 이어졌다. 걸어가기가 그렇게 어렵지는 않지만, 길 양쪽에서 엉키며 밀려드는 4.5미터의 오리나무들 때문에 분위기가 음침하고 좁은 곳에 갇혀 짓눌리는 느낌이 들기도 했다. 구름떼처럼 모여든 모기는 날이 얼마나 끈적이고 뜨거운지 적나라하게 보여준다. 모기들이 귀를 찌르는 듯한 윙윙 소리를 내며 울고, 멀리 지평선 위로 시커멓게 올라오는 뇌적운에서 이 침엽수림대로 밀려오는 요란한 천둥의 소리가 몇 초마다 모기 소리를 대신했다.

사슴덤불에 긁혀 정강이에 피가 맺히고 여기저기 상처가 생겼다. 길에 쌓여 있는 곰의 배설물과 생긴 지 얼마 안 된 것 같은 회색 곰의 흔적(발자국이 260사이즈 신발의 한 배 반만 하다)을 보며 나는 어쩔 줄을 몰라 한다. 우리들 중 아무도 총을 가지고 있지 않다. 나는 곰과 갑작스럽게 마주치는 일은 없기를 바라면서 덤불에 대고 외쳤다.

“어이, 회색 곰! 그냥 지나가는 게 좋을걸! 괜히 힘 뺄 필요는 없잖아!”

나는 지난 20년 동안 알래스카에 스무 번쯤 와봤는데, 산에도 올랐고, 목수와 연어 낚시꾼과 저널리스트로 일하기도 했고, 그냥 빈둥거리기도 했으며, 이곳저곳 뒤져보기도 했다. 올 때마다 혼자서 많은 시간을 보냈고, 그 시간은 대개 만족스럽다. 사실 버스에 가보는 이번 여행도 혼자 하려고 했기 때문에, 친구 로만이 따라 나서고 게다가 두 사람까지 끌어들였을 때는 화가 났다. 하지만 지금은 그들이 함께 와준 것이 감사하다. 야생 덤불이 무성한 이 풍경에는 사람을 불안하게 하는 뭔가가 있다. 내가 아는 다른 더 외진 곳들, 이를테면 동토 지대로 둘러싸인 브룩스산맥의 언덕이나 알렉산더군도의 운무림, 심지어 얼음이 얼고 강풍이 휘몰아치는 데날리 단층지괴의 고지보다 더 불길한 느낌을 준다. 이곳에 혼자 있는 게 아니어서 정말 다행스럽다.

밤 아홉 시. 길모퉁이를 도니 거기, 작은 공터 가장자리에 그 버스가 있다. 붉은색 잡초 더미가 차축보다 높이 자라 버스의 바퀴집들을 틀어막고 있다. 페어뱅크스 버스 142번은 사시나무 숲 옆, 그리 높지 않은 절벽에서 10미터 정도 뒤쪽, 수샤나강과 그보다 작은 지류가 합해지는 것이 내려다보이는 고지대에서 있다. 사방이 툭 트이고 빛이 가득 들어오는 매력적인 장소다. 크리스 맥캔들리스가 왜 이곳을 베이스캠프로 정했는지 알겠다.

우리는 버스에서 어느 정도 떨어진 곳에 멈춰 서서 아무 말 없이 한동안 버스를 바라보았다. 버스의 페인트칠이 벗겨져 허옇게 일어났다. 창문 몇 개는 사라지고 없다. 버스 주위에는 수백 개의 가느다란 뼈가 수천 개의 호저 깃과 섞여 여기저기 흩어져 있다. 맥캔들리스의 식량 대부분을 차지했던 작은 사냥감들의 잔해다. 주변에는 유독 큰 뼈도 하나 있다. 그가 총으로 쏴서 잡고는 괴로워했던 무스의 뼈다.

고든 사멜과 켄 톰슨이 맥캔들리스의 시신을 발견한 직후 내가 그들에게 물었을 때, 두 사람 다 그 커다란 뼈는 순록의 뼈라고 (강경하고 명확하게) 주장하면서 자기가 죽인 짐승을 무스라고 착각한 풋내기의 무지를 비웃었다. 톰슨은 내게 이렇게 말했다.

"늑대들이 뼈를 좀 흩어놓긴 했지만, 그 짐승이 순록이라는 것은 확실했어요. 그 청년은 자기가 여기서 뭘 하고 있었는지도 몰랐던 거죠."

사멜이 경멸하는 말투로 끼어들었다.

"분명히 순록이었어요. 그 청년이 자기가 무스를 쏜 것으로 생각했다는 기사를 신문에서 본 순간 나는 그가 알래스카 사람이 아니라는 걸 알았어요. 무스와 순록은 전혀 달라요. 완전히 다르죠. 그 둘을 구분하지 못한다면 정말 멍청한 거예요."

나는 수많은 무스와 순록을 죽여본 베테랑 알래스카 사냥꾼들인 사멜과 톰슨의 말을 그대로 믿고는 〈아웃사이드〉에 기사를 실으면서 맥캔들리스의 실수를 정식으로 보도했다. 그렇게 해서 맥캔들리스가 터무니없을 만큼 준비를 소홀히 했으며 그 최후의 변경에 있는 주요 황야는 말할 것도 없고 다른 어떤 야생으로도 갈 자격이 없었다는 수많은 독자의 견해를 인정한 셈이었다. 어느 알래스카 통신원은 이렇게 말했다.

"크리스 맥캔들리스는 어리석어서 죽기도 했지만, 그가 자칭 모험이라고 했던 것의 범위가 너무 보잘것없어서 측은하게 느껴질 정도다. 힐리에서 몇 킬로미터 떨어진 곳에 있는 버려진 버스 안에 웅크리고 있었고, 어치와 다람쥐를 사냥했고, 순록을 무스로 착각했다(이렇게 하기는 굉장히 어렵다). (……) 그 사람에 대해서는 단 한마디로 말할 수 있다. 그는 부적격자다."

크리스 맥캔들리스를 호되게 비난하는 편지가 많이 날아왔는데, 아니나 다를까 내가 받은 편지들에서 사람들은 하나같이 순록을 무스로 착각한 것을 그가 오지에서 생존하는 법에 대해 아무것도 몰랐다는 증거로 언급했다. 하지만 그렇게 분노에 차서 편지를 쓴 사람들이 몰랐던 사실이 있다. 맥캔들리스가 사냥한 그 발굽동물은 그가 얘기한 바로 그것이라는 사실이다. 내가 〈아웃사이드〉에서 보도한 것과는 달리, 그 동물은 무스였다. 동물 잔해에 대한 자세한 조사 결과도 그렇게 나왔고, 그 동물을 사냥하고 나서 찍은 사진들을 나중에 확인한 바로도 의심의 여지가 없었다. 그가 스탬피드 트레일에서 몇 가지 실수를 하긴 했지만, 순록을 무스와 혼동한 것은 실수에 포함되지 않았다.

나는 무스 뼈를 지나 차로 다가간 다음 뒤쪽 비상구를 통해 버스 안으로 들어갔다. 문 바로 안쪽에 찢어지고 얼룩이 묻고 꺼진 매트리스가 있는데, 그 위에서 맥캔들리스의 시신이 발견되었다. 녹색 플라스틱 물통, 물 정화제가 든 작은 병 하나, 다 쓴 입술보호크림 통, 군용 물자 판매점에서 파는 모양의 단열 플라이트 바지 한 벌, 책등이 뜯어진 베스트셀러《오 예루살렘!O Jerusalem!》페이퍼백 한 권, 털장갑, 방충제, 성냥이 가득 든 상자 하나, 흐릿한 검은색 잉크로 발목 부분에 갤리언 이름이 쓰인 갈색 고무 작업화 한 켤레 등 맥캔들리스의 소지품이 매트리스 천 주위에 흩어져 있는 것을 보고 왠지 나는 흠칫 놀랐다.

창문 몇 개에 유리가 없는데도, 그 휑한 차 안의 공기는 퀴퀴하고 냄새가 났다. 로만이 말했다.

"윽, 안에서 죽은 새들 냄새가 나."

잠시 후에 냄새의 근원지를 발견했다. 새 몇 마리의 깃털과 솜털과 잘린 날개들이 가득 든 비닐 쓰레기봉투다. 맥캔들리스가 보온을 위해 옷에 넣거나 아니면 깃털 베개를 만들려고 보관하고 있었던 것 같다.

버스 앞쪽을 보니 석유램프 옆에 임시로 만든 합판 식탁이 있고 그 위에 맥캔들리스가 쓰던 냄비와 접시들이 쌓여 있다. 긴 가죽 칼집에는 머리글자 R. F가 솜씨 있게 새겨져 있다. 그가 솔턴 시티를 떠날 때 로널드 프란츠가 준 큰 칼의 칼집이다.

크리스 맥캔들리스의 푸른색 칫솔이 반쯤 빈 콜게이트 치실통과 나란히 있고, 그 옆에는 그곳에 온 지 3주 되던 때 치아에서 떨어졌다고 일기에 적어놓은 금으로 된 어금니 크라운이 있다. 거기서 조금 떨어진 곳에는 수박만 한 두개골이 있는데, 하얀 턱뼈에 두꺼운 상아색 어금니들이 솟아 있다. 맥캔들리스가 살기 몇 년 전에 그 버스를 찾아온 누군가가 사냥한 회색 곰의 두개골이다. 두개골에 있는 총알 구멍 주변에 크리스 맥캔들리스의 단정한 글씨가 새겨져 있다. "상상 속의 곰, 우리 마음속에 있는 그 짐승을 모두 환호하며 맞이하라. 알렉산더 슈퍼트램프, 1992년 5월."

위를 올려다보니, 오랜 세월에 걸쳐 그곳을 찾아온 수많은 방문객이 남긴 낙서로 차의 금속 벽이 뒤덮여 있다. 로만은 4년 전 알래스카산맥을 여행할 때 그 버스에 들렀다가 남긴 메시지를 가리킨다. "1989년 8월, 클라크 호수로 가는 중에 국수 먹는 사람들이." 로만처럼 대부분의 사람들이 자신의 이름과 방문 날짜 정도를 적어놓았다. 하지만 맥캔들리스가 새겨놓은 낙서 중 하나는 유독 길고 표현이 풍부했다. 좋아하는 가수 로저 밀러의 노래 가사에 공감하며 기쁜 마음으로 새긴 낙서였다. "2년 동안 그는 지구를 걷는다. 전화도, 돈도, 애완동물도, 담배도 없다. 완전한 자유. 극단주의자. **거리**가 집인 심미적 여행자……."

이 낙서 바로 아래 녹슨 기름통으로 만든 난로가 놓여 있다. 가문비나무 줄기의 3.5미터 부분이 버스의 열린 문에 끼어 있고, 그 나무에 찢어진 리바이스 청바지 두 벌이 펼쳐진 채 매달려 있다. 맥캔들리스가 햇빛에 말리기 위해 걸어놓은 듯하다. 허리가 30인치에 안쪽 솔기의 길이가 32인치인 한 벌은 은박 테이프로 아무렇게나 때웠고, 다른 한 벌은 색 바랜 침대 커버 조각으로 무릎과 엉덩이 부분의 커다란 구멍을 기워놓아 좀 더 공들여 수선되어 있다. 바지에는 담요 조각으로 벨트까지 만들어놓았다. 맥캔들리스가 살이 너무 많이 빠져 벨트 없이는 바지가 흘러내리니까 벨트를 만든 것 같다.

난로 맞은편에 있는 철제 간이침대에 앉아 이 섬뜩한 장면에 대해 곰곰이 생각하는데, 어느 쪽으로 눈길을 돌리든 맥캔들리스의 흔적이 보였다. 여기에는 그의 손톱깎이가 있고, 저쪽 버스 앞쪽의 없어진 창문에는 그의 녹색 나일론 텐트가 펼쳐져 있다. K마트 등산화는 그가 금방이라도 돌아와서 끈을 묶고 여행에 나설 것처럼 난로 아래에 단정하게 놓여 있다. 맥캔들리스가 잠깐 자리를 비운 사이 그의 침실에 몰래 들어와 엿보는 침입자가 된 것처럼 나는 불편함을 느꼈다. 갑자기 구역질이 나기에 버스에서 나와 강을 따라 걸으면서 신선한 공기를 좀 마셨다.

한 시간 후에 우리는 버스 밖 희미해지는 빛 속에서 불을 피웠다. 비를 동반한 돌풍에 대기의 안개가 다 씻겨나간 덕에 멀리 역광을 받은 언덕들이 세세하고 또렷하게 보였다. 북서쪽 지평선 위 구름 아래에서 하늘 한 조각이 눈부신 빛을 내며 타올랐다. 로만이 지난해 9월에 알래스카산맥에서 직접 사냥한 무스 고기의 포장을 벗기고 불 위의 검게 그을린 그릴에 얹었다. 맥캔들리스가 사냥한 짐승을 구울 때 사용하던 그릴이다. 무스의 기름이 지글지글 소리를 내며 석탄으로 떨어졌다. 연골질의 고기를 손으로 뜯어 먹으면서, 우리는 모기를 손바닥으로 찰싹 때려잡고, 우리 중 누구도 만나보지 못한 그 별난 사람 이야기를 하면서 그가 어떻게 하다 불행에 빠지게 되었는지 궁금해 하고, 왜 어떤 사람들은 여기서 죽었다는 이유로 그를 그처럼 격렬하게 비난하는지 이해하려고 했다.

크리스 맥캔들리스는 이곳으로 올 때 일부러 부족한 양의 식량을 가져왔으며, 대부분의 알래스카 사람이 꼭 필요하다고 생각하는 장비들, 그러니까 대구경 총, 지도와 나침반, 도끼 등은 아예 가져오지도 않았다. 사람들은 이런 행동이 어리석음의 증거일 뿐만 아니라 그보다 훨씬 나쁜 오만함의 증거이기도 하다고 생각했다. 어떤 비평가들은 맥캔들리스를 북극의 가장 악명 높은 비극적 인물 존 프랭클린 경과 비교하기도 했다. 그는 19세기 영국의 해군 소령으로 자부심과 오만 때문에 자신을 비롯해 140여 명의 죽음을 초래한 사람이었다.

1819년, 영국 해군본부는 프랭클린에게 탐험대를 이끌고 북서 캐나다의 황야를 탐험하는 임무를 맡겼다. 영국을 떠난 지 2년째, 그의 소규모 탐험대가 엄청나게 광대하고 황량해 불모지라는 이름을 얻었으며 지금도 그 이름으로 알려져 있는 넓은 동토 지대를 걸어가던 중 겨울을 만났다. 식량은 바닥이 났다. 사냥감도 드물었다. 프랭클린과 탐험대는 바위에서 벗겨낸 이끼, 구운 사슴 가죽, 쓰레기 더미에서 찾아낸 짐승의 뼈와 그들의 신발 가죽을 먹었고, 급기야는 서로의 살을 먹으며 연명했다. 최소한 두 명이 살해되어 먹힌 후에야 시련은 끝났다. 살해 용의자들은 즉석에서 처형당했으며, 다른 여덟 명은 병과 굶주림으로 죽었다. 프랭클린은 다른 생존자들과 함께 메티스라는 원주민들에게 구조되었는데, 구조가 하루이틀만 늦었어도 목숨을 잃었을 것이다.

온화한 빅토리아 시대의 신사였던 프랭클린은 어린애 같은 순진한 이상만을 품은 채 오지에서 필요한 기술 습득을 무시한, 고집 세고 우둔한 성격 좋은 얼뜨기로 사람들 입에 오르내렸다. 북극 탐험대를 이끌면서 한심할 정도로 준비를 허술하게 했던 이 사람은 영국으로 돌아오자마자 "자기 신발을 먹은 남자"로 알려졌다. 하지만 이 별명에는 조롱보다 경외감이 담겨 있었다. 그는 국가 영웅으로 칭송받았고, 해군본부에서 대령으로 승진되었으며, 자신이 겪은 고난을 글로 써서 많은 돈을 벌었고, 1825년에 또 한 번의 북극 탐험을 명령 받았다.

두 번째 탐험은 비교적 순조롭게 끝났지만, 1845년에 프랭클린은 전설적인 북서항로를 반드시 발견하겠다는 희망을 품고 세 번째로 북극에 가는 실수를 범했다. 프랭클린과 그의 지휘 하에 있던 128명 탐험대원의 소식은 그 이후로 전혀 들을 수 없었다. 그들을 찾으러 간 40여 명 남짓의 탐험대가 증언한 바에 따르면, 그들 모두 괴혈병과 굶주림과 이루 말할 수 없는 고통으로 죽었다고 한다.

버스 안에서 시체로 발견되었을 때, 맥캔들리스는 굶어 죽었다는 이유 때문만이 아니라 오지 탐험에 반드시 필요한 겸손을 갖추지 못했다는 이유로 존 프랭클린과 비교되었다. 두 사람 모두 땅에 대한 존경심이 부족했던 것으로 여겨졌다. 프랭클린이 죽은 지 1세기가 지난 후, 캐나다에서 태어난 뛰어난 탐험가 빌햐울뮈르 스테파운손은 영국 탐험가 프랭클린이 인디언과 에스키모인이 실천했던 생존 기술을 익히려는 노력을 전혀 하지 않았음을 지적했다. 인디언과 에스키모인은 프랭클린이 죽음을 당한 바로 그 거친 땅에서 "아이들을 키우고 나이 먹은 사람들을 돌보며 오랜 세월 동안" 번성한 사람들이라고 그는 말했다. 물론 스테파운손은 많은, 수많은 인디언과 에스키모인 역시 그 북쪽 지역에서 굶어 죽었다는 사실은 자기 편리할 대로 무시했다.

하지만 크리스 맥캔들리스의 오만은 프랭클린의 오만과 같은 성질의 것이 아니었다. 프랭클린은 자연을 힘과 좋은 혈통과 빅토리아의 계율에 반드시 복종시켜야 하는 적대자로 보았다. 원주민들처럼 땅과 함께 살아가고 땅에 의지해 생명을 이어가는 대신, 어울리지 않는 무기와 전통적 사고방식으로 무장한 채 북극의 환경과 맞서려 했다. 맥캔들리스는 정반대였다. 그는 전적으로 땅에 의지해 살려고 했다. 단, 중요한 모든 기술을 먼저 습득하려는 노력을 하지 않은 채 그렇게 하려고 했을 뿐이다.

하지만 준비가 부족했다는 이유로 맥캔들리스를 비난하는 것은 어쩌면 핵심을 놓치는 일일지도 모른다. 미숙했고 자신의 회복력을 과대평가한 건 사실이지만, 분명 그는 기지와 4.5킬로그램의 쌀 정도만 가지고 16주를 살아갈 능력이 충분히 있었다. 그리고 그 오지에 들어갔을 때 위험에 빠질 만한 약간의 실수를 했다는 것을 충분히 인식했다. 그는 무엇이 문제인지 정확하게 알고 있었다.

나이 든 사람들이 무모하다고 여기는 행동을 젊은 사람들이

하고 싶어 하는 것은 그리 드문 일이 아니다. 대부분의 다른 문화에서도 그렇고 우리 문화에서도 젊은 사람들이 위험한 행동을 하는 것은 일종의 통과의례다. 어떤 위험에든 늘 유혹이 도사리고 있다. 대체로 그런 이유 때문에 그처럼 많은 십 대가 과속운전을 하고 술을 많이 마시며 많은 약을 먹고, 또한 그런 이유 때문에 국가가 젊은이들을 전쟁터에 내보내는 것이 언제나 그처럼 쉬웠다. 젊은이들이 대담한 행동을 하는 것은 사실 진화론적으로 볼 때 적응을 위한 것이며, 유전자에 암호화된 행동이라고 주장할 수도 있다. 맥캔들리스는 자신의 방식으로 논리의 극단에 따라 위험을 감수한 것뿐이다.

그는 여러 방식으로 자신을 시험해볼 필요가 있었으며, "그것이 중요하다"라고 즐겨 말했다. 어떤 사람들은 과장되었다고 얘기할지도 모르지만, 그는 원대한 영적 야망을 가진 사람이었다. 맥캔들리스의 믿음을 특징짓는 도덕적 절대주의에 따르면, 성공적인 결과가 보장되는 도전은 결코 도전이 아니다.

물론 젊은이들만 위험한 행동에 이끌리는 건 아니다. 많은 사람이 존 뮤어를 현실적인 자연보호주의자이며 시에라 클럽의 초대 회장으로 기억하지만, 그는 또한 대담한 모험가, 산과 빙하와 폭포에 겁 없이 오르는 사람이기도 했다. 그의 가장 유명한 에세이를 보면 1872년 캘리포니아의 리터산을 오르다 죽을 뻔한 사건에 얽힌 재미있는 이야기가 나온다. 다른 에세이에서는 높이가 30미터나 되는 더글러스전나무의 꼭대기에 올라가 일부러 사나운 시에라 강풍을 견뎌낸 일을 신이 나서 이야기했다.

> 예전에는 움직임이 주는 그처럼 고결한 흥분과 기쁨을 느껴본 적이 없었다. 가느다란 나무 끝이 강한 바람에 이리저리 휙휙 꺾이고 움직이면서 앞뒤로 굽었다가 이쪽저쪽으로 요동을 치기도 하고 빙빙 돌기도 하고 세로로 혹은 가로로 아무렇게나 순서를 정해 움직이는 동안, 나는 갈대에 붙어 있는 쌀먹이새처럼 온몸의 근육에 힘을 잔뜩 주고 그 나무에 매달려 있었다.

당시에 그는 서른여섯 살이었다. 아마도 뮤어라면 맥캔들리스를 굉장히 이상하거나 이해할 수 없는 사람이라고 생각하지 않았을 것이다.

진지하고 까다로운 소로, "콩코드에서 많은 여행을 했다"는 것으로 충분하다는 유명한 선언을 했던 소로마저도 19세기 메인주의 무시무시한 야생을 찾아가보고 카타딘산을 올라가야 한다고 느꼈다. 그 산의 '아름답지만 황량하고 장엄한' 협곡들을 등반하고 나서 그는 충격과 두려움을 느끼면서 동시에 가슴 뛰는 경외심도 느꼈다. 카타딘의 화강암 고지에서 느꼈던 불안감은 그의 감동적인 글에 영감을 주기도 했으며, 거칠고 길들여지지 않은 땅에 대한 사고방식에도 깊은 영향을 주었다.

뮤어나 소로와 달리, 맥캔들리스는 꼭 자연이나 세상을 숙고해보려고 야생에 간 것은 아니었다. 그보다는 영혼 속에 간직해

두었던 땅을 탐험하기 위해 야생으로 갔다. 하지만 뮤어와 소로가 이미 알고 있던 것을 그 역시 이내 깨달았다. 야생에 오래 머물기 위해서는 어쩔 수 없이 내면만큼이나 외면에 관심을 기울여야 하며, 땅과 그 땅이 품고 있는 모든 것을 세심하게 이해하고 거기에 감정적으로 강하게 연결되지 않고는 땅에 의지해 살아가는 것이 불가능하다는 사실이다.

크리스 맥캔들리스의 일기에는 야생에 대한 추상적 개념이 거의 없으며, 거기에 관련된 어떤 종류의 반추도 없다. 주변 경치에 대한 언급도 별로 없다. 오죽하면 로만의 친구 앤드루 리스케가 일기의 복사본을 읽고서 이렇게 말했다.

"내용이 거의 다 자기가 먹은 음식 얘기군요. 다른 내용은 별로 없어요."

앤드루가 과장하는 것이 아니다. 맥캔들리스의 일기는 그가 찾으러 다닌 식물과 사냥한 짐승의 기록에 지나지 않는다. 하지만 그렇다고 해서 맥캔들리스가 주변 땅의 아름다움을 인식하지 못했다든지 풍경이 갖는 힘에 감동받지 않았다고 결론짓는 건 잘못일 것이다. 문화생태학자 폴 셰퍼드는 이렇게 말한다.

> 유목민 베두인족은 경치를 즐기거나, 풍경화를 그리거나, 비실용적인 자연사를 만들지 않는다. (……) 베두인족의 생활은 철저하게 자연과 거래하는 것이기 때문에 이들에게는 추상적 관념이나 미학 또는 인생의 다른 면과 분리된 '자연철학'이 자리할 곳이 없다.

(……) 자연, 그리고 베두인족과 자연의 관계는 매우 중대한 문제이며 관습과 미스터리, 그리고 위험요소에 따라 정해진다. 베두인족의 개인적 여가 활동은 자연의 변화를 한가하게 즐기거나 자연의 과정에 아무렇게나 간섭하는 것과는 거리가 멀다. 지형지물, 예측할 수 없는 날씨, 생존을 좌우하는 아슬아슬한 차이에 대한 인식이 이들의 삶에 깊숙이 자리 잡고 있다.

크리스 맥캔들리스가 수샤나 강변에서 보낸 몇 달 동안에 대해서도 이와 비슷하게 말할 수 있다.

크리스토퍼 맥캔들리스를 감정이 풍부한 한 사람의 청년, 책을 굉장히 많이 읽었으면서도 아주 기초적인 상식조차 갖추지 못한 머리가 이상한 젊은이 정도로 정형화하기 쉽다. 하지만 이런 식의 상투적인 틀은 맞지 않다. 그는 갈피를 잡지 못한 채 혼란스러워하고 실존주의적 절망에 괴로워하는 무책임한 게으름뱅이가 아니었다. 오히려 그 반대다. 그의 삶은 의미와 목적으로 가득 차 있었다. 하지만 그가 찾으려고 한 존재의 의미는 편안한 길 너머에 있었다. 맥캔들리스는 쉽게 얻을 수 있는 것들의 가치를 믿지 않았다. 스스로에게 많은 것, 그러니까 자신이 해낼 수 있는 것 이상을 요구했다.

크리스 맥캔들리스의 특이한 행동을 설명하려 하면서, 몇몇 사람은 존 워터먼처럼 맥캔들리스도 키가 작았던 탓에 '작은 남자 콤플렉스', 그러니까 남자들이 극단적으로 신체적 도전을 해서 자신의 남자다움을 증명하도록 만드는 뿌리 깊은 불안감에 시달렸을 거라는 사실을 강조했다. 또 어떤 사람들은 결국 죽음으로 끝난 그 여행의 뿌리에는 해소되지 않은 오이디푸스 콤플렉스가 있다고 단정했다. 양쪽의 가설에 어느 정도 진실이 있을지도 모르지만, 한 사람이 죽고 나서 내리는 이런 식의 즉흥적인 정신분석은 정확하지도 않을뿐더러 상당 부분 추측을 근거로 한 결론이기 때문에 존재하지 않는 정신분석 대상자의 품위를 떨어뜨리고 하찮게 만들 수밖에 없다. 크리스 맥캔들리스의 특별한 영적 탐구를 그저 그런 정신장애의 하나로 구분하면서 그가 추구한 가치를 제대로 알 수 있을지 의심스럽다.

로만과 앤드루와 나는 타다 남은 불을 바라보며 밤늦게까지 맥캔들리스 이야기를 했다. 서른두 살인 로만은 스탠퍼드 대학에서 생물학 박사 학위를 받은 호기심 많고 솔직한 남자이며 일반적 통념에 늘 불신을 품었다. 그는 청소년기를 맥캔들리스가 자란 워싱턴 D.C. 근교에서 보냈으며 그곳을 속속들이 숨 막혀 했다. 그는 아홉 살 때 처음 알래스카에 왔다가 힐리 동쪽으로 몇 킬로미터 떨어져 있는 대규모 노천 채굴 회사인 유시벨리에서 석탄을 캐던 세 명의 아저씨를 찾아가 만났는데, 그 순간 이 북쪽 지방의 모든 것과 사랑에 빠졌다. 그 이후 몇 년 동안 로만은 이 마흔아홉 번째 주를 여러 번 찾았다. 열여섯 살이던 1977년에 학급에서 1등으로 고등학교를 졸업한 그는 페어뱅크스로 이사해 알래스카를 영구 거주지로 삼았다.

요즘 로만은 앵커리지에 있는 알래스카 퍼시픽 대학에서 강의를 하며, 끝없이 이어가는 장기 오지 여행으로 주 전체에서 유명세를 타고 있다. 브룩스산맥 1,600킬로미터를 도보와 보트로 여행하고, 영하의 겨울 추위 속에서 북극 야생동물 보호구역 400킬로미터를 스키를 타고 지나며, 알래스카산맥의 1,125킬로미터 정상을 횡단하고, 알래스카의 산들과 험준한 바위들을 서른 번 넘게 최초 등반한 것 등이 그가 이룬 위업이다. 로만은 많은 사람에게 존경을 받는 자신의 행동과 맥캔들리스의 모험에 별 차이가 없다고 생각한다. 맥캔들리스가 불행하게도 죽었다는 사실만 빼고 말이다.

나는 맥캔들리스의 자만과 그가 한 터무니없는 실수, 얼마든지 피할 수 있었지만 결국은 목숨을 앗아간 두세 가지 실수 얘기를 꺼냈다. 로만이 대답했다.

"물론, 그는 잘못을 했어요. 그렇지만 그가 하려고 했던 일을 나는 높이 평가해요. 맥캔들리스처럼 몇 달 동안 완전하게 자급자족해 사는 것은 상상을 초월할 정도로 힘든 일이에요. 나라면 절대 그렇게 못했을걸요. 그리고 장담하는데, 맥캔들리스더러 무능하다고 하는 사람들 중에서 단 한두 주 정도라도 그렇게 해본 사람은 없을 거예요. 설령 있다 해도 아마 몇 사람 안 될 거예요. 사냥한 짐승과 채집한 식물에만 의지해 오랜 시간 오지에 사는 일이 얼마나 어려운 건지 대부분의 사람들은 알지 못해요. 그런데 맥캔들리스는 거의 성공적으로 해냈잖아요."

로만은 꼬챙이로 석탄을 들쑤시고는 이야기를 계속했다.

"나도 그 사람과 같을 수밖에 없다고 생각해요. 인정하기는 싫지만, 불과 얼마 전만 해도 나 역시 까딱하면 맥캔들리스와 똑같은 위험에 빠졌을 거예요. 처음 알래스카에 왔을 때 그와 많이 비슷했던 것 같아요. 나 역시 미숙했고 열정적이었죠. 그리고 맥캔들리스를 비난하는 이들을 포함해 알래스카 사람 중에도 처음 이곳에 왔을 때 그 사람과 비슷했던 사람들이 많았을 거라고 나는 확신해요. 아마도 그래서 그들이 맥캔들리스에게 그처럼 혹독한 걸 거예요. 그를 보면 자신의 예전 모습이 생생하게 떠오르니까요."

로만의 이야기는, 단조로운 고민에 빠져 사는 우리 어른들이 자신들 역시도 한때는 젊음의 열정과 갈망에 흔들렸다는 걸 좀처럼 기억하지 못한다는 뜻이었다. 에버렛 루스의 아버지는 스무 살 된 아들이 사막에서 사라지고 나서 몇 년이 지난 후 이렇게 말했다.

"나이 든 사람은 젊은이들의 비상하는 영혼을 알지 못해요. 우리 모두가 에버렛을 제대로 이해하지 못한 것 같아요."

로만과 앤드루와 나는 자정이 넘도록 잠을 이루지 못하고 맥캔들리스의 삶과 죽음을 이해해보려 하지만, 그의 본질은 여전히 애매하고 모호하며 이해하기 어렵다. 시간이 가면서 대화는 시들하고 힘이 없어졌다. 내가 불에서 물러나 침낭 펼칠 자리를 찾을 때, 동이 트려는지 동북쪽 하늘 아래가 희뿌옇게 물들었다. 아마도 오늘 밤 모기들이 자욱하게 밀려들 것이다. 버스 안에 있으면 모기를 피할 수 있겠지만, 나는 페어뱅크스 142번 버스 안에서는 자지 않기로 했다. 다른 사람들 역시 그럴 생각이 없는 걸 보면서 나는 꿈도 없는 잠에 빠져들었다.

CHAPTER 18

스탬피드 트레일 III

현대인이 사냥으로 살아가는 모습을 상상하기란 불가능에 가깝다. 끊임없이 땅 위를 걸어 다녀야 하는 사냥꾼의 삶은 힘들어 보인다. (……) 그의 삶에는 다음 공격이 성공하지 못할 것이라거나, 덫이나 사냥감 몰이가 실패할 것이라거나, 이번 계절에는 짐승 떼가 나타나지 않을 거라는 걱정이 떠나지 않는다.
무엇보다도, 사냥꾼의 삶에는 궁핍함과 굶주림에 의한 죽음의 공포가 늘 존재한다.
존 M. 캠벨, 《굶주린 여름》

그러면 역사란 무엇인가? 역사는 죽음을 극복하려는 마음으로 죽음의 수수께끼를 수세기에 걸쳐 체계적으로 탐색한 과정의 산물이다. 그런 이유로 사람들은 수학의 무한대 개념과 전자기장을 발견했으며, 그런 이유로 사람들은 교향곡을 만들었다. 확실한 믿음 없이 우리는 이 방향으로 나아갈 수 없다. 정신적인 장비가 없이는 그러한 발견을 해낼 수 없다. 이 장비의 기본 요소는 바로 복음 안에 있다.
복음이란 무엇인가? 우선, 복음은 **이웃을 향한 사랑**이다. 이것은 생명력의 최고 형태다. 이웃 사랑이 사람의 마음에 일단 채워지면, 그 사랑은 흘러넘쳐 다른 곳으로 흐른다. 그다음은 현대인의 가장 기본적인 두 가지 이상, 즉 **자유**

로운 개성이라는 관념과 **생명 희생**이라는 관념이다. 이 두 가지가 없는 현대인은 상상할 수가 없다.

보리스 파스테르나크, 《닥터 지바고》

❖ 크리스 맥캔들리스의 시신과 함께 발견된 책에 강조되어 있는 구절. 밑줄은 맥캔들리스가 친 것이다.

테클라니카강의 높은 물살 때문에 야생을 떠나려던 계획이 수포로 돌아가고 나서, 크리스 맥캔들리스는 7월 8일에 다시 버스로 돌아왔다. 일기에 아무 내용도 없어서 그때 그의 마음이 어땠는지는 알 수 없다. 어쨌거나 그는 탈출 경로가 차단된 것을 별로 걱정하지는 않았던 듯하다. 사실 걱정할 이유가 별로 없었다. 한여름이라 주변에 식물과 야생동물이 풍족했기 때문에 얼마든지 식량을 마련할 수 있었다. 8월까지 기다리면 강의 수위가 낮아져 충분히 건널 수 있을 거라 짐작했을 것이다.

페어뱅크스 142번 버스의 녹슨 차체 안으로 돌아온 후에 맥캔들리스는 사냥과 채집의 일상으로 돌아갔다. 그는 톨스토이의 《이반 일리치의 죽음The Death of Ivan Ilych》과 마이클 크라이튼의 《터미널 맨Terminal Man》을 읽었다. 이즈음 일기에는 일주일 계속 비가 내린다고 적혀 있다. 사냥감은 충분했던 것 같다. 7월의 마지막 3주 동안 그는 다람쥐 서른다섯 마리와 가문비뇌조 네 마리, 어치와 딱따구리 다섯 마리, 개구리 두 마리를 사냥했고, 여기에 야생 감자, 야생 대황, 여러 종류의 열매, 많은 양의 버섯도 추가했다. 그런데 이렇게 풍성해 보이긴 했어도, 사냥한 짐승들에 살이 거의 없었던 탓에 그가 섭취하는 칼로리는 소비하는 양에 미치지 못했다. 석 달 동안 형편없는 식사로 살다 보니 심각한 영양결핍 상태가 되었다. 그는 아슬아슬하게 균형을 잡고 있었다. 그러다 7월 하순에 스스로를 무너뜨리는 실수를 하고 말았다.

크리스 맥캔들리스는《닥터 지바고》를 다 읽고서 감동과 흥분을 이기지 못하고 책 여백에 메모를 하고 여러 구절에 밑줄을 쳐 놓았다.

> 라라는 순례자들이 다져놓은 길을 따라 걷다가 들판으로 갔다. 거기에서 걸음을 멈추고 눈을 감고는 넓은 들판에 맴도는 꽃향기를 깊이 들이마셨다. 그것은 가족보다 더 다정하고, 애인보다 더 자상하며, 책보다 더 지혜로웠다. 그 순간 라라는 삶의 목표를 다시금 발견했다. 그녀가 이 땅에 태어난 것은 땅의 거친 매력이 갖는 의미를 이해하고, 세상의 모든 것을 각각 알맞은 이름으로 부르며, 만일 이 일이 힘에 부칠 때에는 삶에 대한 사랑으로 그 일을 대신 해줄 후계자들을 낳는 것이었다.

맥캔들리스는 이 페이지 맨 위에 굵은 글씨로 "자연, 순수"라고 적어놓았다.

> 무의미하고 지루한 인간의 언어에서, 그 모든 고상한 말투에서 도망쳐 말이 그토록 서툰 자연 속에서 피난처를 찾기를, 아니면 오래고 힘든 노동, 깊은 잠, 진실한 음악, 말없이 감정으로 이루어지는 인간의 이해라는 모든 침묵 속에서 피난처를 찾기를 때때로 우리

는 얼마나 바라는가!

이 구절에는 검은 잉크로 별표를 하고 괄호를 했으며 "자연 속에서 피난처"에는 동그라미를 쳐놓았다. 그 옆에는 이렇게 적어놓았다.

"행복은 나눌 때 진정한 가치가 있다."

이 문장을 맥캔들리스가 길고 외로운 휴식을 통해 아주 중요한 방식으로 변했다는 확실한 증거로 생각하고 싶어진다. 맥캔들리스가 심장을 가리고 있던 갑옷을 벗어버릴 준비가 되었으며, 문명 세계로 돌아오면 고독한 방랑 생활을 그만두고, 사람들과의 친밀한 관계에서 더는 예전처럼 정신없이 도망치지 않고, 인간 공동체의 일원이 되기로 했다는 뜻으로 해석할 수도 있다. 하지만 《닥터 지바고》가 그가 마지막으로 읽은 책이었기 때문에 그 진짜 뜻은 앞으로도 절대 알 수 없을 것이다.

크리스 맥캔들리스가 책을 다 읽고 나서 이틀 후인 7월 30일 일기에는 불길한 내용이 적혀 있다.

"극도로 약해짐. 감자를 착각함. 씨. 서 있는 것조차 몹시 힘이 듦. 굶주림. 커다란 위험."

이 글 이전에는 급박한 상황에 처해 있다는 사실을 암시하는 내용이 전혀 없다. 제대로 먹지 못해 몸에 뼈만 남을 정도로 여위긴 했지만 그런대로 건강 상태가 괜찮았던 것 같았다. 그러다가 7월 30일, 갑자기 몸 상태는 완전히 망가졌다. 8월 19일, 크리스 맥캔들리스는 죽었다.

그처럼 갑작스럽게 상태가 나빠진 이유에 대해 여러 가지 추측이 있었다. 시신이 확인되고 며칠이 지났을 때, 웨인 웨스터버그는 크리스 맥캔들리스가 북쪽으로 가기 전에 사우스다코타에서 감자 씨앗을 비롯해 몇 가지 씨를 사면서 오지에 정착하면 채소밭에 심을 거라고 얘기한 것을 어렴풋이 기억했다. 한 가지 견해에 따르면, 맥캔들리스는 채소밭을 전혀 가꾸지 않았으며(버스 주변에서 채소밭의 흔적을 볼 수 없었다), 7월 하순쯤 배가 너무 고픈 나머지 씨앗을 먹었다가 그 독 때문에 죽은 거라고 한다.

실제로 감자는 싹이 나기 시작하면 약간 독성을 띤다. 그 씨에는 솔라닌이라는 독이 있는데, 이 솔라닌은 가짓과 식물에 존재하며 단기적으로는 구토, 설사, 두통, 혼수상태를 일으키고, 장기간 섭취하면 심박수와 혈압에 안 좋은 영향을 준다. 하지만 이 견해에는 심각한 결함이 있다. 감자 씨앗 때문에 건강에 심각한 타격을 받으려면, 굉장히 많이 먹었어야 한다. 그런데 갤리언이 맥캔들리스를 내려주었을 때 그의 배낭이 가벼웠던 것으로 짐작해보건대 감자 씨앗을 가져갔다고 해도 기껏 몇 그램 이하였을 것이다.

하지만 맥캔들리스가 전혀 다른 종류의 감자 씨앗을 먹었을 거라고 보는 의견은 꽤 그럴듯하다. 《타나이나 식물학》의 126페이지와 127페이지에는 타나이나 인디언들이 야생 감자라고 부른 작물에 대한 설명이 나오는데, 이들은 그 감자의 당근 모양 뿌리를 수확했다고 한다. 식물학자들에게 묏황기*Hedysarum alpinum*로 알려진 이 작물은 그 지역 곳곳의 자갈이 많은 흙에서 자란다.

《타나이나 식물학》에는 이렇게 설명되어 있다.

> 야생 감자의 뿌리는 야생 과일과 함께 타나이나 인디언들에게 가장 중요한 식량일 것이다. 그들은 이 야생 감자를 날것으로 먹거나 혹은 삶거나 굽거나 볶는 등의 다양한 방법으로 조리해 먹는다. 아니면 특이하게도 기름이나 돼지기름에 담가서 먹기도 하고, 거기에 담가서 보관하기도 한다.
>
> 야생 감자를 캐기에 가장 좋은 때는 땅이 막 녹기 시작하는 봄이다. (……) 여름에는 감자가 아무래도 건조하고 질기다.

《타나이나 식물학》의 저자인 프리실라 러셀 카리는 내게 이렇게 설명했다.

"봄은 타나이나 인디언들에게 굉장히 힘든 시기였고, 과거에는 특히 더 그랬어요. 식량이 되는 사냥감들이 좀처럼 나타나지 않고 물고기도 아직 활동을 시작하지 않거든요. 그래서 늦봄에 물고기들이 나타날 때까지 야생 감자를 주식으로 삼았죠. 야생 감자는 아주 달콤한 맛이 납니다. 타나이나 사람들은 그걸 꽤 즐겨 먹었고 지금도 마찬가지입니다."

야생 감자가 자란 모양새는 털이 많은 약초와 비슷하고 키가 60센티미터 정도이며 줄기에는 작은 스위트피 꽃을 연상시키는 섬세한 분홍색 꽃이 핀다. 맥캔들리스는 카리의 책을 보고 힌트를 얻어 6월 24일에 땅을 파고 야생 감자의 뿌리를 먹기 시작했고 아마 별다른 부작용은 없던 것 같다. 7월 14일에는 그 작물의 완두콩 모양 꼬투리도 먹기 시작했는데, 아마도 뿌리가 너무 질겨 먹기 힘들어서였던 것 같다. 그가 이 기간에 찍은 한 장의 사진에서는 그런 씨가 넘칠 정도로 가득 차 있는 3.5리터짜리 지퍼락 비닐 봉투가 보인다. 그리고 7월 30일 일기에는 이렇게 적혀 있다.

"극도로 약해짐. 감자를 착각함. 씨앗……."

《타나이나 식물학》 다음 페이지에는 야생 감자와 밀접하게 관련된 종인 야생 스위트피*Hedysarum mackenzii*에 대한 설명이 나온다. 야생 스위트피가 약간 작긴 하지만 야생 감자와 아주 흡사해서 전문적인 식물학자들도 두 종을 구분하는 데 애를 먹을 정도다. 이 두 종류를 확실하게 구분할 수 있는 또렷한 특징이 단 하나 있다. 야생 감자의 작은 녹색 잎 아래에는 눈에 잘 띄는 결맥들이 있다. 이 결맥은 야생 스위트피 잎에서는 보이지 않는다.

카리는 책에서 야생 스위트피는 야생 감자와 구분하기 굉장히 어려우며 "독이 있다고 알려져 있기 때문에 야생 감자를 식용으로 사용하기 전에 두 가지를 조심해서 확실하게 구분해야 한다"고 경고했다. 야생 스위트피를 먹고 독살된 사람들에 대한 보고가 현대 의학 문헌에는 나와 있지 않지만, 북쪽 지방 원주민들은 야생 스위트피에 독이 있다는 사실을 오래전부터 알고 있던 것 같고 야생 감자와 혼동하지 않으려고 굉장히 조심했다.

야생 스위트피가 원인이 된 중독 사례를 찾기 위해 나는 19세기 북극 탐험 기록을 조사해보았다. 그러다가 유명한 스코틀랜드 외과의사이며 동식물 연구가이고 탐험가이기도 한 존 리처드슨의 학술지에서 필요한 내용을 발견했다. 존 리처드슨은 불운한 존 프랭클린의 처음 두 번의 탐험에 참여했고 살아남았다. 첫 번째 탐험에서 식인 살해 용의자를 총살로 처형한 사람이 바로 리처드슨이었다. 또한 그는 야생 스위트피에 대해 최초로 과학적인 설명을 하고 학명을 붙인 식물학자이기도 했다. 1848년, 사라진 프랭클린을 찾아 캐나다 북극 탐험대를 이끄는 동안 존 리처드슨은 야생 감자와 야생 스위트피를 식물학적으로 비교했다. 그는 학술 논문에서 야생 감자를 이렇게 기록했다.

> 야생 감자에는 길고 유연한 뿌리가 있는데, 이 뿌리는 감초 같이 달콤한 맛이 난다. 원주민들이 봄에 주로 먹지만, 계절이 지날수록 나무처럼 변하면서 즙이 없어지고 바삭바삭해진다. 힘없이 땅 위로 뻗어있으며 별로 우아하진 않지만 커다랗게 꽃이 피는 야생 스위트피에는 독이 있어서 포트 심슨에 사는 나이든 인디언 여성이 이 작물을 먹고 죽을 뻔하기도 했다. 이 여성은 이 작물을 야생 감자와 혼동했다. 다행히 여성은 먹은 것을 모두 게워 위를 비워낸 덕에 건강을 회복했다. 하지만 한동안은 회복 여부가 불투명했다.

크리스 맥캔들리스도 이 인디언 여성과 같은 실수를 해서 건강이 악화되었다는 걸 어렵지 않게 상상할 수 있다. 입수할 수 있는 모든 증거로 보건대, 천성적으로 성급하고 부주의한 그 젊은이가 조심성 없이 두 작물을 혼동하는 엄청난 실수를 해서 죽었다는 데에는 의심의 여지가 별로 없어 보였다. 나는 맥캔들리스가 야생 스위트피를 먹고 죽었다고 확신하고는 그런 내용의 기사를 〈아웃사이드〉에 실었다. 사실 맥캔들리스의 비극을 다룬 다른 기자들도 모두 같은 결론을 내렸다.

하지만 그로부터 몇 달 동안 좀 더 시간을 갖고 맥캔들리스의 죽음에 대해 생각하면서 처음의 확신에 자꾸만 의심이 생겼다. 6월 24일부터 삼 주 동안 맥캔들리스는 두 작물을 혼동하지 않고 여러 개의 야생 감자 뿌리를 파서 안전하게 먹었다. 그런데 7월 14일에 뿌리 대신 씨앗을 모으기 시작하면서 갑자기 두 가지를 혼동한 이유가 무엇일까?

맥캔들리스가 독이 있다고 알려진 야생 스위트피를 용의주도하게 피했고, 씨를 비롯해 그 작물의 다른 어떤 부분도 절대 먹지 않았다는 사실에 차츰 강한 확신이 생겼다. 그가 독 때문에 죽은 것은 맞지만, 죽음에 이르게 한 작물은 야생 스위트피가 아니었다. 그를 죽게 만든 것은 《타나이나 식물학》에 독이 없다고 분명하게 나와 있는 야생 감자였다.

이 책에서는 야생 감자의 뿌리는 먹을 수 있다고만 설명해놓았다. 그리고 야생 감자의 씨도 먹을 수 있다는 말은 한마디도

하지 않았지만 씨에 독성이 있다는 설명 역시 하지 않았다. 맥캔들리스가 잘못하지 않았다는 걸 밝히기 위해, 우선 다른 어떤 책에도 야생 감자의 씨에 독성이 있다는 설명은 나와 있지 않다는 사실을 지적해야겠다. 의학 서적과 식물학 서적을 광범위하게 조사해봤지만 야생 감자의 어떤 부분에 독성이 있다는 언급은 전혀 찾아볼 수 없었다.

하지만 야생 감자가 속한 콩과 식물에는 인간과 동물에게 강력한 약리학적 영향을 미치는 화합물인 알칼로이드 성분이 든 종이 많이 있다(모르핀, 카페인, 니코틴, 쿠라레, 스트리크닌, 메스칼린 모두 알칼로이드다). 또한, 알카로이드를 만들어내는 작물들에서 독성이 해당 작물의 특정 부분에만 국한되어 존재하는 경우가 많다. 페어뱅크스에 있는 알래스카 대학의 화학생태학자 존 브라이언트는 이렇게 설명했다.

"콩과 식물 중에는 늦여름에 씨의 껍질에 알칼로이드를 모아 짐승들이 그 씨를 먹지 못하게 하는 식물이 많이 있습니다. 계절에 따라, 어떤 식물의 뿌리는 먹을 수 있지만 씨에는 독성이 있는 경우가 드물지 않게 있어요. 만일 어떤 종류의 식물에 알칼로이드가 들어 있다면, 가을이 다가올수록 독성이 있을 가능성이 큰 부분은 씨입니다."

1993년에 수샤나강에 갔을 때, 나는 버스에서 1미터 남짓 떨어진 곳에서 자라는 야생 감자의 샘플을 모은 다음 씨가 든 꼬투리를 떼어내 알래스카 대학 화학과 브라이언트 교수의 동료인

톰 클라우센에게 보냈다. 확실한 분광분석이 이루어져야겠지만, 클라우센이 대학원생 에드워드 트레드웰과 함께 시행한 예비분석에서는 그 씨에 알칼로이드가 소량 포함되어 있다는 결과가 나왔다. 더욱이 그 알칼로이드는 목장주와 가축 수의사들에게 로코초에 함유된 독성 물질로 알려진 스와인소닌이라는 화합물일 가능성이 컸다. 독성을 띠는 콩과 식물인 로코초는 약 50 종류가 있는데, 그 대부분이 자운영에 속하며 이것은 묏황기와 밀접하게 관련이 있다. 로코초 중독의 가장 뚜렷한 증상은 신경계 증상이다. 〈미국 수의학협회 저널Journal of the American Veterinary Medicine Association〉에 실린 논문을 보면, 로코초 중독의 징후로 "우울증, 느리고 비틀거리는 걸음걸이, 거친 털, 초점 잃은 멍한 눈, 쇠약, 근육 이상, 신경과민(특히 스트레스를 받을 때) 등이 나타난다고 한다. 또한 로코초에 중독된 동물들은 혼자 떨어져 있으려 하며, 다루기가 힘들고, 먹고 마시는 데 어려움을 겪기도 한다.

클라우센과 트레드웰이 야생 감자 씨가 스와인소닌이나 이와 유사한 독성 화합물의 저장소일수 있음을 발견했다면, 이 씨 때문에 맥캔들리스가 죽었다는 설득력 있는 주장을 해볼 수 있다. 그리고 만일 그것이 사실이라면, 맥캔들리스가 사람들이 주장하는 것처럼 그렇게 무모하거나 무능하지 않았다는 의미가 된다. 그는 조심성 없이 두 종류를 혼동한 것이 아니었다. 맥캔들리스를 죽게 한 그 식물은 독이 있다고 알려져 있지 않았다. 사실 맥캔들리스는 몇 주일 동안 그 식물의 뿌리를 안전하게 먹었다. 굶주린 상태에서 그 씨가 든 꼬투리를 먹는 실수를 했을 뿐이다. 식물에 대해 학문적으로 더 잘 아는 사람이라면 그 씨를 먹지 않았겠지만, 그것은 잘못이라고 할 수도 없는 실수였다. 그렇지만 맥캔들리스를 죽음에 이르게 한 실수였다.

스와인소닌 중독의 영향은 장기간에 걸쳐 나타난다. 알칼로이드를 먹었을 때 즉석에서 사망하는 경우는 거의 없다. 독소는 당단백질 대사에 꼭 필요한 효소를 억제하면서 교활하고 간접적으로 효과를 낸다. 이 독소는 포유동물의, 말하자면 연료관에 대규모 베이퍼록 현상파이프나 호스 속에서 흐르는 액체에 기포가 발생해 흐름을 방해하는 현상을 일으킨다. 그러니까 몸이 섭취한 음식물이 사용 가능한 에너지원으로 바뀌는 것을 방해하는 것이다. 그러므로 만일 사람이 대량의 스와인소닌을 섭취한다면, 위 속에 제아무리 많은 음식을 넣는다 해도 굶어 죽을 수밖에 없다.

동물들은 로코초 섭취를 중단하면 스와인소닌 중독에서 회복되는 경우도 있지만, 처음부터 굉장히 건강한 상태일 때만 그렇다. 그 독성을 띠는 화합물이 소변으로 배출되려면 먼저 그것이 체내에 있는 포도당이나 아미노산 분자들과 결합해야 한다. 다시 말해, 독을 몸에서 빼내기 위해서는 체내에 많은 양의 단백질과 당이 있어야 한다. 브라이언트 교수는 이렇게 설명했다.

"문제는, 마르고 굶주린 상태에 있는 사람이었다면 당연히 체내에 여분의 포도당과 단백질이 없을 거라는 겁니다. 그러니 몸에서 독소를 배출할 방법이 없는 거죠. 굶주린 포유동물이 알칼로이드를 섭취하면(카페인처럼 약하다 해도), 그 물질을 분비하는 데 필요한 포도당이 체내에 비축되어 있지 않기 때문에 일반적인 경우보다 훨씬 심하게 타격을 받습니다. 알칼로이드가 체내에 그냥 쌓이는 겁니다. 크리스 맥캔들리스가 이미 반기아 상태에서 이 씨를 다량으로 먹었다면 치명적인 상황에 처할 수도 있었을 겁니다."

독성이 있는 씨를 먹고 상태가 나빠진 맥캔들리스는 그곳을 걸어 나갈 수도 없을 만큼 몸이 급격히 허약해졌다는 걸 깨달았다. 기운이 없어 사냥을 제대로 할 수 없으니 몸은 더욱더 약해졌다. 아사를 향해 점점 더 가까이 다가갔다. 그의 생명은 무서운 속도로 소용돌이치며 끝을 향해 치달았다.

7월 31일이나 8월 1일에는 일기가 적혀 있지 않다. 8월 2일에는 '무서운 바람'이라고만 적혀 있다. 가을이 코앞에 다가와 있었다. 기온이 계속 떨어졌고, 해는 하루가 다르게 짧아졌다. 지구가 한 번씩 자전할 때마다 낮이 7분씩 짧아졌고 춥고 어두운 밤은 7분 더 길어졌다. 일주일 새에 밤이 한 시간 가까이 길어졌다.

"100일! 해냈다!"

8월 5일에 크리스 맥캔들리스는 중요한 이정표에 이른 것을 자랑스러워하며 환희에 넘쳐 이렇게 적었다.

"하지만 내 몸의 상태는 최악이다. 죽음이 무시무시한 모습으로 나를 향해 다가온다. 몸이 너무 약해져서 걸어 나갈 수가 없다. 말 그대로 야생에 **갇혔다**. 가망이 없다."

만일 크리스 맥캔들리스가 미국지질조사국의 지형도를 가지고 있었더라면, 버스에서 정남쪽으로 10킬로미터 남짓 떨어진 수샤나강 상류의 공원관리청 통나무집으로 갔을 것이다. 몸이 극도로 약해졌다 해도 그 정도 거리는 갈 수 있었을 테니 말이다. 데날리 국립공원의 경계 바로 안쪽에 있는 그 통나무집에는 오지 경비대원들이 겨울철 순찰을 할 때 이용할 수 있도록 약간의 비상식량과 침구류, 응급물품 등이 구비되어 있었다. 그리고 지도에는 나와 있지 않지만, 버스에서 불과 3킬로미터쯤 떨어진 곳에 개인 통나무집이 두 채 있다. 하나는 힐리의 유명 개썰매꾼인 윌과 린다 포스버그의 집이고, 다른 하나는 데날리 국립공원의 직원인 스티브 카와일의 집이다. 이곳에도 분명 식량이 좀 있었을 것이다.

그러니까 맥캔들리스가 강 상류 쪽으로 세 시간 정도만 갔더라면 굶주림에서 구조될 가능성이 있었을 거란 의미다. 이 슬프고도 아이러니한 상황은 그가 죽은 후에 널리 알려졌다. 하지만 사실을 말하자면, 맥캔들리스가 이 통나무집들을 알았다고 해도 구조되지 못했을 것이다. 4월 중순이 지나고 해빙기가 되면서 개썰매와 스노머신 여행이 여의치 않자, 그 통나무집들에서 사람들이 차례로 모두 철수했고, 그 이후 세 집에 모두 누군가 침입해 멀쩡한 곳이 없을 정도로 망가뜨렸다. 안에 있던 음식도 동물들의 먹이가 되거나 날씨 때문에 상하고 말았다.

망가진 집들은 7월 하순이 되도록 발견되지 않았다. 이 무렵

폴 앳킨슨이라는 야생 생물학자가 데날리 국립공원 입구에서 16킬로미터에 이르는 길을 외곽 지대의 삼림을 헤치며 간신히 지나 공원청 통나무집까지 갔다가, 무지막지하게 파괴된 모습을 보고는 정신이 멍할 정도로 충격을 받았다.

"분명 곰의 짓은 아니었어요. 나는 곰 전문가이기 때문에 곰이 망가뜨리면 어떻게 되는지 잘 압니다. 누군가 장도리를 들고 그 통나무집에 가서 눈에 보이는 대로 때려부순 것 같았어요. 바깥으로 내던져진 매트리스들 사이로 자라난 잡초 크기로 볼 때, 한참 전에 사건이 일어난 것이 분명했어요."

윌 포스버그는 자신의 통나무집에 대해 이렇게 말했다.

"집이 완전히 파괴되었어요. 못으로 고정해놓지 않은 물건은 전부 망가졌더군요. 램프란 램프는 다 깨졌고 창문도 대부분 깨졌어요. 침구와 매트리스들은 바깥으로 내동댕이쳐진 채 쌓여 있었고, 천장 판자들은 뜯어졌고, 연료통은 구멍이 났고, 목재 난로는 없어졌고, 커다란 카펫마저 밖으로 나와 있어 못쓰게 되었어요. 먹을 것도 다 없어졌고요. 그러니 알렉스가 통나무집을 발견했다고 해도 별 도움이 안 되었을 겁니다. 어쩌면 와봤는지도 모르고요."

포스버그는 크리스 맥캔들리스를 유력한 용의자로 생각한다. 그는 맥캔들리스가 5월 첫 주에 버스에 왔다가 그 통나무집들을 우연히 발견하고는 문명이 자신의 소중한 야생 경험을 방해하는 것에 격분해서 그 집들을 고의로 파괴했다고 믿는다. 하지만 그의 얘기대로라면 어째서 맥캔들리스가 버스는 파괴하지 않았는지 설명되지 않는다.

스티브 카와일 역시 맥캔들리스를 의심하면서 이렇게 말했다.

“그저 내 직감일 뿐이지만, 그는 ‘야생을 자유롭게 만들고’ 싶어 하는 그런 사람이었다는 느낌이 들어요. 통나무집을 부수는 것이 그렇게 하는 한 가지 방법이었을 거예요. 아니면 정부에 대한 강한 반감 때문에 그랬을지도 모르고요. 공원관리청 통나무집에 있는 표지를 확인하고는 세 채의 통나무집 모두 정부 소유물로 착각해서 빅브라더에게 저항하기로 한 거죠. 그랬을 가능성이 상당히 커 보여요.”

하지만 당국에서는 맥캔들리스가 범인이라고 생각하지 않는다. 데날리 국립공원 경비대장 켄 케러는 말한다.

“우리는 누가 그런 짓을 했는지 전혀 모릅니다. 한 가지 분명한 사실은, 국립공원관리청에서는 크리스 맥캔들리스를 용의자로 생각하지 않는다는 거예요.”

사실 맥캔들리스의 일기나 사진을 봐도 그가 통나무집 근처 어디라도 갔음을 암시하는 내용이 전혀 없다. 5월 초에 과감히 버스를 벗어나보았을 때도 북쪽인 수샤나강 하류로, 그러니까 통나무집과는 반대 방향으로 갔다는 걸 사진을 보면 알 수 있다. 설령 맥캔들리스가 어떻게 해서 통나무집들을 우연히 발견했다 해도, 그 집들을 부숴놓고는 일기에 그 행동을 전혀 떠벌리지 않았다는 건 좀처럼 상상하기 힘들다.

8월 6일, 7일, 8일에는 일기에 아무 내용이 없다. 8월 9일에는 곰을 향해 총을 쐈지만 놓쳤다고 적어놓았다. 8월 10일에는 순록을 발견했지만 총으로 쏴 잡지는 못했고, 다람쥐만 다섯 마리 잡았다고 적혀 있다. 하지만 그의 체내에 스와인소닌이 많이 축적되어 있었다면 그런 작은 동물들을 몸 안에 집어넣었다 해도 영양소를 별로 얻지 못했을 것이다. 8월 11일에는 뇌조 한 마리를 잡아서 먹었다. 8월 12일에는 열매를 찾으려고 몸을 이끌고 버스 밖으로 나갔다. 나가기 전에 자신이 버스를 비운 동안 누군가가 거기에 들를 희박한 가능성에 대비해 구조를 청하는 메모를 남겼다. 고골의 《대장 불리바Taras Bulba》에서 찢어낸 페이지에 블록체 글씨로 꼼꼼하게 이렇게 적었다.

S.O.S. 도와주세요. 부상을 당했고 곧 죽을 것 같습니다. 몸이 너무 약해져서 여기를 빠져나갈 수도 없어요. 여긴 나 혼자입니다. **농담이 아니에요.** 제발, 이곳에서 기다렸다가 나를 구해주세요. 근처에 열매를 따러 나갑니다. 오늘 저녁에 돌아올 겁니다. 감사합니다.

맥캔들리스는 그 메모 끝에 "크리스 맥캔들리스. 지금이 8월 맞나요?"라고 서명했다. 자신이 처한 곤경이 심각하다는 것을 깨닫고는 몇 년 동안 사용하던 자만심 가득한 이름인 알렉산더 슈퍼트램프 대신 태어날 때 부모가 준 이름을 쓴 것이다.

많은 알래스카 사람은 어째서 맥캔들리스가 그처럼 어려운 상황에 처했으면서도 숲에 불을 질러 조난 신호를 보내지 않았는지 의아해했다. 버스에는 난로 연료가 7.5리터 가량 있었으니 지나가는 비행기가 볼 수 있도록 크게 불을 지르거나 아니면 적어도 들판에 커다란 SOS 표시로 불을 붙이는 정도는 별로 어렵지 않게 할 수 있었을 것이다.

그런데 흔히들 하는 생각과 달리, 그 버스는 정규 비행경로 아래 있는 게 아니어서 그 상공으로 비행기가 지나는 일이 굉장히 드물다. 내가 스탬피드 트레일에서 보낸 나흘 동안 내 머리 위로 날아간 비행기는 단 한 대도 없었으며, 7,500미터 이상의 고도에 여객기들이 지나갈 뿐이었다. 이따금 작은 비행기들이 버스를 볼 수 있는 높이로 지나갔겠지만, 비행기에서 확실하게 볼 수 있도록 하려면 숲에 꽤 큰 불을 질러야 했을 것이다. 카린 맥캔들리스는 이렇게 말했다.

"오빠는 자기 생명이 달린 일이라 해도 일부러 숲을 태우는 일은 절대 못했을 거예요. 그렇게 했어야 한다고 말하는 사람들은 오빠를 전혀 모르는 거예요."

기아는 고통스러운 과정이다. 굶주림이 심해지면서 몸이 파괴되기 시작하면 희생자는 근육통, 심장기능 장애, 탈모, 현기증, 호흡곤란과 육체적, 정신적 피로에 시달리며 추위에 극도로 민감해진다. 피부 변색도 시작된다. 핵심 영양소가 결핍되므로 심각한 화학적 불균형이 뇌 속에서 일어나면서 발작과 환각이 시작된다. 하지만 기아 직전에서 회복된 몇몇 사람 얘기를 들어보면, 마지막이 가까워지면서 배고픔이 사라지고, 끔찍한 통증이 없어지며, 고통 대신 무한한 쾌감이 느껴지고 정신이 맑아지면서 마음도 평온해진다고 한다. 맥캔들리스도 그 비슷한 황홀경을 경험했다고 생각하는 편이 차라리 낫겠다.

8월 12일 일기에 크리스 맥캔들리스는 마지막이 될 말을 적었다. "아름다운 블루베리." 8월 13일에서 18일까지 그의 일기는 하루의 기록에 지나지 않는다. 이 시기의 어느 지점에서 그는 루이스 라머의 회고록 《방랑하는 인간의 교육Education of a Wandering Man》의 마지막 페이지를 뜯었다. 그 페이지의 한 면에는 루이스 라머가 로빈슨 제퍼스의 시 〈고통 속의 지혜로운 사람들〉에서 인용한 구절이 있었다.

죽음은 사납게 먹잇감을 낚아채는 종달새 같다.
평생 동안 뼈와 살이나 키우지 않고
기나긴 세월에 걸맞은 업적을 세우고 죽는다 하더라도
나약함만 드러낼 뿐이다.
산은 죽은 돌이다.
사람들은 산의 웅장함, 무례한 침묵에
감탄하기도 증오하기도 한다.
산은 연약해지지도 않고 괴로워하지도 않는다.
몇 사람 되지는 않지만
산 같이 차분하게 죽음을 맞이한 이들이 있다.

그 페이지의 뒷면은 비어 있었는데, 거기에 맥캔들리스는 짧은 작별인사를 써놓았다.

"나는 행복한 삶을 살았고 신에게 감사한다. 안녕. 모두에게 신의 축복이 있기를!"

그런 다음 어머니가 만들어준 침낭 속에 들어가 무의식으로 빠져들었다. 맥캔들리스는 8월 18일, 야생으로 걸어 들어간 지 112일 후, 알래스카 사람 여섯 명이 그 버스를 우연히 발견하고 그 안에서 시신을 발견하기 19일 전에 죽은 것 같다.

마지막 순간에 크리스 맥캔들리스가 했던 또 하나의 일은 자신의 사진을 찍는 것이었다. 그는 높은 알래스카 하늘 아래 버스 옆에 서서 한 손으로 자신의 마지막 메모를 카메라 렌즈 쪽으로 향하게 들고 다른 손은 작별인사를 하듯 더없이 행복하고 멋진 모습으로 올리고 있다. 얼굴은 살이 너무 빠져 마치 해골처럼 보인다. 하지만 맥캔들리스가 그 고통스러운 마지막 시간에 스스로를 어떻게 생각했는지는 사진에 명확하게 나타나지 않는다. 너무 젊었기 때문에, 혼자였기 때문에, 몸이 그를 배신했고 그의 의지가 그를 저버렸기 때문에 가엾게 여겼는지는 알 수 없다. 사진 속에서 그는 미소를 짓고 있고, 두 눈에도 그 미소를 그대로 담고 있다. 크리스 맥캔들리스는 평화로웠고, 하나님에게로 간 성직자처럼 평온했다.

나오는 글

지금도 그 마지막 슬픈 기억은 빙빙 맴돌고, 때로는 뿌연 안개처럼 떠돌면서 햇빛을 차단해 행복했던 시간들에 대한 기억을 냉각한다. 말로 표현할 수 없을 만큼 큰 기쁨이 있었고, 차마 말할 수 없는 슬픔이 있었다. 이런 기억들을 마음에 품고 나는 말한다. 오르고 싶다면 올라라. 하지만 신중함이 없는 용기와 힘은 무익하며, 잠깐의 실수가 평생의 행복을 파괴할 수도 있음을 기억하라. 성급한 마음으로는 아무것도 하지 말라. 매 걸음을 잘 살펴라. 그리고 끝에 무엇이 있을지 처음부터 생각하라.

에드워드 와임퍼, 《알프스 등반기》

우리는 잠들면 시간의 풍금에 다가가고, 깨어나면 신의 침묵에 다가간다. 우리가 한 번이라도 깨어 있은 적이 있다면 말이다. 그리고 깨어나 창조되지 않은 시간의 깊은 물가로 다가갈 때, 눈부신 어둠이 시간의 먼 기슭 위로 밝아올 때, 그때가 바로 우리의 이성, 우리의 의지와 같은 것들을 내던져버려야 할 때다. 집으로 향하는 우리의 발걸음을 재촉해야 할 때다.
생각만 하고 아무런 일도 하지 않으면 마음을 돌리기 어렵고, 사랑해야 할 곳이 어디인지, 사랑해야 할 사람이 누구인지 깨닫는 데 많은 시간이 걸린다. 다른 것들은 그저 쓸모없는 잡담이고 다른 시대에 전해줄 이야기일 뿐이다.

애니 딜라드, 《견고한 성소》

헬리콥터가 힐리산의 능성이 너머로 탁탁탁 소리를 내며 올라간다. 고도계 바늘이 5,000피트를 지나면서 우리는 진흙색 산꼭대기에 이른다. 이제 땅은 보이지 않고 침엽수림대의 숨 막히는 풍경이 앞 유리를 채운다. 스탬피드 트레일이 동쪽에서 서쪽으로 이어지는 구불구불한 선처럼 희미하게 보인다.

빌리 맥캔들리스는 앞쪽 조수석에 앉아 있고 월트와 나는 뒷자리에 앉아 있다. 샘 맥캔들리스가 체서피크 비치에 있는 두 사람의 집 문 앞에 나타나 크리스의 죽음을 알린 후 힘겨운 열 달이 지났다. 이제 아들이 마지막을 맞은 장소를 두 눈으로 직접 봐야 할 때라고 그들은 생각했다.

월트는 지난 열흘 동안 페어뱅크스에서 지내면서 나사와 계약한 일을 진행했다. 나무가 빽빽이 들어찬 수천 제곱미터 넓이의 지역에 비행기가 추락했을 때 수색대가 비행기의 잔해를 찾도록 해주는 수색 구조용 항공 레이더 시스템을 개발하는 일이었다. 며칠 전부터 그는 부쩍 심난해 하면서 짜증을 냈고 신경도 예민해졌다. 이틀 전에 알래스카에 도착한 빌리는 월트가 버스에 찾아가는 일을 무척 힘들어했다고 내게 털어놓았다. 그런데 참 뜻밖에도 빌리 자신은 얼마 전부터 마음이 차분해지고 정돈되었으며 이 여행이 기다려지기까지 했다고 말한다.

사실 처음부터 헬리콥터를 타기로 한 것은 아니었다. 그 결정은 마지막에 이루어졌다. 빌리는 육로로 여행하면서 크리스 맥캔들리스가 갔던 스탬피드 트레일을 그대로 따라가 보고 싶어 했다. 그렇게 하기 위해 시신이 발견되었을 당시 현장에 있던 힐리의 광부 부치 킬리언에게 연락을 했고, 킬리언은 자신의 ATV로 월트와 빌리를 버스까지 데려다주기로 했다. 그런데 어제 킬리언이 두 사람이 묵고 있는 호텔에 전화를 걸어와 테클라니카강의 수위가 아직은 너무 높아 그 수륙양용 팔륜구동 아르고로도 안전하게 건널 자신이 없다고 했다. 그렇게 해서 헬리콥터를 타기로 결정되었다.

헬리콥터에서 600미터 아래로 얼룩덜룩하게 얽힌 녹색 들판과 완만하게 경사진 지역을 덮고 있는 가문비나무 숲이 있다. 테클라니카강은 땅에 아무렇게나 던져진 기다란 갈색 리본처럼 보인다. 두 개의 작은 개울이 합해지는 곳 근처에 이상하리만치 밝은 색의 물체가 시야에 들어온다. 페어뱅크스 버스 142번이다. 크리스 맥캔들리스가 나흘 동안 걸은 거리를 우리는 15분 만에 도착했다.

헬리콥터가 요란한 소리를 내며 땅에 내려앉는다. 조종사가 엔진을 끄고 나서 우리는 모래땅으로 뛰어내린다. 잠시 후에 헬리콥터가 소용돌이 바람을 일으키며 이륙하자 우리 주위로 숨 막히는 정적이 감돈다. 월트와 빌리가 버스에서 10미터쯤 떨어진 곳에 서서 그 이상한 차를 아무 말 없이 보는데, 근처 사시나무에서 어치 세 마리가 지저귀는 소리가 난다. 마침내 빌리가 말을 꺼낸다.

"생각했던 것보다 작네요. 버스 말이에요."

그러고 나서 주변을 돌아본다.

"정말 아름다운 곳이군요. 참 이상하게도 여기에 와보니 내가 자란 곳이 생각나요. 아, 월트, 이곳은 어퍼반도와 똑같아요! 크리스는 이곳을 분명 마음에 들어 했을 거예요."

월트가 얼굴을 찡그리며 대답한다.

"내가 여러 가지 이유 때문에 알래스카를 싫어하는 거 알잖아! 그래도 이곳은 정말 아름답군. 인정해. 크리스가 왜 이곳을 선택했는지 알겠어."

그다음 30분 동안 월트와 빌리는 그 낡은 차 주변을 조용히 걷다가 수샤나강 쪽으로 천천히 가고 근처 숲으로도 가본다.

빌리가 먼저 버스 안으로 들어간다. 월트가 강가에서 돌아와 보니 크리스 맥캔들리스의 시신이 있던 매트리스 위에 빌리가 앉아 버스의 초라한 내부를 바라보고 있다. 한참 동안 빌리는 난로 아래에 놓인 아들의 신발, 벽에 있는 아들의 글씨, 칫솔을 말없이 바라본다. 하지만 오늘은 눈물을 흘리지 않는다. 탁자 위에 어지럽게 놓인 물건들을 뒤척이다 손잡이에 독특한 꽃무늬가 있는 숟가락 하나를 고개를 숙여 자세히 들여다보며 말한다.

"월트, 이것 좀 봐요. 애넌데일 집에 있던 은제품이에요."

빌리는 버스 앞쪽으로 가더니 여기저기 기워 너덜너덜해진 아들의 바지를 얼굴에 갖다 대고 눈을 감는다. 그녀는 고통스러운 미소를 지으며 남편에게 재촉한다.

"냄새 좀 맡아봐요. 아직 크리스 냄새가 나요."

한참을 그러고 있다가 빌리가 말한다.

"그 아이는, 누가 뭐래도 아주 용감하고 강했어요. 마지막까지 스스로 목숨을 끊지 않았잖아요."

이 말은 다른 누구가 아닌 자신에게 하는 말이다.

빌리와 월트는 그러고도 두 시간 동안이나 더 버스를 들락날락한다. 월트가 버스 문 바로 안쪽에 기념물, 그러니까 몇 마디를 새겨 넣은 소박한 놋쇠 장식판을 세운다. 그 아래에 빌리는 잡초, 투구꽃, 서양톱풀, 가문비나무 가지들을 배열한다. 빌리는 버스 뒤쪽 침대 아래에 응급 물품, 통조림 식품, 그 외 생존에 필요한 물품, 누구든 읽게 되는 사람에게 "가능하면 빨리 부모님에게 전화하세요"라고 쓴 메모로 가득 찬 여행 가방 하나를 놓는다.

"그 아이를 잃은 후로는 기도를 하지 않았어요."

빌리는 이렇게 말하면서도 그 가방에 어릴 적 크리스 맥캔들리스 것이었던 성경책 한 권을 넣어 둔다.

월트는 생각이 복잡한 듯 계속 별말이 없었지만, 그래도 오늘은 아주 오랜만에 한결 편안해 보인다. 그가 버스를 가리키며 말한다.

"이 버스를 보면 어떻게 행동해야 할까 판단이 서질 않았어요. 하지만 와보길 잘한 것 같아요."

이 짧은 방문으로 아들이 왜 이곳에 왔는지 조금은 더 이해하게 되었다고 말한다. 아들을 생각하면 여전히 고통스럽고 앞으로도 언제까지나 그럴 테지만, 그래도 조금은 마음이 편안해졌다고 한다. 그 작은 위안이 그는 감사하다.

빌리가 말한다.

"크리스가 이곳에 있었다는 걸 알고 나니, 그 아이가 이 강 옆에서 시간을 보냈다는 것과 이 땅에 서 있었다는 것을 확실히 알고 나니 마음이 놓여요. 지난 3년 동안 우리는 온갖 곳을 가보면서 그곳에 크리스가 왔다 갔는지 아닌지 몰라 애를 태웠어요. 뭔가에 대해 아는 게 하나도 없다는 건 끔찍한 일이었어요.

많은 사람이 크리스가 하려 했던 일이 대단하다고 우리에게 말했어요. 만일 그 아이가 살았다면 나도 그들 말에 동의했을 거예요. 하지만 그 아이는 살아서 오지 못했고, 우리에게는 그 아이를 다시 데려올 방법이 없어요. 누구도 해결해줄 수가 없어요. 다른 건 뭐든 다 할 수 있다 해도 그 일만은 할 수가 없어요. 다른 사람들은 이런 상실감을 어떻게 극복하는지 잘 모르겠어요. 나는 크리스가 떠났다는 사실 때문에 매일이 고통스러워요. 정말 힘들어요. 어떤 날은 조금 괜찮아지기도 하지만, 아마도 내 남은 인생 동안 매일 힘들 거예요."

갑자기 탁탁거리는 요란한 소리가 나면서 고요함이 산산이 부서진다. 헬리콥터가 구름에서 나선형으로 내려와 잡초가 무성한 자리에 앉는다. 우리는 헬리콥터에 오른다. 헬리콥터는 하늘로 오르더니 잠깐 맴돌다가 동남쪽으로 급격히 기울며 날아간다. 잠시 동안 버스의 지붕이 키 작은 나무들 사이에서 넓은 녹색 바다에 있는 작고 하얀 점처럼 보이다가 점점 작아지더니 시야에서 완전히 사라졌다.

그 이후 이야기

크리스 맥캔들리스의 사인(死因)에 관한 논쟁, 이와 관련해 맥캔들리스가 과연 칭송받을 가치가 있는 사람인가라는 질문은 20년 넘는 지금까지 그 불씨가 사그라지지 않았으며 때때로 불길이 확 치솟기도 했다. 1996년 1월에 이 책의 초판이 출간된 직후, 알래스카 대학의 화학자 에드워드 트레드웰과 톰 클라우센은 맥캔들리스의 사인이 묏황기라고 알려진 야생 감자 씨에 함유되고 독성을 띤 알칼로이드였다는 내 이론을 맹비난했다. 두 사람은 내가 보내준 야생 감자 씨를 화학적으로 분석했지만 독성이 있는 화합물을 전혀 발견하지 못했다. 클라우센 박사는 2007년 〈맨즈 저널Men's Journal〉과의 인터뷰에서 이렇게 설명했다.

"나는 그 식물을 면밀하게 조사했습니다. 독소는 전혀 없었어요. 알칼로이드 역시 없었습니다. 내가 직접 먹어보기까지 했으니 더 말할 필요 없겠죠."

야생 감자 씨에 독성이 없다는 트레드웰과 클라우센의 결론을 근거로 해서 나는 맥캔들리스의 죽음을 설명하기 위한 새로운 가설을 제시했는데, 그 내용을 이 책 2007년판에 실었다. 맥캔들리스를 죽게 한 것은 그 씨가 아니라 씨에서 자라던 곰팡이라는 내용이었다. 이 곰팡이에서는 독성을 띤 알칼로이드가 만들어진다고 알려져 있다.

하지만 내게는 가설을 입증하기 위한 확실한 증거가 없었으므로, 나는 맥캔들리스의 일기에 분명히 기록된 내용 그리고 트레드웰과 클라우센이 화학적 분석으로 얻은 결과, 그러니까 일기 내용 못지않게 분명해 보이는 결과를 서로 연결할 수 있는 정보를 계속 찾아보았다(맥캔들리스는 야생 감자 씨를 먹고 극도로 약해졌으며 심각한 위험에 처했다고 일기에 기록하고 있다). 여기에 더해, 2008년 트레드웰과 클라우센이 〈민족 식물학 연구와 적용 Ethnobotany Research & Application〉이라는 학술지에 '야생 스위트피에 정말로 독성이 있는가?'라는 제목으로 동료의 심사를 받은 논문을 발표하면서 그들의 연구 결과는 근거가 더 탄탄해졌다. 이 논문에서 두 사람은 다음과 같이 설명했다.

"두 식물(야생 감자와 야생 스위트피)을 구성하는 화합물의 화학적 성질을 철저하게 비교하고 이 두 종의 대사산물(알칼로이드)을 함유하는 질소를 연구한 결과 독성이 발견될 수 있다는 어떤 화학적 근거도 찾을 수 없었다."

2013년 8월, 나는 우연한 기회에 로널드 해밀턴이 쓴 〈소리

없는 불: ODAP와 크리스토퍼 맥캔들리스의 죽음The Silent Fire: ODAP and the Death of Christopher McCandless〉이라는 논문을 읽었다. 그리고 이 논문이야말로 수수께끼에 대한 해답이라는 생각이 들었다. 온라인에 실린 이 글에서 해밀턴은 트레드웰과 클라우센을 비롯해 그때까지 관련 주제에 의견을 제시했던 모든 전문가들의 주장과 달리 야생 감자에 실은 꽤 많은 독성이 들어 있다는, 그때까지 알려지지 않은 증거를 제시했다. 그는 야생 감자에서 독성을 띠는 물질은 내가 짐작했던 알칼로이드가 아니라 아미노산이며, 이것이 맥캔들리스에게 죽음을 가져다준 궁극적 원인이라고 주장했다.

해밀턴은 식물학자도, 화학자도 아니었다. 얼마 전까지 펜실베이니아 주립대 인디애나 캠퍼스 도서관에서 제본 기술자로 일했던 작가다. 해밀턴은 2002년에 이 책《야생 속으로》를 우연히 읽으면서 맥캔들리스의 이야기를 알게 되었으며, 책장을 휙휙 넘기다가 문득 이런 생각이 들었다고 한다. '이 청년이 왜 죽었는지 알겠는걸.' 그의 이런 직감은 바프니아르카를 알고 있던 덕이었는데, 사람들에게 거의 알려지지는 않았지만 바프니아르카는 제2차 세계대전 당시 독일 점령하의 우크라이나 지역에 있던 강제수용소였다.

해밀턴은 내게 이렇게 말했다.

"제목은 오래 전에 잊어버렸는데, 아무튼 그 책에서 처음 바프니아르카를 알게 되었습니다. 바프니아르카에 대한 설명은 책의

한 챕터에 아주 조금 나왔을 뿐이지만요. (……) 그렇지만《야생 속으로》를 읽고 나서 나는 바프니아르카에 관한 글을 추적했고, 그러다 온라인에서 찾을 수 있었습니다."

시간이 지난 뒤 해밀턴은 그 수용소의 행정 관리로 일했던 사람의 아들이 루마니아에 살고 있다는 사실을 알아냈고, 그가 해밀턴에게 귀중한 문서를 보내주었다.

1942년, 바프니아르카의 담당 관리는 풀완두*Lathyrus sativus* 씨로 만든 빵과 수프를 유대인 수감자들에게 먹이는 섬뜩한 실험을 시작했다. 풀완두는 히포크라테스 시대 이래로 독성이 있다고 알려진 흔한 콩과 식물이다. 해밀턴은 〈소리 없는 불〉에 이 실험에 대해 이렇게 썼다.

> 얼마 안 가, 유대인 의사이자 수용소 수감자였던 아서 케슬러 박사는 이 실험이 무엇을 의미하는지 알 수 있었다. 몇 달 지나지 않아 수용소의 젊은 남성 수감자 몇백 명이 절뚝거리기 시작하고, 급기야 막대기를 목발로 사용해야만 움직일 수 있게 되면서 그는 더 분명히 확인할 수 있었다. 어떤 수감자들은 엉덩이를 바닥에 대고 몸을 끌면서 수용소 안을 다녀야 할 만큼 급속히 쇠약해지기도 했다. (……) 수감자들이 문제가 된 그 식물을 충분히 먹고 나면, 마치 그들의 몸속에 소리 없는 불이 붙은 것 같았다. 이 불을 돌이키는 것은 불가능했다. 일단 불이 붙으면, 그것은 풀완두를 먹은 사람이 불구가 될 때까지 탔다. (……) 수감자들이 풀완두를 먹으면

먹을수록 결과는 더 나빠졌으며, 어떤 경우에든 일단 증세가 나타나면 그것을 되돌릴 방법은 없었다. (……)

오늘날, 이 순간에도, 풀완두를 먹은 사람은 불구가 되고 제대로 움직이지 못한다. (……) 현재 (20세기에 걸쳐) 전 세계에서 10만 명이 넘는 사람이 이 식물을 섭취한 결과 절대 다시는 회복할 수 없는 마비로 고통받는다고 추정된다. 이 병은 '신경성 갯완두중독증(neurolathyrism)'이라고 하며, 흔히 '라티리즘(lathyrism)'이라고 부른다.

바프니아르카에서 이 사악한 실험이 이루어지던 끔찍한 시기에 죽음을 피할 수 있던 사람 중에는 그 실험의 의미를 처음 알아챘던 …… 아서 케슬러 박사도 포함되었다. 그는 전쟁이 끝나자 이스라엘로 돌아가 병원을 세우고, 바프니아르카에서 라티리즘에 걸린 수많은 희생자를 돌보고, 연구하고, 치료했다. 그 희생자들 다수도 이스라엘로 왔다.

이 해로운 물질은 신경독의 하나인 베타-N-옥살릴-L-알파-베타-다이아미노프로피오닉산(beta-N-oxylyl-L-alpha-beta-diaminopropionic acid)으로 밝혀졌으며, 흔히 베타-ODAP라고 하고 더 많은 경우 그냥 ODAP라고 한다. 해밀턴은 이 ODAP를 다음과 같이 설명했다.

이 물질은 개인, 성별, 심지어 연령에 따라서도 다른 방식으로 영향을 미친다. 같은 연령대 안에서도 개인에 따라 그 미치는 영향이 다르다. (……) 하지만 ODAP 중독에 관해 한 가지 변치 않는 사실이 있는데, 간단히 말하면 이런 것이다. 이 물질의 타격을 가장 크게 받는 사람은 대개 열다섯 살에서 스물다섯 살 연령대에 속하는 젊은 남성들이며, 기본적으로 굶주리거나 아주 제한된 칼로리를 섭취하는 사람들, 심한 육체 활동을 해온 사람들, 그리고 부실하고 단조로운 식사를 하는 탓에 꼭 필요한 영양소를 제대로 섭취하지 못하는 사람들이다.

ODAP는 1964년에 확인되었다. 이 신경독은 신경 수용체를 과도하게 자극하고 마침내는 그것을 죽여 마비를 일으킨다. 해밀턴은 이렇게 설명했다.

이유는 정확하지 않지만, 이 비극적인 붕괴에 가장 취약한 신경세포는 다리 움직임을 조절하는 신경세포들이다. (……) 그리고 이 신경세포들이 어느 정도만큼 죽으면 이제 마비가 시작된다. (……) (상태)는 절대 좋아지지 않는다. 언제나 악화될 뿐이다. 신호가 점점 약해지다가 결국 완전히 멈춘다. 환자는 '그냥 서 있는 것조차 굉장히 힘들어한다.' 대부분의 사람이 급격히 쇠약해져 걷지도 못하는 지경에 이른다. 이 시점에서 그들이 할 수 있는 동작은 기는 것이 전부다.

해밀턴은 《야생 속으로》를 읽고 나서 맥캔들리스의 슬픈 죽음이 ODAP 때문이라고 확신했다. 그는 펜실베이니아 대학 인디애나 캠퍼스 생화학과의 부학과장 조너선 사우서드 박사와 그의 학생 웬디 그루버에게 찾아가 야생 감자와 야생 스위트피 씨를 테스트해 ODAP가 검출되는지 확인하게 해 달라고 설득했다. 2014년에 테스트를 마친 그루버는 두 작물에 모두 ODAP가 존재하는 것으로 보인다고 결론 내렸지만, 결코 확실한 것은 아니었다. 그루버는 이렇게 보고했다. "ODAP가 두 작물의 씨에 확실히 존재한다고 말할 수 있으려면, 또 다른 차원의 분석, 그러니까 아마도 HPLC-MS, 즉 고압액체크로마토그래피에 의한 분석이 필요할 것이다." 하지만 그루버에게는 HPLC로 씨를 분석하기 위한 전문 지식도, 그런 생각을 할 기지도 없었고, 그런 이유로 해밀턴의 추정은 입증되지 못한 채로 남았다.

나는 해밀턴의 말을 믿어야 하는지 아닌지 알고 싶었고, 2013년 8월 갓 수집한 야생 감자 씨 150그램을 미시간주 앤아버에 있는 아보민 화학 분석 연구소에 보내 HPLC 분석을 의뢰했다. 여기서는 그 씨에 무게 기준 0.394퍼센트의 ODAP가 함유되어 있다는 결과가 나왔다. 사람에게 라티리즘을 일으킨다고 알려진 수준에 해당하는 농도였다. 2013년 9월 12일 나는 아보민의 결과를 '크리스 맥캔들리스가 어떻게 죽었는가'라는 제목의 글로 발표했고, 이 글은 〈뉴요커The New Yorker〉 웹사이트에 실렸다.

닷새 뒤, 페어뱅크스에서 더못 콜이라는 기자가 '맥캔들리스에 관한 크라카우어의 터무니없는 이론에서 과학은 전혀 고려되지 않았다'라는 기사를 〈알래스카 디스패치Alaska Dispatch〉 웹사이트에 실었다. 콜은 이렇게 주장했다.

> 크라카우어는 알래스카 대학교 페어뱅크스 캠퍼스에서 은퇴한 유기화학자이며 학자로 재직하면서 오랜 시간 알래스카의 식물들과 그 특성을 연구한 톰 클라우센의 조언을 받아들여야 한다.
> 어떤 과학적 연구가 동료들의 검토를 거치지 않았다면, 아주 전문적이고 복잡한 과학적 질문에 대해 어떤 결론도 내리지 않을 거라고 클라우센은 말했다.
> 일반인을 위한 대중적인 내용과 동료들의 검토를 거친 학술지의 차이라면, 전자는 한두 명의 편집자가 확인하는 반면 후자는 불완전한 내용을 가려낼 목적으로 철저한 검토를 거친다는 것이다.
> 클라우센은 (론 해밀턴)과 크라카우어가 얻은 결론, 그러니까 ODAP가 존재한다는 결론을 반박할 생각은 없다고 말했다.
> 클라우센은 이메일에서 이렇게 썼다. '그렇긴 하지만, 그들이 주장하는 내용 전체에 대해 내가 굉장히 회의적이라는 말은 해야겠습니다. (……) 신뢰할 만한 전문가가 작성하고 동료의 검토를 거친 보고서를 읽었더라면 그 내용을 훨씬 더 확신했을 겁니다.'

클라우센 말이 옳았다. 그 씨에 독성이 있다는 사실을 내가 분명하게 확인하려면 추가로 좀 더 정교한 분석을 한 다음 그 내용을 동료들의 검토를 받는 저명 학술지에 발표해야 했다. 그래서 또 한 번의 테스트를 시작하기로 했다.

우선, 액체 크로마토그래피-질량분석법, 즉 LC-MS로 야생 감자 씨를 분석해 달라고 아보민에 요청했다. 이 테스트로 그 씨에 분자 질량 176, 그러니까 ODAP 분자 질량을 가진 성분이 확실히 존재한다는 걸 알아냈는데, 이 사실은 앞서 말한 HPLC 결과를 입증하는 것 같았다. 그다음으로, 아보민에서는 액체 크로마토그래피-직렬 질량분석법(liquid chromatography tandem mass spectrometry), 즉 LC-MS/MS를 이용한 분석을 통해 훨씬 확실한 결과를 얻자고 제안했다. 이 분석 결과로 문제의 화합물 질량이 176이라는 것이 확인되었지만, 이 화합물의 세분화 이온 패턴, 즉 '지문'은 역시 분석을 거쳐 얻은 순수한 ODAP 샘플의 세분화 지문과 일치하지 않았다. 다시 말해, ODAP는 야생 감자 씨에 존재하지 않았다. LC-MS/MS로는 해밀턴의 가설을 전혀 입증하지 못했던 것이다.

그렇다 해도 LC-MS/MS 분석 결과는 ODAP와 구조적으로 비슷한 화합물이 상당한 농도로 야생 감자 씨에 존재할 수 있다는 가능성을 제시했다. 그래서 나는 학술 문헌을 다시 한 번 샅샅이, 이번에는 훨씬 더 철저하게 훑어보면서 176의 분자 질량을 가지고 독성을 띤 비단백질 아미노산에 대해 알아낼 수 있는 논문을 모두 읽어보았다. 그러다 B. A. 버드송이라는 과학자가 〈캐나다 식물학 저널Canadian Journal of Botany〉 1960년판에 발표한 논문을 발견하고 깜짝 놀랐는데, 이 논문에서 그는 야생 감자 씨에 L-카나바닌이라는 독성을 띤 아미노산이 함유되어 있다고 밝혔다. 그리고 L-카나바닌의 질량은 공교롭게도 176이다.

그때까지 크리스 맥캔들리스의 사인을 두고 폭넓게 조사하면서도 나는 독성을 띤 아미노산이 아닌 독성을 띤 알칼로이드를 찾느라 이 논문을 미처 보지 못했던 것이다. 게다가 클라우센과 트레드웰 역시 이 논문을 보지 못했다.

버드송과 공저자들은 종이 크로마토그래피-트리소듐 펜타시아노아모니오페레이트 비색분석(paper chromatography-trisodium pentacyanoammonioferrate colorimetric analysis), 즉 PCAF라고 하는 기법을 사용해 야생 감자 씨에 들어 있는 L-카나바닌을 밝혀냈다. 모든 논란을 고려해서, 그리고 식물의 구성 요소 분석 방법이 버드송의 조사가 있은 이래 54년 동안 굉장히 진보했기 때문에, 나는 LC-MS/MS 기법, 그러니까 이전에 ODAP의 존재를 입증하지 못한 그 기법을 이용해 야생 감자 씨에 L-카나바닌이 존재하는지 분석해 달라고 아보민에 요청했다. 이 실험을 마치고 나서 아보민의 과학자들은 야생 감자 씨에는 분명 L-카나바닌이 상당한 농도, 즉 무게 기준 12퍼센트으로 함유되어 있다는 결론을 내렸다.

알고 보니, L-카나바닌은 포식자들을 쫓기 위해 수많은 콩과 식물의 씨에 저장되어 있는 대사길항(代謝拮抗) 물질이며, 동물들 체내에 이 독성이 존재한다는 증거가 학술 문헌에 실려 있다. 작두콩*Canavalia ensiformis*을 먹고 그 독 때문에 죽은 소들이 많은데, 이 식물의 씨에는 L-카나바닌이 건조 중량 기준 약 2.5퍼센트 함유되어 있다. 뒷다리 부위의 경직, 점진적 쇠약, 폐기종, 그리고 림프절 출혈이 그 증세로 나타났다. 사람이 카나바닌을 섭취하고 보이는 병에 관해 임상 연구나 역학 연구가 있던 경우는 거의 없지만, 작두콩 씨를 먹은 사람들에게서 중독 증상이 나타난다는 얘기가 보고되기도 했다. 권위 있는 독일 학술지 〈약제학Die Pharmazie〉에 발표된 논문 내용을 보면, 이 식물에 의한 중독을 다룬 보고들이 드문드문 있긴 하지만 이는 실제 그것을 섭취한 결과 일어나는 중독 숫자와 관련 없을지도 모르는데, 원인을 알아내기가 굉장히 어렵기 때문이라고 설명했다.

조너선 사우서드 박사, 잉 롱 박사, 앤드루 콜버트 박사, 스리타네다르 박사와 나는 '야생 감자 씨에 존재하는 L-카나바닌과 이 물질이 크리스 맥캔들리스의 죽음에서 했을 법한 역할'이라는 제목의 논문을 공동 집필했고, 이 논문을 2014년 10월에 동료의 심사를 받는 학술지 〈자연과 환경의학 저널Wilderness and Environmental Medicine〉에 발표했다. 논문의 결론 부분에서 우리는 이렇게 밝혔다.

> 연구 결과, 우리는 야생 감자 씨의 중요한 성분으로 L-카나바닌(포유동물에서 발견된 독성을 띤 대사길항물질)의 존재를 확인했다. (……) 크리스토퍼 맥캔들리스의 경우, 사망하기 전 얼마간 야생 감

> 자 씨가 그의 부실한 식사에서 중요한 부분을 차지했다는 증거가 있다. 이런 사실과 함께 L-카나바닌의 독성 효과에 관해 알려진 내용을 근거로, 맥캔들리스가 이 대사길항물질을 비교적 많은 양으로 섭취한 것이 사인이 되었을 가능성이 꽤 높다는 논리적인 결론을 내릴 수 있다.
>
> 크리스 맥캔들리스의 죽음은 식물을 섭취하는 다른 사람들에게 경고 역할을 해야 한다. 식물의 어떤 부분이 식용으로 알려져 있다 해도, 바로 그 식물의 다른 부분에는 독성을 띤 화합물이 위험한 수준의 농도로 함유되어 있을 수 있다. 더욱이 야생 감자가 분포된 형태나 지역뿐만 아니라 계절에 따라서도 L-카나바닌의 농도가 다를 수 있다. 그러므로 더 많은 연구를 통해 야생 감자에 서로 다른 정도로 포함되어 있는 L-카나바닌의 농도를 알아낼 필요가 있다. 지금까지 알려진 L-카나바닌의 독성과 이것이 야생 감자 씨에 분명히 존재한다는 사실을 고려할 때, 이 씨를 먹기 전에 각별한 주의가 필요하다. 특히 식사의 많은 부분을 이 씨로 섭취할 때는 더욱 신중해야 할 것이다.

론 해밀턴이 맥캔들리스의 죽음에서 ODAP가 했던 역할에 관해서는 잘못 판단했지만, 야생 감자 씨에 독성이 있으며, 이 독이 든 성분은 알칼로이드가 아닌 아미노산이라고 판단한 것은 정확했다. 나는 해밀턴이 〈소리 없는 불〉을 발표한 것에 커다란 감사를 느낀다. 그의 논문이 아니었다면 내가 버드송의 논문을 발견하지 못했을 것이고, 따라서 야생 감자 씨에 있는 L-카나바닌의 존재도 절대 알아내지 못했을 것이기 때문이다. 〈소리 없는 불〉 마지막 부분에서 해밀턴은 이렇게 말했다.

> 크리스토퍼 맥캔들리스가 알래스카 야생에서 굶어죽은 것이 사실이긴 하지만, 이것은 그가 중독되었기 때문이다. 이 독 때문에 맥캔들리스는 돌아다니며 사냥이나 채집을 할 수 없을 만큼 약해졌고, 마지막에 가서는 '극도로 쇠약해졌으며', '걷지도 못하는 상태가 되었고', '그저 서 있는 것조차 몹시 힘들 정도'가 되었다. 따라서 그는 엄밀한 의미로 굶어죽은 것은 아니었다. (……) 하지만 그를 죽게 한 것은 오만함도 아니었다. 그것은 그저 무지였다. (……) 그리고 그 무지는 용서받아야 하는데, 그를 죽음에 이르게 한 사실들은 모든 사람, 비전문가뿐만 아니라 과학자들도 그야말로 몇십 년 동안 모르고 있던 것이기 때문이다.

독성을 띤 씨가 맥캔들리스의 죽음에 적어도 일부는 원인이 되었다는 분명한 사실로도 많은 알래스카 사람을 설득해 그를 좀 더 동정적인 시선으로 바라보게 하진 못할 테지만, 적어도 오지에서 식물을 먹는 사람들이 뜻하지 않게 중독되는 사고를 막을 수는 있을 것이다. 학술 문헌에 L-카나바닌에 관한 내용이 실려 있듯, 맥캔들리스의 식용식물 안내서에도 야생 감자 씨에 '독성이 아주 강한 또 하나의 성분'이 존재한다는 경고가 실려 있었더라면, 그는 아마도 4월에 야생 속으로 갈 때 그랬던 것처럼 별 어려움 없이 8월 하순에 그곳에서 나왔을 것이고, 오늘날까지 살아있을 것이다. 그랬다면 크리스 맥캔들리스는 지금 마흔여섯 살이 되었을 것이다.

야생 속으로

1판 1쇄 발행 2019년 8월 16일

지은이 존 크라카우어
옮긴이 이순영
펴낸이 심규완
책임편집 문형숙
디자인 문성미

ISBN 979-11-967568-0-2 03840

펴낸곳 리리 퍼블리셔
출판등록 2019년 3월 5일 제2019-000037호
주소 10449 경기도 고양시 일산동구 호수로 336, 102-1205
전화 070-4062-2751 팩스 031-935-0752
이메일 riripublisher@naver.com

블로그 riripublisher.blog.me
페이스북 facebook.com/riripublisher
인스타그램 instagram.com/riri_publisher

이 도서의 국립중앙도서관 출판예정도서목록(CIP)은 서지정보유통지원시스템 홈페이지(http://seoji.nl.go.kr)와 국가자료종합목록 구축시스템(http://kolis-net.nl.go.kr)에서 이용하실 수 있습니다. (CIP제어번호: CIP2019029992)